Prolog

Zufrieden ließ Tobias Lüdeke sich auf einem umgestürzten Baumstamm nieder und atmete tief durch. Erst jetzt wurde ihm vollends bewusst, welch ein Glück es war, dass der Fremde ihn vor drei Wochen auf der Berghütte angesprochen und seither immer wieder darauf gedrängt hatte, dass sie eine gemeinsame Tour unternahmen. Anfangs hatte er seine Probleme damit gehabt, Leo in die Augen zu sehen, zu sehr wurde sein Blick von dem riesigen Feuermal angezogen, das sich quer über dessen Gesicht zog und ihm einen furchterregenden Ausdruck verlieh. Doch dann hatte sich seiner ein Gefühl bemächtigt, das er längst vergessen geglaubt hatte: Scham. Mit Sicherheit waren die Menschen Leo von Kindesbeinen an mit Vorurteilen und Abneigung begegnet, genau wie er selbst. Dazu war ihm Leos Intention nicht klar gewesen, vor allem, da er nachdrücklich darauf beharrt hatte, dass Tobias ihren Plan für sich behalten sollte. Eine Weile hatte er sogar befürchtet, sie könnte sexueller Natur sein. Doch wie er inzwischen festgestellt hatte, schien Leo geradezu krampfhaft bemüht, jeglichen Körperkontakt zu vermeiden. Beim Gedanken an sein anfängliches Misstrauen wurde Tobias vor Verlegenheit flammend rot im Gesicht. Doch Schwamm drüber. Leo musste nichts von seinem Missverständnis erfahren, und selbst wenn, wäre es egal.

Sie würden gemeinsam darüber lachen und dann wäre seine dumme Befürchtung Schnee von gestern.

Was zählte, war das Hier und Jetzt, das hatte Leo ihm eindrücklich klargemacht. Sie waren seit zwei Stunden unterwegs, und je höher sie kamen, umso besser verstand er. Alle Sorgen und Probleme waren nichtig und klein, wenn man es nur verstand, in der Gegenwart zu leben. Ein kleiner Anflug von Neid durchfuhr ihn. Er warf Leo einen Blick zu. Entspannt und völlig losgelöst saß der neben ihm, hatte seinen Kopf in den Nacken gelegt und genoss die wärmenden Strahlen der Sonne.

Plötzlich überzog ein Lächeln Leos Gesicht. »Was siehst du?«, fragte er mit seiner angenehm tiefen Stimme.

Ertappt wurde Tobias erneut rot. »Ich frage mich, ob du immer so mit dir und der Welt im Reinen bist. Oder ob es auch für dich Zeiten gibt, an denen zu zweifelst, Sorgen hast oder auch nur ansatzweise nicht so tiefenentspannt bist, wie es den Anschein hat.«

Leos Lächeln wurde breiter. Dann öffnete er die Augen und sah Tobias mit einem unergründlichen Blick an. »Natürlich gibt es solche Zeiten. Zum Glück beschränken sie sich aber auf kurze Augenblicke. Du solltest nicht denken, dass ich mit dem Löffel der Weisheit geboren worden bin. Um dahin zu kommen, wo ich jetzt stehe, war harte Arbeit nötig.«

Leo bückte sich und suchte etwas in seinem Rucksack. Als er fündig geworden war, zog er zwei kleine Fläschchen hervor, von denen er eines an Tobias weitergab. »Probier mal. Ist selbst gemacht.«

Misstrauisch blickte Tobias auf die Flüssigkeit, die bernsteinfarben durch das Glas schimmerte. »Was ist das? Liquid Ecstasy oder sonst irgendwas Chemisches?«, fragte er mit einem skeptischen Unterton in der Stimme. »Du willst mir doch keine Drogen unterjubeln, oder?«

Für den Bruchteil einer Sekunde weiteten sich Leos Augen, dann zuckte er resigniert mit den Schultern. »Was bist du nur für ein Mensch«, sagte er leise, und ein bedauernder Unterton schwang in seiner Stimme mit. »Ich wollte mit dir darauf anstoßen, dass du dich von deinen Verpflichtungen freimachen konntest und wir zwei ganze Tage zum Klettern haben.«

Peinlich berührt schüttelte Tobias den Kopf. »Nein. Es tut mir leid. Ich wollte dir nichts unterstellen. Ich bin nur so …« Es dauerte eine Weile, bis er die richtigen Worte fand. »Für mich besteht die Welt hauptsächlich aus Verpflichtungen, Planungen und Strukturen. Ich bin es gewohnt, alles doppelt und dreifach zu hinterfragen, um die richtige Entscheidung zu treffen und diese dann so auch durchzuziehen. So wie du lebst, das kenne ich nicht.«

Nachdenklich hatte Leo Tobias' Worten zugehört. »Triffst du nie einen Entschluss spontan und einfach aus dem Bauch heraus?«

Ratlos zuckte Tobias mit den Schultern. »Ich weiß nicht, was du spontan nennst. Ich denke erst mal gründlich über eine Situation nach, wäge das Für und Wider gegeneinander ab und finde dadurch die beste Lösung.«

»Das, mein Lieber, ist das hundertprozentige Gegenteil von spontan und intuitiv. Das ist durch und durch verkopft. Für mich wäre das nichts. Oder besser gesagt, nichts mehr.« Leo schraubte den Verschluss der kleinen Flasche, die er noch immer in der Hand hielt, ab und prostete Tobias zu. »Fang mit einer leichten Übung an. Spür in dich hinein und hör auf deinen Bauch. Was sagt er dir, wenn du das Zeug trinken willst?«

Konzentriert blickte Tobias auf das Fläschchen in seiner Hand. Plötzlich schwollen die Sirenen in seinem Kopf zu einem dissonanten Konzert an. Panik flackerte in seinen Augen, als er Leo ansah. »Dass ich auf keinen Fall davon trinken soll.«

Leo lachte lauthals los. »Das dachte ich mir. Da siehst du mal, wie es um deine Intuition steht. Macht nichts, dann bleibt mehr für mich.« Er setzte den Flaschenhals an seine Lippen und kippte den Inhalt in einem Zug hinunter. Dann griff er nach Tobias' Fingern und wollte ihm den Schnaps wieder wegnehmen.

Plötzlich kam sich Tobias unsäglich albern vor. Er zog seine Hand weg, schraubte den Deckel ab und trank das Fläschchen mit einem großen Schluck leer. Die unerwartete Schärfe des Gebräus trieb ihm die Tränen in die Augen, dann konnte er dem Hustenreiz nicht länger widerstehen.

Als er sich von dem Anfall wieder erholt hatte, merkte er, dass Leo ihn mit einem seltsam zufriedenen Ausdruck ansah. Wie eine Katze, die sich tief bewusst ist, dass die Maus nicht mehr entkommen kann, schoss es Tobias durch den Kopf. Doch als Leo besorgt nachfragte, ob es ihm wieder gut ging, schalt er sich selbst einen Narren. Vermutlich hatte Leo schon recht. Er war so in seiner strukturierten Welt gefangen, dass ihm jede Abweichung davon suspekt vorkam.

Er ließ sich nach hinten sinken, wo eine kleine Kiefer schräg gegen den Wind anwuchs und so eine natürliche Lehne bildete. Er merkte, wie der hochprozentige Alkohol sich in seinem Organismus verteilte, und plötzlich fühlte er, wie so etwas wie ein unerwartetes Glück durch seine Gedanken strömte.

»Geht es dir gut?«, fragte Leo, dessen Lippen ein seltsam grausamer Zug umspielte.

Schnell wischte Tobias den Eindruck beiseite. »Bestens«, bestätigte er. »Allerdings spüre ich den Schnaps schon jetzt, und ich frage mich, ob es wirklich eine gute Idee ist, noch weiterzuklettern.« Besorgt öffnete er seine Augen und deutete auf den zerklüfteten Fels, der vor ihnen lag.

»Ruh dich ein wenig aus. Wir haben keine Eile.« Leo stand auf und verschwand kurz darauf in den Büschen. Als er zwei Minuten später wiederkam, war Tobias eingeschlafen.

»Hervorragend«, murmelte Leo. Als Lüdeke sich geziert hatte, den Schnaps zu trinken, hatte er einen Augenblick lang gedacht, sein ganzer lange ausgeklügelter Plan würde noch im letzten Moment den Bach runtergehen. Doch er hatte intuitiv gespürt, dass er nicht drängen durfte. Lüdeke musste denken, dass er selbst die Entscheidung traf, und das hatte zum Glück dann doch noch funktioniert. Leo bückte sich nach seinem Rucksack und zog ein Paar Latexhandschuhe heraus, schlüpfte hinein, dann holte er zwei lange, schmale Kabelbinder hervor, packte Lüdeke an den Schultern, kippte ihn vom Baumstamm weg ins Gras und machte sich ans Werk. Zu guter Letzt wischte er Lüdekes Hände mit einem Desinfektionstuch ab und tupfte mit einem breiten Klebeband an dessen Kleidung herum, bis er sich sicher war, dass sich bei einer auch noch so gründlichen Spurensicherung keine Hinweise würden finden lassen, die ihn mit dem Opfer in Verbindung brachten.

Wenig später grinste er zufrieden, setzte sich neben den Bewusstlosen und wartete darauf, dass der wieder zu sich kam. Das Mittel, mit dem der Alkohol versetzt gewesen war, war zwar stark genug dosiert, um einen Ochsen umzuwerfen, allerdings würde zumindest der betäubende Teil seine Wirkung bereits nach wenigen Minuten verlieren. Die Verwirrung, die das Opfer erfassen würde, sollte dagegen deutlich länger anhalten. Perfekt.

Leo nutzte die Ruhe, um sich dem Hass hinzugeben, den er auf Lüdeke hatte. Nicht, dass es etwas Persönliches gewesen wäre, schließlich kannte er den Mann kaum. Aber es waren Typen wie Lüdeke, die das Leben der anderen, der Schutzlosen zerstörten, ohne Rücksicht, einfach weil sie es konnten. Doch jetzt war er am Zug. Vor langer Zeit schon hatte er sich den

Namen Leo gegeben. Leo, der Löwe. Sein Krafttier, wie eine Wahrsagerin vor einigen Jahren erkannt hatte. Und genau wie ein Löwe war er stark und unbesiegbar. Er genoss die Macht, die ihm zu einem wahren Höhenflug verhalf, voller Vorfreude auf den Schock, der sein Opfer erfassen würde, sobald es das Bewusstsein wiedererlangte.

Wie er es geahnt hatte, musste er nicht lange warten, und die zuckenden Glieder des Schweins, das zu seinen Füßen lag, kündigten an, dass es schon bald aus seiner Ohnmacht erwachen würde. Mit einem aufmerksamen Blick überzeugte sich Leo, dass der Platz sauber war und nichts davon zeugte, dass hier gerade noch zwei Männer Rast gemacht hatten.

Er stand auf, packte Lüdeke am Arm und zog ihn grob in die Höhe. »Los, steh auf«, knurrte er und seine sonst so angenehme Stimme hatte einen bösartigen Unterton.

Mit jedem Schritt fiel ihm das Atmen schwerer. Obwohl Tobias körperlich in Höchstform war, schaffte er es kaum, einen Fuß vor den anderen zu setzen, und doch zwang sein Freund ihn unerbittlich, weiterzugehen.

Er spürte, wie sein Geist abdriftete, wie schwer es ihm fiel, seine Gedanken auf den Weg zu konzentrieren, der verschwommen vor ihm lag. Was zum Himmel war passiert? Er konnte kaum noch etwas sehen, sein rechtes Bein knickte wie ein Streichholz unter ihm ein und dann wurde ihm bewusst, dass das die Lösung all seiner Probleme war. Er würde sich einfach auf den Boden legen und warten. Darauf, dass ihn ein gnädiger Schlaf übermannte, dass ein anderer Wanderer des Weges kam und ihm half, oder dass …

»Ahh!« Der Tritt, der seinen zweiten Lendenwirbel mit voller Wucht traf, suchte sich einen Weg durch den diffusen Nebel, der durch seine Gehirnwindungen waberte, und eine weit entfernte Stimme in seinem Kopf flüsterte ihm zu, dass ein Freund ihn niemals treten würde, auch wenn er keine Ahnung hatte, wer dieser Freund sein könnte. Und dann spürte er, wie jemand mit Gewalt an seinem Arm zerrte.

»Hoch mit dir, du Arschloch.«

Mühsam versuchte Tobias, sich zu erinnern, zu welchem Gesicht die Stimme gehörte, doch so sehr er sich auch anstrengte, er kam einfach nicht drauf.

Ein weiterer Schmerz schoss in sein Gehirn, doch diesmal kam er von oben, als ihn der unbekannte Besitzer der wohlmodulierten Stimme an den Haaren in die Höhe riss. Und als der Nebel in seinem Kopf sich eine halbe Stunde später wieder zu verziehen begann, war er blind geworden.

Kapitel 1

Emma räusperte sich bereits zum dritten Mal, als ihr Kollege, Hauptkommissar Lukas Zieringer, der mitten im Flur stehen geblieben war, endlich den Blick von seinem Smartphone löste.

»Hi, Emma. Was gibt's denn?«, fragte Lukas und bemerkte erst jetzt, dass die Teamassistentin in der Tür zu ihrem Büro stand.

Emma deutete auf sein Handy. »Nur mal eine Frage: Hast du verstanden, was es zu bedeuten hat, wenn das Ding blinkt und merkwürdige Geräusche von sich gibt?«

Lukas konnte sich ein Grinsen nicht verkneifen. Emma war vorlaut, frech und manchmal hatte er das Gefühl, dass sie nur darauf wartete, ihn mit irgendetwas aufzuziehen. »Lass mich kurz überlegen«, antwortete er und machte ein ratloses Gesicht. »Ist das Essen fertig?«

Emma griff sich die zusammengerollte Tageszeitung, die in seiner Jackentasche steckte, und schlug ihm damit auf den Kopf.

»Au!« Jetzt lachte Lukas übers ganze Gesicht. »Ich ergebe mich ja schon. Also, wer hat angerufen und warum?«

Emma schnappte nach Luft. »Ich natürlich. Woher sollte ich denn wissen …« Plötzlich ging ihr auf, dass er sie nur auf den Arm nehmen wollte. »Du bist so ein Hirni«, attestierte sie ihm. Dann setzte sie ihn darüber ins Bild, weshalb sie bereits drei Mal versucht hatte, ihn zu erreichen. »Auf der Brecherspitz wurde eine leblose Person gesichtet. Wir haben zwar sofort die Bergrettung hingeschickt, um den Verunglückten zu lokalisieren, aber leider hatte der Zeuge recht, der den Verunfallten entdeckt hat. Der Mann ist tot. Vom Chef soll ich dir ausrichten, dass du bitte nachkommen möchtest. Deswegen hatte ich bei dir angerufen. Hättest du die Güte besessen, ans Telefon zu gehen oder die Nachricht abzuhören, wäre dir der Umweg erspart geblieben. Wo die Brecherspitz ist, weißt du, oder?«

Dreißig Minuten später stoppte Lukas an der geöffneten Schranke des Forstwegs, der am Spitzingsattel rechts abzweigte. Er grüßte den uniformierten Polizisten, der darauf aufpasste, dass kein Unbefugter den Weg mit dem Auto hochfuhr. »Servus, Gerhard. Wo finde ich den Chef?«

Lukas folgte den Anweisungen und fuhr den gut ausgebauten Schotterweg bis zur Oberen Firstalm, an der der Leiter der Polizeiinspektion Miesbach, Michael Fiedler, und die Spurensicherer ihre Wagen geparkt hatten. Er stieg aus und holte seine Bergstiefel aus dem Kofferraum, dann folgte er dem Wanderweg in Richtung Brecherspitz bis zu der Stelle, an der die kleine Armee an Kollegen eine schmale Schneise durch ein dichtes Gestrüpp geschlagen hatte, weshalb er nur noch deren Spuren bis zum Fundort der Leiche folgen musste.

»Hier drüben!« Fiedler winkte, als er Lukas sah, der den steilen Hang heraufgekraxelt kam, als wäre er in seinem letzten Leben eine Bergziege gewesen. »Was hat Emma Ihnen erzählt?«

»Nur, dass ein Bergsteiger abgestürzt ist. Weshalb deswegen die gesamte Kavallerie angerückt ist, wollte sie mir allerdings nicht verraten.« Mit einer Kopfbewegung deutete Lukas auf die in weiße Anzüge gekleideten Gestalten, die den Wald absuchten.

»Kommen Sie mit.« Fiedler kletterte Lukas voraus über ein paar große Steine hinweg, bis sie kurz darauf vor der Leiche standen. »Machen Sie sich selbst ein Bild.«

Eine Weile sah Lukas auf den Toten hinab, der mit unnatürlich nach hinten gebogenen Armen auf dem Rücken lag, dann wanderte sein Blick nach oben. Er besah sich die Felswand, die fast senkrecht etwa fünfzig Meter weit abfiel und an der es zwei verkrüppelte Kiefern geschafft hatten, sich in einer Spalte festzukrallen. Dann wanderte sein Blick zurück zu dem Leichnam, neben dem die Rechtsmedizinerin Doktor Hanna Teufel etwas in ein Formular eintrug, bevor seine Augen die weitere Umgebung absuchten.

Gespannt wartete Fiedler darauf, dass Zieringer sich dazu äußerte, welchen Eindruck er von der Szenerie hatte. Von dem Münchner Kollegen, der ihm den jungen Hauptkommissar ans Herz gelegt hatte, wusste Fiedler, dass Zieringer bei der Mordkommission München als Überflieger gegolten hatte. Dann hatte ein Ereignis, das ein gutes Jahr zurücklag, Zieringer derart aus der Bahn geworfen, dass er mehrfach kurz davorgestanden hatte, sich aus dem Polizeidienst zu verabschieden. Doch letztlich hatte er lediglich um ein Jahr Auszeit angefragt und anschließend um Versetzung von München in die Provinz gebeten. Fiedler hatte ihm einen gemächlichen Einstand von Herzen gegönnt, nach allem, was er über die Vorfälle von vor über einem Jahr wusste, selbst wenn das nicht besonders viel war. Doch kaum, dass Zieringer seinen Dienst angetreten hatte, mussten sie nicht nur das Verschwinden mehrerer Personen, darunter Lukas' Tante, und mehrere Morde aufklären; sie hatten es auch geschafft, einen Drogenbaron hochgehen zu lassen, an dem Lukas' Vorgänger sich jahrelang die Zähne ausgebissen hatte.

»Ist die …« Lukas räusperte sich, als er merkte, wie kraftlos seine Stimme klang. »Ähm, wie weit ist die Spusi?«

»Wir sind mit der Beweisaufnahme durch«, rief eine füllige Frau, die er noch nie zuvor gesehen hatte. Um ihre Aussage zu bekräftigen, setzte sie die Kapuze ihres weißen Arbeitsanzuges ab. »Um es gleich vorwegzunehmen: Wir haben weder Ausweispapiere noch ein Handy gefunden.« Ihr Blick, der an der Felswand entlang nach oben wanderte, ließ vermuten, dass ihr der Berg nicht geheuer war. »Hier gibt's für uns nichts mehr zu holen. Wir laufen jetzt hinauf und sehen, was wir dort finden.«

Die letzten Worte galten Fiedler, der zur Bestätigung nickte. Dann wandte er sich wieder an Lukas. »Und? Was halten Sie von dem Ganzen?«

»Mich würde es nicht wundern, wenn die Laborwerte einen massiv erhöhten Adrenalinwert zeigen.« Lukas holte tief Luft, als Fiedler und auch Doktor Hanna Teufel ihn neugierig ansahen. Und wenn er sich nicht irrte, konnte er auch einen Anflug von Besorgnis in ihrem Blick lesen. Doch der Schwindel, der ihn beim Anblick des Toten erfasst hatte, war so schnell vorübergegangen, wie er gekommen war, und er hatte sich wieder im Griff.

»Auch wenn ich es nicht mit Bestimmtheit sagen kann, weil ich den Toten nicht umgedreht habe, deutet die Stellung seiner Arme darauf hin, dass ihm die Hände auf den Rücken gefesselt sind. Das verknotete Tuch, das neben seinem Kopf liegt, ist vermutlich eine Augenbinde, die ihm durch den Aufprall vom Gesicht gerutscht ist, oder er hat sie beim Sturz verloren, vielleicht weil er an einer der beiden Kiefern hängen geblieben ist. Wie es von hier aussieht, ist die Bruchstelle an dem Baum frisch, deswegen gehe ich davon aus, dass er durch das Astwerk gebrochen ist. Darauf lässt auch der tiefe Kratzer in seinem

Gesicht schließen, und wenn ich mich nicht täusche, ist die Substanz auf seiner linken Wange Baumharz.«

Lukas nahm das Paar Latexhandschuhe entgegen, das Hanna Teufel ihm hinhielt. Damit gab sie ihm zu verstehen, dass er den Toten bewegen durfte. Er streifte die Handschuhe über, ging in die Hocke, packte den Toten an der rechten Schulter und drehte ihn vorsichtig ein Stück weit zur Seite. »Kabelbinder«, murmelte er. »Dachte ich mir. Gibt es schon eine Einschätzung zur Todeszeit?«

»Dazu lässt sich vor der Obduktion aufgrund der ungewöhnlichen Umgebungsbedingungen nur eine sehr vage Schätzung abgeben«, beantwortete die Rechtsmedizinerin Lukas' Frage. »Leichenstarre und -flecken lassen aber auf einen Todeszeitpunkt von vor achtzehn bis vierundzwanzig Stunden schließen.«

Lukas hatte schon vermutet, dass die Stelle, die allem Anschein nach den ganzen Tag im Schatten lag und an der zudem eine unerklärlich hohe Luftfeuchtigkeit herrschte, der Ärztin ihre Arbeit nicht unbedingt leichter machen würde. Er stand wieder auf. »Ich würde mich nicht wundern, wenn die Spusi auf dem Felsen dort oben Urinspuren findet, die von unserem Opfer stammen.«

Um Fiedlers Mundwinkel zuckte es. Einen Moment lang hatte er befürchtet, dass Zieringer beim Anblick der Leiche zusammenklappen würde. Doch dann hatte der junge Hauptkommissar die Sachlage mit einem Blick erfasst und mit wenigen Worten klar umrissen, was sie selbst bereits herausgefunden hatten. Nur die Sache mit dem Urin war ihm neu. Sein Blick wanderte zur beigefarbenen Hose des Verunglückten, und als er genau hinsah, bemerkte er die kaum auszumachenden, bereits getrockneten Flecken, die tatsächlich daher stammen konnten, dass der Unglücksrabe sich eingenässt hatte.

»Wieso glauben Sie, dass das vor dem Sturz passiert ist? Normalerweise entleert sich die Blase beim Todeskampf oder bei einer massiven Bedrohung. Einer Folterung zum Beispiel.«

»Ohne den Jungs von der KTU vorgreifen zu wollen, denke ich, dass man die Situation, die dem Absturz vorangegangen ist, damit durchaus vergleichen kann.« Lukas hätte sich am liebsten in den Hintern gebissen. So geschwollen daherzureden, war sonst überhaupt nicht seine Art. Er warf Fiedler einen nachdenklichen Blick zu. »Kann ich einfach mal sagen, was ich denke?«

Fiedler nickte amüsiert. »Nur raus damit.«

»Wenn sich die Blase erst beim Aufprall entleert hätte, wäre das Muster eher breitflächig um die Körpermitte konzentriert, da der Körper zu dem Zeitpunkt bereits auf dem Rücken lag. Aber die Spur, die wir hier haben, führt die Beine entlang bis zu den Schuhen, was belegt, dass der Mann gestanden haben muss.« Lukas schloss die Augen und konzentrierte sich. Intuitiv versuchte er zu verstehen, was auf dem Berg vor sich gegangen sein mochte. »Ich schätze, dass das Opfer seinem Mörder freiwillig gefolgt ist. Hier führt nirgendwo ein Lift oder eine Seilbahn hoch, also wäre ein Mann, der so schwer und gut in Form ist, kaum mit Gewalt einen selbst nur mäßig steilen Weg hochzubringen.« Lukas nahm die Flasche Wasser entgegen, die ihm Doktor Teufel reichte. »Danke. Die Tat war geplant, dafür sprechen die Kabelbinder und die Augenbinde. Wäre es ein Tötungsdelikt im Affekt gewesen, hätten wir Kampfspuren am Körper gefunden. Ich kann mich natürlich irren, aber das wird dann die Sektion ergeben.«

»Reden Sie weiter«, forderte Fiedler ihn auf, als Lukas ins Stocken geriet.

»Einen Moment«, bat Lukas. Er massierte seine Nase und versuchte, sich zu konzentrieren. »Ich glaube, der Mörder und das Opfer haben den Ausflug geplant. Jedenfalls waren sie nicht durch einen Zufall hier. Der Tote trägt Bergstiefel, und auch der Rest seiner Kleidung ist dem Anlass angemessen. Die beiden sind ein gutes Stück weit gekommen, dann haben sie vielleicht eine Rast eingelegt und der Täter hat seinem Opfer etwas zu essen oder trinken angeboten, das mit einem Sedativum vermischt war.« Lukas öffnete die Augen und sah Fiedler mit einem klaren Blick an. »Die Spusi soll darauf achten, ob sie Anzeichen einer Raststelle finden können.«

Fiedlers Blick suchte den der Rechtsmedizinerin, dann nickte er leicht. Hanna Teufel folgte Fiedlers unausgesprochener Aufforderung, entfernte sich ein paar Schritte und sprach leise in ein Funkgerät, das sie aus ihrer Tasche zog.

Lukas redete inzwischen weiter, diesmal starrten seine Augen blicklos an Fiedler vorbei. »Halbwegs betäubt merkt der Mann eine Weile nicht, dass er hereingelegt worden ist. Erst als der andere ihm die Hände auf den Rücken fesselt und ihn in Richtung Abgrund schiebt, wird ihm vielleicht vage bewusst, in welcher Gefahr er sich befindet.«

»Wieso nur *vage?*«, fragte Fiedler skeptisch. »Ihm kann doch durchaus klar gewesen sein, was mit ihm passiert.«

»Glaube ich nicht«, widersprach Lukas. »Dann hätte er sich auf irgendeine Art zu wehren versucht.«

»Dass er das nicht getan hat, ist reine Spekulation.«

»Stimmt«, gab Lukas zu. »Trotzdem spricht alles dafür. Nehmen wir einfach mal an, ich bin der Täter und Sie sind mein Opfer. Sie werden mir kaum freiwillig auf den Felsen da oben folgen und dann meinem Wunsch gemäß herunterhüpfen, um sich selbst zu töten. Sobald Sie auch nur ahnen, was ich vorhabe, werden Sie alles in Ihrer Macht Stehende versuchen, um mich daran zu hindern.«

»Natürlich werde ich das. Das versuche ich ja, Ihnen klarzumachen.«

»Aber unser Toter hat das nicht getan. Schauen Sie.« Lukas ging wieder in die Hocke, und diesmal drehte er den Toten auf den Bauch. »Nirgendwo auf seiner Kleidung finden wir Anzeichen eines Kampfes. Vielleicht hätte er sich einfach zu Boden fallen lassen, dann würden wir aber Anhaftungen von Gras, Steinen oder Erde finden. Wir hätten Abwehrmerkmale an den Unterarmen oder den Händen. Aber hier haben wir nichts von alledem. Lediglich schwere Bluteinschlüsse und Abschürfungen im Bereich der Kabelbinder, was darauf schließen lässt, dass der Mann sich seiner Lage erst bewusst wurde, als er bereits gefesselt war.«

Fiedler konnte sich Lukas' Argumenten nicht verschließen. Es klang alles einleuchtend und nachvollziehbar. »Gut, gehen wir davon aus. Und weiter?«

»Ich bin gespannt, wie der Tatort aussieht.« Lukas stand wieder auf, dann wanderte sein Blick erneut nach oben. »Die Augenbinde bedeutet für mich, dass dort unwegsames Gelände ist. Der Täter – was?«, fragte er irritiert, als Fiedler ihn unterbrach.

»Ab hier wird es unlogisch«, erklärte Fiedler, weshalb er Lukas' Erklärung gestoppt hatte. »In unwegsamem Gelände ergibt die Augenbinde für mich keinen Sinn, im Gegenteil. Es ist für den Täter ungleich schwieriger, sein Opfer quasi blind irgendwohin zu bringen, als wenn der weiß, wohin er tritt.« Fiedler kratzte sich am Kopf. »Dann wäre die Gefahr, dass er hinfällt, gerade wenn er über Felsen klettern muss, doch viel größer.«

»Das stimmt«, gab Lukas seinem Chef recht. »Aber die Binde ist nun mal real, und irgendeinem Zweck wird sie gedient haben. Deswegen glaube ich auch nicht, dass der Mann gestoßen wurde, denn dafür wäre es unerheblich gewesen, ob der sehen konnte, was ihm blüht. Im Übrigen gehe ich auch eher davon aus, dass dem Mann die Augen erst verbunden wurden, als er bereits auf der Klippe stand. Kann ich einfach mal weitermachen?«

Als Fiedler nickte, griff Lukas den Faden wieder auf. »Der Mörder bringt sein Opfer an den Rand der Klippe, verbindet ihm die Augen, dreht ihn vielleicht ein paar Mal herum und überlässt ihn sich selbst. Spätestens bei der Gelegenheit dürfte dem Mann klar geworden sein, dass er aus der Situation nur noch mit mehr Glück als Verstand herauskommt. Zentimeter von einem Abgrund entfernt, von dem er nicht weiß, ob er vor oder hinter ihm liegt, und mit auf den Rücken gebundenen Händen.« Lukas schnaubte. »Kein Wunder, dass er sich eingenässt hat.«

»Wie?« Doktor Hanna Teufel war wieder zu den beiden Männern getreten und starrte mit offenem Mund und in den Nacken gelegtem Kopf zu Lukas hoch, der ihre elfenhafte Gestalt um fast zwei Köpfe überragte. »Sie denken, man hat ihn da oben einfach stehen lassen, in der Hoffnung, dass er irgendwann von allein springt?«

»Ich glaube nicht, dass der arme Kerl freiwillig in den Tod gestürzt ist«, entgegnete Lukas. »Quasi blind, ohne Möglichkeit, sich zu setzen oder gegebenenfalls irgendwo einen stabilen Stand oder gar Halt zu finden, hält man nicht lange durch. Vermutlich wird einem in kürzester Zeit schwindlig und übel zugleich. Dazu kommt das Wissen, dass ein Fehltritt den sicheren Tod bedeuten würde. Summa summarum Panik und Todesangst. Ich gebe dem Opfer keine Stunde, bis es zusammenbricht.«

»Trotzdem wäre der Täter in dem Fall ein sauberer Dilettant«, befand Fiedler und schlug nach einer Pferdebremse, die ihn seit geraumer Zeit attackierte. »Schließlich musste er damit rechnen, dass sein Plan nicht aufgeht und das Opfer es schafft, doch wieder heil von der Klippe wegzukommen. Dann hätte er, gelinde gesagt, ein riesiges Problem. Und zwar, dass er wiedererkannt werden könnte.«

»Was ihm eventuell sogar egal ist. Oder es war reines Kalkül.« Lukas zog eine Schachtel Salbeibonbons aus seiner Jackentasche und hielt sie den beiden anderen hin. »Vielleicht hätte es ihm gereicht, seinem Opfer einen Denkzettel zu verpassen, vielleicht legt er es darauf an, geschnappt zu werden. Möglich, dass er das Schicksal in Gottes Hände gelegt hat.«

»Sauberer Gott«, murmelte die Rechtsmedizinerin. Bevor sie weiterreden konnte, knackte ihr Funkgerät.

»Einen Rastplatz haben wir nicht entdeckt, dafür haben wir den Tatort«, schepperte es blechern. »Das solltet ihr euch besser selbst ansehen.«

»Ich verzupfe mich dann. Können wir ihn herausfliegen lassen?«, hielt Hanna Teufel Fiedler zurück und deutete auf den Toten. »Der Hang ist so durchweicht und schmierig, dass es schon ohne Leiche schwierig genug ist, sturzfrei hinunterzukommen. Sieht man ja an dir.« Mit einem Grinsen deutete die Rechtsmedizinerin auf Fiedlers Hose. »Falls die Jungs ausrutschen, besteht die Gefahr, dass es zu erheblichen postmortalen Verletzungen des Körpers kommt. Und ich darf die Suppe dann wieder auslöffeln.«

»Was ist los?«, schrie Lukas seinen Chef eine gute Stunde später gegen den Lärm des Hubschraubers an, der fast regungslos über ihnen in der Luft hing und gerade einen Bergretter und eine Bahre mit dem Leichnam des Bergsteigers hochzog. Sie hatten sich mühsam durch Gestrüpp kämpfen müssen, bis sie einen schmalen Wanderweg erreichten, den zuvor vermutlich auch der Tote mitsamt seinem mutmaßlichen Begleiter genommen hatte. Jetzt standen sie vor einem zerklüfteten Areal, das sich etwa dreißig Meter breit und hundertfünfzig Meter lang vor ihnen ausbreitete.

Fiedler gab Lukas ein Zeichen zu warten, bis der Lärm auf ein erträgliches Maß sank. Sie sahen dem Helikopter zu, wie der seine Fracht aufnahm und gut dreißig Sekunden später schon weit genug entfernt war, dass sie sich wieder in normaler Lautstärke unterhalten konnten.

»Wenn Sie da rüberwollen, bitte.« Fiedlers Nasenspitze hatte die Farbe seines ausgewaschenen hellgrünen Poloshirts angenommen, nachdem er aus einer gesunden Entfernung den vermeintlichen Tatort mit einem Feldstecher inspiziert hatte. »Mir reicht es, wenn Sie mir Aufnahmen mitbringen.«

Lukas grinste. »Sie leben in den Bergen und sind nicht schwindelfrei? Respekt, Chef. Das muss man auch erst mal schaffen.«

»Werden Sie nicht frech, Zieringer. Dass ich hier lebe, heißt noch lange nicht, dass ich zu einer Bergziege mutiert bin. Also tun Sie, was Sie nicht lassen können. Sehen Sie sich die Stelle an und knipsen Sie ein paar schöne Fotos.«

Als Lukas sich auf den Weg über die gefährlich instabilen Felsnadeln machen wollte, hielt Fiedler ihn zurück. »Passen Sie auf sich auf, bitte. Ich möchte Sie nur ungern gleich wieder verlieren.«

»Sei vorsichtig!«, warnte ihn auch Gerald Hausmann, der in sicherer Entfernung zum Abgrund seine Ausrüstung zusammenpackte, als Lukas die bröseligen Felsen betrat. »Das ist Kalkstein. Wenn du einen falschen Tritt machst, bricht alles unter dir weg. Gib mir zwei Minuten, dann kümmere ich mich darum, dass dich jemand begleitet.«

Lukas nickte dankbar. Ihm machte die Höhe nichts aus, aber er hatte die Beschaffenheit des Bodens bereits selbst als hochgefährlich eingestuft. Kein Problem, wenn man gut genug achtgab. Allerdings musste er auch nicht unbedingt nach einer Stelle suchen, die die Kollegen schon gefunden hatten.

Nachdem der Leiter der Spurensicherung alles in seinem Koffer verstaut hatte, stellte er Lukas die neue Kollegin vor, die trotz ihrer nicht unerheblichen Fülle leichtfüßig auf den Felsen herumkletterte. »Das ist Frida. Ein Nordlicht, wie es im Buche steht, aber im Klettern ein Ass.«

»Freut mich, Lukas. Am besten, du gehst hinter mir her, wenn's für dich okay ist.«

»Klar.« Lukas nickte erneut. Auch dass die neue Kollegin sofort zum Du übergegangen war, konnte ihm nur recht sein. Er hielt seit jeher wenig von Hierarchien, und in den Bergen siezten sich sowieso nur Korinthenkacker. Na ja, abgesehen von seinem Chef vielleicht.

Vorsichtig arbeiteten sich die beiden voran, bis Frida auf eine ausgesetzte Stelle wenige Meter von ihnen entfernt deutete. »Da drüben ist mit an Sicherheit grenzender Wahrscheinlichkeit der Tatort.«

Nun wurde Lukas doch flau im Magen. Weniger wegen des Abgrunds als vielmehr wegen der Vorstellung, welches Drama sich hier vor wenigen Stunden abgespielt haben mochte.

Es gab keine klare Kante, über die der Mann sich hätte retten können. Wie kleine Türmchen standen mehrere Felsnadeln nach oben, und ein Fehltritt hätte auch ohne verbundene Augen fatale Folgen. Vor Lukas' innerem Auge tauchte der unbekannte Tote auf, wie er von seinem Mörder genötigt wurde, auf dem lebensgefährlichen Steinfeld bis zum Abbruch und dann auf eines der Türmchen zu klettern.

Solange sie den Täter nicht gefasst hatten, würden sie nicht erfahren, wie es sich tatsächlich zugetragen hatte, aber die abgetretenen Stellen auf der Felsnadel, die Frida als letzte Position lokalisiert hatte, sprachen Bände. Hier hatte jemand gestanden und verzweifelt versucht, sich in Sicherheit zu bringen.

Frida legte Lukas eine Hand auf die Schulter. »Wenn du da rüberwillst, muss ich dich vorher sichern.«

Lukas schüttelte den Kopf. Er hatte genug gesehen. »Habt ihr Gesteinsproben eingepackt? Weil ich vermute …«

»Wegen des Urins«, fiel Frida ihm ins Wort. »Haben wir. Ist alles schon auf dem Weg in die KTU.«

Zwei Stunden später traf Lukas kurz nach Fiedler in der Dienststelle ein, nachdem der Chef zu sich nach Hause und Lukas auf den Campingplatz am Schliersee gefahren war. Nach der Exkursion durch Gestrüpp und Matsch hatten sie eine Dusche und frische Klamotten dringend nötig gehabt.

Obwohl Fiedler ihm gefühlt alle zwei Tage einen Vortrag darüber hielt, dass es nicht anging, dass sein Mitarbeiter in einem Wohnmobil lebte, konnte Lukas sich nicht dazu überwinden, sich nach einer Wohnung umzusehen. Auch wenn ihm geschlossene Räume nicht mehr so zu schaffen machten wie noch vor ein paar Monaten, war er noch lange nicht so weit, dass er sich auch nur ansatzweise vorstellen konnte, stundenlang allein in einem Haus zu sein, wo alle möglichen Gegenstände und Türen die Flucht nach draußen versperrten. Immerhin hatte er inzwischen einen Panoramaplatz direkt am See ergattert. Nur die allzu große Nähe zu seinen zum Teil sehr neugierigen Nachbarn war etwas, das er sicher nicht allzu lange durchhalten würde.

»Gibt es schon Ergebnisse aus der KTU?«, kam Lukas ohne Umschweife zur Sache.

Fiedler sah von einer gelben Mappe hoch und musterte seinen Mitarbeiter einen Moment lang irritiert. »Machen Sie die Tür zu und setzen Sie sich«, sagte er anstelle einer Antwort. Mit einem scharfen Blick musterte er Lukas von oben bis unten, dann nickte er beifällig.

Lukas, der nicht schlau daraus wurde, was Fiedler damit bezwecken wollte, drehte den Stuhl herum und setzte sich rittlings darauf.

»Also gut«, setzte Fiedler an. »Bevor ich zu unserem aktuellen Fall komme, sollten wir ein paar grundlegende Dinge klären.« Er schnaufte wie ein Walross und warf erneut einen Blick in die Mappe in seiner Hand. »Kennen Sie den aktuellen Stand Ihrer Personalakte?«

»Nein«, antwortete Lukas. »Ich kann mir aber vorstellen, was drinsteht.«

»Seien Sie sich da mal nicht so sicher.« Fiedler warf die Mappe auf den Schreibtisch. »Ausnahmekarriere, Auszeichnungen, exzellente Mitarbeiterführung, überdurchschnittliche Aufklärungsquote. Nehmen Sie es mir nicht krumm, aber vor meinem inneren Auge taucht ein Plakat auf, auf dem *Mitarbeiter des Monats* steht. Angesichts der Fülle an positiven Beurteilungen mutet es allerdings etwas seltsam an, dass vor etwa einem Jahr lediglich eine lapidare Bemerkung auftaucht, die einen *Zwischenfall* erwähnt, der dazu geführt hat, dass Sie zwölf Monate ausgefallen sind.« Fiedler blätterte zu Seite drei. »Rekonvaleszenz. Mehr steht hier nicht drin.« Er sah auf und musterte Lukas erneut mit seinem Röntgenblick. »Es wird seine Gründe haben, weshalb sich München so bedeckt hält. Allerdings muss ich Ihnen nicht sagen, dass das nicht nur ein unübliches Vorgehen ist, sondern sich eher dafür eignet, beim Leser die Alarmglocken schrillen zu lassen.«

Lukas hatte keine Ahnung, worauf Fiedler hinauswollte. Wenn er es darauf anlegte, dass Lukas ihm erzählte, was der Bericht ausließ, würde er eine Enttäuschung erleben. Lukas hatte nicht vor, die Geschichte wieder aufzurollen. Ganz abgesehen davon, dass er es auch überhaupt nicht konnte.

»Hören Sie mir zu?«, fragte Fiedler, dem nicht entgangen war, dass Lukas' Gesicht sich verschlossen hatte wie eine Auster.

Lukas zwang sich in die Gegenwart zurück. »Ich höre zu«, bestätigte er knapp. »Aber ich werden Ihnen nicht …«

Weiter kam er nicht, da Fiedler sofort abwinkte. »Vergessen Sie's. Dass Sie mir Ihre Lebensgeschichte erzählen, nur weil wir zusammen einen Drogenring ausgehebelt haben, erwarte ich nicht. Was ich aber erwarte, ist eine Einschätzung, ob ich mich auf Sie verlassen kann.« Fiedler verschränkte die Hände hinter dem Kopf. »Mir ist nicht entgangen, wie sehr es Sie mitnimmt, wenn eine Situation aus dem Ruder zu laufen droht. Im Bergwerk standen Sie einige Male kurz vor einer Panikattacke, und ich bin mir nicht sicher, ob Sie nicht sogar wirklich eine hatten, aus der Sie nicht von allein rausgekommen sind und Keller Sie nur deshalb überwältigen konnte.« Fiedler musterte den jungen Kollegen, der auf den Boden vor sich starrte. Seine Gedanken schweiften zurück zu den Geschehnissen, als Zieringer in ihrem ersten gemeinsamen Fall von dem skrupellosen Drogenbaron niedergeschlagen worden war. »Ich gehe davon aus, dass das mit dem zusammenhängt, was Ihnen vor einiger Zeit widerfahren ist. Ich glaube nämlich nicht, dass Sie schon zuvor mit ähnlichen Problemen zu kämpfen hatten, sonst hätten Sie kaum eine derartige Karriere hingelegt. Was ich Ihnen zugutehalte, ist, dass Sie sich Ihren Problemen stellen und nicht aufgeben. Und dass Sie dazu in der Lage sind, haben Sie in der Zeche unter Beweis gestellt.«

Fiedler gab Lukas Zeit, seine Worte zu verdauen, bevor er zu dem Punkt kam, der ihn beschäftigte. »Trotzdem halte ich dieses Gespräch für unerlässlich. Als Sie heute vor der Leiche standen, haben Ihre Hände gezittert wie bei einem Junkie auf Entzug, und für einen Moment habe ich befürchtet, dass Sie gleich zusammenklappen. Nichtsdestotrotz haben Sie es geschafft, innerhalb von fünf Minuten eine Analyse von sich zu geben, die den Kern dessen getroffen hat, für das wir eine knappe Stunde benötigt haben. Das spricht eindeutig dafür, dass das, was in dem Ding da steht, keine Gefälligkeitsbeurteilungen waren, sondern dass Sie tatsächlich der Überflieger sind, den man Ihnen angedichtet hat.« Fiedler streckte sich, bis seine Fingergelenke knackten. Dann löste er seine Hände voneinander und ließ sie mit einem Krachen auf die Tischplatte fallen.

Lukas zuckte zusammen. »Danke«, murmelte er. »Ich schätze, ich war wirklich ganz gut. Ich kann Ihnen nicht sagen, ob ich das auch heute noch bin, aber ich würde es gerne versuchen, wenn Sie mir weiter die Chance geben.«

Fiedler lächelte milde. »Nun ja, Sie sind schließlich hier, oder? Trotzdem brauche ich von Ihnen eine klare Aussage, ob Sie ein Alkoholproblem haben. Oder ob Sie irgendwelche Drogen nehmen. Verschreibungspflichtige Medikamente eingeschlossen.«

»Wie bitte?« Entgeistert hielt Lukas Fiedlers bohrendem Blick stand. »Ganz sicher nicht«, sagte er schließlich.

»Woher kam dann das Zittern Ihrer Hände heute Vormittag?«

Lukas blickte zu Boden. »Das hat mit dem zu tun, was damals passiert ist. Ich war mir bis vor ein paar Monaten nicht sicher, ob ich es überhaupt jemals wieder schaffe, eine Dienststelle zu betreten. Ich weiß«, er hob die Hände, bevor Fiedler etwas dazu sagen konnte, »wenn Sie das vorher gewusst hätten, hätten Sie sich einen anderen Bewerber ausgesucht. Dass die Sache so gelaufen ist, hat der Betriebsarzt in München entschieden. Er hatte nämlich wesentlich mehr Zutrauen …«

»Stopp!«, unterbrach Fiedler ihn. »Ich weiß, dass Sie als arbeitsfähig eingestuft wurden. Das steht auch noch hier drin. Aber darum geht es nicht. Ich will nur wissen, ob und inwieweit ich mich auf Sie verlassen kann. Wir müssen uns beide nichts vormachen – im Bergwerksfall ist es mehrmals zu Situationen gekommen, die hart an der Grenze lagen. Hätte Polizeimeisterin Brecht oder ich Sie nicht gerade noch rechtzeitig aus Ihren Flashbacks holen können, wäre die jeweilige Situation vielleicht nicht so glimpflich verlaufen. Ich muss Ihnen schließlich nicht sagen, welch prekäre Situationen unser Job mit sich bringen kann.«

Lukas schloss die Augen und atmete tief durch. Ihm war schon seit einiger Zeit bewusst, dass diese Frage eines Tages kommen würde. Und nur dem Umstand, dass Fiedler zwischenzeitlich auf einem Lehrgang in Hamburg gewesen war, an den er seinen Jahresurlaub gehängt hatte, war es zu verdanken, dass sein Chef sie nicht schon früher gestellt hatte.

Als er die Augen wieder öffnete, entging ihm nicht, dass in Fiedlers Miene eine verhaltene Portion Mitgefühl zu lesen war. Das gab ihm den Anstoß, seine Karten, wenigstens ein Stück weit, offen auf den Tisch zu legen.

»Ich kann und werde nicht darüber reden, was letztes Jahr passiert ist. Dabei bleibe ich«, sagte Lukas leise. Hilflos zog er die Schultern nach oben. »Was ich allerdings beschwören kann, ist, dass ich außer gelegentlich einem Bier oder Wein keinen Alkohol trinke. Und Medikamente nehme ich überhaupt keine. Was ich aber nicht weiß, ist, was passiert, wenn es mal richtig heikel wird.« Lukas' Augen brannten, als er an Fiedler vorbei zum Fenster hinaussah. »Früher hätte ich keine Sekunde gezögert, Ihnen zu versprechen, dass ich niemals einen Kollegen im Stich lassen würde, egal, welche Situation eintritt.« Sein Blick wanderte zurück und suchte in Fiedlers Gesicht etwas, von dem er selbst nicht wusste, was es war. »Jetzt, hier und heute muss ich zugeben, dass ich das nicht mehr beschwören kann. Ich weiß, dass ich damit nicht tragbar für Ihre Dienststelle bin«, redete er schnell weiter, als Fiedler ihm ins Wort fallen wollte. »Aber immerhin hat es ja auch etwas für sich, dass wir das so schnell herausgefunden haben. Es tut mir leid, wenn Sie sich getäuscht fühlen. Das meine ich wirklich«, setzte er hinterher, da Fiedler ihn ansah, als hätte er in eine Zitrone gebissen. Er stand auf, stellte den Stuhl zurück und streckte Fiedler die Hand hin. »Ich hoffe, Sie können mir das nachsehen.«

Als Fiedler nach einer gefühlten Ewigkeit noch immer keine Anstalten machte, die ihm hingestreckte Rechte zu ergreifen, zuckte Lukas bedauernd mit den Schultern und wandte sich zum Gehen.

»Zieringer!«, donnerte Fiedler, als Lukas nach der Türklinke griff. »Hinsetzen!«

Mit zusammengekniffenen Augen musterte Lukas seinen Chef, bevor er dessen Anweisung Folge leistete und seine langen Beine unter Fiedlers Tisch ausstreckte.

»Denken Sie nicht auch nur eine Sekunde darüber nach, gleich wieder die Fliege zu machen«, sagte Fiedler trocken. »In groben Zügen wusste ich schon, bevor Sie hier angetreten sind, worauf ich mich mit Ihnen einlasse, und dazu stehe ich auch jetzt noch. Was wir allerdings klären müssen, ist, was ich Ihnen abverlangen kann. Und auch, wie viel Sie sich selbst zutrauen.«

Lukas dachte nach. »Darüber bin ich mir selber nicht im Klaren. Deswegen wollte ich ja raus aus München, rein in die Provinz.« Er grinste, als Fiedler den Mund verzog. »Ich dachte, hier am schönen Schliersee gibt es ab und an einen kleinen Einbruch, einen Handtaschenraub und vielleicht noch den ein oder anderen Ladendiebstahl aufzuklären. Dass ich mich getäuscht habe, weiß ich spätestens seit dem Bergwerksfall. Aber so schnell schon wieder ein Mord?« Er spürte, wie sein Herzschlag schneller wurde, allein, wenn er nur an die Leiche des Wanderers dachte. Die Bilder, die in seinem Kopf aufstiegen, konnte er nur mit Mühe zurückdrängen. Schnell schüttelte er den Kopf. »Ich traue mir noch immer zu, die Ermittlungen zu leiten, was die gesamte Bürokratie angeht. Ich kann die Ergebnisse koordinieren, den Kollegen Aufgaben entsprechend ihren Fähigkeiten zuweisen, Indizien auswerten und so weiter und so fort. Was ich nicht kann, ist, bei der Obduktion der Leiche dabei zu sein.« Schlagartig sprudelte ein Schwall Magensäure in seine Speiseröhre. Laut Gesetz hatte immer einer der an einem Fall beteiligten Ermittler der Sektion beizuwohnen. Lukas war seit seinen ersten Jahren als Kommissar unzählige Male in der Rechtsmedizin gewesen, und oft genug hatten ihm die Autopsien der gewaltsam Verstorbenen schlaflose Nächte beschert. Es war unfassbar, zu welchen Gräueltaten Menschen fähig waren. Die nüchternen Aufzählungen und detaillierten Beschreibungen aller Wunden und Verletzungen des Münchner Rechtsmediziners, die kalt und sachlich in den bis zur Decke hoch gekachelten Wänden widerhallten, hatten das Ganze noch schlimmer gemacht.

Am schlimmsten aber war es, wenn kleine Kinder oder Frauen gefoltert worden waren. In diesen Fällen schaffte er es kaum, hinzusehen oder der sonoren Stimme zuzuhören, wohingegen es ihn erstaunlich kalt ließ, wenn eine Fehde zwischen rivalisierenden, schwerkriminellen Gangs zu einem oftmals mehr als nur blutigen Ende führte. Diese Individuen hatten sich ihren grausamen Tod selbst zuzuschreiben. Oft genug trugen sie mit ihrer Gier und Skrupellosigkeit die Verantwortung dafür, dass ein junges Leben zerstört worden war, und hatten nun die Quittung für ihr Handeln bekommen. Lukas ertappte sich ein ums andere Mal bei dem Gedanken, dass es eine göttliche Gerechtigkeit gewesen war, die den Menschen vor ihm ins Jenseits geschickt hatte. Obwohl er sich nicht mal ansatzweise so äußern durfte, das Denken konnte ihm niemand verbieten, und es verschaffte ihm zumindest gelegentlich Genugtuung, dass dieses Leben ausgesprochen schmerzhaft zu Ende gegangen war.

Vehement schüttelte er den Kopf, um zu unterstreichen, dass er in diesem Punkt nicht mit sich handeln lassen würde. »Nein«, schob er hinterher. »Einer Obduktion werde ich nicht beiwohnen. Das kann ich nicht.«

Fiedler, der ihn aufmerksam beobachtet hatte, nickte. Etwas Ähnliches hatte er sich bereits gedacht, nachdem er die spärliche Akte gelesen hatte. Aber das war in Ordnung, und das sagte er seinem jungen Mitarbeiter jetzt auch.

»Einverstanden. Den Part übernehme ich, solange Sie es nicht können. Ich muss Sie nur warnen, dass ich Sie eines Tages doch darum bitten werde. Aber keine Sorge, das wird noch dauern. Und wenn es so weit ist, gebe ich Ihnen alle Zeit der Welt, um sich mit dem Gedanken vertraut zu machen.«

Lukas schluckte. Auch wenn jede Faser seines Körpers bei der Vorstellung aufschrie, war Fiedlers Angebot nur fair. Ja, mehr als das. Es war das großzügigste Geschenk, das er in seiner Lage überhaupt erwarten durfte. »Danke«, sagte er leise. »Ich weiß das wirklich zu schätzen.«

Fiedler lächelte. Für ihn war das Thema damit vorerst erledigt. »Zurück zu unserem Fall. Gibt es sonst noch Fragen?«

Lukas kniff die Augen zusammen und massierte seinen Nasenrücken. »Die abgelegene Fundstelle auf der Brecherspitz lässt mich nicht los. Wie konnte die Leiche dort überhaupt entdeckt werden? Es wird ja kaum jemand von oben heruntergeschaut haben, so brüchig, wie der Fels an der Stelle ist. Und von unten führt kein Weg an der Wand entlang, wenn ich das richtig gesehen habe. Der Pfad, den wir genommen haben, war so frisch heruntergetrampelt, dass ich das Ihren Leuten zuschreibe.«

Fiedler atmete auf. Er hätte sich schwer gewundert, wenn dem klugen Ermittler genau dieser Punkt entgangen war. »Haben Sie die Gleitschirmflieger auf dem Wallberg gesehen?«, fragte er anstelle einer Antwort.

Lukas' Gedanken wanderten zurück zu der Stelle, an der der Bergsteiger gefunden worden war. Von dort waren es nur ein paar Kilometer Luftlinie zu dem markanten Berg, der den Tegernsee im Süden begrenzte. »Nein, da waren keine. Wieso?«

»Dann waren zu dem Zeitpunkt gerade keine in der Luft. Aber normalerweise wimmelt es rund um den Wallberg nur so von Drachen- und Gleitschirmfliegern. Dafür ist der Berg weltberühmt. Und für uns Einheimische sind die Piloten willkommene Gäste, egal, ob sie aus der Umgebung kommen oder von weiter her.«

»Hat einer von denen die Leiche entdeckt?«

»Genau«, bestätigte Fiedler. »Und nicht nur das. Er hat über dem leblosen Körper ein paar Runden gedreht, sie mit seiner GoPro gefilmt und ist dann schnellstmöglich gelandet, um uns zu verständigen.«

»Und weil die Kamera einen GPS-Sender verbaut hat, wussten Sie auch sofort, wo Sie suchen mussten.«

»Genau.«

»Und woher wussten Sie, dass es ein Mord war? Immerhin handelte es sich um einen verunglückten Bergsteiger, da würde normalerweise doch eher die Bergwacht anrücken.«

»Wir haben die Bergwacht informiert, nachdem der Anruf kam. Die sind sofort mit einem Hubschrauber hochgeflogen und haben einen Kumpel zu der Unglücksstelle runtergelassen. Und der hat zum Glück gleich erkannt, was Sache war, bevor er damit anfangen konnte, eventuelle Spuren zu vernichten.«

»Sehr gut.« Lukas nickte gedankenverloren und stand auf, ließ sich jedoch gleich wieder zurück auf den Stuhl fallen. »Ich nehme nicht an, dass sich ein Wunder ereignet hat und wir jetzt wissen, wer der Tote ist?«

»Nein.«

»Okay. Dann werden wir als Erstes die Vermisstenanzeigen überprüfen.« Eine innere Stimme sagte Lukas, dass das nichts bringen würde. Trotzdem durften sie das Nächstliegende natürlich nicht außer Acht lassen. »Falls wir dabei kein Glück haben, sollen die Kollegen alle Parkplätze rund um den Spitzingsee absuchen, ob dort ein Fahrzeug steht, das sich auf die Schnelle niemandem zuordnen lässt. Da der Stümpfling der nächstgelegene Berg ist, auf den eine Bahn führt, muss einer dort hinauffahren und die Wanderer auf dem Gipfel und der Jagahütt'n befragen, mit welchen Fahrzeugen sie da sind. Wenn wir Glück haben, können wir die …« Lukas unterbrach sich, als er den amüsierten Zug um Fiedlers Mundwinkel sah. »Entschuldigung«, sagte er mit einem Funkeln in den Augen. »Ich wollte die Ermittlungen nicht an mich reißen.«

»Das sollen Sie aber.« Fiedlers Lächeln wurde breiter. »Nur bin ich der falsche Ansprechpartner für Ihre Anweisungen.« Er stand auf und kam hinter seinem Schreibtisch hervor. »Kommen Sie mit.«

Eine Viertelstunde später hatte Fiedler eine Konferenz einberufen, an der alle diensthabenden Beamten teilzunehmen hatten, die sich gerade in der Wache aufhielten.

»Okay, Kollegen.« Lukas holte tief Luft und warf einen Blick in die Runde. Die gespannten Mienen waren ihm vertraut, wenn es früher auch andere Menschen gewesen waren, die gebannt an seinen Lippen gehangen hatten. »Da die meisten von euch entweder noch gar nicht oder nur in Teilen informiert sind, was auf der Brecherspitz passiert ist, fange ich am Anfang an. Anschließend werden wir ein paar Aufgaben zu verteilen haben. Da ich eure Fähigkeiten noch nicht gut genug einschätzen kann, bitte ich einfach darum, dass ihr euch aktiv anbietet, wenn es etwas zu tun gibt, bei dem ihr eure eigenen Stärken seht. Ich sehe keinen Sinn darin, euch Aufgaben zuzuteilen, die euch nicht liegen oder die ein anderer besser bewältigen kann.«

Ein leichtes Lächeln lag auf Fiedlers Lippen. Gut gemeistert, dachte er. Nicht nur, dass Zieringer es selbst ansprach, dass er mit der Aufgabenverteilung aller Wahrscheinlichkeit nach danebenliegen würde; auch dass er die Kollegen in seine Entscheidung einbinden wollte, kam bei denen gut an.

Eine Viertelstunde später war auch der letzte Polizist im Bilde, was sich am Berg ereignet hatte. Fragen waren gestellt und beantwortet worden, und nun warteten die Anwesenden gespannt darauf, wie Zieringer die Ermittlungsarbeiten angehen wollte.

»Als Erstes steht uns die Aufgabe bevor, herauszufinden, wer der Tote ist«, fing Lukas an. »Bislang haben wir weder einen Ausweis noch sonstige Papiere gefunden. Wer checkt die Vermisstenanzeigen?«

Fünf Hände streckten sich nach oben. Ohne lange zu fackeln, deutete Lukas auf den ihm am nächsten sitzenden Kollegen. Nicht weil er willkürlich den Nächstbesten gewählt hatte, sondern weil der einen aufgeklappten Laptop auf den Oberschenkeln liegen hatte.

»Gut.« Lukas nickte und deutete auf die Bilder des Toten, die ein Beamer an die Wand hinter ihn projizierte. »Zu den augenscheinlichen Merkmalen kommt, dass der Mann etwa fünfzig Jahre alt, eins siebenundsiebzig groß und knapp siebzig Kilo schwer war. Für einen Mann seines Alters damit eher ein Leichtgewicht. Inwieweit das die Wahl des Täters für sein Opfer beeinflusst hat, werden wir später klären.«

»Keine Vermisstenanzeigen in fünfzig Kilometer Umkreis, auf die die äußeren Merkmale zutreffen«, meldete sich der Beamte in der ersten Reihe zu Wort. »Ich weite die Suche schrittweise auf das ganze Bundesgebiet aus. Das wird aber etwas länger dauern.«

Lukas nickte. Er hatte intuitiv den richtigen aus den fünf Bewerbern herausgesucht. »Wenn das zu nichts führt, schauen Sie auch gleich zu den Nachbarn in Tirol rüber.« Auch wenn sein Bauch ihm sagte, dass es nichts bringen würde. Falls der Tote alleinstehend war und gerade Urlaub hatte, würde ihn so schnell niemand vermissen. Trotzdem durften sie nichts unversucht lassen.

»Wie viele Parkplätze gibt es in der Gegend um die Brecherspitz? Zwei?«

»Drei«, antwortete Sepp Haubrich, ein älterer Kollege, der mit seinem mächtigen gezwirbelten Bart so aussah, als ob er mehr auf den Bergen als im Streifenwagen unterwegs war. »Oan direkt an der Stümpflingbahn, oan am Kurvenlift und oan von der Tegernseer Seitn an der Suttenbahn. Dazua kimmd no der an da Taubensteinbahn, an dem dad aba koana parkn, wenn er zur Brecherspitz wui, weil der z'weit weg is. Außadem kon ma a von da Dürnbachstraß' in Neuhaus losgeh, wenn ma a guade Kondition hod.«

»Vier Streifenwagen fahren diese Parkplätze an«, entschied Lukas. »Notieren Sie sich alle Kennzeichen. Klappern Sie die Bäckereien in der Gegend ab, Cafés, die einen Coffee to go anbieten, und zeigen Sie sein Foto herum. Arbeiten Sie in Zweierteams, dann kommen Sie schneller voran.«

Nachdem er acht Kollegen eingeteilt hatte, kam er zum nächsten Punkt. »Wir müssen die Pensionen und Hotels in der näheren Umgebung abfragen. Prägen Sie sich seine Kleidung ein.« Wieder deutete Lukas auf eines der Fotos hinter ihm. »Vielleicht kann sich jemand erinnern, ob ein Gast in dem Aufzug das Haus verlassen hat.«

»Super«, witzelte ein Kollege in der hinteren Reihe. »Wanderklamotten sind in der Gegend ja auch total selten.« Als ihn ein vernichtender Blick Fiedlers traf, senkte er verlegen den Kopf.

»In seinem Rucksack führte der Tote Wechselkleidung und eine Zahnbürste mit«, fuhr Lukas unbeirrt fort. »Wir müssen deshalb davon ausgehen, dass er nicht im Ort, sondern auf dem Berg übernachten wollte. Auf der Oberen Firstalm war er nicht angemeldet, das haben wir schon in Erfahrung gebracht. Gibt es auf der Brecherspitz noch andere bewirtschaftete Almen, die Übernachtungsmöglichkeiten anbieten?«

»S' Bodenschneidhaus hod Zwoabettzimmer und a Lager. Des is des Oanzige in der Näh, wos mia eifoid. Im Oidn

Wallberghaus kon ma mittlerweile wieder übernachtn, des is aba ganz schee weid weg, genau wia's Rotwandhaus«, wusste Sepp Haubrich. »Dazu gibt's a paar private Hüttn, aber i glaub ned, dass dem eine davo g'head hat. I kenn die meisten Pächter, und die, die i ned kenn, hob i zmindest scho amoi gseng. Des Gsicht«, er deutete mit dem Kugelschreiber in seiner linken Hand auf die Fotos, »kenn i aba ned.«

»Okay. Wer ruft dort an und fragt? – Danke, Emma.« Lukas grinste, als die Hand der Sekretärin sofort nach oben schnellte. Er fuhr fort, verteilte Aufgaben und hörte sich Ideen und Vorschläge seiner Kollegen an. Als er nach zwanzig Minuten am Ende angekommen war, sah er das erste Mal, seit er die Besprechung eröffnet hatte, seinen Chef an. »Ich wäre fertig. Wollen Sie noch …?«

Fiedler erhob sich. »Für den Augenblick war das alles, meine Damen und Herren. Gehen Sie an die Arbeit.« Als der Raum sich geleert hatte, trat er zu Lukas. »Doktor Teufel hat uns zu sich gebeten. Kommen Sie.«

Da er sich mitten im Wort bereits zum Gehen wandte, bekam Fiedler nicht mit, dass sein Mitarbeiter bei seinen Worten blass wurde.

»Chef?«, krächzte Lukas. »Warten Sie.« Seine Füße fühlten sich schwer an wie Blei, als er seinem Vorgesetzten hinterherlief.

Da Fiedler ihn nicht gehört hatte, holte er ihn erst bei der Treppe ein. »Chef«, wiederholte er, jetzt etwas lauter.

Endlich drehte sich Fiedler um. Erschrocken sah er in Zieringers totenbleiches Gesicht. »Was ist los?«

»Ich kann da nicht mit«, keuchte Lukas. »In die Sektionsräume, meine ich, das geht nicht.«

»Keine Bange«, sagte Fiedler mit beruhigender Stimme. »Doktor Teufel fängt erst mit der Obduktion an, wenn Sie wieder weg sind. Ich musste ihr Bescheid geben«, sagte er, fast entschuldigend. »Einerseits hätte sie es sowieso erfahren, andererseits …«

»Kein Problem«, fiel Lukas ihm ins Wort, der mittlerweile wieder eine etwas gesündere Farbe hatte. »Schon okay, wirklich. Mir wurde nur schwindlig, als Sie von der Rechtsmedizin gesprochen haben.«

»War nicht zu übersehen«, sagte Fiedler trocken. »Zumindest als Sie mich eingeholt hatten. Tut mir leid, dass ich nicht von allein draufgekommen bin.«

»Schon in Ordnung. Also, was will die Herrin der Toten von uns?«

Kapitel 2

Zufrieden betrat Leo den kühlen, dunklen Flur und schloss die Tür hinter sich. Er verzichtete darauf, Licht zu machen, warf die Schlüssel in eine kleine Schale auf dem Sideboard, schlüpfte aus den Schuhen und lief auf Strümpfen in die Küche, wo er sich ein Bier aus dem Kühlschrank holte. Er schnippte den Kronkorken in den Mülleimer, nahm einen tiefen Schluck direkt aus der Flasche, rülpste und verzog den Mund zu einer Grimasse. Dann wanderte er weiter ins Wohnzimmer und ließ sich auf das rostfarbene Rolf-Benz-Sofa fallen. Als er die Augen schloss, dauerte es nicht lange und er sah Lüdekes angstverzerrtes Gesicht vor sich. Er hatte aus sicherer Entfernung beobachtet, wie die Panik im Gesicht seines Opfers ins Unermessliche wuchs, und schließlich hatte das Schwein sich selbst angepisst. Danach hatte es nicht mehr lange gedauert, bis Lüdeke zunehmend die Kontrolle über seinen Körper verloren hatte und ins Wanken geriet, was schließlich aufgrund seiner im Rücken gefesselten Hände dazu führte, dass er sich nicht mehr lange auf dem Felsvorsprung hatte halten können. Bedauerlich nur, dass das Gebiet so zerklüftet war, dass Leo sich nicht ein zweites Mal bis nach vorn an den Rand gewagt hatte, denn so hatte er auf die Genugtuung verzichten müssen zu überprüfen, ob das Elend sich tatsächlich selbst ein Ende bereitet hatte.

Er öffnete die Augen, zupfte das Etikett von der Flasche und trank erneut. Dabei hatte er den Alkohol im Moment nicht nötig, um sich zu stimulieren. Schon bei der Vorstellung, wie Lüdeke einer Lumpenpuppe gleich in die Schlucht gestürzt war, pumpte sein Herz eine Überdosis Adrenalin durch seinen Körper, und er fühlte sich regelrecht high. Schade nur, dass das berauschende Gefühl nicht allzu lange anhalten würde, selbst wenn er wusste, wie er diesen Zustand, wenn auch in deutlich abgeschwächter Form, noch Jahre später willentlich herbeiführen konnte. Er verfluchte die moderne Kriminaltechnik, die es ihm nicht erlaubte, Fotos von seinen Opfern zu machen. Selbst wenn er die Datei wieder löschte, konnte er sich nicht sicher sein, ob ein talentierter IT-Freak sie nicht wieder würde herstellen können.

Er hob die Flasche und prostete in Gedanken Falk zu, seinem engsten Vertrauten. Genau wie seiner war der Name frei gewählt, vor einer halben Ewigkeit, ausgesucht zu ihrer beider Schutz. Falk, abgeleitet von dem Falken, der hoch am Himmel alles sah, dem nichts entging. Von ihm hatte Leo erfahren, was er über Lüdeke wissen musste, und er hatte getan, was getan werden musste. Fortan würden einige Menschen wieder besser schlafen. Er lächelte, als er an Falk dachte. Seit einigen Tagen wusste er, dass noch weitere Personen seiner Hilfe bedurften. Nun gut, er war bereit. Falk musste nur noch Bescheid geben, wer der Nächste auf seiner Liste war.

* * *

Es war nicht allein die Vorstellung, der Leichenschau beizuwohnen; schon das Betreten des Sektionssaals stellte sich für Lukas als nahezu unmöglich heraus. Der Geruch nach Desinfektionsmitteln, der die Luft durchdrang, und der Anblick des Sektionstisches aus Edelstahl, auf dem bereits, noch mit einem grünen Laken bedeckt, der Körper des Bergsteigers lag, bescherten ihm einen Brechreiz, den er kaum beherrschen konnte.

»Gehen wir in mein Büro.« Hanna Teufel zupfte Fiedler am Ärmel und deutete mit beiden Händen, dass er auf den Kollegen achtgeben sollte, da der augenscheinlich kurz vorm Umkippen war.

Fiedler schob Lukas vor sich her in das winzige Kämmerchen, in dem die Rechtsmedizinerin ihren Schreibtisch hatte. Zum Glück hatte der Raum ein Fenster, das die Ärztin sofort aufriss. Und noch bevor Lukas' Hintern die Sitzfläche des Stuhls berührte, den Fiedler ihm hinschob, hatte Doktor Teufel eine Flasche weißen Rum aus einer Schublade hervorgezaubert, die sie dort deponiert hatte, da die Angehörigen, die ihre Toten in der Rechtsmedizin identifizieren sollten, oftmals etwas Stärkeres als nur warme Worte nötig hatten.

»Trinken Sie«, sagte sie und drückte Lukas ein bis zum Rand gefülltes Schnapsglas in die Hand.

»Was soll ich?« Mit aufgerissenen Augen starrte er die farblose Flüssigkeit an, dann schüttelte er den Kopf. »Danke, aber ich trinke nicht.«

»Dann sollten Sie heute eine Ausnahme machen.« Teufel warf ihm einen prüfenden Blick zu. »Es sei denn, Sie sind Alkoholiker.«

Lukas schüttelte erneut den Kopf. »Nein. Aber …«

Fiedler nahm Lukas das Glas aus der Hand und stellte es auf den Tisch. »Ende der Diskussion. Ich denke, wir können es dem Kollegen durchaus zutrauen, selbst zu entscheiden, ob er einen Schnaps nötig hat oder nicht.«

»Von mir aus.« Teufel zuckte mit den Schultern und ließ sich mit einer eleganten Drehung auf ihrem Schreibtischstuhl nieder. Dann zog sie die Tastatur ihres Rechners zu sich heran.

»Wie Sie sich denken können, haben wir noch keine Ergebnisse, was die toxikologischen Tests anbelangt. Was ich Ihnen aber schon jetzt sagen kann, ist, dass sich keine Spuren von GHB oder Benzodiazepinen im Blut oder Urin nachweisen lassen werden.« Teufel warf den Kommissaren einen Blick zu, als ob sie sich überzeugen wollte, dass die beiden wussten, wovon sie redete.

»K.-o.-Tropfen«, tat Lukas ihr den Gefallen.

»Richtig.« Teufel lächelte. »Was aber nicht heißt, dass dem Opfer keine verabreicht wurden, sondern nur, dass der Wirkstoff sich bereits abgebaut hat.«

»Was auch nicht verwunderlich ist«, murmelte Lukas. »Ich gehe nicht davon aus, dass die Bergtour mitten in der Nacht begonnen hat, sondern gestern Vormittag.«

Erstaunt sah Fiedler Lukas an. »Gewagte Theorie«, fand er. »Oder haben Sie einen Hinweis entdeckt, der mir entgangen ist?«

»Nein.« Lukas starrte auf die Wand, an der Fotos von verstümmelten Körperteilen hingen. Schnell wandte er den Blick wieder ab. »Aber im Rucksack war noch der größte Teil einer ziemlich üppigen Brotzeit vorhanden, eine noch volle Thermoskanne mit Tee und zwei Flaschen Wasser, wovon eine angebrochen war. Außerdem hatte er einen Hüttenschlafsack und zwei Garnituren Wäsche zum Wechseln dabei. Das lässt darauf schließen, dass das Unternehmen mindestens als Zweitagestour geplant war. Deswegen gehe ich davon aus, dass die Tour in den Morgen- beziehungsweise Vormittagsstunden losging.«

»Und was spricht Ihrer Meinung nach für ein so enges Zeitfenster?«, wollte Fiedler wissen. »Die Brecherspitz ist ein Berg, der zumindest auf den üblichen Routen von sechs Uhr morgens bis zum Einbruch der Dunkelheit begangen werden kann.«

»Stimmt. Trotzdem bleibe ich bei meiner Meinung«, beharrte Lukas. »Um die Mittagszeit sind unter der Woche nämlich kaum Gleitschirmflieger in der Luft, was man vom späten Nachmittag nicht behaupten kann. Und je mehr davon über dem Gebiet kreisen, desto wahrscheinlicher ist die Gefahr, dass die beiden entdeckt werden.«

Das leuchtete ein. Fiedler nickte. »Weiter.«

Irritiert blickte Lukas zu seinem Chef. »Was weiter?«

»Wir hatten es gerade von GHB und Benzodiazepinen«, erinnerte Teufel Lukas daran, worauf er seine Theorie gründete.

»Richtig. K.-o.-Tropfen werden jedenfalls relativ schnell abgebaut. Rund zehn Stunden?« Lukas warf der Rechtsmedizinerin einen fragenden Blick zu.

»Sechs bis zwölf«, korrigierte sie Lukas' Annahme. »Kommt ganz auf den verwendeten Wirkstoff an.«

»Jedenfalls ist den Leichenflecken und der Leichenstarre zufolge klar, dass unser Unbekannter bereits gestern abgestürzt sein muss. Dadurch ist aber auch ebenso klar, dass keine Benzos mehr im Blut oder Urin nachweisbar sind. Bleibt als einzige Chance eine Haaranalyse.«

»Ist bereits in Auftrag gegeben.«

»Sehr gut.« Lukas lächelte die Rechtsmedizinerin zufrieden an. »Und sonst? Haben Sie schon einen näheren Anhaltspunkt zur Todeszeit?«

»Es wird schwierig, die auf den Punkt zu bestimmen«, entgegnete die Ärztin trocken. »Das Klima an der Stelle ist schwer berechenbar. Selbst zur Mittagszeit liegt sie durchgängig im Schatten, dadurch trocknet der Boden kaum ab. Der Bach, der in der Nähe fließt, bringt zusätzlich eine Menge Feuchtigkeit ins Spiel. Zudem ist die Stelle einem frischen Wind ausgesetzt, und in der Nacht dürfte die Temperatur am Boden höchstens zehn Grad betragen haben.«

»Wir sind also keinen Deut schlauer als vorher«, stellte Lukas fest, als er neben Fiedler die Treppe hoch in die Büroräume der Dienststelle lief. »Hoffentlich gibt es mittlerweile Neuigkeiten, was die Identität des Toten anbelangt.«

Während Fiedler sofort in sein Büro abbog, warf Lukas einen Blick in Emmas Zimmer. »Wie sieht's aus?«, fragte er, als sie von ihrem Rechner hochsah.

»Weder das Brecherspitz- noch das Rotwandhaus vermissen irgendwelche Gäste, genau wie das Alte Wallberghaus. Dort hat also niemand reserviert, der dann nicht aufgetaucht ist. Bislang gibt es auch keine Vermisstenmeldung. Ich verstehe das nicht.« Emma seufzte. »Aber die Kollegen waren echt schnell. Ich habe hier eine vollständige Liste der Fahrzeuge, die am Parkplatz der Stümpflingbahn stehen, sowie eine weitere Liste, die am Kurvenlift parken, eine dritte mit den Fahrzeugen auf der Tegernseer Seite an der Suttenbahn, und eine von der Dürnbachstraße in Neuhaus. Die Halter alle zu überprüfen wird Stunden dauern. Es sind insgesamt über dreihundert Fahrzeuge.«

»Wie viele hast du schon geschafft?«

»Gerade mal zwanzig.«

»Mach mit den ersten hundert weiter und gib mir den Rest.«

Emma riss die Augen auf. »Du willst damit ja wohl nicht andeuten, dass du in der Zeit, in der ich achtzig bearbeite, zweihundert schaffst.«

Lukas grinste. »Aber so was von locker.« Sein Grinsen wurde breiter. »Aber nur, weil ich mir Unterstützung hole.«

Zehn Minuten später hörte man nur das Knacken der beiden Tastaturen in Lukas' Büro. Wie er Emma gegenüber angedeutet hatte, hatte er Polizeimeisterin Kira Brecht um ihre Mithilfe gebeten.

»Ich hoffe, dass der Tote keinen Dienstwagen gefahren hat«, sagte Kira. »Ich habe jetzt schon dreizehn Fahrzeuge aussortiert, die eine Firmenzulassung haben. In dem Fall finden wir nie heraus, wer das Opfer ist.«

»Doch, das schaffen wir«, widersprach Lukas. »Es wird nur komplizierter, weil wir die Namen nicht auf unseren Rechnern mit den Führerscheinfotos vergleichen können. Wir heben uns die Geschäftsfahrzeuge bis ganz zum Schluss auf. Falls wir ihn bis dahin nicht identifizieren konnten, bleibt uns nichts anderes übrig, als bei den Firmen nachzufragen, wer mit deren Autos unterwegs ist.«

Zwei Stunden später hatten sie sämtliche Nummernschilder mit den Führerscheinfotos der Halter verglichen, den Toten von der Brecherspitz jedoch nicht darunter gefunden. Lukas hob den Telefonhörer ab und drückte eine Kurzwahltaste. »Kommst du mal zu uns rüber?«

Kurz darauf stand Emma in Lukas' Zimmer. Auch sie hatte keine besseren Nachrichten.

»Das habe ich befürchtet«, sagte Lukas. Er war sich sicher, dass er Emma nicht dazu hätte auffordern müssen, Bescheid zu geben, falls sie fündig geworden war.

»Wie viele Firmenfahrzeuge stehen auf euren Listen?«, wollte er wissen.

»Auf meiner sind es siebenunddreißig«, sagte Kira.

»Bei mir sind es dreiundvierzig. Hauptsächlich schicke BMWs, Audis oder Mercedes.« Emma verdrehte die Augen. »Wenn ich mir das ansehe, frage ich mich, wieso ich keinen Firmenwagen habe.«

»Das kann ich dir verraten.« Um Lukas' Augen bildeten sich kleine Fältchen. »Weil du keine Lust hast, jeden Monat vier- bis fünfhundert Euro geldwerten Vorteil zu versteuern.«

»Auch wieder wahr«, sah Emma ein. »Wie viel waren es bei dir?«

»Auch sechsundvierzig.«

»Da kann doch was nicht stimmen.« Emma legte die Stirn in Falten. »Nie im Leben liegt der Durchschnitt an Firmenfahrzeugen bei über vierzig Prozent.«

»Im Durchschnitt sicher nicht«, stimmte Lukas ihr zu. »Du darfst aber auch nicht vergessen, dass der Ort Spitzingsee nur rund zweihundert Einwohner hat und allein das Arabella-Hotel etwa genauso viele Tagungsgäste beherbergt, zu deren Seminaren sicherlich auch der ein oder andere Ausflug in die Berge gehört. Und am Tegernsee ist es wahrscheinlich nicht anders. Dazu kommt ein vermutlich nicht unerheblicher Anteil an Personen, die im Umland wohnen und heute offiziell Homeoffice machen.« Lukas verschränkte die Hände hinter dem Kopf. »Ich sollte mir das auch überlegen«, sinnierte er. »Bei so einem Wetter wie heute gehe ich auch lieber in die Berge, als hier in der Dienststelle rumzusitzen.«

»Das können Sie sofort wieder vergessen.« Fiedler lehnte im Türrahmen und musterte die kleine Truppe, die sich in Lukas' Zimmer versammelt hatte, amüsiert. »Nicht, dass ich Ihnen das nicht gönnen würde, aber vermutlich werden Sie nicht allzu viele Delikte auf irgendwelchen Bergen aufzuklären haben.«

»Muss ich auch gar nicht.« Lukas ließ seine Hände wieder sinken, dafür streckte er seine langen Beine aus. »Ich diktiere künftig meine Berichte übers Headset ins Handy, während ich klettern gehe.«

Emma deutete ihm einen Vogel. »Und wer soll das alles abtippen?«

»Du natürlich!« Bevor Emma ihm an die Gurgel gehen konnte, wurde er wieder ernst. »Machen wir uns an die Arbeit, damit wir es hinter uns bringen.« Damit meinte er die Anrufe bei den Firmen, auf die die Fahrzeuge zugelassen waren.

»Sollen wir denen erzählen, dass wir eine Leiche identifizieren müssen?«, wollte Kira wissen.

Lukas schüttelte den Kopf. »Auf keinen Fall. Wir erklären nur das Nötigste, um an die Informationen zu kommen, die wir brauchen. Zum Beispiel, dass es einen Unfall auf dem Parkplatz gegeben hat, auf dem wir das Fahrzeug gefunden haben, und wir nach Zeugen suchen. Und das ist noch nicht mal eine Lüge. Eventuell müssen wir tatsächlich alle Personen befragen, die an diesem Tag in der Gegend unterwegs waren.«

»Das ist nicht dein Ernst!« Emma starrte ihn mit aufgerissenen Augen an.

»Leider ist es das«, machte Lukas ihre Hoffnungen zunichte. »Aber das kommt im zweiten Schritt. Zunächst müssen wir herausfinden, wer der Tote ist.«

Weitere eineinhalb Stunden später landeten sie endlich einen Treffer. Zumindest dachte Lukas das, als er im Augenwinkel wahrnahm, dass Kira plötzlich aufgeregt winkte. Schnell beendete er das Gespräch mit dem Außendienstmitarbeiter einer Rehafirma, das er schon nach dem ersten Satz als unergiebig abgetan hatte, da der Mann den ganzen Vormittag zusammen mit Kollegen, die er auch namentlich benennen konnte, an einem Workshop teilgenommen hatte. Dann deutete er mit seinem Zeigefinger auf Kiras Telefon und anschließend auf sein Ohr.

Kira verstand. Sie stellte das Telefonat auf laut und informierte ihre Gesprächspartnerin, dass ein Kollege zuhörte. Dann wiederholte sie den letzten Satz. »Sie sagten, dass Herr Lüdeke gestern und heute wandern gehen wollte?«

»Das hat er zumindest vorgestern Abend zu mir gesagt. Ich habe bereits drei Mal versucht, ihn zu erreichen, weil sein wichtigster Mandant ein dringendes Problem hat. Herr Lüdeke ist normalerweise immer zu erreichen, es sei denn, er ist bei Gericht. Ich habe ihm mehrfach auf die Mailbox gesprochen, dass es eilig ist, aber er hat nicht zurückgerufen.« Die helle Stimme, die dem Vernehmen nach einer Frau in mittleren Jahren gehörte, klang unverkennbar besorgt. »Ist ihm denn etwas zugestoßen?«

»Wir suchen nur nach einem Zeugen, der einen Unfall mit Fahrerflucht beobachtet hat«, sagte Kira in einem möglichst neutralen Tonfall. »Es handelt sich aber lediglich um einen Blechschaden.« Anschließend beendete sie das Gespräch, so schnell es ging.

»Puh. Ich habe das Gefühl, dass die Frau richtig in Sorge um ihren Chef war.«

»Sie hat sich zumindest so angehört«, pflichtete Lukas ihr bei. Dann deutete er mit dem Kopf auf ihren Bildschirm. »Ruf seinen Führerschein auf.«

Es dauerte etwa drei Sekunden, bis INPOL den Datensatz anzeigte, und weitere zehn, bis sich das Bild aus dem Führerschein öffnete. Eine Weile starrten sie das sicher dreißig Jahre alte Foto an.

»Das könnte er sein«, sagte Kira. »Ich frage mich immer wieder, wieso es Menschen gibt, die noch immer den alten grauen Lappen besitzen. Zum einen ist das Ding völlig unhandlich, zum anderen kann man doch mit Mitte fünfzig nicht mehr mit einem Führerschein herumlaufen, auf dem das Foto uralt ist. Das ist doch albern.«

»Solange es erlaubt ist, spricht nichts dagegen. Eine gewisse Ähnlichkeit ist jedenfalls vorhanden«, gab Lukas seiner Kollegin recht. Trotzdem konnte er nicht mit hundertprozentiger Sicherheit sagen, ob der Tote vom Berg tatsächlich Tobias Lüdeke war. Aber immerhin hatten sie zumindest einen Namen. »Ruf dir noch seine Ausweisfotos auf.«

Auch da hatten sie wenig Glück. Zwar waren die Fotos, die von Lüdekes Personalausweis und Reisepass hinterlegt waren, neueren Datums, aber eine frappierende Ähnlichkeit mit dem Toten wiesen sie trotzdem nicht auf. Was unter anderem auch daran lag, dass das völlige Erschlaffen eines Körpers, das unweigerlich mit dem Eintritt des Todes einherging, die Gesichtszüge drastisch veränderte.

»Immerhin wohnt er in der Nähe.« Lukas sah Kira nachdenklich an. »Musstest du schon mal Angehörigen eine Todesnachricht überbringen?«

Kira sah ihn mit weit aufgerissenen Augen an. »Nein.« Und sie hatte auch nicht vor, daran etwas zu ändern.

»Frau Lüdeke?« Lukas stellte sich vor und beobachtete die außergewöhnlich attraktive Frau unauffällig, die in der Eingangstür einer noblen Villa stand. Rieke Lüdeke trug eine in verschiedenen Blau- und Türkistönen gemusterte Tunika über einer sommerlich leichten Leinenhose. Zierliche, gebräunte Füße lugten unter der Hose hervor. Die Nägel waren in demselben gedeckten Rotton lackiert wie ihre Fingernägel. Der halblange Bob war meisterhaft geschnitten und in mindestens zwei verschiedenen Strähnchentönen gefärbt. Am Mittelfinger der linken Hand steckte ein silberfarbener Ring mit einem funkelnden türkisfarbenen Stein, dessen Farbe sich in der Tunika widerspiegelte. Weißgold vermutete Lukas. Und der Stein war ganz sicher echt.

»Ja?« Die Frau ihrerseits besah sich den jungen Mann, der vor ihr stand, mit unverhohlener Neugier. Er war groß, durchtrainiert, hatte volle dunkle Haare, die für ihren Geschmack etwas zu lässig geschnitten waren, und schöne graue Augen, die einen dunklen Rand um die Iris hatten. An der rechten Seite seiner ausgewaschenen, gut sitzenden Jeans trug er eine Waffe, was ihm einen verwegenen Touch verlieh.

»Hauptkommissar Lukas Zieringer und Polizeimeisterin Kira Brecht von der Polizei Miesbach. Ist Ihr Mann zu Hause?«

Irritiert unterbrach Rieke Lüdeke ihre Musterung. »Nein. Wieso wollen Sie das wissen?«

»Dürfen wir hereinkommen?«

Rieke Lüdeke lächelte freundlich und trat zur Seite. »Natürlich. Möchten Sie etwas trinken? Wasser? Limonade? Kaffee?«

Lukas schüttelte den Kopf. »Nein danke. Frau Lüdeke, können Sie uns sagen, wo sich Ihr Mann im Moment aufhält?«

Erneut zuckte Rieke Lüdeke mit den Schultern. »Vermutlich in der Kanzlei. Wo soll er denn sonst um diese Zeit sein? Oder er ist bei Gericht.«

»Haben Sie ein aktuelles Foto von ihm?«

»Sicher.« Sie lief ein paar Schritte auf den großen Esstisch zu, auf dem ein nagelneues iPhone XS lag. Sie hielt es zum Entsperren vor ihr Gesicht, öffnete den Fotoordner, scrollte sich durch die Bilder, dann reichte sie das Telefon an den Hauptkommissar weiter.

Lukas musste nur einen kurzen Blick auf das Bild werfen, dann war ihm klar, dass Tobias Lüdeke der Gesuchte war. Er hielt das Handy so, dass auch Kira einen Blick darauf werfen konnte. An Rieke Lüdeke gewandt fragte er: »Können wir uns einen Augenblick setzen?«

»Muss das …« Sie unterbrach sich, als sie die ernste Miene bemerkte, mit der er sie ansah.

»Ich muss Ihnen leider eine schlechte Nachricht überbringen«, sagte Lukas mit belegter Stimme. »Wir haben Ihren Mann heute früh in der Nähe des Spitzingsees tot aufgefunden. Er ist bei einer Wanderung abgestürzt.« Es war eins der Dinge, die er an seinem Beruf am meisten hasste. Einem Menschen den Tod eines nahen Angehörigen mitzuteilen, war schlichtweg grauenvoll. Oft verging eine Weile, bis die unerwartete Nachricht in den Köpfen der Familienangehörigen ankam. Manchmal dauerte es viele Minuten, in denen der Betroffene den Übermittler der Botschaft nur ungläubig anstarrte, unfähig, das Gehörte zu verarbeiten. Nicht immer erfolgte der Zusammenbruch sofort. Lukas hatte Kira auf der Herfahrt in die verschiedenen Szenarien eingeweiht und sie gebeten, stehen zu bleiben, falls er sich mit der Ehefrau des Opfers an einen Tisch setzen würde. Es würde ihr helfen, eine gewisse Distanz zu bewahren.

»Frau Lüdeke? Haben Sie mich verstanden?«

Rieke Lüdeke sah ihn nachdenklich an. Dann nickte sie. »Ja«, sagte sie schlicht. »Mein Mann ist tot. Wissen Sie schon, wer es war?«

»Wie kommen Sie darauf, dass …«

»Natürlich war es Mord«, unterbrach Rieke Lüdeke ihn. »Sonst wären Sie ja wohl kaum hier.«

»Wir können noch nicht mit Bestimmtheit sagen, wie es zu dem Absturz kam.« Lukas wählte seine Worte mit Bedacht. »Es kann ein Unfall gewesen sein, aber auch ein Fremdverschulden liegt im Bereich des Möglichen. Die Untersuchungen dazu laufen noch.«

Rieke Lüdeke nickte. »Geben Sie einfach Bescheid, sobald Sie es wissen.«

Lukas' Irritation wuchs. Die Frau verhielt sich, als ob er ihr gerade mitgeteilt hatte, dass sich die Auslieferung ihres neuen Wagens um eine Woche verzögern würde. Wobei, dachte er sich, in dem Fall wäre sie vermutlich wesentlich aufgebrachter, als sie es jetzt war.

»Können Sie sich vielleicht vorstellen, dass Ihr Mann freiwillig …«

Rieke Lüdeke sah erstaunt auf. »Selbstmord? Tobias?« Sie lachte amüsiert. »Eher friert die Hölle zu.«

Lukas wurde aus dem Verhalten der Frau nicht schlau. Sie hatte vor nicht mal fünf Minuten erfahren, dass ihr Mann gestorben war, und unterhielt sich mit ihm, als wären sie auf einer Gartenparty. Am liebsten hätte er sie an den Schultern gepackt und geschüttelt, nur damit sie irgendeine Reaktion zeigte. »Wie war Ihre Ehe?«, fragte er stattdessen.

»Unsere Ehe?« Rieke Lüdeke sah ihn an, als hätte er etwas völlig Abwegiges gefragt. »Ganz okay, würde ich sagen.«

»Ganz okay?«, wiederholte Lukas. »Geht das etwas genauer?«

Rieke Lüdeke sah den Hauptkommissar ratlos an. Dann hob sie die Mundwinkel zu einem Lächeln. »Sie meinen, ob wir noch Sex hatten?«

Lukas verzog keine Miene. »Zum Beispiel.«

»Nein.« Das Lächeln vertiefte sich. »Sagen wir mal so, mein Mann und ich hatten unterschiedliche Interessen.«

Lukas sah die Witwe abwartend an.

Schließlich gab sie nach. »Mein Mann stand auf Callgirls«, sagte sie emotionslos. »Er hatte es nicht sonderlich mit Gefühlen. Es turnte ihn an, dafür zu bezahlen, Sie verstehen?«

Als Lukas kaum wahrnehmbar nickte, fuhr sie fort: »Er wusste, dass alles seinen Preis hatte. Je ausgefallener, umso teurer, und er ließ gerne sehr viel Geld bei den Frauen.«

»Woher …?«

Lukas warf Kira einen warnenden Blick zu, der sie sofort wieder verstummen ließ. »Sie waren selbst eine dieser Frauen«, sagte er leise.

»Das ist lange her.« Rieke Lüdeke drehte ihren Kopf und sah aus dem Fenster. »Er war einige Jahre lang mein Stammkunde. Dann wurde ich vor acht Jahren schwanger.«

Lukas verstand, worauf sie hinauswollte. »Hat er angezweifelt, dass das Kind von ihm war?«

Erneut lachte sie. »Natürlich hat er das. Doch er wusste auch, dass durch seine nicht allzu zärtlichen Praktiken der Präser schon mehrfach gerissen war.«

Eine Prostituierte, die sich darauf verließ, dass das Kondom hielt. Wagemutig. Doch den Gedanken behielt Lukas lieber für sich.

»Eine Abtreibung kam für mich nicht infrage«, fuhr Rieke Lüdeke ungerührt fort. »Für Tobias übrigens auch nicht. Ich wusste, dass das Kind nur von ihm sein konnte, deswegen habe ich mich einverstanden erklärt, dass wir nach Österreich fahren und dort einen pränatalen Vaterschaftstest machen. Das ist in Deutschland nicht erlaubt«, setzte sie hinterher, da der Hauptkommissar sie irritiert ansah. Sie seufzte. »Natürlich war das Kind von ihm. Tobias hat sofort darauf bestanden, dass ich mit der Arbeit aufhörte, zu ihm zog und wir heirateten, bevor Jonas zur Welt kam.«

Lukas ließ seinen Blick durch das sicher sechzig Quadratmeter große Wohnzimmer schweifen, das mit sündhaft teuren Möbeln eingerichtet war.

Rieke Lüdeke folgte seinem Blick. »Ja, es war ein guter Tausch«, gab sie zu. »Ich musste mich nicht mehr von hässlichen, schwitzenden und stinkenden Männern anfassen lassen. Von meinem übrigens auch nicht«, fügte sie hinzu, und es war ihr deutlich anzusehen, wie sehr ihr dieses Arrangement gefiel. »Nachdem er nicht mehr dafür bezahlen musste, bekam er bei mir keinen mehr hoch. Von dem Tag an ging er zu meinen früheren Kolleginnen.«

»Hat Sie das nicht gestört?«

Rieke Lüdeke warf den Kopf in den Nacken und lachte lauthals los. »Himmel, nein. Ich habe ihn geheiratet, weil er sehr viel Geld hatte und weil ich wollte, dass mein Sohn in geordneten Verhältnissen aufwächst. Doch nicht aus Liebe. Dieses Schwein.«

»Nehmen Sie es mir nicht übel«, setzte Lukas vorsichtig an. »Sie wirken sehr gefasst. Und *Schwein* ist auch nicht gerade eine Bezeichnung, die eine harmonische Beziehung kennzeichnet.«

Rieke Lüdeke sah eine Weile in den Garten hinaus, wo ein Entenpärchen in einem kleinen Weiher badete. Lukas folgte ihrem Blick, dann sah er wieder zurück zu ihr. Ein Lächeln umspielte ihre Mundwinkel.

»Natürlich ist es schrecklich, wenn man erfährt, dass jemand aus dem näheren Umfeld ermordet wurde«, sagte sie beiläufig. Offensichtlich kam für sie tatsächlich keine andere Möglichkeit infrage. »Allerdings habe ich schon seit Längerem damit gerechnet, dass es irgendwann so weit kommen würde.«

Lukas wurde hellhörig. »Wie kommen Sie darauf?«

»Na ja, wissen Sie, mein Mann ist … war«, verbesserte sie sich schnell, »nicht immer ein angenehmer Zeitgenosse. Und damit meine ich nicht nur seine Frauengeschichten. Er konnte sehr berechnend sein, war extrem erfolgsorientiert und hat sich im Laufe seiner Anwaltskarriere sicher eine Menge Feinde gemacht.«

»Feinde, denen Sie zutrauen, dass sie ihn umbringen würden?«

»Ja, vermutlich gibt es die. Da fragen Sie aber besser in der Kanzlei nach.« Rieke Lüdeke sah auf die Uhr. Dann stand sie auf. »Bitte entschuldigen Sie mich, mein Sohn kommt gleich aus der Schule heim. Ich würde ihm die Nachricht, dass sein Vater gestorben ist, gern selbst überbringen.«

»Nur noch zwei Fragen.« So schnell wollte sich Lukas nicht abwimmeln lassen. »Haben Sie sich nicht gewundert, dass Ihr Mann gestern Abend nicht nach Hause kam?«

»Nein«, antwortete Rieke Lüdeke unverblümt. »Wie gesagt, wir hatten ein Arrangement. Das beinhaltete, dass jeder von uns sein Leben führen konnte, wie er es wollte, vorausgesetzt, unser Sohn bekam nichts davon mit.« Erneut sah die Witwe auf ihre Uhr. »Und Ihre zweite Frage?«

»Wo waren Sie gestern Vormittag?«

»Mit der Klasse meines Sohnes im Legoland. Sie können sich gerne an die Schulleitung wenden, um sich das bestätigen zu lassen.«

»Gut, Frau Lüdeke, das war's fürs Erste. Bitte halten Sie sich zu unserer Verfügung, falls wir noch Fragen haben.« Lukas erhob sich. »Sollen wir jemanden verständigen, der bei Ihnen bleibt? Möchten Sie mit einem Psychologen sprechen?«

Lüdeke schüttelte den Kopf. »Nein danke. Es geht schon.«

Als sie die beiden Polizisten hinausbegleitete, fiel Lukas' Blick auf eine Vitrine mit Pokalen. »Sie spielen Golf?«, fragte er, als er die Gravuren las.

»Überrascht?«, fragte Rieke Lüdeke.

»Nein«, antwortete Lukas, dem nicht entgangen war, dass das Datum auf den Trophäen mehrere Jahre alt war. Er würde sich hüten, sie in eine Schublade zu stecken, nur weil sie als Callgirl gearbeitet hatte. »Ich nehme an, dass Sie gut verdient haben und damit auch genügend Geld hatten, sich ein schönes Leben zu machen.«

Anerkennend nickte sie. Er verurteilte nicht, was sie ihm erzählt hatte. Das war gut. »Mein Handicap lag damals bei zwölf«, sagte sie nicht ohne Stolz. »Allerdings hatte ich vor zwei Jahren eine Gehirnblutung, wegen der ich vieles neu lernen musste. Auch beim Golf fange ich gerade wieder ganz von vorn an.«

Drei Minuten später standen Lukas und Kira wieder an der Tür und verabschiedeten sich. Lukas gab der Witwe seine Karte. »Wir werden sicherlich noch mal auf Sie zukommen«, sagte er freundlich. »Falls Ihnen etwas einfällt, das uns weiterhelfen könnte, rufen Sie mich bitte an. Egal wann.«

»Was ist los? Geht es dir nicht gut?«, fragte Lukas, da Kira regungslos auf dem Beifahrersitz saß und aus dem Fenster starrte.

Als sie nichts sagte, setzte Lukas den Blinker und bog in die nächste Seitenstraße ein. Er brachte den Wagen zum Stehen und stellte den Motor ab. »Kira? Was ist los?«

Kiras Augen brannten, als sie sich zu ihm drehte. »Ich verstehe nicht, wie man so eiskalt sein kann«, sagte sie erschüttert.

»Ich meine, ihr Mann ist noch keine vierundzwanzig Stunden tot. Es kann doch nicht sein, dass ihr das völlig egal ist.«

»Vielleicht ist sie es einfach nur gewöhnt, die Contenance zu bewahren.«

»Glaubst du das? Wirklich?«

Lukas zuckte mit den Schultern. »Ich weiß es nicht. Eigentlich nicht. Aber Menschen sind verschieden, und wir wissen zu wenig über die Hintergründe der Ehe der Lüdekes und auch nichts darüber, aus welchen Verhältnissen Rieke Lüdeke stammt. Wenn sie schon als Kind so erzogen wurde, wäre es nicht verwunderlich, dass sie darin geübt ist, ihre Gefühle nicht zu zeigen.«

»Vielleicht hat sie ihren Mann ja selbst ermordet!«

Lukas musste über Kiras Ausbruch lächeln. »Möglich«, gab er zu. »Ich glaube es aber nicht.«

»Und wieso nicht?«

»Egal, wie selbstbeherrscht ein Mensch ist, eine Reaktion wie die, die wir gerade erlebt haben, würde niemandem normal vorkommen. Die meisten Menschen weinen, schreien oder brechen bei einer solchen Nachricht zusammen, sie bleiben aber ganz sicher nicht kalt und unbeteiligt. Das muss Rieke Lüdeke klar sein. Schließlich ist sie nicht nur außergewöhnlich schön, sie ist auch nicht dumm. Wenn sie es gewesen wäre, hätte sie uns die trauernde Witwe vorgespielt, um sich nicht verdächtig zu machen.«

»Oder auch nicht. Wenn sie so klug ist, wie du vermutest, weiß sie auch, dass wir ihren Bekanntenkreis befragen werden. Spätestens dann kommt heraus, dass sie nicht gerade ein Ausbund an Emotionen ist. Sobald wir das wissen, würden wir ihr nicht mehr glauben, dass der Tod ihres Mannes sie mitnimmt.«

Lukas nickte. Kiras Argument ließ sich nicht von der Hand weisen. Er ließ den Motor wieder an und wendete den Wagen.

»Lass uns herausfinden, was es über Tobias Lüdeke sonst noch aufzudecken gibt.«

Lukas ließ seinen Blick über die Fassade der Jugendstilvilla gleiten, in der das Büro der Rechtsanwaltskanzlei untergebracht war. Wie schon bei Lüdekes Privathaus erweckte es den Anschein, dass der Anwalt rein gar nichts von Understatement gehalten hatte.

»Sag mir, was du siehst«, forderte er Kira auf. Er hatte bereits mit ihr zusammengearbeitet, als sie die Drogenfabrik im alten Bergwerk ausgehoben hatten. Schon da war ihm aufgefallen, dass die junge Polizeimeisterin nicht nur engagiert war, sie besaß dazu eine gehörige Portion Mut und war schlau genug, dass er ihr eine Laufbahn im gehobenen Dienst zutraute.

»Für mich sieht das Ganze ziemlich einschüchternd aus«, sagte Kira. Allein das Äußere des Gebäudes war dazu angetan, Besucher, die wenig Selbstbewusstsein hatten, abzuschrecken.

»Wäre diese Kanzlei deine erste Wahl, wenn du einen Anwalt bräuchtest?«

»Nie im Leben!«, stieß Kira entsetzt aus. »Ich käme mir hier völlig fehl am Platz vor.«

»Dir ist aber bewusst, dass das ein Vorurteil ist?«

»Ja, schon«, sagte Kira zögernd. »Trotzdem vermittelt mir das Haus das Gefühl, dass die Menschen, die darin arbeiten, in einer ganz anderen Liga spielen als ich.«

Lukas nickte. Vermutlich hatte Lüdeke diesen Eindruck ganz bewusst in Kauf genommen, falls er es nicht sogar genau so geplant hatte. Er presste seinen Daumen auf den schlichten Klingelknopf, der unter einem eleganten goldfarbenen Firmenschild herausragte. Nur wenige Sekunden später fragte eine freundliche Stimme, wer der Besucher sei und womit man ihm dienen könne.

»Kriminalhauptkommissar Lukas Zieringer und Polizeimeisterin Kira Brecht.« Den Anlass ihres Besuchs wollte Lukas der Sprechanlage allerdings nicht anvertrauen.

Mit großen Augen sah eine etwa fünfzigjährige, gut gekleidete Frau den beiden Polizisten entgegen, die die gepflegte Marmortreppe in den ersten Stock hinaufliefen.

»Polizei?« Ganz offensichtlich hatte sie gehofft, sich verhört zu haben. Doch als ihr Blick auf Kiras Uniform fiel, wurde sie blass. »Geht es um Herrn Lüdeke?«

Lukas bat, hereinkommen zu dürften. Außer der Anwaltskanzlei beherbergte das Haus noch das Büro eines Wirtschaftsprüfers und ein Medienbüro, und das Klappern mehrerer Türen verriet, dass im zweiten Stockwerk ein reges Kommen und Gehen herrschte. Das, was er fragen wollte, konnte keine Zuhörer brauchen.

Die Frau führte sie einen hell erleuchteten Gang entlang, bis sie an der dritten Tür angekommen waren. »Hier arbeite ich«, sagte sie. »Möchten Sie etwas trinken?«

»Nein danke.« Lukas war das Zittern ihrer Stimme nicht entgangen. Wenn er sich nicht täuschte, war sie die Zeugin, die Kira kurz zuvor am Telefon gehabt hatte. Er fragte nach ihrem Namen.

»Christiane Apfelbaum. Ich bin die persönliche Assistentin von Herrn Lüdeke.«

Er hatte sich also nicht geirrt. Lukas sah sich in dem aufgeräumten Büro um. An den Wänden standen massive, absperrbare Schränke, daneben ein großer Tresor und ein Schreibtisch, der aus dem gleichen Material wie die Schränke gefertigt war. Auf den Fensterbrettern standen üppig blühende Orchideen, und an der Wand hingen zwei teuer aussehende Gemälde, die allem Anschein nach Originale waren.

»Gibt es einen Raum, in den wir uns setzen können?«, fragte Lukas. Das Zimmer der Assistentin war ganz offensichtlich nicht dafür gedacht, Besucher zu empfangen.

Christiane Apfelbaum schluckte. Ihr wurde immer klarer, dass die Polizei der Kanzlei keinen Höflichkeitsbesuch abstattete. Irgendetwas musste geschehen sein. Und dieses Etwas hing damit zusammen, dass sie ihren Chef schon seit über einem Tag nicht erreichen konnte.

»Bitte kommen Sie mit.« Die Assistentin machte einen merkwürdig fahrigen Eindruck, als sie den Besuchern voraus ins Nachbarzimmer lief. In der Mitte des langen Raumes stand ein riesiger Tisch, der gut und gerne fünfzehn Personen Platz bot, auf einem edlen, dunklen Echtholzparkett. Lukas wartete, bis Christiane Apfelbaum sich gesetzt hatte, dann nahm er ihr gegenüber Platz. Kira blieb, wie schon zuvor bei Rieke Lüdeke, einfach stehen.

»Als Sie mit meiner Kollegin telefoniert haben, sagten Sie, dass Sie bereits mehrfach erfolglos versucht haben, Herrn Lüdeke zu erreichen. Leider müssen wir Ihnen mitteilen, dass Ihr Arbeitgeber bei seiner Wanderung abgestürzt und ums Leben gekommen ist.«

Ganz offensichtlich hatte Christiane Apfelbaum bereits damit gerechnet, dass etwas Schlimmes passiert war. Dennoch dauerte es ein paar Sekunden, bis die Hiobsbotschaft zur Gänze bei ihr ankam. Im Gegensatz zu Lüdekes Frau schien die Assistentin die Nachricht vom Tod ihres Arbeitgebers schwer zu treffen. Sie schaffte es kaum, die Tränen zurückzuhalten, während sich an ihrem Hals hektische rote Flecken bildeten. Schnell zog sie ihre Kostümjacke aus, da sie das Gefühl hatte, keine Luft mehr zu bekommen.

»Oh mein Gott!«, flüsterte sie erschüttert. »Sind Sie sicher, dass es sich dabei auch wirklich um Herrn Lüdeke handelt?«

Lukas holte das Foto des Toten, das die Rechtsmedizinerin noch am Berg gemacht hatte, aus seiner Jackentasche und schob es über den Tisch. »Sehen Sie sich das Bild an«, bat er. »Ist das Ihr Chef?«

»Um Gottes willen!« Christiane Apfelbaum schlug die Hände vors Gesicht. Dann wischte sie sich die Tränen, die jetzt in Strömen über ihre Wangen liefen, mit dem Ärmel ihrer weißen Bluse ab. Erst als ihr Blick den teuren Stoff streifte, stellte sie fest, dass sie ihn mit ihrer nicht wasserfesten Wimperntusche ruiniert hatte. Und dann wurde ihr bewusst, dass ihr Gesicht vermutlich nicht viel besser aussah als das ramponierte Kleidungsstück. Hektisch versuchte sie, die Spuren, die die Mascara hinterlassen hatte, von ihrer Haut zu wischen. Es schien ihr fürchterlich unangenehm zu sein, dass sie die Kontrolle verloren hatte.

»Möchten Sie sich etwas frisch machen?«, bot Lukas ihr an. »Lassen Sie sich Zeit. Wir warten hier auf Sie.«

Es dauerte gute fünf Minuten, dann stand Christiane Apfelbaum, ein Päckchen Taschentücher in der Hand, wieder im Zimmer. Irgendwie hatte sie es geschafft, ihr komplettes Make-up zu entfernen, dazu trug sie eine frische Bluse.

»Was für ein Mensch war Ihr Chef?«, fragte Lukas sanft, nachdem sie sich wieder gesetzt hatte.

Erneut quollen dicke Tränen aus den Augen der Assistentin. »Er war ein wunderbarer Mensch«, schluchzte sie. »Er war großzügig, fair, er vergaß nie einen Geburtstag und am Todestag meines Bruders, der vor sechs Jahren gestorben ist, hielt er sich immer den Vormittag frei, um mich zum Grab zu begleiten.«

Lukas warf Kira einen überraschten Blick zu. Der Reaktion der Witwe zufolge hatte er den Eindruck erhalten, als wäre Tobias Lüdeke ein wahres Scheusal gewesen. Doch Christiane Apfelbaum zeichnete ein gänzlich anderes Bild von dem Verstorbenen.

»Hatte Herr Lüdeke Feinde?«

Hilflos hob Christiane Apfelbaum die Schultern und ließ sie sogleich wieder fallen. »Er war ein sehr erfolgreicher Anwalt. Die meisten Prozesse hat er gewonnen. Ich kann mir gut vorstellen, dass das nicht jedem seiner Gegner gefallen hat. Aber Feinde?« Langsam schüttelte sie den Kopf. »Ich kann mir niemanden vorstellen, der so etwas getan haben könnte.«

»Gab es Drohbriefe?«

»Nein. Keinen einzigen.« Die Antwort kam wie aus der Pistole geschossen.

»Keinen einzigen?«, wiederholte Lukas mit hochgezogenen Augenbrauen. »Wie können Sie sich da so sicher sein?«

»Weil außer mir niemand die Post öffnet.«

»Und was ist, wenn Sie im Urlaub oder krank sind?«

»Ich mache selten Urlaub«, antwortete Apfelbaum verschnupft. »Allein macht mir das nämlich keinen Spaß, verstehen Sie? Meist lasse ich mir das Geld ausbezahlen. Und krank war ich seit einer kleinen Operation vor sechs Jahren nicht mehr. Eine Erkältung ist schließlich kein Grund, im Bett zu bleiben«, setzte sie hinterher, als der Kommissar sie ungläubig anstarrte.

Lukas beschloss, Lüdekes Assistentin Glauben zu schenken. Vorerst zumindest. Ihre Loyalität war jedenfalls bemerkenswert. »Haben Sie sonst keine Unterstützung?«, fragte er freundlich.

»Zurzeit nicht. Ich habe eine jüngere Kollegin, die ist aber im Mutterschutz.«

Also eine weitere Sackgasse. »Hatte Herr Lüdeke einen Partner?«

Christiane Apfelbaum zog ein Taschentuch aus der Packung und schnäuzte sich die Nase. »Er wollte das eigentlich nicht. Früher haben wir immer zwei fest angestellte Anwälte beschäftigt, doch vor eineinhalb Jahren hat er einen davon tatsächlich zum Sozius gemacht. Er hatte nach so langer Zeit wohl doch eingesehen, dass es ihn entlastet, einen Teilhaber zu haben, anstelle alle zwei bis drei Jahre neue Junganwälte einarbeiten zu müssen.«

»Ist dieser Partner heute in der Kanzlei?«

Christiane Apfelbaum nickte. »Herr Maierhofer ist gerade zu Tisch.« Sie warf einen Blick auf ihre goldene Armbanduhr. »Er müsste aber in spätestens fünfzehn Minuten wieder hier sein.«

Lukas war der gequälte Gesichtsausdruck nicht entgangen, mit dem Christiane Apfelbaum ihre Rolex angesehen hatte. »War die Uhr ein Geschenk von Herrn Lüdeke?«

Noch mehr Tränen flossen Apfelbaums Wangen hinab, als sie nickte. »Er hat sie mir zu meinem zwanzigjährigen Jubiläum geschenkt.«

Bertram Maierhofer war das genaue Gegenteil von dem, was Lukas sich unter einem erfolgreichen Anwalt vorgestellt hatte. Die gerahmten Fotos von Tobias Lüdeke, die überall an den Wänden hingen, entsprachen dem schon mehr. Ein vor Selbstbewusstsein strotzender Mittfünfziger in maßgeschneiderten Anzügen, dem der erfolgreiche Rechtsanwalt aus jeder Pore strahlte. Doch Bertram Maierhofer war ein blässlicher Mann Anfang dreißig, der einen schlecht sitzenden Anzug von der Stange trug und sich an der Wand entlangdrückte, als er die Polizisten in sein Büro eskortierte.

»Bitte, nehmen Sie Platz«, sagte er mit einer unangenehmen Fistelstimme. »Was kann ich für Sie tun?«

»Es geht um Ihren Seniorpartner, Herrn Lüdeke.«

»Herrn Lüdeke? Was ist mit ihm?«

»Herr Lüdeke ist beim Bergwandern abgestürzt und dabei zu Tode gekommen.«

Maierhofer starrte den Hauptkommissar aus wässrig blauen Augen an. Seinem Gesicht war keine Regung abzulesen. Dann räusperte er sich. »Herr Lüdeke ist tot?«, sagte er mit sich überschlagender Stimme.

Lukas nickte. »Können Sie uns sagen, was für ein Mensch Ihr Seniorpartner war?« Nun war er gespannt, wie sich der eklatante Widerspruch auflösen würde und welches Bild der Junganwalt von seinem Mentor zu zeichnen bereit war.

»Herr Lüdeke war als Anwalt ausgesprochen erfolgreich. Was unter anderem daran lag, dass er sich außergewöhnlich gut auf die Prozesse vorbereitete und oft mehr über die Mandanten der Gegenseite wusste als deren Anwälte selbst.« Bewunderung schwang in der Stimme des Anwalts mit.

»Sie wollen damit andeuten, dass Herr Lüdeke im Vorfeld nach Dreck gegraben hat?«, fragte Lukas unverblümt.

»Ich will überhaupt nichts andeuten.« Die Stimme wanderte eine weitere Oktave nach oben. »Falls Sie unterstellen wollen, dass Herr Lüdeke ungesetzliche …«

»Ich unterstelle nichts«, korrigierte Lukas den Anwalt. »Aber wenn Herr Lüdeke, wie Sie behaupten, außergewöhnlich erfolgreich war und dazu mehr wusste als die Anwälte seiner Gegner, lässt das nur einen Schluss zu«, sagte er kalt und musterte Maierhofer aus zusammengekniffenen Augen.

Der konnte dem stechenden Blick des Hauptkommissars nicht lange standhalten. Betreten sah er auf seine Schreibtischunterlage. »Ich weiß nichts über derartige Vorfälle«, sagte er störrisch. »Herr Lüdeke war ein ausgezeichneter Anwalt, von dem ich viel gelernt habe.«

So kam er nicht weiter. Maierhofer würde seinen ehemaligen Förderer nicht denunzieren, das wurde Lukas augenblicklich klar. »Dann erzählen Sie doch mal, wie Herr Lüdeke als Mensch war.«

Entgeistert sah Maierhofer auf. »Wie meinen Sie das, als Mensch?«

Lukas verzog das Gesicht. »Was ist an der Frage so schwer zu verstehen? Als Mensch eben. Wie war er als Kollege, als Vorgesetzter, der er ja einige Jahre lang für Sie war? Hat er Sie zu sich nach Hause eingeladen, sich nach Ihrem Befinden erkundigt, wenn es Ihnen nicht gut ging, Ihnen zum Geburtstag gratuliert oder sich nach dem Gesundheitszustand Ihrer Mutter erkundigt? Solche Dinge eben.«

Maierhofer war mit Lukas' Frage offensichtlich überfordert. »Ja. Nein, ich meine …« Er setzte ein beleidigtes Gesicht auf. »Mir liegt nichts an sozialen Kontakten«, gab er zu. »Fragen Sie doch Frau Apfelbaum. Die ist schon ihr halbes Leben hier in der Kanzlei. Die kann Ihnen mehr erzählen.«

Lukas starrte Maierhofer nachdenklich an. Auch ohne die Bestätigung seiner quasi nicht vorhandenen Sozialkompetenz hatte er den Anwalt vom ersten Augenblick genau so eingeschätzt. Das war also eine weitere Sackgasse. Er beschloss, sich vorerst auf rein sachliche Themen zu beschränken. »Ich würde Sie bitten, Herrn Lüdekes Fälle der letzten, sagen wir mal, fünf Jahre durchzugehen und darauf zu achten, ob er sich in einem der Prozesse einen Feind gemacht haben könnte. Geld ist immerhin ein starkes Mordmotiv. Verständigen Sie mich umgehend, falls Sie fündig werden.« Lukas streckte Maierhofer seine Karte hin. Als der das Papier ansah, als würde es eine unmittelbare Bedrohung darstellen, fügte Lukas hinzu: »Falls Sie nicht kooperieren, werde ich einen Durchsuchungsbeschluss erwirken und die Akten konfiszieren.«

»Das dürfen Sie nicht!« Maierhofer bekam Schnappatmung. »Das sind vertrauliche Unterlagen. Kein Richter würde Ihnen gestatten, darin Einsicht zu nehmen.«

Das wusste Lukas selbst. »Ich finde einen Weg. Darauf können Sie Gift nehmen. Auf jeden Fall habe ich Mittel und Wege, Ihnen das Leben ziemlich schwer zu machen. Daher rate ich Ihnen dringend, mit uns am gleichen Strang zu ziehen.

Außerdem sollte Ihnen doch auch daran gelegen sein, dass wir den Täter schnellstmöglich schnappen«, milderte Lukas seine unverhohlene Drohung etwas ab.

Lukas bohrte noch eine Weile, doch letztendlich gab er es auf. Aus Maierhofer würde er nicht mehr herausbekommen. Er stand auf und reichte dem Anwalt die Hand. Ihm war zuvor nicht entgangen, dass Maierhofer sich sofort zur Seite gedreht hatte, als er die beiden Polizisten gesehen hatte, um einer Begrüßung zu entgehen. Doch diesmal blieb Lukas stur. Mehrere Sekunden vergingen, bis der Anwalt einsah, dass er den penetranten Kommissar nicht loswerden würde, solange er den Gruß nicht erwiderte. Er stand auf, knöpfte sein Jackett zu und ergriff Lukas Hand. Kira hingegen ignorierte er geflissentlich.

»Eine Frage hätte ich noch«, sagte Lukas, bevor er nach Kira das Büro des Anwalts verließ. »Wie geht es jetzt mit der Kanzlei weiter? Wem gehört das Ganze nun?«

»Mir natürlich.« Maierhofer sah den Hauptkommissar an, als wäre es das Selbstverständlichste der Welt, dass er Lüdeke beerben würde. »Schließlich war ich Partner, und außer unseren beiden in Teilzeit angestellten Anwälten gibt es niemanden, der die Kanzlei übernehmen könnte.«

Bevor sie die Kanzlei verließen, erkundigte sich Lukas nach der Toilette. Zwei Minuten später kam er wieder heraus und hatte einen seltsam erleichterten Gesichtsausdruck.

Kira musterte ihn von der Seite. »Was war das denn gerade?«, fragte sie erstaunt.

Lukas verstand sofort, worauf ihre Frage abzielte. »Ich musste mir die Hände waschen«, erklärte er verschmitzt. »Und ich gebe dir einen guten Rat: Was auch immer in der nächsten Zeit passiert, gib nie einem Anwalt die Hand.«

Zurück im Büro suchte Lukas Fiedlers Büro auf und erstattete ihm Bericht. Anschließend bat er Emma um Hilfe.

»Finde heraus, wann und wo Lüdekes Handy zuletzt eingeloggt war. Außerdem brauchen wir die Bankunterlagen der Kanzlei, Einblick in die privaten Konten von ihm und seiner Frau, ebenso wie die seines Partners Bertram Maierhofer. Und dann hätte ich auch gerne noch die Unterlagen von Christiane Apfelbaum.«

Emma sah ihn entgeistert an. »Du verdächtigst die Assistentin?«

Lukas schüttelte den Kopf. »Verdächtig sind auf alle Fälle Rieke Lüdeke und Bertram Maierhofer. Christiane Apfelbaum zähle ich im Moment nicht dazu, allerdings scheint sie ein besonders enges Verhältnis zum Opfer gehabt zu haben. Immerhin ist sie die Einzige, der Lüdekes Tod wirklich etwas auszumachen scheint.«

»Und das ist noch reichlich untertrieben«, sagte Kira, die hinter Lukas stand. »Ich meine, die Frau war doch nur seine Assistentin. Aber ihr ist der Tod so nahegegangen, als ob sie seine Mutter gewesen wäre. Oder so etwas in der Art.«

Kapitel 3

Am nächsten Morgen trafen sich Fiedler und Lukas in Emmas Büro. Eine Weile starrte Lukas fassungslos auf den Kopf der Sekretärin, die ihre Nase tief in einem Ordner vergraben hatte. Waren ihre Haare gestern noch merkwürdig grün gewesen, schillerten sie nun in einem noch seltsameren Lilaton. Fiedler, der Emmas plötzliche Farbwechsel schon gewöhnt zu sein schien, verdrehte nur die Augen.

Bevor einer der beiden Männer auch nur etwas sagen konnte, hob Emma die Hand. »Bin gleich so weit«, murmelte sie, machte sich ein paar Notizen, dann schlug sie den Ordner zu und sah auf.

»Lüdekes Handy ist eine Sackgasse. Es war zuletzt auf dem Parkplatz eingeloggt, an dem wir seinen Wagen gefunden haben. Seither ist es ausgeschaltet und nicht auffindbar. Und die Spusi hat eine Nachtschicht eingelegt und das Fahrzeug gründlich untersucht. Es sind noch nicht alle Spuren ausgewertet, aber bis jetzt gibt es keine Auffälligkeiten. Anhand von Lüdekes Kontenübersichten gibt es keinen Anhaltspunkt dafür, dass einer der Verdächtigen einen Grund gehabt hatte, den Anwalt umzubringen«, zog sie ein vorläufiges Fazit ihrer Recherchen. »Frau Lüdeke war bereits vor ihrer Heirat mit dem Anwalt ausgesprochen wohlhabend. Sie hat in ihrer Zeit als, ähm, Dienstleisterin nicht nur gut verdient, sie hat das Geld auch geschickt angelegt und zu einem beachtlichen Vermögen vermehrt.« Emma verzog missbilligend die Nase. »Ich wusste ja nicht, dass man mit so einer Art von, ähm, na ja, Arbeit so viel Kohle verdienen kann.«

»Von wie viel redest du?«, wollte Lukas wissen.

»Wie es scheint, hat die Dame früher zwischen drei- und fünftausend Euro verdient. Pro Tag«, sagte Emma fassungslos. »Sie hatte ihr Gewerbe beim Finanzamt angemeldet und, soweit man das heute noch sagen kann, die Einkünfte korrekt verbucht und brav Steuern gezahlt. Von dem Geld hat sie im Laufe der Jahre drei Eigentumswohnungen gekauft, die sie mit ihrem Verdienst vollständig abzahlen konnte. Und da diese Wohnungen sich in guten Lagen in München befinden, sind die heute alle ein Vermögen wert.«

Lukas schnappte sich das Blatt, das Emma ihm entgegenstreckte. Als er die Beträge sah, pfiff er durch die Zähne. »Nicht schlecht«, sagte er und reichte die Aufstellung an Fiedler weiter.

Dem fielen fast die Augen aus dem Kopf. »Da kann doch etwas nicht stimmen!«, sagte er zu Emma.

»Ich bin alles doppelt und dreifach durchgegangen. Die Zahlen sind korrekt. Ich habe mich auch im Internet schlaugemacht«, sagte sie. »Ein Luxuscallgirl verdient im Durchschnitt tatsächlich dreitausend Steine pro Nacht.«

»Wenn man davon ausgeht, dass Rieke Lüdeke wie ein normaler Arbeitnehmer zwanzig Tage im Monat gearbeitet hat, macht das bei durchschnittlich dreitausend pro Nacht sechzigtausend im Monat«, stellte Fiedler fest. »Wenn sie davon wirklich ordentlich Steuern abgeführt hat, bleiben immer noch mindestens dreißigtausend. Davon gibt sie, sagen wir mal, zehntausend für ihren persönlichen Lebensstil aus, bleiben zwanzigtausend übrig. Das Ganze mal zwölf macht zweihundertvierzigtausend pro Jahr. Davon kann man in kürzester Zeit durchaus eine Luxusimmobilie abzahlen.«

»Nicht zu vergessen, dass sie die Kohle vor dem Immobilienhype verdient hat«, sinnierte Emma. »Das heißt, eine Wohnung, für die sie damals vierhunderttausend bezahlt hat, ist heute mehr als das Doppelte wert.«

»Damit scheidet Geld als Mordmotiv aus«, zog Lukas ein Fazit. »Was natürlich nicht heißt, dass es nicht einen anderen Grund gegeben haben kann.« Er sah Emma fragend an. »Was hast du über Lüdekes Partner, Bertram Maierhofer, herausgefunden?«

»Lüdeke hat ihn vor knapp zwei Jahren an der Kanzlei beteiligt. Allerdings ist Maierhofer nur mit fünfzehn Prozent Partner.«

Lukas musterte seine Kollegin interessiert. »Wenn es stimmt, dass er die Kanzlei nun komplett übernimmt, würde das heißen, dass ihm die restlichen fünfundachtzig Prozent zufallen? Das nenne ich mal ein handfestes Mordmotiv.«

»Schon«, sagte Emma gedehnt. »Allerdings ist Maierhofer niemand, der auf großem Fuß lebt. Er wohnt bei seiner Mutter, verdient im Monat etwa siebentausend netto und gibt kaum etwas davon aus.«

»Du willst andeuten, dass er mit den weiteren Anteilen der Kanzlei sowieso nichts anfangen kann, wenn er jetzt schon so sparsam lebt?«, hinterfragte Fiedler Emmas Gedankengang.

Bevor Emma antworten konnte, sagte Lukas: »Mordmotiv hin oder her, ich kann mir auch nicht vorstellen, wie Maierhofer die Kanzlei allein führen soll. Selbst falls er das Anwaltsexamen mit Auszeichnung bestanden hat, wovon ich ausgehe, sonst hätte Lüdeke ihn nicht ins Boot geholt. Allerdings ist der Mann sozial völlig inkompetent. Und das sind schlechte Voraussetzungen, um als Anwalt zu glänzen.«

Nachdenklich musterte Fiedler seinen jungen Kollegen. »Vielleicht ist ja genau das das Mordmotiv. Dass Lüdeke Maierhofer aus der Kanzlei werfen wollte, weil der inkompatibel war.«

»Dazu müssen wir Christiane Apfelbaum befragen«, dachte Lukas laut nach. »Wie es scheint, war sie mit Lüdeke sehr vertraut. Falls der irgendwelche Andeutungen gemacht hat, dass er Maierhofer loswerden wollte, weiß das seine persönliche Assistentin am ehesten.«

»Apropos Assistentin«, warf Fiedler ein. »Wie steht es um deren Finanzen?«

Emma schüttelte den Kopf. »Nichts, was vermuten ließe, dass sie Geldsorgen hat. Sie hat schon vor Jahren das abbezahlte Haus ihrer Eltern geerbt, in dem sie jetzt wohnt. Ihr Bruder hat ihr auch ein hübsches Sümmchen vermacht und dazu verdient sie in der Kanzlei sehr gut.« Als Lukas nachhakte, sagte Emma: »Dreieinhalbtausend netto. Plus Urlaubs- und Weihnachtsgratifikation.« Emma zog eine Schnute und klimperte ihren Chef kokett an. »Apropos Kohle. Wenn ich mir das so ansehe, was man als Callgirl verdient … Darf ich als Beamtin eigentlich einen Nebenjob ausüben?«

»Falls wir nicht irgendetwas übersehen haben, hat also keiner der drei ein finanzielles Motiv«, stellte Lukas fest, nachdem Fiedler Emma einen Vogel gezeigt hatte. »Bleibt uns nur noch, das Umfeld zu befragen, um herauszufinden, ob es etwas gibt, das darauf schließen lässt, dass einer der drei einen anderweitigen Grund gehabt haben könnte.«

Emma sah ihren Kollegen nachdenklich an. »Du hast gestern erzählt, dass es mit der Ehe der Lüdekes nicht zum Besten bestellt war«, erinnerte sie ihn. »Auch das wäre ein hinreichendes Motiv.«

Lukas nickte. »Es geht mir nicht aus dem Kopf, wie ungerührt Rieke Lüdeke auf den Tod ihres Mannes reagiert hat«, bestätigte er Emmas Vermutung. »Allerdings ist es ihr rein von der Körperkraft her nicht zuzutrauen, dass sie ihren Mann zu der Stelle geschafft haben könnte, von der er abgestürzt ist.«

»Was für einen Komplizen spräche«, vermutete Fiedler.

»Wir werden das nicht aus den Augen verlieren«, pflichtete Lukas ihm bei. »Mal sehen, was die Befragungen des Umfelds ergeben.«

Zwei Stunden später war Lukas nicht schlauer als zuvor. Er hatte Christiane Apfelbaum gebeten, ihn in ihrer Mittagspause in einem Café zu treffen, da er das Gespräch nicht in den Räumen der Kanzlei führen wollte.

»Gab es zwischen den Herren Lüdeke und Maierhofer Unstimmigkeiten?«, kam er direkt zum Punkt, nachdem er Lüdekes Assistentin das gewünschte Stück Kuchen und einen Eistee bestellt hatte.

»Unstimmigkeiten?« Christiane Apfelbaum ließ die Gabel, auf die sie eine Himbeere aufgespießt hatte, wieder sinken. Dann schüttelte sie den Kopf. »Ich bin mir sicher, dass Herr Lüdeke mich informiert hätte, wenn etwas vorgefallen wäre.«

»Frau Apfelbaum«, sagte Lukas sanft. »Können Sie mir sagen, wie genau das Verhältnis zwischen Ihnen und Ihrem Chef war?«

Christiane Apfelbaum sah den Hauptkommissar mit weit aufgerissenen Augen an. »Verhältnis? Wir hatten kein Verhältnis. Wie kommen Sie denn auf so eine absurde Idee?«

Lukas schob Apfelbaums heftige Reaktion dem Umstand zu, dass sie völlig aufgelöst wirkte. Die tiefen Schatten unter ihren Augen zeugten davon, dass sie kaum oder sehr schlecht geschlafen hatte. »So habe ich meine Frage nicht gemeint«, sagte er beschwichtigend. »Schließlich ist ein Arbeitsverhältnis auch ein Verhältnis, oder nicht?«

Christiane Apfelbaum wurde rot. Schnell schob sie die Gabel in den Mund und kaute die Himbeere, als wäre sie ein harter Knochen. Es war offensichtlich, dass sie Zeit gewinnen wollte. Schließlich sah sie auf. »Verzeihung. Ich habe Sie wohl falsch verstanden.«

»Das macht nichts«, sagte Lukas. »Der letzte Tag war sicherlich sehr schwer für Sie.«

Christiane Apfelbaum nickte. Dann erinnerte sie sich an seine Frage. »Ich arbeite seit fast fünfundzwanzig Jahren für Herrn Lüdeke. Mein Gott, wie jung wir damals waren! Er hatte nach seinem Studium ein paar Jahre in einer großen Münchner Kanzlei gearbeitet, bevor er sich selbstständig gemacht hat. Damals suchte er eine Aushilfe, da er noch nicht genügend Mandanten hatte, um sich eine Vollzeitkraft leisten zu können. Ich hatte gerade meine Ausbildung zur Anwaltsgehilfin beendet, und mir war es nur recht, dass ich nicht jeden Tag arbeiten musste.« Entschuldigend hob sie die Schultern. »Wie gesagt, wir waren jung. Wenn viel los war, kamen wir auch am Wochenende ins Büro, dafür gab es Zeiten, an denen wir nichts zu tun hatten. Und dann hatte ich eben frei.«

»Man könnte also sagen, dass Sie beide über die Jahre zusammengewachsen sind«, mutmaßte Lukas.

»Ja, so kann man es sagen.« Christiane Apfelbaums Gedanken wanderten zurück zu der Zeit, in der die Delikte der Auftraggeber kaum schwerwiegender als ein Ladendiebstahl gewesen und sie noch unbeschwert an die Sache herangegangen waren.

Lukas hatte ihr Gesicht beobachtet. Ein Verdacht keimte in ihm auf, doch den wollte er vorerst unerwähnt lassen. »Und dann wurden die Mandanten mehr, die Aufträge größer und die Freizeit weniger«, feuerte er einen Schuss ins Blaue ab.

»Wie in einer Hollywoodschnulze, oder?« Christiane Apfelbaum lächelte wehmütig. »Aber Sie haben recht, genauso war es.«

»Zurück zu Herrn Maierhofer«, lenkte Lukas das Gespräch wieder auf seine eigentliche Frage.

»Ja, der Herr Maierhofer.« Christiane Apfelbaum holte tief Luft. »Ehrlich gesagt, ich habe nie verstanden, wieso Tobias …« Schnell senkte sie den Kopf, damit der Kommissar nicht sah, dass sie schon wieder rot wurde. »Ich meine natürlich Herrn Lüdeke. Ja, also wieso er ihn vor vier Jahren eingestellt hat. Und dann hat er ihn nach nur zwei Jahren auch noch zum Partner gemacht. Nicht, dass Herr Maierhofer inkompetent wäre«, sagte sie schnell, »aber er ist das genaue Gegenteil von Tobias.« Sie verzog den Mund. »Herr Lüdeke war nicht nur ein ausgezeichneter Anwalt, er hatte Manieren, Umgangsformen und eine besondere Gabe, Menschen für sich zu gewinnen. Was ich sagen will, ist, dass er keine Scheu vor anderen Menschen hatte. Und nun sehen Sie sich den Herrn Maierhofer an.«

Lukas nickte. Genau das Gleiche hatte er sich auch schon gefragt. »Herr Lüdeke hat nicht mit Ihnen darüber gesprochen, weshalb er ausgerechnet Herrn Maierhofer eine Partnerschaft angeboten hat?«

»Ach, wo denken Sie hin!« Christiane Apfelbaum kicherte. »Natürlich hat er seine Personalentscheidungen allein getroffen.«

Trotz der klaren Aussage spürte Lukas, dass da noch mehr war. »Allein getroffen hat er sie schon«, sagte er in einem unverfänglichen Tonfall. »Aber nachdem Sie bereits so lange zusammengearbeitet hatten, hat er Sie doch zumindest nach Ihrer Meinung gefragt.«

»Das schon«, gab sie schließlich zu. »Das hat sich aber nicht auf fachliche Qualifikationen bezogen.«

»Menschenkenntnis ist eine Intuition und benötigt keine Ausbildung«, sagte Lukas charmant. »Und davon haben Sie sicherlich eine Menge.«

»Oh, das ist nett, dass Sie das sagen.« Christiane Apfelbaum trank den Rest ihres Eistees aus. »Ich habe Tobias gefragt, warum er Herrn Maierhofer einem anderen Anwalt vorgezogen hat, der meiner Meinung nach viel besser zu uns gepasst hätte.«

Lukas wartete geduldig darauf, dass Christiane Apfelbaum weiterredete. Als nichts mehr kam, hakte er nach: »Und?«

»Tobias sagte nur, dass genau Herrn Maierhofers augenscheinliche Unsicherheit es war, die ihn dazu bewogen hat, ihn näher an sich zu binden. Er meinte, dass ausnahmslos jeder den Maierhofer unterschätzen würde. Zumindest so lange, bis der sich einen entsprechenden Ruf erarbeitet hat. Und diese Zeit wollte Tobias für sich nutzen.«

»Hat sich Herr Lüdeke in der letzten Zeit dazu geäußert, dass er mit seiner früheren Entscheidung unzufrieden war?«

»Nein.« Vehement schüttelte Christiane Apfelbaum den Kopf. »Ganz im Gegenteil. Seine Rechnung ging voll und ganz auf.« Hinter ihrer Stirn arbeitete es. Offensichtlich gab es da etwas, was sie nicht so direkt ansprechen wollte. Doch dann gab sie sich einen Ruck. »Wissen Sie, Herrn Maierhofers Gehirn ist wie ein Computer. Wie ein Schwamm, der alles aufsaugt. Er kann sich die unwichtigsten Dinge wörtlich merken und eine halbe Ewigkeit später buchstabengetreu wiedergeben. Dafür kennt er keine Emotionen. Zumindest kommt es mir so vor«, setzte sie schnell hinterher. »Ich meine, gerade diese leidenschaftslose Art, weder mit Gefühl noch Wut zu agieren, weder mit Abneigung noch Euphorie an etwas heranzugehen, macht ihn aus.« Betreten drehte sie das leere Glas in ihren Händen. »Tobias hat diese Eigenschaften sofort erkannt. Zu meinen Bedenken meinte er nur: ›Maierhofer kennt den Unterschied zwischen Gut und Böse nur aus den Gesetzestexten. Menschlich ist der Typ eine völlige Niete. Und damit ist er skrupellos genug, um kein Mitleid zu empfinden.‹«

Lukas wunderte sich insgeheim. Offensichtlich war Lüdeke für seine Assistentin so etwas wie ein Heiliger gewesen. Allerdings schien ihr mit keiner Sekunde aufgefallen zu sein, dass sein Wunsch nach einem Partner, der so skrupel- wie auch mitleidlos war, allem widersprach, was auch nur ansatzweise mit Gnade zu tun hatte. Doch da er sie nicht gegen sich aufbringen wollte, ließ er das Thema vorerst auf sich beruhen. »Welchen Eindruck haben Sie von Frau Lüdeke?«

Augenblicklich kniff Christiane Apfelbaum missmutig ihren Mund zusammen. »Was soll ich zu ihr schon groß sagen?«, meinte sie störrisch. »Ich kenne sie ja kaum.«

Lukas beobachtete das Mienenspiel der Assistentin mit steigendem Interesse. Auch wenn sich Christiane Apfelbaum zuvor vehement gegen den Verdacht eines Verhältnisses, welcher Art auch immer, gestemmt hatte, konnte Lukas sich des Eindrucks nicht erwehren, dass sie weit mehr mit ihrem Chef verbunden hatte als ein reines Angestelltenverhältnis. Und nun war er sich ganz sicher.

»Kommen Sie schon, Frau Apfelbaum«, sagte er schärfer, als er es eigentlich wollte. Die Frau tat ihm leid, doch dies war nicht der richtige Augenblick für Mitgefühl. »Sie waren in Ihren Chef verliebt. Immer schon. Und dann kam da diese junge schöne Dame, die Lüdeke zu seiner Frau genommen hat. Und Sie hatten das Nachsehen.«

»Von wegen Dame!« Christiane Apfelbaum spie die Worte fast aus. »Die ist doch nur eine ganz schäbige Nutte gewesen.«

»Trotzdem hat Herr Lüdeke sie geheiratet.«

Christiane Apfelbaum kniff ihre Lippen zusammen. »Na und? Sie ist und bleibt ein billiges Flittchen. Glauben Sie bloß nicht, dass Tobias das Miststück aus Liebe geheiratet hat. Es ging einzig und allein um dieses Balg, das die Schlampe ihm untergeschoben hat.«

Erstaunt registrierte Lukas, wie viel Hass in Lüdekes Assistentin brodelte. Und das, obwohl die Hochzeit zwischen ihm und seiner Frau bereits acht Jahre zurücklag.

»Sind Sie verheiratet, Frau Apfelbaum?«, fragte Lukas. »Oder leben Sie in einer Beziehung?«

Christiane Apfelbaum schloss die Augen. Ihr ganzes Gesicht war ein einziger Schmerz. Irgendwann wurde ihr bewusst, dass der Hauptkommissar noch immer auf eine Antwort wartete. Sie öffnete die Augen und das Leid, das Lukas darin sah, war riesengroß. Sie schluckte. »Nein.«

»Wieso denken Sie, dass Frau Lüdeke ihrem Mann das Kind untergeschoben hat?«

Erneut wich der Schmerz einer unverhohlenen Wut. »Das ist doch sonnenklar! Dieses blöde Flittchen war doch nur darauf aus, einen Versorger zu finden. Jemand, der sie aus ihrem Elend erlösen würde. Vermutlich war das Kind noch nicht einmal von ihm. Aber Tobias ist … war«, korrigierte sie sich, »einfach viel zu gutmütig.«

»Erzählen Sie mir mehr von ihm«, bat Lukas. Es war interessant, wie schnell Christiane Apfelbaums Emotionen wechselten. Wenn sie in Gedanken bei Tobias Lüdeke war, waren nur Schmerz und Trauer zu spüren. Sobald ihre Gedanken aber zu dessen Frau wanderten, schaltete sie innerhalb einer Sekunde auf Wut und Abscheu um. Lukas wurde nicht recht schlau aus dem Verhalten der Assistentin. An sich war Hass ein mehr als hinreichendes Motiv. Allerdings hätte sie dann wohl eher Rieke Lüdeke ermordet als deren Mann, den sie schließlich noch immer liebte. Nein, das passte nicht. Es sei denn, Lüdeke hatte sie gedemütigt und ihr unmissverständlich zu verstehen gegeben, dass sie nie die Frau seiner Wahl sein würde, egal, ob er gebunden wäre oder nicht. Diesen Gedanken verwarf er schnell wieder. Christiane Apfelbaum hatte sicherlich versucht, ihre Chance zu nutzen, als die noch vorhanden war. Dazu hatte sie vor Lüdekes Ehe immerhin über fünfzehn Jahre Zeit gehabt. Mit halbem Ohr hörte er Christiane Apfelbaums Ausführungen zu, die zunehmend über ihren Arbeitgeber ins Schwärmen geriet. Faszinierend, wie sehr sie ihn glorifizierte, obwohl er sie jahrzehntelang verschmäht hatte.

Lukas stellte noch einige weitere Fragen zu Bertram Maierhofer, Rieke Lüdeke und dem verstorbenen Anwalt, doch nichts von dem, was er fragte, oder von den Antworten, die er bekam, half ihm weiter. Er wartete, bis Christiane Apfelbaum den letzten Rest ihres Kuchens gegessen hatte, dann warf er einen Blick auf die Uhr, zahlte und verabschiedete sich.

»Was hat dein Stelldichein mit der alten Jungfer ergeben?«, wollte Emma wissen, als sie im Flur fast in Lukas hineingelaufen wäre.

Sie schreckte zusammen, als sich jemand direkt hinter ihr räusperte. Als sie sah, dass es ihr Chef war, zuckte sie mit den Schultern. »Was denn?« Sie verdrehte die Augen. »Nach dem, was Lukas über die Apfelbaum erzählt hat, ist die doch eine alte Jungfer, oder nicht?«

»Auch wenn das nicht sonderlich nett ist, muss ich dir recht geben«, bestätigte Lukas Emmas Annahme und folgte ihr in ihr Büro. »Offensichtlich war Christiane Apfelbaum von Anbeginn an in Tobias Lüdeke verliebt. Wie es scheint, hat sich das auch nicht geändert, als er Rieke zur Frau genommen hat. Trotzdem war Christiane Apfelbaum ihm bis zuletzt zutiefst ergeben.«

Emma starrte ihn entsetzt an. »Du glaubst aber nicht, dass es da um Liebe ging?«

Lukas schüttelte den Kopf. »Nein, Liebe war das eher nicht mehr. Vielmehr eine Abhängigkeit.«

»Oder eine Fixierung«, sagte Fiedler. »Trauen Sie ihr den Mord zu?«

Lukas zog sich einen Stuhl vor Emmas Schreibtisch und setzte sich rittlings darauf. »Generell schließe ich niemanden aus. Interessant finde ich, dass wir drei unterschiedliche Zeugen befragt und drei völlig unterschiedliche Bilder von Tobias

Lüdeke gezeichnet bekommen haben. Da ist seine persönliche Assistentin, die ihn als großzügig, gutmütig und liebenswert beschreibt, wir haben seine Frau, die ihn als berechnend, brutal und pervers schildert, und wir haben einen Anwalt, der, Christiane Apfelbaums Worten zufolge, zu keinen Emotionen fähig ist, der seinen verstorbenen Chef immerhin bewundert hat und ihn als sachlich und nüchtern beschreibt.« Lukas fuhr sich mit beiden Händen durch die Haare. »Ehrlich gesagt weiß ich nicht, was ich davon halten soll.«

»Vielleicht haben sich die drei ja abgesprochen«, warf Emma ein. »Und das Ganze ist eine geplante Scharade.«

Lukas ließ sich den Gedanken durch den Kopf gehen, dann schüttelte er den Kopf. »Ich würde zwar nicht ausschließen, dass so was möglich ist, doch das würde schneller auffliegen, als die drei darüber nachdenken konnten.«

»Wieso denn?«, fragte Emma pikiert. »Ich finde, dass die Idee nicht von der Hand zu weisen ist.«

»Das ist sie auch nicht«, stimmte Lukas ihr zu. »Allerdings muss man bedenken, dass die Beteiligten nicht dumm sind, deshalb müsste ihnen klar sein, dass sie sich mit einem derartigen Vorhaben auf sehr dünnem Eis bewegen. Zum einen war Tobias Lüdeke ein Mensch, der gern in der Öffentlichkeit stand, es also eine Menge Menschen gibt, die seine Charaktereigenschaften beschreiben können. Zum anderen haben wir es mit drei Personen zu tun, die einander nicht unbedingt wertschätzen. Ich glaube nicht, dass der Hass, den Christiane Apfelbaum auf Rieke Lüdeke hat, gespielt war. Allein deswegen kann ich mir nicht vorstellen, dass die beiden gemeinsame Sache machen würden.«

»Dass du es dir nicht vorstellen kannst, heißt aber nicht, dass es nicht doch möglich wäre«, beharrte Emma.

Lukas grinste. »Emma, mein Schatz, wir werden deine Idee nicht aus den Augen verlieren, das verspreche ich dir. Zum jetzigen Zeitpunkt ist es aber noch zu früh, das als einzigen Ansatzpunkt zuzulassen.«

»Wie wollen Sie weiter vorgehen?«, fragte Fiedler nach.

»Ich werde versuchen, einen unerwarteten Ball ins Spiel zu bringen.« Lukas stand auf, stellte den Stuhl zurück und sagte im Gehen: »Geben Sie mir ein paar Stunden, dann erzähle ich Ihnen, was ich damit meine.«

* * *

»Lukas«, rief Maria erfreut aus, als ihr Neffe mit seinem Mountainbike auf den Hof gefahren kam. »Was machst du denn hier? Musst du nicht arbeiten?«

»Hallo, Tante Maria.« Lukas beugte sich zu ihr hinunter und umarmte sie. »Wir haben einen neuen Fall, und ich muss einen klaren Kopf bekommen«, beantwortete er ihre Frage.

»Dann kommst du gerade recht. Ich habe einen Zitronenkuchen gebacken. Du hast letztens gesagt, dass du den so gerne isst.«

Lukas grinste. »Stimmt. Aber woher wusstest du, dass ich vorbeikomme?«

»Das wusste ich nicht.« Maria lächelte verschmitzt. »Aber ich habe darauf gesetzt, dass ich dich dazu überreden kann, mich zu besuchen, sobald du weißt, dass ich gebacken habe.«

»Touché. Bekomme ich einen Kaffee dazu?«

Staunend lief Lukas der jüngsten Schwester seiner verstorbenen Mutter hinterher. Sie hatten sich erst vor ein paar Monaten kennengelernt, als sie wegen einer Krimirallye nach Oberbayern gekommen und schließlich unversehens in ein Ermittlungsverfahren gegen einen Drogenhändler geraten war. Prompt hatte sie sich in die Gegend verliebt, und dann hatte es nicht lange gedauert, bis sie festgestellt hatte, dass sie hierbleiben wollte. Eine Zeit lang hatte sie sich noch im Gästehaus

Wendelstein bei Alexandra und Franz Mayer einquartiert, doch dann hatte sie beschlossen, dass das kein Dauerzustand sein konnte, so schön das große Zimmer und so liebenswert ihre Gastgeber auch waren. Sie hatte Lukas gebeten, ihr dabei behilflich zu sein, eine geeignete Bleibe zu finden. Geld hatte sie genug, und bis auf ihre ältere, nörglerische Schwester Magda hielt sie nichts in dem nordbayerischen Kaff, in dem sie seit ihrer Geburt vor fünfzig Jahren gelebt hatte.

Lukas hatte seinerseits Franz Schmiedl um Hilfe gebeten, den er, genau wie Maria, im Rahmen der Ermittlungen gegen den Drogenbaron kennengelernt hatte. Und der war es gewesen, der von einem Bauprojekt wusste, das kurz vor Fertigstellung aufgegeben worden war. Das Haus stand seit einiger Zeit zum Verkauf, fand jedoch keinen Käufer, da es zwar ausreichend Wohnfläche bot, diese jedoch so merkwürdig aufgeteilt war, dass bislang alle Interessenten sofort wieder abgewunken hatten.

»Die Verkäufer hatten geplant, dass eine Pflegekraft aus dem Osten in den kleineren Teil einziehen sollte«, erklärte die Immobilienmaklerin Maria. »Deswegen gibt es in der einen Haushälfte auch nur eine kleine Küche. Schließlich hätte die Pflegerin für die Herrschaften kochen und mit ihnen essen sollen.«

»Weshalb wurde das Vorhaben nicht verwirklicht?«, hatte Lukas gefragt, der Maria bei der Besichtigung begleitete.

»Die Ehefrau verstarb unerwartet schnell an einem Schlaganfall, woraufhin der Gatte nicht mehr in das Haus einziehen wollte, das er mit ihr zusammen als Alterssitz geplant hatte. Er hat sich eine Wohnung in einer Seniorenresidenz gekauft, da er den Gedanken nicht ertragen konnte, allein hier zu leben. Ihm ist bewusst, dass der Schnitt des Hauses es schwierig macht, einen Käufer zu finden, deswegen ist er mit dem Preis bereits deutlich heruntergegangen.«

Maria hingegen musste sich beherrschen, sich ihre Begeisterung nicht allzu deutlich anmerken zu lassen. Das Haus war geradezu perfekt. Der größere Teil, in dem auch eine moderne, offene Küche untergebracht war, besaß ein großzügiges Wohnzimmer, das ein Stück aus dem Haus herausragte und auf drei Seiten riesige Glasflächen besaß, die sich je nach Wetter komplett aufschieben ließen und selbst bei der größten Hitze dafür garantierten, dass das Haus gut durchlüftet wurde. Eine zum Teil überdachte Terrasse bot genügend Platz für einen großen Tisch und eine Gruppe Loungemöbel. Der Garten war so groß, dass man einen Teich anlegen konnte oder sogar einen Swimmingpool, falls ihr irgendwann der Sinn danach stehen sollte. Das gesamte Haus war unterkellert, wobei an beiden Haushälften je ein Zugang gelegt worden war, dazu gab es eine breite Außentreppe, über die man Fahrräder in den Keller bringen konnte, damit man sie nicht durch das Haus tragen musste.

»Bist du noch immer der Meinung, dass es die richtige Entscheidung war, das Haus zu kaufen?«, fragte Lukas, als er Maria in die Küche folgte.

»Ich bin nicht nur der Meinung, sondern der vollen Überzeugung. Das Haus ist einfach großartig.« Maria strahlte übers ganze Gesicht. »Nachdem die Handwerker mir versprochen haben, bis Ende der Woche mit den restlichen Arbeiten fertig zu sein, ist es fast perfekt. Das Einzige, was noch fehlt, ist mein neuer Nachbar.«

Hilflos sah Lukas seine Tante an. »Maria, ich habe dir doch gesagt …«

Schnell hob Maria die Hand. »Und ich habe dir gesagt, dass du dich nicht sofort entscheiden musst. Lass dir die Zeit, die du brauchst. Es ist jedenfalls kein Dauerzustand, dass du im Wohnwagen lebst, da gebe ich deinem Chef uneingeschränkt recht. Du brauchst eine vernünftige Adresse mit einer Postanschrift. Und das wäre doch schon mal ein Anfang, oder? Geh zum Einwohnermeldeamt, melde dich hier an, wir schreiben deinen Namen auf die Klingel und den Briefkasten. Du kannst einen Teil deiner Klamotten hier einlagern, kommst zum Duschen oder zum Essen, wann immer du willst. Und falls du eines Tages der Meinung bist, dass du es wieder aushältst, in einem geschlossenen Raum zu schlafen, steht dir jede Möglichkeit offen.«

Überwältigt von so viel Großzügigkeit drückte Lukas Maria einen Kuss auf die Wange. »Ich danke dir«, flüsterte er. »Für alles.«

Inzwischen hatte die Siebträgermaschine aufgeheizt und Maria machte ihrem Neffen einen doppelten Espresso und sich selbst einen Milchkaffee. Sie schnitt zwei große Stück Kuchen ab und drückte Lukas die Teller in die Hand. »Lass uns nach draußen gehen.«

»Also, schieß los. Was hast du auf dem Herzen?« Maria rührte einen Teelöffel Zucker in ihren Kaffee.

Nachdenklich sah Lukas seine Tante an. »Spielst du eigentlich Golf?«

Maria hätte fast ihren Kaffee verschüttet. »Was? Golf? Ich?« Vehement schüttelte sie den Kopf. »Also, nein. Ich bin zwar vielleicht ein bisserl spießig, aber Golf ist nichts für mich. Wie du weißt, habe ich mir gerade erst ein Mountainbike gekauft und alle Hände voll, damit zu üben.«

Natürlich wusste er davon, schließlich hatte er sie stundenlang beraten. Seine Augen glänzten. »Dann können wir ja bald eine Tour zusammen fahren.«

Maria deutete ihm einen Vogel. »Das, was du fahren nennst, nenne ich lebensmüde. Ich will weder über irgendwelche Wurzelpfade jagen noch meinen Blutdruck in ungeahnte Höhen schrauben, weil ich wie eine Geisteskranke einen Berg hinaufhetze.«

»Das kommt schon noch«, sagte Lukas amüsiert. »Ich warte einfach mal ab. Trotzdem …« Er drehte seine leere Espressotasse in den Händen. »Könntest du dir vorstellen, dir das Golfspielen zumindest mal probehalber anzuschauen?«

Maria sah ihn mit zusammengekniffenen Augen an. »Was willst du eigentlich, Lukas? Einerseits deutest du an, dass es nur eine Frage der Zeit wäre, bis ich mich mit dem Radl einen Berg hinunterstürzen werde, andererseits möchtest du mich zum Seniorensport motivieren?«

Lukas verschluckte sich an dem Stück Kuchen, das er sich gerade in den Mund geschoben hatte. »Ich weiß nicht, welche Erfahrungen du gemacht hast«, hustete er, »aber die Leute, die hier golfen gehen, sind sicher nicht das, was du dir unter Senioren vorstellst.«

»Egal«, wischte Maria seine Argumente vom Tisch. »Ob das nun Achtzehn- oder Achtzigjährige sind, ich habe keine Lust auf so einen Schmarrn.«

»Und wenn du es für mich tun würdest?« Lukas warf ihr einen treuherzigen Blick zu.

»Für dich?« Maria war skeptisch. »Geh doch selbst, wenn du es so spannend findest.«

»Das geht leider nicht.« Lukas aß das letzte Stück Kuchen auf und lehnte sich zufrieden in seinem Stuhl zurück. Und dann erzählte er ihr, was er mit seiner Bitte bezweckte.

* * *

Leo kniff die Augen zusammen, als er den Umschlag sah, der auf dem Sideboard lag. Wo kam der denn plötzlich her? Er zögerte, die Lasche aufzuziehen, doch dann wurde ihm bewusst, dass Falk hier gewesen sein musste. Ein Lächeln glitt über sein Gesicht, und sein Herz schlug vor Aufregung bis zum Hals. Falk liebte es, kleine Botschaften für ihn zu hinterlassen.

Er verzichtete auf den Kaffee, den er sich hatte machen wollen, da das Koffein seinen Puls nur noch weiter nach oben treiben würde. Mit zitternden Händen riss er das große Kuvert auf und zog eine schmale Mappe heraus. Ohne seinen Blick von dem Deckblatt zu nehmen, machte er einen Umweg über die Küche, nahm sich ein Bier und wanderte lesend weiter ins Wohnzimmer. Er ließ sich auf der Kante der Ledercouch nieder und rührte sich, abgesehen von einem gelegentlichen Umblättern, nicht mehr, bis er am Ende seiner Lektüre angekommen war.

»Du hast so recht, Falk«, flüsterte er erschüttert. »Aber vorher muss ich noch etwas anderes erledigen.« Er stemmte sich hoch, trat an das große, bodentiefe Fenster, das in den gepflegten Garten führte, und starrte wortlos hinüber zu dem Teich im angrenzenden Grundstück, in dem seit Jahren ein Stockentenpärchen den Sommer verbrachte. Falk liebte es, die Enten im Garten mit Brot und Zwieback zu füttern, auch wenn es zur Folge hatte, dass die Vögel zunehmend dreister wurden und sich sogar ins Haus wagten, wenn es nichts zu fressen gab. Dass sie dabei überall ihre Hinterlassenschaften verteilten, war ein weniger angenehmer Nebeneffekt. Doch das konnte ihm egal sein, solange sie nicht in seinem Kräutergarten herumwatschelten und dort alles vollschissen.

Sein Blick fiel auf die Unterlagen, die auf dem kleinen Beistelltisch aus Palisanderholz lagen. Irritiert zog er die Stirn in Falten. Die Botschaft kam eindeutig zu früh. Er musste Falk unbedingt erreichen, was nicht immer einfach war. Das Tempo, in dem die Nachrichten kamen, war zu hoch. Schließlich brauchte er Zeit, um sein nächstes Werk gründlich zu planen, und auch, um sein Opfer gefügig zu machen.

Kapitel 4

»Guten Morgen.« Maria versteckte ihre Abneigung gegen den Seniorensport, wie sie das Golfen noch immer heimlich für sich nannte, hinter einer großen Portion Enthusiasmus.

»Grüß Gott.« Die Blondine, die am Empfang des Tegernseer Golfclubs stand, schenkte der exzentrisch gekleideten Frau einen freundlichen Blick. »Wie kann ich Ihnen helfen?«

»Ja, also … ich dachte, ich könnte mal mit dem Golfspielen anfangen.«

»Das heißt, Sie haben diesbezüglich noch keine Erfahrung?«

»Nein.« Und wenn es nach ihr gegangen wäre, hätte das auch gerne so bleiben können. »Vielleicht können Sie mir ein bisschen was dazu erzählen. Gibt es einen Lehrgang, den ich buchen kann? Brauche ich dafür bereits eine eigene Ausrüstung? Ich meine, ich weiß ja noch nicht, ob das überhaupt das Richtige für mich ist.«

Die Blondine lächelte herzlich. Die schneeweißen Zähne, die sie dabei zeigte, waren garantiert das Werk eines ausgesprochen begabten Technikers. »Werfen Sie einen Blick in unser Informationsblatt«, sagte sie freundlich. »Hier finden Sie eine Übersicht unserer Kurse. Für den Anfang empfehle ich, dass Sie am Sonntag zum Schnuppergolfen kommen. Da erfahren

Sie die wichtigsten Dinge, Sie können schon mal ausprobieren, wie es ist …«

»Am Sonntag erst?«, rief Maria theatralisch. »Aber heute ist doch erst Dienstag. So lange kann ich doch nicht warten!«

Unsicher musterte die junge Frau die etwas exaltiert wirkende Dame. »Ja, das tut mir jetzt leid«, sagte sie bedauernd. »Schnuppergolf ist nun mal nur am …«

»Haben Sie denn keinen Lehrer, der mir vorher etwas beibringen kann?«, unterbrach Maria sie erneut. »Es ist nämlich so.« Sie stützte sich mit den Händen auf der Glasvitrine ab und beugte sich nach vorn. »Mein Mann ist vor Kurzem verstorben. Gott hab ihn selig.« Schnell machte sie ein Kreuzzeichen. »Er hat mir viel Geld vermacht. Sehr viel Geld«, flüsterte sie vertraulich. »Wir waren fast dreißig Jahre verheiratet und plötzlich stehe ich ganz allein da. Sie können sich nicht vorstellen, wie das ist. Dafür sind Sie noch viel zu jung. Wissen Sie, ich komme ursprünglich aus Nordbayern. Dort hatten wir ein großes Haus. Aber ich habe das nicht mehr ausgehalten, jedenfalls musste ich da weg. Deswegen habe ich mir vor ein paar Wochen ein paar Kilometer weiter ein Häuschen gekauft und bin hergezogen.« Maria machte eine Pause, um der Blondine Zeit zu geben, das eben Gehörte zu verdauen. Dann fuhr sie fort: »Aber jetzt fällt mir die Decke auf den Kopf; ich kenne hier ja niemanden. Und da dachte ich, ich muss etwas unternehmen, wo ich nette Leute treffen kann. Deswegen will ich nicht bis Sonntag warten. Am Sonntag möchte ich gerne schon darauf anstoßen dürfen, dass ich es geschafft habe, auf dem Platz zu spielen.«

Von der Energie der Interessentin schier überwältigt, blickte die Blondine hilfesuchend um sich. Dann entdeckte sie einen Kollegen inmitten einer kleinen Gruppe ihn anhimmelnder Frauen und fing an zu winken. »Robert, komm doch bitte mal her.«

Als der gut aussehende junge Mann neben Maria stand, warf ihm die Blondine einen bezeichnenden Blick zu und machte, ohne dass Maria es sehen konnte, eine reibende Bewegung zwischen Daumen und Zeigefinger. »Robert, die Dame hier möchte gerne Golfen lernen, kann aber nicht bis Sonntag warten. Aus sehr nachvollziehbaren Gründen.« Nun warf sie auch Maria einen verschwörerischen Blick zu.

»Ja, das stimmt.« Maria setzte eine leidende Miene auf. »Wenn Sie heute noch damit anfangen könnten, mir diesen wunderbaren Sport beizubringen, würden Sie mein Leben retten.«

Robert sah etwas verdutzt drein. »Dann wollen wir doch mal sehen, was wir für Sie tun können«, sagte er freundlich. Die Dame trug teure Kleidung und war offensichtlich gewillt, Geld hierzulassen. Würde er ihren Wunsch nicht ernst nehmen und die Geschäftsführung käme dahinter, würde er sich einen Rüffel einfangen. Mindestens. »Waren Sie schon beim Schnuppergolfen?«

»Das kommt für mich nicht infrage«, sagte Maria affektiert. »Ich will gleich anfangen. Ich bin mir nämlich fast sicher, dass Golf genau das Richtige für mich ist.« Sie lächelte gekünstelt und kreuzte Zeige- und Mittelfinger, ohne dass die beiden es mitbekamen. Insgeheim hatte sie ein schlechtes Gewissen, dass sie das Blaue vom Himmel herunterlog.

»Also gut«, sagte Robert. »Wenn Sie nicht bis Sonntag warten möchten, käme natürlich auch gleich ein Einsteigerkurs infrage. Da haben wir unterschiedliche Möglichkeiten. Für zweihundertfünfzig Euro können Sie in einer Gruppe ab vier Personen …«

»Lassen Sie die Formalitäten, junger Mann«, sagte Maria mit einem hoheitsvollen Nicken. »Ich habe Geld, aber keine Lust zu warten, bis Sie eine Gruppe zusammengetrommelt haben. Außerdem sind die anderen dann vielleicht besser als ich, und ich habe das Gefühl, mich zu blamieren. Oder sie sind schlechter und ich werde ungeduldig, weil ich nicht schnell genug weiterkomme. Geben Sie auch Einzelstunden?«

Eine Viertelstunde später war alles klar. Maria sollte am nächsten Morgen um neun am Empfang des Golfclubs sein und würde vier Tage lang bei Robert Einzelunterricht nehmen. So lange bekam sie die Ausrüstung gestellt, einzig ein paar geeignete Golfschuhe musste sie sich bereits gleich selbst kaufen. Und wenn alles nach Plan verlief, hätte sie am Ende des vierten Tages den Platzreifekurs bestanden.

»Und was ist, wenn ich nicht bestehe?«, wollte sie wissen.

»Darüber machen wir uns Gedanken, wenn es so weit ist.« Robert lächelte sichtlich zufrieden. »Ich kann Ihnen aber versichern, dass bisher keiner meiner Schüler durchgefallen ist. Zumindest was diejenigen Schüler anbelangt, die es so ernst mit dem Golfen meinen wie Sie.«

Eine Stunde später fuhr Maria am Schliersee vorbei und warf einen betrübten Blick zum Strandbad, da zumindest die nächsten vier Tage lernen statt schwimmen angesagt war. Kurz darauf erreichte sie Neuhaus, und die Stimme ihres Navis behauptete, dass sie ihr Ziel erreicht hatte. Sie setzte den Blinker und bog links in die Einfahrt der Destillerie Lantenhammer ein. Wie Lukas ihr aufgetragen hatte, fuhr sie am Gebäude vorbei nach hinten und stellte ihr Fiat 500 Cabrio auf dem großen Parkplatz ab. Als sie ausstieg, hörte sie ihren Namen. Sie sah sich um, konnte aber niemanden entdecken.

»Hier oben.«

Maria drehte sich um ihre eigene Achse und legte ihren Kopf in den Nacken. Dann sah sie ihren Neffen. Sie entdeckte die breite Treppe, die in den ersten Stock führte, wo auf einer großen Terrasse eine Menge Tische und Stühle standen.

»Ach, das ist aber nett hier!«, rief Maria aus. »Und ich dachte, das sei nur ein Schnapsladen.«

Lukas grinste. »Sag das mal lieber nicht so laut. Die Firma Lantenhammer ist alles andere als ein Schnapsladen, auch wenn die Kernkompetenz der Destillerie das Schnapsbrennen ist.«

Misstrauisch ließ Maria ihren Blick über die Terrasse schweifen. Als sie an keinem der Tische alkoholische Getränke entdeckte, atmete sie erleichtert auf. »Das hier ist doch ein Café, oder?«

»Stimmt. Und ein Restaurant«, gab Lukas ihr recht. Er deutete auf einen Tisch, der gerade frei wurde. »Lass uns da drüben Platz nehmen.«

Nachdem die freundliche Bedienung ihre Bestellung aufgenommen hatte, konnte Lukas seine Ungeduld nicht länger zügeln. »Schieß los«, sagte er. »Wie war's im Golfclub?«

Maria knuffte ihn gegen den Oberarm. »Du brauchst gar nicht so doof zu grinsen.« Sie knirschte hörbar mit den Zähnen. »Wegen dir muss ich morgen mit den Hühnern aufstehen, weil ich mich schon um neun mit meinem Pro treffe.«

Lukas' Grinsen wurde breiter. »Ach, du hast also schon einen Pro. Etwa einen eigenen?«

»Wenn du nicht mit mir verwandt wärst, würde ich dir den Hals umdrehen.« Maria drohte ihrem Neffen scherzhaft mit dem Finger. »Ein Pro ist …«

Lukas beugte sich vor und zupfte ihr ein kleines Blatt aus den Haaren. »Lass dich nicht ärgern. Ich weiß, dass ein Pro auf gut Deutsch ein professioneller Golflehrer ist. Und natürlich würdest du auch sagen, dass du dich mit *deinem* Tennislehrer triffst.« Dabei lächelte er so charmant, dass Maria nicht anders konnte, als ihm zu verzeihen. »Hast du darüber hinaus etwas in Erfahrung bringen können?«

Maria schüttelte den Kopf. »Zumindest weiß jetzt die halbe Belegschaft, dass mein Mann vor nicht allzu langer Zeit verstorben ist und ich Anschluss suche. Ich habe auch eine Bemerkung fallen lassen, dass ich mir wünsche, mich mit jemandem austauschen zu können, der in einer ähnlichen Situation ist.« Ihre Augen verengten sich zu einem schmalen Schlitz. »Wenigstens war nicht alles gelogen, was ich denen aufgetischt habe. Auch wenn es mir absolut zuwider ist, damit hausieren zu gehen, dass Gunter vor zwei Jahren gestorben ist und mir ein Vermögen hinterlassen hat. Das geht doch wirklich niemanden etwas an.«

Lukas nickte. Er konnte Marias Bedenken durchaus verstehen. »Es sind nur ein paar Tage, die du dich dort blicken lassen sollst. Und glaub mir, die meisten Mitglieder haben viel mehr Geld als du.«

»Beruhigend«, murmelte Maria. »Ein großer Trost ist das aber nicht.«

* * *

»Schlechte Nachrichten!«, rief Emma, als Lukas an der Küche vorbeilief.

Lukas stoppte und machte kehrt. »Schlechte Idee«, konterte er, als er den Kopf zur Tür hineinsteckte.

Irritiert musterte Emma ihn. »Was ist eine schlechte Idee?«

»Der Überbringer schlechter Nachrichten wurde schon im Mittelalter geköpft. Überleg dir also gut, was du sagst.«

»Witzig.« Emma streckte ihm die Zunge heraus. »Kaffee?«

»Gern«, antwortete Lukas laut, um das Getöse der Kaffeemühle zu übertönen. »Schieß los.«

»Die KTU hat sich gemeldet. Weder an Tobias Lüdekes Kleidung noch an seiner Haut konnte Fremd-DNA festgestellt werden. Wenn man von den Spuren absieht, die eine sehr nahe verwandtschaftliche Übereinstimmung aufweisen und deswegen von seinem Sohn sein müssen. Und die waren unter seiner Kleidung.«

»Mist.« Dankend nahm Lukas den Becher entgegen. »Das untermauert allerdings die Aussage seiner Frau.«

»Inwiefern?«

»Ihren Worten zufolge war die Beziehung eine reine Zweckgemeinschaft, außerdem hat sie ihn als Schwein tituliert. Das lässt vermuten, dass zumindest sie jede Berührung vermieden hat.«

»Aber du gehst trotzdem von Mord aus?«, fragte Emma zweifelnd. »Wenn er wirklich eine Begleitung hatte, muss es doch unweigerlich zu einem Körperkontakt gekommen sein, oder nicht?«

Lukas schüttelte den Kopf. »Nicht unbedingt. Heute weiß doch schon jedes Kind, welche Möglichkeiten einem kriminaltechnischen Labor zur Verfügung stehen. Dementsprechend wird der Täter darauf geachtet haben, dass es zu keiner Übertragung kam. Und wenn er K.-o.-Tropfen benutzt hat, hat sein Opfer kaum etwas davon mitbekommen, was ihm geschah. Das bedeutet, der Täter kann Handschuhe getragen haben, als er Lüdeke vor sich hergetrieben hat. Dem wäre das in seinem Zustand sicher nicht mehr aufgefallen. Steht sonst noch was in dem Bericht?«

»Nur, dass unter seinen Fingernägeln keine Hautpartikel gefunden wurden.«

»Was kam bei dem Test auf Benzodiazepine heraus?«

»Ich glaube, davon stand nichts in der E-Mail.« Emma hob verlegen die Schultern. Für sie waren Laborberichte Bücher mit sieben Siegeln. »Aber du siehst besser selbst noch mal nach.«

Fünf Minuten später beendete Lukas frustriert das Gespräch mit der Kollegin vom kriminaltechnischen Labor. Emma hatte recht behalten, die Analyse fehlte in dem Bericht. Doch den Anruf hätte er sich sparen können. Wie Doktor Teufel bereits richtig eingeschätzt hatte, war für einen Nachweis in Blut und Urin zu viel Zeit verstrichen, und damit sich der Stoff in den Haaren hätte nachweisen lassen, hatte Lüdeke nicht mehr lange genug gelebt.

* * *

Als Maria am nächsten Tag morgens um sieben Uhr aus der großen, schwellenlosen Dusche trat, ertappte sie sich bei dem Gedanken, dass sie sich wider Erwarten auf die Stunden im Golfclub freute. Was allerdings herzlich wenig mit dem Draufhauen auf irgendwelche Bälle zu tun hatte. Nach Gunters Tod war sie dem nordbayerischen Ableger des Münchner Krimiklubs in Würzburg beigetreten und hatte, nachdem sie ihre anfängliche Scheu überwunden hatte, einen Heidenspaß dabei entwickelt, fiktive Fälle zu lösen. Bis sie bei der bayerischen Landesmeisterschaft auf dem Siegertreppchen landete und zusammen mit dem hessischen und dem rheinland-pfälzischen Erstplatzierten drei Wochen Krimirallye in Oberbayern gewonnen hatte. Für sie war es das erste Mal gewesen, dass sie ohne Gunter aus dem winzigen Kaff rauskam, in dem sie seit ihrer Geburt gelebt hatte. Und dann hatte sich mit ihrem Umzug an den Schliersee das Thema Krimiklub mehr oder weniger erledigt. Wobei sie schon überlegt hatte, ob sie gelegentlich zum Münchner Klubableger fahren sollte, um an dessen Ermittlungen teilzunehmen. Immerhin war sie, nachdem sie zusammen mit ihren beiden Mitstreitern durch einen Zufall in einen echten Kriminalfall geraten war und der Polizei unabsichtlich geholfen hatte, diesen zu lösen, mit einer goldenen Ehrennadel ausgezeichnet worden. Damit wäre sie eine Bereicherung für jeden Klub, das hatte ihr Jörg Brumba, der Geschäftsführer des Deutschen Krimiklubs, ein ums andere Mal vor Augen gehalten. Dennoch war ihr der Gedanke zuwider, jede Woche ein bis zwei Tage in die bayerische Landeshauptstadt zu fahren. Doch nun konnte sie Lukas helfen, erneut in einem echten Fall zu ermitteln. Und das war viel besser als jede fiktive Rallye.

Als sie gegen Mittag zusammen mit Robert die hauseigene Driving Range verließ, war Maria seltsam zufrieden mit sich und der Welt. Zum einen hatte der Pro sie wieder und wieder gelobt, dass sie ein Naturtalent sei, worauf Maria aber nichts gab. Vermutlich erzählte er das jeder seiner Schülerinnen. Andererseits hatte sie erfahren, dass eine andere Frau, die Robert trainierte, ebenfalls vor Kurzem Witwe geworden war. Und dann hatte Robert ihr angeboten, sie miteinander bekannt zu machen, falls Frau Lüdeke in den nächsten Tagen in den Golfclub käme.

Maria hatte sich zusammennehmen müssen, um nicht laut zu jubeln. Das lief ja einfacher als gedacht.

* * *

Leo war an der Überlegung fast verzweifelt, wie er es schaffen sollte, Falks nächsten Kandidaten, Michael Maus, zu einem Ausflug außerhalb des Golfplatzes zu überreden. Der Mann war so fixiert auf seinen Sport, dass er damit seinem gesamten Umfeld das Leben zur Hölle machte. Dabei wäre es das Einfachste der Welt gewesen, Maus' Bekanntschaft auf dem Grün zu machen, doch Leo wollte um alles in der Welt vermeiden, dass ihn jemand zusammen mit seinem Opfer sah und ihn später wiedererkennen würde. Deshalb hatte er den Gedanken, das Arschloch auf dem Platz zu erledigen, sogleich wieder verworfen. Zu viele potenzielle Zeugen, zu lange Wege, um unentdeckt entkommen zu können, zu viele Wenns und Abers. Nachdem er nächtelang gegrübelt hatte, war er drauf und dran, Maus leben zu lassen und sich dem nächsten Opfer zuzuwenden. Doch dann war ihm im Halbschlaf eine Idee gekommen, und jetzt war es fast lächerlich einfach umzusetzen.

Maus war Inhaber einer großen Versicherungsagentur und kümmerte sich selbst nur noch um Statuskunden, wie er seine gut betuchte Klientel zu nennen pflegte. Mit den kleinen Fischen durften sich seine Angestellten herumplagen, während er sich lieber auf dem Golfplatz herumtrieb, solange es nicht um wirklich lukrative Geschäfte ging. Und damit war es so gut wie unmöglich, unbemerkt an Maus heranzukommen.

Leo grinste in sich hinein, als er ein billiges Smartphone aus der Tasche zog. Es war mit einer der fünfzehn Prepaid-SIM-Karten bestückt, die er in weiser Voraussicht erworben hatte, bevor 2017 ein neues Gesetz in Kraft trat, das besagte, dass die neuen Karten erst nach einem Identifikationsverfahren freigeschaltet werden durften. Nun hatte er einen Vorrat an anonymen Telefonnummern, und der würde noch eine ganze Weile halten.

Gleich würde es sich zeigen, ob der Plan, an dem er getüftelt hatte, auch aufgehen würde. Vor etwa einer Woche hatte er mit verstellter Stimme in der Versicherungsagentur angerufen, sich als Luciano Libertone ausgegeben, einen affektierten Künstler, der seinen Lebenspartner mit einer Versicherung in Höhe von eins Komma fünf Millionen absichern wollte, und hatte sogleich einen Termin für die Folgewoche vereinbart.

Drei Tage später rief er erneut an, diesmal mit einer Stimme, die er eine Oktave tiefer klingen ließ, als sie in Wirklichkeit war, nannte sich Leo Meier und erzählte, dass er den Maschinenpark seines in Kürze in Betrieb gehenden Werks für fünf Millionen versichern lassen wollte. Während der Künstler ein zugänglicher Mann war, der keine Sekunde gezögert hatte, dem Versicherungsagenten einen Termin einzuräumen, war der Besitzer des Maschinenparks ein schwer beschäftigter Mann, der viel in der Welt herumreiste und sich aktuell auf kein konkretes Datum festlegen konnte, worauf Maus ihm anbot, sich einfach spontan zu melden, wenn es ihm zeitlich passte. Er würde dann sicher unkompliziert einen Termin für ihn freimachen können. Prompt erhöhte Leo den Druck, worauf Maus ihm seine Mobilfunknummer gab, unter der er jederzeit erreichbar war. Offensichtlich hatte er keine Sekunde überlegt, weshalb der schwer beschäftigte Firmeninhaber sich selbst die Zeit nehmen wollte, alles Kleingedruckte durchzukauen, anstatt einen Anwalt vorzuschicken. Unglaublich, wie der Wink mit einem Bündel Euroscheine den Menschen den Verstand vernebelte.

Das ganze Verwirrspiel zielte einzig darauf ab, sicherzugehen, dass Maus zu einem von Leo bestimmten Zeitpunkt unerwartet einige Stunden Leerlauf hatte. Stunden, die er unter der Woche nur schwer spontan würde füllen können und in denen ihn somit auch niemand vermissen würde. Da Leo sich darüber im Klaren war, dass Maus darauf bestehen würde, die Versicherungsbedingungen entweder bei sich im Büro oder in den Privat- beziehungsweise Geschäftsräumen des Versicherungsnehmers zu besprechen, musste er auf eine List zurückgreifen. Schließlich konnte er Maus schlecht seine Adresse verraten, weil der diese mit Sicherheit in seinem Kalender speichern würde. Und in der Agentur konnte er sich genauso wenig blicken lassen, da die Gefahr zu groß war, dass einer der Angestellten ihn später der Polizei beschreiben könnte. Das Letzte, was er brauchen konnte, war ein Phantombild, das in den Abendnachrichten über die Mattscheiben flimmerte.

Angespannt sah Leo auf die Uhr. Er wartete seit einer Viertelstunde in dem Leihwagen, den er vorsichtshalber gemietet hatte, etwa einen Kilometer von Maus' Agentur entfernt. Die Stelle, die er ein paar Tage zuvor ausgekundschaftet hatte, bot ihm freie Sicht auf das Gebäude, das sich am Ortsrand befand, ohne dass seine Anwesenheit auf dem kaum befahrenen Feldweg jemandem auffallen würde. Er entsperrte das Telefon und tippte von einem eigens für die Konversation mit Maus eingerichteten Account eine E-Mail an den Versicherungsagenten, in der er betonte, dass er den in einer halben Stunde angesetzten Termin leider absagen musste, da die Mutter seines Lebensgefährten schwer gestürzt und der gesamte Künstler-Tross sich auf dem Weg ins Krankenhaus befand. Er wartete die Bestätigung ab, dass Maus die E-Mail gelesen hatte, dann löschte er den Account. Sicher würde die Polizei die Nachricht im Rahmen ihrer Ermittlungen finden und versuchen, den Absender zu ermitteln; vielleicht würde sich auch auf ein paar Meter genau feststellen lassen, von welchem Standort sie gesendet worden war, doch von da an würden alle Spuren ins Leere führen.

* * *

Wütend biss sich Michael Maus auf die Unterlippe. Für den Termin mit dem gezierten Homo hatte er das Treffen mit einem befreundeten Industriemagnaten in Kitzbühel abgesagt, der ihn zu einer Runde auf dem Golfplatz eingeladen hatte, der zu den schönsten Österreichs zählte. Er hoffte nur, dass die Absage der Schwuchtel nicht nur vorgeschoben war und er die nicht unerhebliche Provision, die eine Eineinhalb-Millionen-Lebensversicherung mit sich bringen würde, doch noch einstreichen konnte. Zu seinem Frust wallte der Ärger wieder hoch, den er seit Verlassen seines Hauses am Morgen nur mühsam unterdrückt hatte. Schon wieder hatte sein Sohn in der Nacht ins Bett gepisst. Allen seinen Erziehungsmaßnahmen zum Trotz wollte aus dem Schwächling einfach nichts Gescheites werden. Isabelle, seine Frau, hatte versucht, ihn zurückzuhalten; hatte ihn angefleht, den Jungen in Ruhe zu lassen. In ihrer Verbohrtheit hatte sie ihn am Arm gepackt und versucht, ihn mit ihren falschen Fingernägeln zu kratzen. Er hatte nur gelacht, ihre Hände festgehalten und sie von sich weggestoßen, sodass sie rückwärts über die Teppichkante gestolpert war und sich auf den Hintern gesetzt hatte. Ihrem Balg hatte sie mit ihrer Hysterie jedenfalls einen denkbar schlechten Dienst erwiesen. Hatte Maus ursprünglich nur vorgehabt, seinem Sohn lediglich eine Ohrfeige als Denkzettel für die Schweinerei zu verpassen, hatte ihn das Geschrei seiner Frau derart wütend gemacht, dass er sich vergessen und den Siebenjährigen windelweich geprügelt hatte. Als er wenig später zornentbrannt aus dem Haus gestürmt war, hatte er es sich nicht verkneifen können, dem Bündel Elend, das heulend am Hals seiner Mutter hing, klarzumachen, dass er ihn in ein Internat stecken würde, falls er ihn jemals wieder dabei erwischen würde, wenn aus dem mickrigen Pimmelchen auch nur noch ein einziger Tropfen in seinem Bett landen würde.

Maus atmete tief durch. Er musste den Gedanken an das Kind verdrängen, sonst würde er sich erneut vergessen, und das sollte er vor seinen Angestellten, die ihn als toughen Geschäftsmann kannten, besser nicht tun. Mit zusammengekniffenen Augen sah er auf die Uhr. Hätte die Schwuchtel nur eine Stunde früher geschrieben, um den Termin platzen zu lassen, hätte Maus es noch rechtzeitig nach Kitzbühel geschafft. Doch jetzt konnte er nur hoffen, dass er in seinem Club auf einen der wenigen Männer traf, die unter der Woche Zeit hatten, da er weder auf das geistlose Gelaber der nicht arbeitenden Frauen Lust hatte, die sich in der Regel um diese Zeit auf dem Platz langweilten, noch auf deren schlechtes Spiel. Und Lüdekes Witwe, dieser dreckigen Hure, die er nur zu gern einmal durchgevögelt hätte, bis ihr Hören und Sehen verging, lief er besser nicht über den Weg, obwohl sie eine erstklassige Spielerin und zudem ausgesprochen geistreich war. Der kurzfristige Blackout, den er in dem Moment erlitten hatte, als er erfahren hatte, womit sie sich früher ihre Brötchen verdient hatte, war prompt zu einem erstklassigen Bumerang geworden. Die blöde Schlampe hatte sich nämlich nicht zu einem Fick erpressen lassen, sondern damit gedroht, ihn vor dem ganzen Club bloßzustellen. Maus knirschte mit den Zähnen. Egal, er musste umgehend an die frische Luft, sonst würde er noch einen Tobsuchtsanfall bekommen.

Es dauerte keine zehn Minuten und Leo konnte durch sein Fernglas erkennen, dass Maus, sein Golfbag in der Hand, aus dem Haus trat. Leo pfiff durch die Zähne. Das klappte ja wie am Schnürchen. Maus nutzte die Absage des exaltierten Künstlers prompt, um zum Golfclub zu fahren, genau wie Leo es gehofft hatte. Manche Menschen waren wirklich zu leicht zu durchschauen. Er harrte geduldig weitere zehn Minuten aus, um Maus keine Möglichkeit zu geben, den Vorschlag anzubringen, man könnte sich ja in der Agentur treffen, dann wählte er dessen Nummer.

Als Maus sich meldete, hielt Leo sich nicht mit langen Vorreden auf. Er gab sich als der Interessent mit dem Maschinenpark aus, erzählte rasch, dass er durch eine Terminverschiebung unerwartet eine halbe Stunde Zeit hätte und sich ein zum Verkauf stehendes Baugrundstück in der Nähe des Golfplatzes ansehen wollte. Rasch einigte man sich darauf, sich dort in etwa fünfzehn Minuten zu treffen.

Leo atmete tief durch. Einen Moment lang hatte er ein ungutes Gefühl. Das lief fast zu glatt. Doch dann sagte er sich, dass Maus keine Ahnung haben konnte, dass Leo nicht der war, für den er sich ausgab.

Wenige Minuten später rollte Maus' Mercedes über den knirschenden Kies. Leo, der neben seinem Wagen stand, winkte, was eine überflüssige Geste war, da außer seinem Luxusklasse-Leihwagen, den er mit einem gestohlenen Kennzeichen versehen hatte, kein weiteres Fahrzeug auf dem Platz stand.

»Großartig, dass Sie so spontan sind!«, sagte Leo sichtbar erfreut und ging mit ausgestreckter Hand auf den Versicherungsmakler zu.

Maus erschrak, als er Leo sah, und schaffte es kaum, seine Mimik wieder in den Griff zu bekommen. Widerwillig ergriff er Leos Rechte, während sein Blick über das entstellte Gesicht seines Klienten glitt.

Leo war die Reaktionen gewöhnt, die das riesige, dunkelrote Feuermal, das sich von der linken Stirnseite über das Auge und quer über sein Gesicht zog, bis es auf der rechten Seite in seinem Hemdkragen verschwand, bei anderen Personen hervorrief. Während er als Kind unsäglich unter dem Makel und den Hänseleien der anderen Jungen gelitten hatte, bereitete es ihm inzwischen ein gehässiges Vergnügen, wenn ein Fremder bei seinem Anblick zusammenzuckte. Lange hatte er vor dem Spiegel ein schiefes, fast fletschendes Lächeln geübt, bis es ihm derart in Fleisch und Blut übergegangen war, dass es nicht mehr einstudiert aussah. Da er dabei das linke Auge, das sich im Zentrum des flammenden Mals befand, zu einem schmalen Strich zusammenzog, ließ das Grinsen sein fratzenhaftes Gesicht wie eine Ausgeburt der Hölle erscheinen.

Zu Leos Vorteil gereichte es jedoch, dass ausnahmslos alle Personen ob ihrer verwerflichen Gedanken ein schlechtes Gewissen erfasste und sie, als ob sie ihm beweisen wollten, dass sie keinerlei Vorurteile gegen ihn hegten, andeuteten, dass sie ihn als uneingeschränkt vertrauenswürdig einschätzten, auch wenn sie das genaue Gegenteil empfanden.

Und so fühlte sich auch Michael Maus. Obwohl eine Alarmsirene in seinem Kopf schrillte und eine Stimme ihm zuschrie, dass er sich schnellstmöglich ins Auto setzen und verschwinden sollte, widerstand er dem Verlangen, Leo Meier seine Hand zu entreißen.

»Ganz herzlichen Dank, dass Sie sich so spontan Zeit für mich nehmen. Ich weiß das wirklich zu schätzen«, sagte Leo anerkennend und lockerte seine Wangenmuskeln, was ihm ein annähernd normales Aussehen gab.

Michael Maus entspannte sich etwas, was nicht nur den freundlichen Worten Leo Meiers zu verdanken war, sondern auch dessen außerordentlich wohlklingender Stimme, die ihn wie ein warmer Sommerwind umschmeichelte.

»Ich würde Ihnen gerne etwas zeigen.« Leo machte eine einladende Handbewegung. »Durch das Wäldchen dort drüben gelangt man zu einem kleinen Teich.« Er lachte übers ganze Gesicht. »Ich weiß, was Sie denken«, sagte er vergnügt. »Sie haben kein Interesse an einem Tümpel im Wald, der Ihnen keine Provisionen einbringt. Aber Sie irren sich, glauben Sie mir. Der Ort bedeutet mir sehr viel, und ich bin gerne dort, wenn ich wichtige Geschäfte abschließe. Also, bitte tun Sie mir den Gefallen und kommen Sie mit.«

Tatsächlich beschlich den Versicherungsagenten ein unwohles Gefühl, doch erneut schämte er sich seiner Gedanken. Dazu kam, dass die zu versichernde Gesamtsumme, die Meier ihm in Aussicht gestellt hatte, bei Weitem das überstieg, was er in diesem Jahr bisher abgeschlossen hatte. Trotzdem wollte er auf Nummer sicher gehen. »Wie hoch ist der Wert Ihres Maschinenparks, sagten Sie?«

»Ursprünglich dachte ich an fünf Millionen«, sagte Leo und sah Maus nachdenklich an. »Allerdings hat sich in den letzten Tagen eine Änderung ergeben.« Er machte eine kleine Pause, um sicherzugehen, dass der Fisch auch wirklich an der Angel zappelte. »Vermutlich müssen wir deutlich größer bauen als geplant, da wir ein verbindliches Angebot eines großen Lebensmitteldiscounters erhalten haben, für den wir die

Herstellung eines neuen Ganzjahresprodukts übernehmen sollen.« Leo musste sich beherrschen, um nicht laut aufzulachen. Maus hing wie ein Ertrinkender an seinen Lippen, wagte es jedoch nicht, sofort nachzuhaken, um nicht allzu neugierig zu erscheinen. Schließlich erbarmte er sich. »Wenn die Verträge nächste Woche unterschrieben werden, müssen wir unsere Kapazität verdreifachen. Eine Reserve hatte ich in die Anlage bereits eingeplant, aber die wird bei Weitem nicht ausreichen, wenn der Discounterdeal erst mal unter Dach und Fach ist. Dann müssen wir eine weitere Produktionsstraße bauen und dann reden wir über eine Versicherungssumme von knapp zehn Millionen.« Erneut sah er zu dem Wäldchen hinüber, hinter dem der kleine Teich lag. »Was denken Sie? Wollen wir hinübergehen und uns dort über alles Weitere unterhalten?«

Leo sah es an Maus' Augen. Er hatte angebissen. Von der Provision konnte er sich vermutlich ein neues Haus bauen. Zu dumm nur, dass es nie dazu kommen würde. Er machte drei Schritte auf den Leihwagen zu, entnahm ihm eine mit Altpapier prall gefüllte Aktentasche, warf die Tür zu und verriegelte den Wagen mit der Fernbedienung. Er machte sich keine Gedanken, ob jemand den großen Audi bemerken würde. Die Nummernschilder hatte er sich vom Fahrzeug eines flüchtigen Bekannten *geliehen*, von dem er wusste, dass er noch bis Ende der Woche auf einer Geschäftsreise in Asien war. Er hatte lediglich darauf geachtet, das gleiche Modell zu mieten, damit selbst im Falle einer polizeilichen Überprüfung der beiden Fahrzeuge, die noch eine Weile auf dem verlassenen Grundstück stehen würden, keine Auffälligkeiten entdeckt wurden.

Während er Leo Meier durch den abendlich dunkler werdenden Wald folgte, konnte sich Michael Maus des Gefühls nicht erwehren, dass er sehenden Auges in sein Verderben lief. Erneut schalt er sich ob seiner dummen Gedanken. Was konnte daran schlecht sein, mehrere Hunderttausend Euro zu verdienen, zu denen seine Provision im Lauf der Jahre anwachsen würde? Dazu kam, dass Leo Meier, ganz im Gegensatz zu seinem furchterregenden Äußeren, die Liebenswürdigkeit in Person war. Dennoch atmete Maus heimlich auf, als er sah, dass es plötzlich wieder heller wurde und der Weg geradeaus auf eine kleine Lichtung führte. Und dann verstand er plötzlich, warum Meier auf diesen Ort bestanden hatte: Der kleine Weiher war umgeben von gepflegten Laubbäumen, ein Entenpärchen badete im Wasser und genoss ganz offensichtlich die letzten Strahlen der Sonne, die im Begriff war, hinter den Wipfeln der großen Erlen zu verschwinden. Auf Meiers Geheiß nahm er auf der kleinen Bank Platz und tat es den Enten gleich: Er hielt sein Gesicht in die Sonne und genoss das Hier und Jetzt.

»Gefällt es Ihnen?« Plötzlich schwang in Meiers angenehmer Stimme ein kalter Missklang.

Erschrocken riss Maus die Augen auf. »Was?« Nur am Rande nahm er wahr, dass die Hände, die sich ihm in einem weiten Bogen näherten, in weißen Handschuhen steckten. Bevor er jedoch nachfragen konnte, traf ihn etwas an der Seite, und ein höllischer Schmerz durchfuhr ihn.

Ruckartig fuhr Maus' Kopf herum. Sein Blick irrte zu der Stelle, an der ihn die Nadel getroffen hatte. Und dann sah er die Kanüle, die in seinem Oberarm steckte. »Was zum …?«

Leo fackelte nicht lange. Kaum, dass er die Spritze in Maus' Arm gerammt hatte, drückte er mit aller Kraft den Kolben bis zum Anschlag hinein.

Panik flackerte in Maus' Augen auf. Noch spürte er die Wirkung des Sedativums nicht, aber er wusste, dass etwas ganz und gar nicht stimmte. »Sind Sie wahnsinnig?«, keuchte er. »Was haben Sie mir da gespritzt?«

Leo grinste diabolisch. »Nur ein Betäubungsmittel. Aber *das* bringt Sie nicht um, keine Sorge.« Da es sich nur noch um

Sekunden handeln konnte, bis das Präparat seine volle Wirkung entfaltete, packte Leo Maus grob am Arm und zerrte ihn hoch. Er musste sich beeilen, wenn er den Fettsack nicht die Hälfte des Weges tragen wollte.

Maus, der sich kaum noch gegen die grobe Behandlung wehren konnte, stammelte: »Was wollen Sie von mir? Geld? Ich gebe Ihnen die PIN meiner Bankkarte. Sie können alles abheben, was auf dem Konto ist. Ich werde Sie nicht anzeigen, keine Sorge.«

Leo musterte den Versicherungsmakler böse. »Ein brillanter Plan. Denkst du, ich bin blöd? Jedes kleine Kind weiß, dass sämtliche Bankautomaten videoüberwacht sind.«

»Dann lassen Sie mich mit meiner Frau telefonieren. Sie kann das Geld holen und an einem Ort Ihrer Wahl hinterlegen.« Inzwischen hatte Maus Probleme, seinen Kopf gerade zu halten.

»Vergiss es.« Leo stieß Maus in den Rücken und trieb ihn unerbittlich in Richtung Weiher vor sich her. »Ich will dein Geld nicht.«

»Aber was wollen Sie dann?«, fragte Maus schwach.

»Ich will, dass du bereust.«

Kapitel 5

Als Tobias Lüdekes Witwe auch am dritten Tag noch nicht im Golfclub aufgetaucht war, befürchtete Maria bereits, dass das Unterfangen völlig sinnlos war. Obwohl sie schnell lernte, konnte sie dem Golfsport noch immer nichts abgewinnen. Trotzdem biss sie die Zähne zusammen und betete, dass die Quälerei letztendlich nicht doch umsonst gewesen war. Als sie sich am Nachmittag, nachdem sie auf der Terrasse des Clubs noch eine Kleinigkeit gegessen hatten, gerade von Robert verabschieden wollte, erhellte sich dessen Gesicht.

»Warte noch einen Augenblick, Maria. Schau, die Frau, die aus dem roten Porsche aussteigt, ist die, von der ich dir erzählt habe.«

Maria spürte, wie sie vor Aufregung errötete. »Du meinst, die Frau, die gerade ihren Mann verloren hat?«

»Ja, genau. Komm mit, dann stelle ich sie dir vor.«

Maria schickte ein Stoßgebet zum Himmel. Schnell wischte sie ihre rechte Hand an ihren Shorts ab, da ihr vor Aufregung ganz warm geworden war.

»Hallo, Rieke«, sagte Robert hocherfreut und zog die Witwe in seine Arme. Was er in deren Ohr murmelte, konnte Maria nicht verstehen. Doch sie wunderte sich, dass die beiden, obwohl sie sich Roberts Worten zufolge erst seit ein paar Wochen kannten, so vertraut miteinander umgingen.

Rieke Lüdeke löste sich aus der Umarmung. »Danke, Robert, das ist lieb von dir. Aber du musst dir keine Sorgen machen, mir geht es gut.«

»Ich weiß, du bist eine starke Frau. Trotzdem, falls du etwas brauchst, lass es mich einfach wissen.«

»Ja, das mache ich«, versprach sie. »Ich hatte vorhin angerufen, Clarissa wusste aber nicht, wie lange du noch unterwegs bist. Hast du Zeit, mit mir eine Runde über den Platz zu laufen?«

»Ich bin gleich für eine Privatstunde reserviert, ich weiß aber noch nicht, ob das auch klappt«, sagte Robert mit einem Blick auf die Uhr. »Ich muss kurz ins Büro, um das zu klären. Aber ich möchte dir sowieso jemanden vorstellen.« Er drehte sich zu Maria, die geduldig gewartet hatte, bis Robert sich wieder an sie erinnerte.

»Rieke, das ist Maria Wagner. Sie macht seit drei Tagen einen Kurs, und aller Voraussicht nach hat sie morgen Abend die Platzreife. Genau wie du hat sie vor Kurzem ihren Mann verloren.«

Obwohl Rieke Lüdeke eine Sonnenbrille trug, spürte Maria, dass ihre Schicksalsgenossin sie neugierig musterte. Schnell winkte sie ab. »Bei mir ist das schon etwas länger her als bei Ihnen. Mein Beileid.«

Rieke Lüdeke ergriff Marias Hand und nickte. »Danke, Ihnen auch.« Sie wusste es zu schätzen, dass die fremde Frau nicht sofort irgendwelche Plattitüden von sich gab. Das hatte sie in den letzten Tagen bereits zur Genüge erlebt. Doch da sie nicht wirklich bestürzt über den Tod ihres Mannes war, waren ihr die unzähligen abgedroschenen Sprüche zuwider.

»Wie lange ist es denn her, dass Ihr Mann verstorben ist?«, fragte Rieke Lüdeke interessiert. Irgendwie hatte sie das Gefühl, dass auch Maria nicht allzu betrübt über den Verlust ihres Gatten war.

»Etwa zwei Jahre.«

»Jedenfalls haben Sie sich nicht davon unterkriegen lassen«, stellte Rieke fest, da es ganz den Anschein machte, dass die Frau vor ihr durchaus ihr Leben genoss.

»Ach woher!« Marias Mundwinkel zuckten. »Anfangs war es schon ein Schock«, gestand sie. »Aber um ganz ehrlich zu sein, der hat nicht lange angehalten. Mein Mann war nämlich ein ziemlicher Tyrann, verstehen Sie?«

Nur zu gut, dachte Rieke. Laut sagte sie: »Dann sind Sie jetzt wohl besser dran als vorher.«

Maria kicherte belustigt. »Da sagen Sie was! Ich meine, ich bin ja kein Mensch, der einem anderen etwas Schlechtes wünscht. Aber seitdem ich verwitwet bin, geht es mir prächtig. Ich war nach einer Fehlgeburt viele Jahre schwer deprimiert, weil ich danach keine Kinder mehr bekommen konnte, aber damit habe ich abgeschlossen. Mein Mann hat mir eine Stange Geld vererbt, und heute geht es mir so gut wie nie zuvor.«

»Es klingt fast so, als ob der Tod Ihres Mannes eine Befreiung für Sie gewesen ist.«

»Sie ahnen nicht, wie recht Sie haben. Wissen Sie, ich bin als mittlere von drei Pfarrerstöchtern aufgewachsen. Mit all den zu erwartenden Geschichten über Moral und Anstand, was mir sicherlich nicht geschadet hat.« Maria blinzelte Rieke Lüdeke zu. »Aber auch mit der täglichen Leier über den Sündenfall, das Fegefeuer und ähnlichem Käse. Kurz vorm Abitur habe ich Gunter kennengelernt. Er war fünfzehn Jahre älter als ich und hat mir den Kopf verdreht. Und ich Schaf bin darauf hereingefallen. Und dann wurde ich schwanger.« Maria war heilfroh, dass die Geschichte, die sie Rieke Lüdeke erzählte, in jedem Punkt der Wahrheit entsprach. Sie hatte es seit jeher gehasst, einen anderen Menschen anzulügen; sicher ein Nebenprodukt ihrer Erziehung, wenn auch ein sehr positives. Deshalb traf es auch durchaus zu, was sie eben über Moral und Anstand erzählt hatte. Außerdem musste sie sich keine Lügen merken, solange sie bei der Wahrheit blieb. Und das war ein nicht zu unterschätzender Vorteil. »Können Sie sich das vorstellen?« Sie verdrehte die Augen. »Die Tochter eines Pfarrers unverheiratet schwanger und noch dazu nicht einmal volljährig. In einem kleinen Kaff, wo jeder jeden kennt.«

Rieke Lüdeke musste schmunzeln. Das war so ziemlich das genaue Gegenteil von ihrem Leben. »Und wie ging es weiter?«

»Das können Sie sich vermutlich schon denken. Mein Vater ist völlig ausgerastet. Na ja, soweit ein Pfarrer eben ausrasten kann. Jedenfalls kam eine Abtreibung nicht infrage, eine uneheliche Schwangerschaft ebenfalls nicht. Also blieb mir keine andere Wahl, als Gunter zu heiraten.«

»Oje.« Da Maria bereits erwähnt hatte, dass sie eine Fehlgeburt gehabt hatte, konnte sich Rieke ausmalen, was danach passiert war. »Sie waren verheiratet, haben das Kind verloren und damit war Ihr Leben quasi vorbei. Zumindest, was das Genießen Ihrer Jahre anbelangte.«

Überrascht musterte Maria das Gesicht ihres Gegenübers. Rieke Lüdeke hatte ins Schwarze getroffen. »Ja, das stimmt. Mein Gott, wie naiv ich war. Mein Mann hat zeit seines Lebens alles reglementiert. Er hat mich an der kurzen Leine gehalten und mir sogar verboten zu arbeiten. Noch nicht einmal einen Führerschein durfte ich machen.«

»Und das haben Sie sich gefallen lassen?« Rieke Lüdeke konnte es kaum glauben. Die Frau vor ihr machte so einen lebensbejahenden Eindruck, dass sie sich nicht vorstellen konnte, dass das jemals anders gewesen sein mochte.

»Mir blieb nichts anderes übrig«, sagte Maria. »In dem Kaff, in dem wir gewohnt haben, gab es keine öffentliche Verkehrsanbindung und Arbeit schon gar nicht. Dazu hat mein

Mann mir fast täglich vorgehalten, dass wir sparen müssten. Als er dann gestorben ist, habe ich das erste Mal Einblick in unsere Konten bekommen. Als ich gesehen habe, wie viel Geld darauf lag, war das ein fast noch größerer Schock als sein Tod.«

»Das heißt, Sie sind jetzt auf alle Fälle bessergestellt«, vermutete Rieke.

»Absolut«, sagte Maria vergnügt. »Ich habe den ganzen alten Mief hinter mir gelassen. Erst vor Kurzem habe ich das Haus veräußert und mir hier ein kleines Haus mit einem großen Garten gekauft. Ich habe genügend Geld, sodass ich mir alles leisten kann, was ich will, und genieße das Leben mehr als je zuvor. Manchmal denke ich mir, dass ich das aufholen muss, was ich in den ersten fünfzig Jahren meines Lebens versäumt habe.«

»Verrückt«, murmelte Rieke. Das Leben, das sie geführt hatte, hätte nicht unterschiedlicher sein können. Und doch war ihr die Frau sympathischer als all die reichen, gelangweilten Ehefrauen, die sich hier auf dem Golfplatz herumdrückten. Vermutlich, weil die alle schon immer reich gewesen waren und es nicht zu schätzen wussten, was das Leben ihnen bot.

»Ich vermute, aus meiner Runde mit Robert wird heute nichts mehr«, sagte sie mit einem Blick auf die Uhr. Der Pro war schon seit zwanzig Minuten verschwunden, aber offen gestanden war sie nicht sonderlich traurig darüber. »Haben Sie Lust, noch zwölf Loch zu spielen?«

Maria konnte ihr Glück kaum fassen. Sie war mit ihrer Lebensgeschichte ganz bewusst in Vorleistung gegangen, um das Vertrauen der Frau zu gewinnen, die sie auf Anhieb sympathisch gefunden hatte. Nur, dass sie sich dieses Vertrauen bewusst erschlich, ging ihr entschieden gegen den Strich. Doch dann sagte sie sich, dass sie Rieke Lüdeke nie begegnet wäre, wenn Lukas sie nicht dazu überredet hätte, mit dem Golfspielen anzufangen.

»Das würde ich gerne, allerdings darf ich noch nicht spielen, da ich die Platzreife noch nicht habe.«

»Oh, stimmt ja.« Außerdem war Maria heute sicherlich schon genug gelaufen, so, wie Rieke Robert kannte. »Wissen Sie was? Falls Sie jetzt nicht schon etwas anderes vorhaben, würde ich Sie gerne auf ein Glas Wein einladen«, sagte Rieke spontan. »Es sei denn natürlich, Sie haben keine Lust.«

»Nein, ich meine, ich habe nichts vor.« Maria strahlte. »Ich nehme Ihre Einladung gern an. Aber nur, wenn die zweite Runde auf mich geht.«

Da es gerade erst früher Nachmittag war, hatten sie kein Problem, einen freien Tisch auf der großen Terrasse zu finden. Bis auf ein paar einzelne Mitglieder, die in der Sonne saßen und Kaffee tranken und Zeitung lasen oder einfach nur das überwältigende Panorama genossen, das sich vor ihnen auftat, war das Clubrestaurant fast leer. Und dann gab es noch eine kleine Gruppe mit acht Frauen, die allesamt eine blasierte Miene aufsetzten, als Maria und Rieke an ihnen vorbeimarschierten. Rieke steuerte einen Tisch an, der weit genug entfernt von der Frauengruppe war, sodass die nichts von ihrem Gespräch mitbekommen würden.

»Herrje«, sagte Maria verdutzt. »Was haben die sich denn so?«

»Das ist eine der Cliquen, für die ich so etwas wie eine Aussätzige bin«, sagte Rieke unverblümt. »Und da muss ich mich auch gleich bei Ihnen entschuldigen.« Sie hob die Hand, als Maria nachhaken wollte. »Warten Sie bitte. Wenn es für Sie in Ordnung ist, erzähle ich Ihnen auch meine Lebensgeschichte. Danach werden Sie verstehen, warum ich hier nicht bei allen gern gesehen bin.«

»Klar ist das für mich in Ordnung.« Maria brannte vor Neugier. Lukas hatte ihr bereits erzählt, dass Rieke Lüdeke einen nicht alltäglichen Lebenslauf vorzuweisen hatte. Näher hatte er allerdings darauf nicht eingehen wollen, damit sie zum einen nicht voreingenommen an die Sache heranging und zum anderen, damit ihre Reaktion auf den Teil von Rieke Lüdekes Lebenslauf, den er ihr bewusst verschwieg, echt war. Falls das ehemalige Callgirl das Thema überhaupt zur Sprache brachte.

»Man könnte sagen, mein Leben ist so ziemlich das genaue Gegenteil von dem, was Sie mir über sich erzählt haben.« Rieke Lüdeke machte eine Pause, da die Bedienung zwei Gläser Weißwein vor ihnen abstellte, die sie im Vorübergehen an der Bar bestellt hatte. Sie bedankte sich und wartete, bis das Mädchen außer Hörweite war.

»Meine Mutter wuchs in ärmlichen Verhältnissen auf. Es war nicht mal genug Geld da, das ihr eine vernünftige Ausbildung ermöglicht hätte. Allerdings war sie eine richtige Schönheit. Nachdem sie die Schule beendet hatte, bewarb sie sich bei einer alteingesessenen Familie als Dienstmädchen. Das ging auch eine ganze Weile gut. Sie hatte ein geregeltes Auskommen und ein kleines Kämmerchen, in dem sie wohnen konnte. Doch dann kam der Sohn des Hauses eines Tages aus dem Internat nach Hause und fand prompt Gefallen an der jungen Hausangestellten. Kein Wunder – wie gesagt, meine Mutter war eine sehr schöne Frau. Und sie war schwer beeindruckt von dem jungen Mann mit den guten Manieren und dem vielen Geld.«

Plötzlich wurde Rieke die fast schon paradoxe Ähnlichkeit der beiden Geschichten bewusst. Sie lächelte. »Bis darauf, dass Sie nichts von dem Geld Ihres Mannes wussten, klingen Ihre Geschichten und die meiner Eltern bis hierher ziemlich ähnlich. Jedenfalls hat der reiche junge Mann meiner Mutter den Kopf verdreht, sie wurde schwanger, und das Ende vom Lied war, dass sie aus dem Haus gejagt wurde und sehen musste, wo sie blieb. Da sie kein Geld für einen Anwalt hatte, Vaterschaftsklagen damals noch nicht üblich waren und Vaterschaftstests schon gleich gar nicht, war sie darauf angewiesen, dass die feine Familie einen guten Willen zeigte. Letztendlich einigte man sich darauf, dass meine Mutter von der Familie eine kleine Rente bezahlt bekam und genügend Geld auf einem Konto hinterlegt wurde, das mir eine gute Ausbildung sichern sollte.« Rieke verzog das Gesicht. »Offensichtlich hielten es alle Beteiligten für eine gute Idee, dass ich, genau wie mein Vater, im Internat am besten aufgehoben wäre. Für mich war das einfach nur furchtbar. Ich war allein, einsam und wurde von den anderen Kindern gehänselt. Es kam nämlich schnell heraus, dass ich, im Gegensatz zu den anderen Kindern, nicht aus reichem Hause stammte. Das waren ähnliche Ziegen wie die da drüben.« Sie deutete mit dem Kopf auf die Frauen, die mittlerweile bei ihrer vierten Flasche Spumante angekommen waren und immer wieder zu ihnen herüberblickten. »Immerhin hat man mir dort gute Manieren beigebracht, und gelernt habe ich auch etwas. Das Büffeln fiel mir leicht, da ich mich gut konzentrieren und mir alles recht einfach merken kann. Jedenfalls hatte ich nach ein paar Jahren ein Abitur mit einem Schnitt von eins Komma zwei in der Tasche. Doch damit begannen die Probleme erst. Ich wollte studieren, konnte es mir aber nicht leisten. Das Geld, das meine Mutter von der Familie meines Vaters bekommen hatte, war für das Internat draufgegangen. Ich habe mich zwar dann selbst an meinen Vater gewandt, doch der wollte nichts davon wissen, mir noch mehr Geld hinterherzuwerfen, wie er das nannte. Also habe ich zu jobben begonnen. Erst in einer Kneipe, doch das Geld reichte hinten und vorn nicht. Schließlich war München auch damals schon ein recht teures Pflaster. Bis ich eines Tages von einer auffallend schick gekleideten Dame angesprochen wurde. Sie hat mir eine Visitenkarte gegeben und mich gebeten, sie am nächsten Tag in ihrem Büro aufzusuchen.« Rieke Lüdeke machte eine Pause, um einen Schluck Wein zu trinken. »Natürlich bin ich hingegangen. Die Frau hatte mich schwer beeindruckt. Ich hatte noch nie zuvor jemanden mit einer derartigen Eleganz und so viel Stil gesehen. Wie sich herausstellte, betrieb die Frau eine Escortagentur.« Sie wartete, um Maria Zeit zu geben, das eben Gehörte zu verdauen.

Die machte denn auch sofort große Augen. »Mit einer Escortagentur meinen Sie …?«

»Eine Agentur, die hübsche Frauen an reiche Männer vermittelt, die, wenn sie allein in der Stadt sind, dafür bezahlen, Gesellschaft zu bekommen.«

In Marias Kopf ratterte es. Sie hatte schon von derartigen Geschäftsmodellen gehört. So behütet, wie sie ihr ganzes Leben gewesen war, war das aber so fern für sie wie der Mond. »Und Sie haben sich darauf eingelassen?«, fragte sie vorsichtig.

»Ja, das habe ich. Die Chefin hat mir unverblümt gesagt, dass sie einen reichen Geschäftsmann aus Hamburg unter ihren Kunden hätte, dem ich sicher gefallen würde. Er wäre ab und zu in der Stadt, würde mich zum Essen einladen, mit mir vielleicht ins Theater gehen, und dafür sollte ich fünfhundert Mark bekommen. D-Mark, nicht Euro«, fügte sie schnell hinzu, als Maria die Kinnlade herunterklappte, wobei ihr durchaus bewusst war, dass die Währung im Hinblick auf deren Verblüffung keinen Unterschied machte. »Ich war völlig aus dem Häuschen. Stellen Sie sich das einmal vor. Ich war jung, intelligent, hübsch und völlig abgebrannt. Fünfhundert Mark würden mir das Überleben für mindestens zwei Wochen sichern. Also habe ich Ja gesagt. Und dann bekam ich noch tausendfünfhundert obendrauf, damit ich zu einem teuren Friseur gehen und mir etwas Schickes zum Anziehen kaufen konnte.«

Maria, die noch immer nicht wusste, worauf das Gespräch hinauslief, nickte. »Ich kann mir zwar nicht vorstellen, dass ein Mann zweihundertfünfzig Euro dafür bezahlt, nur dass ich mit ihm essen gehe, aber falls sich mal einer blicken lässt, würde ich das auch nicht ablehnen.«

Rieke Lüdeke lachte. »Ja, das war schon nicht schlecht.«

»Und?«, fragte Maria neugierig. »Was war das für ein Gefühl?«

»Am Anfang war ich total nervös. Aber dann sagte ich mir, dass ich nichts zu verlieren hätte. Und der Mann war wirklich nett und sehr verständnisvoll. Er wusste von der Chefin bereits, dass es das erste Mal war, dass ich mich auf so etwas einließ. Er wusste auch, dass ich in meinem Leben noch nicht viele schöne Dinge gesehen hatte. Daraufhin lud er mich in ein gutes, aber nicht zu schickes Restaurant in München zum Essen ein. Wie ich später von ihm erfahren habe, wollte er mich nicht damit überfordern, mich in ein Sternerestaurant auszuführen.«

»Es gab also ein Wiedersehen«, schloss Maria.

»Ja, es gab mehrere Treffen. Und irgendwann blieb es nicht nur beim Essengehen oder einem gelegentlichen Opernbesuch.«

Maria klatschte in die Hände. »Sie haben sich ineinander verliebt! Das ist ja herrlich.«

Rieke musste schmunzeln, wie naiv ihre neue Bekannte dachte. »Nein«, sagte sie amüsiert. »Wir haben uns nicht ineinander verliebt. Hubert war dreißig Jahre älter als ich, hatte zu Hause Frau, zwei Kinder und einen Hund und war ein Gentleman durch und durch. Dazu war er in keiner Weise ein Mann, in den ich mich hätte verlieben können. Von seiner Seite war das vielleicht anders, weil ich ihm wirklich gut gefallen habe, aber unterm Strich ging es um etwas ganz anderes.«

Verständnislos sah Maria sie an. »Um was denn?«

Rieke hob ihr Glas. »Sie können sich das wirklich nicht vorstellen?«, fragte sie ungläubig.

»Nein, wirklich nicht. Worum denn?«

»Ich weiß zwar, dass das nicht ganz passend ist, da Sie die Ältere von uns beiden sind«, wechselte Rieke überraschend das Thema. »Aber können wir uns vielleicht duzen?«

»Sehr gerne«, antwortete Maria erfreut. »Ich bin Maria.«

»Und ich Rieke.«

Die Gläser klirrten, als die beiden Frauen auf die neu entstandene Bekanntschaft anstießen.

Dann hakte Maria neugierig nach. »Wie ging es denn nun weiter?«

»Eines Abends hat er mich gefragt, ob ich die Nacht mit ihm verbringen würde.«

»Verständlich«, sagte Maria, die noch immer keine Ahnung hatte, wo das Gespräch hinführte. Rieke war so schön und anmutig, dass vermutlich jeder Mann schwach geworden wäre. Außerdem hatte sie völlig vergessen, dass sie von Lukas eigentlich darauf angesetzt worden war, Rieke auszufragen.

Rieke konnte sich ein Lachen nicht verkneifen. »Maria, darf ich dich etwas fragen?«

»Natürlich.«

»Entschuldige, wenn ich das so geradeheraus sage, ich meine das auch gar nicht böse. Aber bist du wirklich so naiv?«

»Ähm, also, ja, vermutlich bin ich das.« Maria nahm die Frage in keiner Weise persönlich. »Jetzt komm schon, sag endlich, worauf du hinauswillst.«

»Hubert hat mich nicht nur gefragt, ob ich die Nacht mit ihm verbringen würde, er hat mir dafür Geld geboten. Sehr viel Geld.«

Maria riss die Augen auf. Ihr Mund öffnete sich, doch es kamen keine Wörter heraus.

Als Rieke den Kampf bemerkte, den Maria mit sich ausfocht, bereute sie es fast, die Karten offen auf den Tisch gelegt zu haben. Sie war bereits vor einiger Zeit dazu übergegangen, mit ihrem früheren Leben nicht mehr hinter dem Berg zu halten. Nachdem sie Tobias geheiratet hatte, waren sie sich darüber einig gewesen, dass Riekes Vergangenheit da bleiben sollte, wo sie hingehörte. Was sie nicht bedacht hatten, war, dass zu Riekes Klienten ausschließlich besonders wohlhabende Freier gezählt hatten, und genau die Sorte von Männern war es, die im gleichen Golfclub spielten wie Riekes Mann Tobias. Und dann kam es, wie es kommen musste. Als Rieke im ersten Jahr ihrer Beziehung Tobias zum alljährlichen Sommerfest im Club begleitete, erkannte einer der anderen Gäste das ehemalige Callgirl wieder. Der erzählte es unter der Hand einem Freund, der es wiederum seiner Frau anvertraute. Es dauerte gerade mal eine Stunde, dann wussten sämtliche Mitglieder, womit Rieke früher ihr Geld verdient hatte. Und da das Kind nun mal im Brunnen lag, war es nur eine Frage der Zeit, bis die alten Geschichten wieder aufgewärmt wurden. Und genau das war der Grund, weshalb Rieke fortan die Flucht nach vorn ergriff, sobald sich neue Kontakte ergaben, die ihr sympathisch waren. Es war immer noch besser, ihre eigene Version der Geschichte zu erzählen, als darauf zu warten, dass die Ereignisse hinter ihrem Rücken so verbogen wurden, dass es sie in einem schlechten Licht erscheinen ließ.

»Ja, also.« Maria hatte sich von dem Schock noch immer nicht erholt. Nun zahlte es sich tatsächlich aus, dass Lukas ihr nicht alles erzählt hatte. Ihre Reaktion hätte nicht echter sein können. »Hast du das etwa angenommen?«, brachte sie schließlich heraus.

Rieke lächelte wehmütig. Sie hoffte, dass diese Wahrheit nicht sofort das Ende der Bekanntschaft mit Maria bedeutete. »Weißt du, Maria, Hubert war ein wirklich netter Mann. Dazu war er sehr gepflegt und hat mich niemals bedrängt. Und ich war zwar ein bildhübsches junges Ding, aber ich musste jeden Pfennig umdrehen. Ich musste mich auch nicht sofort entscheiden. Doch eines Tages habe ich Ja gesagt.«

Marias Gefühle waren in Aufruhr. Sie selbst hatte bisher nur mit einem Mann geschlafen, was keine sonderlich erfreuliche Angelegenheit gewesen war, denn Gunter war auch in dieser Hinsicht sehr sparsam gewesen. Das Licht blieb aus, und meist war es so schnell vorbei, wie es begonnen hatte. Nie hätte sie gedacht, dass es Frauen gab, für die die intime Nähe zu einem Mann etwas Erfreuliches bedeuten konnte. Und dann lag eines Tages ein Katalog eines großen Versandhändlers in ihrem Briefkasten, und Maria hatte heimlich durch die Seiten geblättert, bis Gunter ihn ihr entriss und wutschnaubend auf den Müll warf. Doch bevor er sie ertappt hatte, war sie bereits auf den Seiten mit wunderschönen Dessous angelangt. Sie schluckte schwer, als sie die sündigen, hauchzarten Spitzenteile betrachtete. Und unerklärlicherweise wurde ihr ganz warm, auch wenn sie sich nie im Leben hätte vorstellen können, so etwas selbst zu tragen. Und dann war ihr der Verdacht gekommen, dass das, was sie nächtens unter der Bettdecke erlitt, vielleicht nicht alles war, was Menschen, die einander liebten, miteinander erlebten.

»Woran denkst du?«

Maria sah überrascht auf. »Ach, an etwas, was schon lange zurückliegt. Warum fragst du?«

»Weil du in dich hineingelacht hast.«

»Wirklich?«, fragte Maria erschrocken. Dann lächelte sie erneut. »Ich musste an einen Vorfall vor etwa fünfzehn Jahren denken. Da hatte ich zufällig einen Katalog mit Unterwäsche in der Hand. Damals hätte ich mir um nichts in der Welt vorstellen können, etwas derart Frivoles zu tragen. Abgesehen davon, dass Gunter es mir sowieso verboten hätte.«

Amüsiert beobachtete Rieke Marias Mienenspiel. Ihrem Gesichtsausdruck nach zu urteilen, war Maria an einem Punkt angelangt, an dem sie ihre alten Vorurteile über Bord geworfen hatte. »Wenn ich dich ansehe, kommt in mir der Verdacht hoch, dass du dem Tragen hübscher Unterwäsche heute nicht mehr ganz so abgeneigt bist.«

Maria wurde rot. »Ich habe nach Gunters Tod ein kleines Vermögen dafür ausgegeben, mir hübsche Sachen zu kaufen«, gab sie zu.

Rieke war froh, dass das Gespräch auf einem unverfänglicheren Terrain gelandet war. »Und wie fühlt sich das an?«

»Toll.« Auch wenn sie sich bislang nicht getraut hätte, sich einem anderen Menschen so zu zeigen, aber allein das Gefühl, unten drunter etwas derart Verbotenes zu tragen, fühlte sich sehr sexy an. Plötzlich erinnerte sie sich an das Thema, über das sie gerade gesprochen hatten. »Also gut. Du hast mit ihm geschlafen. Wie war das für dich?«

»Da ich ihn ja schon länger kannte, war es nicht schlimm. Er war ja auch nicht der erste Mann in meinem Leben. Komisch war es nur, Geld dafür anzunehmen. Ich habe mich für Sex bezahlen lassen. Egal, was die Hintergründe für mein Handeln waren, in diesem Augenblick habe ich mich prostituiert. Daran lässt sich nun mal nichts beschönigen.«

Maria warf Rieke einen nachdenklichen Blick zu. »Wieso erzählst du mir das?«, wollte sie wissen. »Ich meine, ich kann mir gut vorstellen, dass so viel Offenheit nicht überall gut ankommt.«

»Da hast du recht. Ich kann dir auch nicht sagen, wie viele sogenannte Freunde sich von mir abgewandt haben, als ich ihnen erzählt habe, womit ich mein Geld verdient habe. Mir ist es aber lieber, dass du es von mir erfährst, als hinter meinem Rücken von den Ziegen da drüben.«

Maria nickte. Das konnte sie gut verstehen. Sie war auch ein Mensch, der Dinge lieber offen und ehrlich ansprach, als hintenherum zu tuscheln. »Heißt das, du erzählst es jedem, der dir über den Weg läuft? Ich denke, das hätte doch niemand jemals erfahren, wenn du es nicht erzählt hättest. Nur weil du einmal mit diesem Hubert in der Kiste warst.«

Rieke hätte sich fast an ihrem Wein verschluckt. Maria hatte es noch immer nicht verstanden. »Maria«, kicherte sie. »Ich war nicht nur einmal mit Hubert im Bett. Ich kann dir heute nicht mehr sagen, wie oft ich von ihm Geld bekommen habe. Und, um es ganz ehrlich zu sagen, Hubert blieb auch nicht der Einzige.« Rieke ließ ihren Blick über den Golfplatz streifen. »Ich habe schnell gemerkt, dass es mir nichts ausmachte, mich für einen schönen Abend bezahlen zu lassen. Vor allem, weil das sehr viel Geld war. Es hat nicht lange gedauert, und die Kunden standen bei mir Schlange. In einer Stadt wie München halten sich täglich Hunderte Geschäftsleute aus aller Welt auf, die Millionen im Jahr verdienen und bereit sind, ein paar Tausender für einen schönen Abend springen zu lassen.«

»Ein paar Tausender?« Maria starrte Rieke ungläubig an. »Das ist nicht dein Ernst.«

Rieke lachte. »Und ob es das ist. Es hat nicht lange gedauert und ich habe im Monat fünfzigtausend Mark verdient.«

»Fü…« Maria brach ab. Ihre Kinnlade klappte herunter. Hastig trank sie den Rest ihres Glases leer und verschluckte sich prompt. Sie hustete und japste nach Luft. Als sie sich wieder beruhigt hatte, startete sie einen neuen Versuch. »Sagtest du gerade fünfzigtausend Mark?«

Rieke hätte Maria am liebsten umarmt. Sie war so unverfälscht, dass es eine wahre Freude war. Sie konnte nur hoffen, dass Maria sie nicht dafür verurteilte, womit sie früher ihren Lebensunterhalt verdient hatte. »Ja, du hast richtig gehört. Und um es kurz zu machen, Tobias war einer meiner Kunden. Und dann bekommt die Ähnlichkeit zu deiner Geschichte eine weitere Gemeinsamkeit. Obwohl ich immer auf Kondome bestanden habe, ist bei einem Treffen mit ihm das Präservativ gerissen. Ich wurde schwanger, wir haben einen pränatalen

Schwangerschaftstest machen lassen, bei dem sich herausgestellt hat, dass Tobias definitiv der Vater war. Daraufhin hat Tobias darauf bestanden, dass wir heiraten. Und das war das Ende meiner Arbeit als High Class Escort.«

* * *

Als Lukas Maria später am Abend zum Essen in Miesbach im Bräuwirt traf, war sie merkwürdig einsilbig. Obwohl sie normalerweise nicht genug bekam von den Geschichten, die er ihr über seine Mutter, und damit ihre Schwester, erzählte, war sie mit ihren Gedanken spürbar woanders. Als sie dann auch noch lustlos in ihrem Salat herumstocherte und ihn nach wenigen Bissen zur Seite schob, griff er nach ihrer Hand.

»Was ist los?«

Als sie auf die Frage nicht reagierte, drückte er ihre Hand fester, bis sie schließlich aus ihren Gedanken hochschreckte.

»Entschuldige«, sagte sie. »Ich stehe etwas neben mir.«

Lukas lächelte. »Das ist nicht zu übersehen. Möchtest du mir sagen, was dich so beschäftigt?«

»Es ist die Frau, auf die du mich angesetzt hast«, sagte Maria verstört. »Diese Rieke.«

Lukas zog die Augenbrauen nach oben. Rieke. Sofort zog er die richtigen Schlüsse. »Dann kann ich davon ausgehen, dass ihr schon beim Du angelangt seid?«

Maria nickte. »Weißt du, als was sie früher gearbeitet hat?«

»Ja, das ist mir bekannt«, gab er zu. »Ist das für dich ein Problem?«

»Ein Problem ist eher, dass du es mir nicht gesagt hast. Dachtest du, dass ich sie dann vorverurteilen und ein Treffen mit ihr ablehnen würde?«

»Nein, so wie ich dich einschätze, bist du sogar der unvoreingenommenste Mensch, den ich jemals kennengelernt habe.«

»Dann verstehe ich erst recht nicht, weshalb du mich nicht vorgewarnt hast.«

Lukas entging der verletzte Gesichtsausdruck seiner Tante nicht. »Ich habe befürchtet, dass du dich so sehr auf das Treffen vorbereiten würdest, dass deine Überraschung nicht besonders glaubhaft gewesen wäre. Und überrascht warst du doch, oder?«

Marias Gedanken wanderten zu der Unterhaltung mit Rieke. »Ich wäre fast vom Hocker gefallen.«

»Siehst du.« Genau das hatte sich Lukas gedacht. »Und das hat sie dir sicherlich angemerkt.«

»Und ob!« Maria schnaubte. »Ich kam mir vor wie der letzte Dorftrampel.«

»Das wollte ich nicht, Maria. Und es tut mir wirklich leid, dass du es so empfunden hast. Ich hätte dich sicherlich irgendwie vorgewarnt, wenn ich das geahnt hätte.«

»Ach was.« Maria trank die Johannisbeerschorle, die die Bedienung gerade vor sie hingestellt hatte, zur Hälfte leer. »Wer weiß, vielleicht hast du ja sogar recht. Vermutlich hätte ich nachts stundenlang gegrübelt und mich darauf eingestellt, mich mit einer Prostituierten zu treffen.« Allein der Gedanke trieb Maria die Schamesröte ins Gesicht. »Und dann wäre ich bestimmt alles andere als authentisch rübergekommen.« Sie zog den Salatteller erneut zu sich her und nahm einen neuen Anlauf. Nachdem sie losgeworden war, was ihr auf dem Herzen lag, schmeckte es ihr gleich viel besser.

»Ich glaube nicht, dass Rieke es war«, sagte sie, nachdem sie heruntergeschluckt hatte. »Also, dass sie ihren Mann umgebracht hat.«

»Und warum nicht?«

»Das kann ich dir nicht genau sagen.« Darüber brütete Maria schon seit ein paar Stunden. »Es ist einfach so ein Gefühl.«

Nachdenklich musterte Lukas seine Tante. Er selbst konnte sich auf seine Intuition absolut verlassen, doch er konnte es nicht einschätzen, ob Maria die Frau nicht einfach nur sympathisch fand. »Erzähl mir, worüber ihr gesprochen habt.«

Nachdem Maria das Gespräch mit Rieke teils wörtlich wiedergegeben hatte, war er sich sicher. »Du magst sie.«

»Ja, das stimmt.« Maria sah ihren Neffen betreten an. »Das ist nicht sonderlich hilfreich, oder?«

»Nein, das ist es in der Tat nicht. Mach dir aber keinen Kopf deswegen«, sagte er schnell, da Maria in sich zusammensackte. »Auch bei der Polizei sind wir nur Menschen, und es kommt immer wieder vor, dass ein Verdächtiger so sympathisch ist, dass man sich einfach nur wünscht, dass er es nicht gewesen sein kann. Wieso sollte es dir da auch anders gehen?«

»Kannst du denn mit den Informationen etwas anfangen?«, wollte Maria wissen.

»Um ehrlich zu sein, wussten wir die Fakten schon vorher«, gab Lukas zu. »Was wir nicht wissen konnten, sind die emotionalen Hintergründe. Auch wenn uns die im Moment nicht weiterbringen, kann ich nicht ausschließen, dass sie zu einem späteren Zeitpunkt doch noch hilfreich werden.« Er sah Maria mitfühlend an. »Allerdings muss ich dir sagen, dass es letztendlich vielleicht dazu beitragen kann, dass wir Frau Lüdeke zu einem späteren Zeitpunkt wegen Mordes belangen können. Ich möchte dich keinesfalls in einen Gewissenskonflikt bringen. Wenn du befürchtest, dass du dir irgendwann deswegen Vorwürfe machst, dass du dabei geholfen hast, Rieke Lüdeke des Mordes zu überführen, und sie deswegen für mindestens fünfzehn Jahre hinter Gitter kommt, brechen wir das Vorhaben sofort ab.«

»Müsste sie es denn erfahren?«, fragte Maria unsicher. »Ich meine, wenn sie mitbekommt, dass ich dich unterstützt habe …« Sie ließ das Ende des Satzes offen.

Lukas schüttelte den Kopf. »Alles, was du mir über sie erzählst, bleibt unter uns. Du musst dir keine Sorgen machen, dass sie sich eines Tages an dir rächen will. Allerdings …«, Lukas warf ihr einen bedauernden Blick zu, »allerdings sollten wir uns in nächster Zeit nicht mehr zusammen in der Öffentlichkeit blicken lassen.«

Maria schlug die Hände vor dem Mund zusammen. Deswegen hatte er am Telefon so hartnäckig vorgeschlagen, dass er zu ihr nach Hause kam, doch sie hatte darauf beharrt, ihn im Bräuwirt zum Essen einzuladen. »Um Gottes willen!« Nervös glitt ihr Blick über die anderen Gäste. »Wenn sie heute hier ist, war alles umsonst.«

Erneut ergriff Lukas Marias Hand. »Ich glaube nicht, dass Frau Lüdeke um diese Zeit hier ist. Immerhin hat sie einen Sohn, um den sie sich nun allein kümmern muss. Ich vermute, egal, wie gleichgültig sie ihrem verstorbenen Mann gegenüber ist, dass ihr der Junge sehr am Herzen liegt.«

Das konnte Maria nur bestätigen. Rieke hatte ihr in höchsten Tönen vom größten Glück ihres Lebens vorgeschwärmt. »Aber sie ist auch sehr bedrückt darüber, dass der kleine Junge psychisch krank ist.«

Überrascht sah Lukas von seinem Salat hoch. »So was hat sie dir gleich bei eurem ersten Treffen verraten?«

»Na ja, nicht so direkt. Ich habe mir das zusammengereimt, da sie mir erzählt hatte, dass das Verhältnis zwischen ihrem Mann und ihrem Sohn ziemlich schwierig gewesen sein muss. Tobias war, ihren Worten zufolge, nämlich ein ziemliches Ekelpaket und muss seinem kleinen Jungen Höchstleistungen abverlangt haben. Und wenn der die in ihn gesetzten Erwartungen nicht erfüllen konnte, hat ihn sein Vater als Flasche beschimpft und ihm an den Kopf geworfen, dass er nicht sein eigenes Fleisch und Blut sein könnte, weil aus der Linie der Lüdekes väterlicherseits keine Blindgänger hervorgehen würden.« Verlegen senkte Maria den Blick. »Rieke hat sich dahingehend zwar nicht geäußert, aber ich finde, sie kann wirklich froh sein, dass sie den

Typen losgeworden ist.« Plötzlich wurde Maria bewusst, was sie da gerade gesagt hatte. Sie schlug erschrocken die Hände vors Gesicht. »Oh mein Gott, was sage ich denn da! Lukas, so habe ich das nicht gemeint!«

»Beruhig dich, Tante Maria.« Lukas nahm ihre Hände und drückte sie. »Ich weiß schon, was du meinst. Zerbrich dir nicht den Kopf darüber.«

Maria schniefte. »Danke. Weißt du, ich fand das so schlimm, was mir Rieke da erzählt hat, dass ich das erst mal verdauen musste. Da war es mir gerade recht, dass sie einen Anruf bekommen hat. Weil ihr Handy auf dem Tisch lag, konnte ich sehen, dass es ein Doktor Mohrhuhn oder so ähnlich war. Obwohl sie sich bemüht hat, möglichst neutral zu klingen, habe ich meine Schlüsse gezogen.«

»Die da wären?«, fragte Lukas neugierig.

»Hmm. Warte.« Maria kniff die Augen zusammen und starrte auf einen Fleck hinter Lukas. »Rieke hat sich dafür entschuldigt, dass sie die letzten Termine hat ausfallen lassen. Ihr Gesprächspartner hat offensichtlich nachgehakt, warum sie nicht gekommen ist, sie hat aber betont, dass sie am Telefon nicht darüber reden möchte. Sie würde nächste Woche aber zum üblichen Zeitpunkt da sein und ihm alles erklären.«

Lukas sah seine Tante skeptisch an. »Und wie kommst du darauf, dass sie mit einem Therapeuten telefoniert hat und dass es dabei um ihren Sohn ging? Für mich klingt es eher danach, als ob es sie selbst betraf.«

»Das dachte ich zuerst auch, aber dann kam mir das ziemlich unwahrscheinlich vor. Ich meine, du hast sie doch erlebt. Sieht so eine Frau aus, die zum Psychiater geht?«

»Nein«, musste er ihr recht geben. Rieke Lüdeke hatte auch auf ihn den Eindruck gemacht, dass sie mit sich und der Welt im Reinen war. Gut, vielleicht bis auf den Punkt, an dem sie ihren Mann als Schwein bezeichnet hatte. Trotzdem konnte er

Marias Gedankengängen nicht folgen. »Du wusstest aber doch nicht, dass der Anrufer ein Psychiater oder Psychologe war. Oder hast du mir nicht alles erzählt?«

»Nein. Ähm, doch, später.« Eine zarte Röte überzog Marias Gesicht. »Als sie kurz auf der Toilette war, habe ich nach dem Namen gegoogelt. So wie du es mir gezeigt hast, mit einem Sternchen nach der ersten Worthälfte, weil ich nur das ›Mohr‹ richtig habe lesen können. Und da bin ich ziemlich schnell auf den Eintrag eines Psychiaters gestoßen. Ich konnte mir den aber nicht näher ansehen, weil Rieke schon wieder zurückkam. Ich bin in solchen Dingen noch nicht so schnell«, setzte sie entschuldigend hinterher.

Lukas hätte beinahe einen Lachanfall bekommen. »Tante Maria, du bist eine Wucht, schmunzelte er. »Aber du solltest zukünftig deine Neugier besser im Zaum halten, bevor du noch in Teufels Küche kommst.«

»Ach, weißt du, so schlimm wäre das auch wieder nicht«, sagte Maria mit einem verschmitzten Lächeln. »Nachdem ich nun weiß, wie gut der Teufel aussieht, wäre mir das sogar ganz recht.«

»Da komme ich nicht mehr mit«, sagte Lukas hilflos. »Wie meinst du das, du hättest den Teufel kennengelernt?«

»So habe ich das nicht gesagt. Du musst besser zuhören.« Maria blinzelte ihrem Neffen zu. Dann ließ sie eine Erklärung folgen: »Ich habe mir die letzten drei Nächte auf Amazon die erste Staffel von *Lucifer* angesehen. Und ich muss sagen, da ist der Teufel ein echtes Schnittchen.«

Lukas hätte sich fast an seinem Bier verschluckt. »Himmel«, hustete er. »Du machst eine ziemliche Entwicklung durch, das muss man dir echt lassen.«

»Jedenfalls habe ich sehr zurückhaltend nachgefragt, worum es bei dem Gespräch ging, als Rieke wieder vom Klo kam.« Maria ignorierte Lukas' Anspielung darauf, dass sie bis vor ein paar Monaten noch ein ziemlich naives Landei gewesen war. »Ich habe einfach gefragt, ob sie noch andere Sportarten ausübt, für die sie regelmäßig Stunden nimmt. Da hat sie geantwortet, dass es bei den Terminen um ihren Sohn geht. Und nachdem sie mir davon erzählt hatte, wie schäbig ihr Mann den Jungen behandelt hatte, habe ich eins und eins zusammengezählt und nicht weitergebohrt.«

»Das war gut so.« Lukas staunte, wie raffiniert Maria war. Kein Wunder, dass sie im Frühjahr die Landesmeisterschaft ihres Krimiklubs gewonnen hatte. »Aus dir wäre eine gute Polizistin geworden«, sagte er anerkennend. »Du hast ein gutes Gespür dafür, wo du ansetzen musst, und auch dafür, wann du es gut sein lassen sollst.«

Eine zarte Röte überzog Marias Gesicht. »Das ist lieb von dir, Lukas, danke. Wie machen wir jetzt weiter?«

»Du schläfst eine Nacht drüber, ob du es mit deinem Gewissen vereinbaren kannst, dich unter den gegebenen Umständen weiter mit Frau Lüdeke zu treffen«, beschloss Lukas. »Je nachdem, wie du dich morgen oder übermorgen fühlst, begibst du dich nie wieder in den Golfclub oder du arbeitest weiter an deinem Handicap.«

»Falls ich mich dazu entschließe, weiterzumachen, hoffe ich, dass Rieke auch noch andere Interessen hat, als nur Golf zu spielen. Ist das eine doofe Sportart!« Maria verdrehte die Augen. »Das Einzige, was mir daran gefällt, ist, dass man den ganzen Tag im Freien ist und das traumhaft schöne Panorama genießen kann. Aber es ist wirklich nicht mein Ding, kleine harte Bälle durch die Gegend zu kloppen.«

Kapitel 6

Am nächsten Morgen stand Emma in Lukas' Büro, kaum dass sein Hosenboden den Stuhl berührt hatte.

»Ich habe hier die gesammelten Werke, was die Befragung durch die Kollegen in Lüdekes Bekanntenkreis ergeben hat.« Emma reichte ihm ein Blatt, auf dem mehrere Namen standen, die allesamt abgehakt waren. »Die Jungs waren so lange beharrlich, bis sie wirklich jeden auf der Liste angetroffen haben.«

»Und was haben sie herausgefunden?«

Emma seufzte. Sie wollte schon eine schnippische Antwort geben, dass er gefälligst selbst lesen sollte, besann sich jedoch eines Besseren. »Lüdeke war ein guter Freund, Lüdeke war ein guter Kumpel, auf Lüdeke war zu jeder Zeit Verlass. Alle hatten regelmäßigen Kontakt, keiner wusste etwas davon, dass es in letzter Zeit Drohungen gegen den Anwalt gegeben haben könnte.«

»Gute Arbeit«, honorierte Lukas Emmas Zusammenfassung. »Was ist das?«, fragte er, als Emma ihm einen weiteren Bogen auf den Tisch legte.

»Ein sehr seltsamer Typ aus Lüdekes Kanzlei war vor einer halben Stunde hier und hat das für dich abgegeben. Er wollte mir aber nicht erklären, wobei es sich bei seinen Hieroglyphen handelt.«

Lukas warf einen Blick auf das Gekraxel. »Das ist Maierhofers Aufstellung der Zusammenfassung aller Streitgegner, die ein eventuelles Motiv haben könnten, Lüdeke an den Karren zu fahren«, erklärte Lukas. »Allerdings hätte er sich das sparen können«, kommentierte er die handgeschriebene Tabelle, auf der er anstelle der Namen der gegnerischen Klienten diese nur mit Mandant eins bis sechzehn durchnummeriert hatte. Daneben standen lediglich Zahlen, die besagten, wie hoch die Summen waren, die Lüdeke für seine jeweiligen Mandanten hatte herausschlagen können. Lukas ließ das Blatt auf seinen Schreibtisch segeln, schnappte sich seine Jacke und informierte Emma, dass er einem Therapeuten einen Besuch abstatten wollte.

* * *

Lukas stutzte, als er das dezente Messingschild sah, das die Eingangstür der kinderpsychologischen Praxis von Doktor Uriel Mohrgut zierte. Er hatte noch am Abend ebenfalls nach Dr. Mohr* gegoogelt, auf diese Weise herausgefunden, dass der Psychiater in Wirklichkeit ein Psychologe war, und beschlossen, ihn gleich in der Früh aufzusuchen. Ansonsten waren in dem modernen Neubau nur eine Privatpraxis für Schönheitschirurgie und eine Steuerkanzlei untergebracht. *Alle Kassen* las er. Dass ein Arzt, der noblen Adresse und dem augenscheinlich teuren Gebäude zum Trotz, auf die Mehreinnahme verzichtete, die sich durch das ausschließliche Behandeln von Privatpatienten ergab, grenzte fast schon an ein Wunder. Allerdings konnte es gut sein, dass die kleine Kreisstadt Miesbach nicht genügend gut betuchte Privatpatienten hervorbrachte. Seinem Kenntnisstand nach waren Psychologen auf Wochen, wenn nicht gar Monate ausgebucht. Er hatte zwar keine Ahnung, ob dies auch auf andere Bundesländer zutraf, aber zumindest hier in Bayern wurde ein Großteil der Zehnjährigen Ende des dritten Schuljahrs von ihren

Eltern zum Kinderpsychologen gejagt, wenn diese aufgrund zu schlechter Noten die Befürchtung hegten, dass ihre Zöglinge den späteren Übertritt in eine weiterführende Schule nicht schaffen würden. Doch die Miete, die die Praxis kostete, konnte der Psychologe sicher nicht von den Einnahmen bezahlen, die durch die Behandlung von Kassenpatienten hereinkamen.

»Mein erster Patient kommt in zwanzig Minuten«, sagte Dr. Mohrgut freundlich zu dem Kommissar, der bereits vor der Tür wartete, als er seinen Wagen vor dem Haus parkte. »So lange nehme ich mir gern Zeit für Sie.«

Lukas folgte dem Psychologen in die Praxis. Sein Blick streifte die Gemälde, die an den Wänden des langen Flurs aufgehängt waren, durch den Mohrgut ihn führte. Zwischen den Bildern hingen gerahmte Auszeichnungen, die dem Doktor ein breites Fachwissen der Psychologie bescheinigten. Der sachlich-nüchtern gehaltene Empfangsbereich war mit weiß lackierten Möbeln eingerichtet, während die Doppelflügeltür, die offensichtlich ins Allerheiligste führte, von mannshohen Sukkulenten flankiert wurde. Je mehr Lukas von der Praxis zu Gesicht bekam, desto größer wurde seine Verwirrung. Das alles sah eher nach dem Büro eines Anlageberaters aus als nach der Praxis eines Kinderpsychologen.

Mohrgut, dem die Reaktion des Hauptkommissars nicht entgangen war, lächelte gewinnend. »Sie sind nicht der Erste, der so denkt.«

Lukas kniff die Augen zusammen. »Wie meinen Sie das?«

»Ihre Körpersprache verrät Sie, genau wie Ihr Gesichtsausdruck.« Mohrguts Lächeln wurde breiter. »Sie fragen sich, was dieser ganze moderne Krempel damit zu tun hat, dass ich Kinder therapiere. Vermutlich denken Sie, dass ein Kind in einer derartig nüchternen Umgebung höchstens noch mehr psychische Probleme bekommen würde.«

Lukas honorierte Mohrguts Worte mit einem Nicken. Zumindest hatte der Therapeut Ahnung, was die Gefühlswelt Erwachsener anbelangte. Er hoffte nur, dass nicht gleich eine Belehrung darüber folgte, dass das schnörkellose Ambiente für die Behandlung von Kindern bestens geeignet sei, da sie sich so besser konzentrieren konnten.

»Ich will Sie nicht länger auf die Folter spannen«, sagte Mohrgut und öffnete den rechten Flügel der großen Tür. »Kommen Sie rein.«

Als Lukas dem Arzt in das Behandlungszimmer folgte, fielen ihm fast die Augen aus dem Kopf. Die kühle Bankenatmosphäre wechselte mit einem Schlag zur Villa Kunterbunt. Es hätte nicht viel gefehlt, und Pippi Langstrumpf wäre hinter einer Ecke hervorgesprungen.

»Überrascht?«, fragte Mohrgut.

»Allerdings.« Die Wände waren in verschiedenfarbigen Tönen gestrichen, es gab ein Sofa, das wie eine kleine Höhle anmutete, mehrere bunte Sitzsäcke, und auch der Teppich war bunt. Einzig ein hochmoderner, wenn auch sehr bequem aussehender Lehnstuhl nahm sich in dem farbigen Allerlei wie ein Störfaktor aus.

Erneut erriet Mohrgut Lukas' Gedanken. »Die Farben machen den Raum freundlich, wobei das Fehlen jedweder Motive dafür sorgt, dass der Geist nicht abgelenkt wird. Es ist eine Gratwanderung zwischen Gemütlichkeit und der Kunst, den kindlichen Geist fokussiert zu halten.« Mohrgut sah auf die Uhr.

»Da ich vermute, dass Sie sich mit mir nicht über die Einrichtung meiner Praxis unterhalten wollen, sollten wir besser gleich zum Grund Ihres Besuchs kommen.«

Lukas nickte und bemühte sich, mehr Zuversicht auszustrahlen, als er tatsächlich empfand. Sein Vorhaben war etwas heikel, da er keine passable Erklärung für sein Anliegen an den Arzt hatte. Schließlich wusste er nur durch das von Maria belauschte Telefonat über die Verbindung zwischen Rieke Lüdeke und dem Psychologen, und das konnte er ihm schlecht auf die Nase binden. Für den Augenblick hoffte er einfach, dass Doktor Mohrgut zu geschockt war, um überhaupt nachzuhaken, und er würde sich gegebenenfalls mit dem Vorwand behelfen, dass er einen entsprechenden Hinweis bekommen hatte, und sich auf Zeugenschutz hinausreden. »Es geht um einen Ihrer Patienten. Maximilian Lüdeke.«

Mohrgut sah den Kommissar erschrocken an. »Maximilian? Ist ihm etwas zugestoßen?«

»Es geht um seinen Vater. Er wurde ermordet.«

Einige Sekunden lang starrte Mohrgut den Kommissar wortlos an, ganz so, als ob er den Sinn der Worte nicht verstanden hätte. Dann räusperte er sich. »Ermordet? Du lieber Himmel.« Er trat einen großen Schritt nach vorn und griff nach der Lehne des Stuhls. »Das ist ja entsetzlich! Wie geht es Maximilian? Und seiner Mutter?« Mohrgut ließ sich schwer in den Sessel fallen. »Vielleicht ist es besser, wenn ich die Stunden heute absage und mich um die beiden kümmere.«

Lukas ließ Mohrguts Überlegung unkommentiert. Sicher war der Psychologe Rieke Lüdeke nicht nur einmal begegnet, und wenn er seine überdurchschnittliche Menschenkenntnis auch auf sie angewandt hatte, wusste er genau, dass die ehemalige Prostituierte ihrem Mann keine Träne nachweinte.

»Weshalb ist Maximilian bei Ihnen in Behandlung?«

Mohrgut zuckte hoch. Er sah den Hauptkommissar mit einem gequälten Ausdruck an. »Die Frage kann ich Ihnen keinesfalls beantworten«, bedauerte er. »Sie wissen doch ganz genau, dass das der ärztlichen Schweigepflicht unterliegt.«

Natürlich wusste Lukas das. Trotzdem hatte er gehofft, Mohrgut würde sich in der Hinsicht kooperativ verhalten. »Können Sie mir denn irgendeinen Hinweis geben? Hat der

Junge vielleicht etwas über seinen Vater erzählt, das darauf schließen lässt, dass er bedroht wurde? Vielleicht durch einen früheren Mandanten oder Prozessgegner?«

Trübe starrte Mohrgut die apricotfarbene Wand vor sich an. Dann schüttelte er den Kopf. »Nein. Ich kann mir aber auch nicht vorstellen, dass ein Vater seinem Kind von einer solchen Bedrohung erzählen würde, solange das Kind noch klein ist. Einerseits würde es das Ausmaß einer Risikolage nicht verstehen und wenn doch, würde eine derartige Information es doch völlig verstören.«

Das war Lukas schon vorher klar gewesen, dazu hatte er nur seinen gesunden Menschenverstand bemühen müssen. Er hatte die Frage als Ablenkung gestellt, bevor er zu dem kam, was er wirklich wissen wollte. »Hat Lüdeke seinen Sohn in irgendeiner Art und Weise unter Druck gesetzt? Hat er ihn geschlagen oder gedemütigt?«

»Das kann ich Ihnen wirklich nicht beantworten«, blieb Mohrgut stur. »Aber fragen Sie bei der Mutter nach. Falls sie einverstanden ist, darf ich mit Ihnen über den Jungen reden.«

Alternativ könnte auch ein Richter diese Genehmigung erteilen. Aber das war bei der aktuellen Indizienlage eher unwahrscheinlich. Lukas fing Mohrguts gequälten Blick auf. Offensichtlich hätte der Arzt nur zu gerne etwas erzählt. Lukas versuchte es mit einer List.

»Nehmen wir mal theoretisch an, ich käme als Polizist zu Ihnen, weil ich Ihre Hilfe in einem Ermittlungsverfahren brauche. Ganz allgemein. Der Vater eines Kindes wurde ermordet und die Aussagen verschiedener Personen legen nahe, dass die Art und Weise, wie der Mann andere Menschen behandelt hat, ein Motiv darstellen könnte. An erster Stelle denken wir natürlich an das Kind. Müssen wir zwangsläufig davon ausgehen, dass das stärkste Motiv sexueller Missbrauch ist?«

Mohrgut starrte nach wie vor die Wand an, und nichts in seinem Verhalten ließ darauf schließen, dass er überhaupt zugehört hatte. Doch plötzlich ruckte sein Kopf herum, und er sah Lukas mit einem befremdlichen Blick an.

»Nein«, sagte er rau. »Auch wenn das vermutlich in einer Großzahl solcher Fälle zutrifft, muss das nicht zwingend immer so sein.«

Lukas, der unwillkürlich die Luft angehalten hatte, atmete tief durch. Wie es schien, hatte er gerade eine Möglichkeit gefunden, dem Hintergrund der Tat auf die Spur zu kommen.

»Worauf würden Sie uns hinweisen?«

»Rein hypothetisch?«

»Natürlich.«

»Ich würde Ihnen raten, sich mit der Erwartungshaltung des betroffenen Elternteils auseinanderzusetzen. Schulische oder sportliche Leistungsanforderungen, soziale Kompetenz nicht nur anderen Kindern, sondern auch Erwachsenen gegenüber, perfektes Benehmen und so weiter. Die Palette ist groß. Oft neigen Kinder, die einem derartigen Druck ausgesetzt sind, zum Bettnässen oder dazu, sich selbst zu verletzen. Die Symptome unterscheiden sich kaum von den Situationen, in denen es zu sexuellen Übergriffen kommt. Das macht es schwer, die Ursachen zu erkennen, wenn das betroffene Kind nicht reden will.«

»Bleiben wir weiter bei unserem erfundenen Fall«, sagte Lukas. »Wie sollen wir uns ein Kind vorstellen, das darüber spricht?«

Mohrguts Kiefer mahlten. Das Spiel, das der Polizist spielte, war eine heikle Angelegenheit. Und doch drängte alles in ihm, zur Aufklärung des Falls beizutragen. »In jedem Fall wird es eine Weile dauern, bis das Kind sich öffnet. Sie dürfen sich das nicht so vorstellen, dass die Jungen und Mädchen hier hereinstürzen und sofort ihr Herz ausschütten wollen. Erst einmal müssen die Kinder Vertrauen fassen. Bis das so weit ist, sind viel Fingerspitzengefühl und eine Menge Zeit nötig.«

»Aber irgendwann ist es so weit.« Das war mehr eine Feststellung als eine Frage.

Mohrgut nickte. »Wenn das Wissen eines Tages tief genug reicht, dass ihnen hier ein geschützter Raum geboten wird, gibt es oftmals kein Halten mehr.«

»Was könnte der Patient Ihnen dann zum Beispiel erzählen?«

Die Hände, deren Knöchel weiß hervortraten, umklammerten die Armlehnen des Stuhls. Mohrgut befand sich offensichtlich in höchster Anspannung.

»Dass der Junge von seinem Vater zu körperlichen Höchstleistungen getrieben wurde, obwohl er von schwacher Konstitution war. Dass er infolgedessen anfing, sich nachts einzunässen, und dafür von seinem Vater gedemütigt wurde.« Mohrgut spuckte die Worte in den Raum. Man konnte förmlich spüren, wie ihn das Schicksal des fiktiven Jungen mitnahm. Doch dann besann er sich. Er atmete tief durch, löste seine Hände und stand auf. »Und jetzt entschuldigen Sie mich. Mein nächster Patient kommt gleich.«

Als Lukas die sterilen Räume der therapeutischen Praxis verließ, schwirrte ihm der Kopf. Es hatte ihn überrascht, dass Mohrgut sich auf seinen Versuch eingelassen hatte. Und es war ihm nicht entgangen, dass er zuletzt nicht mehr im Allgemeinen von einem Kind, sondern einem Jungen gesprochen hatte. Einem Jungen, den das Verhalten des Vaters eindeutig überfordert hatte. Es war naheliegend, dass in einem derartigen Fall eines Tages der Beschützerinstinkt der Mutter erwachte. Und damit rückte Rieke Lüdeke erneut in den Fokus der Ermittlungen.

* * *

Als Lukas Mohrguts Praxis verließ, sah er, dass Emma sieben Mal angerufen hatte. Neugierig, was es so Dringendes gab, drückte er auf Rückruf. »Hallo, Emma, was ist los?«

»Du musst sofort zum Golfplatz fahren«, sagte Emma aufgeregt. »Das heißt, du musst hundert Meter davor in den kleinen Wald abbiegen.«

Eine eisige Hand umklammerte Lukas' Herz. Seine Tante! »Was ist passiert?«

»Der Förster hat eine Leiche gefunden.«

Lukas Beine gaben nach. Er lehnte sich gegen den Kotflügel seines Wagens und stützte sich mit der freien Hand auf der Motorhaube ab. »Eine Leiche?«, fragte er tonlos. »Weißt du schon, um wen es sich handelt?«

»Nein. Ich habe bisher nur die Information, dass jemand in einem Teich ertrunken ist.«

Lukas versuchte, seine Atmung wieder unter Kontrolle zu bekommen. »Ertrunken?«, hakte er tonlos nach, obwohl er lieber gar nicht wissen wollte, was passiert war. »Und warum sollen wir uns darum kümmern?«

»Der zuständige Förster hat uns verständigt, dass er eine leblose Person in einem knietiefen Entenweiher gefunden hat«, ließ Emma sich zu einer Erklärung herab. »Offensichtlich sind der Person die Hände auf den Rücken gebunden. Mehr konnte er nicht sehen, sagt er.«

»Ich bin in einer Viertelstunde vor Ort«, sagte Lukas. Mittlerweile war ihm regelrecht schlecht. »Wissen die Spusi und Doktor Teufel Bescheid?«

»Die sind gerade auf dem Weg dorthin.«

Als Lukas an der Adresse ankam, die Emma ihm genannt hatte, sah er das Aufgebot an Polizeifahrzeugen schon von Weitem. Und nicht nur er hatte die vielen Fahrzeuge, die mit Blaulicht in der Nähe des Tümpels standen, entdeckt. Eine Menge Schaulustige hatten sich eingefunden, und Lukas konnte sich nur wundern, woher die ganze Meute kam. Er winkte Kira zu, die mit zwei weiteren Kollegen alle Hände voll zu tun hatte, die Zaungäste zurückzudrängen und ihnen das Fotografieren mit ihren Smartphones zu untersagen.

Als er den kleinen Weiher erreichte, bot sich ihm ein schauriges Bild. Das Gewässer hatte einen Durchmesser von etwa sieben Metern und war augenscheinlich keine dreißig Zentimeter tief. In der Mitte des brackigen Wassers stand Doktor Hanna Teufel neben einem Menschen, der mit auf den Rücken gebundenen Händen und dem Gesicht nach unten im Wasser lag. Die Beine waren weit gespreizt und jeweils mit einem dicken Strick an einen der Bäume gebunden, die in der Nähe standen. Offensichtlich sollte die Person daran gehindert werden, das Wasser aus eigener Kraft zu verlassen. Unwillkürlich rieb Lukas sich über die Arme. Was für ein grauenvoller Tod! Obwohl er es während der Fahrt geschafft hatte, seine Ängste durch gezielte Atemübungen wieder in den Griff zu bekommen, wallten sie plötzlich wieder auf. Unwillkürlich hielt er die Luft an. Dann erfasste sein Blick die Kleidung und den Kopf der Leiche. Nein, das war keine Frau. Ganz sicher nicht. Er war so erleichtert, dass ihm fast schlecht wurde.

»Wie lange liegt der Tote schon hier?« Die Frage seines Chefs galt der Rechtsmedizinerin, die gerade aus dem Wasser gewatet kam.

»Kann ich noch nicht sagen.« Auch Doktor Hanna Teufel war blass um die Nase. »Im Moment kann ich nur sagen, dass es kein schöner Tod war, falls der Mann tatsächlich hier im Wasser gestorben ist.«

»Gibt es einen Anhaltspunkt, dass er nicht ertrunken ist?«, wollte Fiedler wissen.

»Kann ich mir nicht vorstellen«, kam Lukas der Rechtsmedizinerin zuvor. »Sollte er zu dem Zeitpunkt, an dem man ihn ins Wasser geworfen hat, bereits tot gewesen sein, hätte es keinen Sinn ergeben, ihm auch noch die Hände auf den Rücken zu fesseln und seine Beine an den beiden Fichten festzubinden, ganz abgesehen davon, dass ein solches Vorgehen einen enormen Kraftaufwand erfordert. Deswegen gehe ich davon aus, dass er noch gelebt hat, als man ihn ins Wasser geworfen hat.«

»Für einen Menschen allein ist das kaum zu schaffen«, dachte Fiedler laut nach. »Wir müssen von mehreren Tätern ausgehen«

»Nicht unbedingt«, widersprach Lukas. Seit einigen Minuten bereits flimmerte ein Gedanke durch sein Gehirn. Doch bevor er seinen Überlegungen nicht ausgiebig Raum gegeben hatte, wollte er sie nicht aussprechen.

»Oh, das denke ich schon«, beharrte Fiedler auf seiner Meinung. »Ein Mensch allein würde es niemals schaffen, einen ausgewachsenen Mann so zu fesseln, ohne dass der sich gegen die Behandlung wehrt. Noch dazu in Todesangst.«

»Falls er vorher betäubt war, konnte er sich nicht wehren.«

Fiedler sah Lukas skeptisch an. »Schon wieder K.-o.-Tropfen? Denken Sie, dass das Zeug gerade schwer in Mode ist?«

»Ich gebe dem Labor die Anweisung, das Blut und den Urin dahingehend zu untersuchen«, unterbrach Hanna Teufel die beiden Männer. »Und wenn Sie nichts dagegen einzuwenden haben, ordne ich auch hier die Untersuchung einer Haarprobe an. Vielleicht haben wir Glück und das Opfer hat lange genug gelebt, dass wir zumindest in den Wurzeln etwas nachweisen können. Ich neige nämlich ebenfalls zu der Ansicht, dass ein Betäubungsmittel im Spiel war.«

»Ach ja?«, fragte Fiedler skeptisch. »Und das, obwohl Sie ihn noch nicht näher untersuchen konnten?«

»Ich schätze, daran bin ich schuld«, mischte sich Gerald Hausmann ein. Ausnahmsweise waren er und seine Kollegin von der Spurensicherung als Erste am Fundort der Leiche gewesen. Oft genug hatten sie damit zu kämpfen, dass vorher Horden von Personen auf den wenigen Spuren herumtrampelten und den gesamten Tatort verunreinigten. »Wären hier noch weitere Personen beteiligt gewesen, hätten wir mehrere Fußabdrücke gefunden.« Hausmann trat einen Schritt zur Seite und zog ein Päckchen Camel ohne Filter aus seiner Jacke, die über dem geöffneten Deckel des Spurensicherungskoffers hing. »Möchte jemand?«

Nachdem alle abgelehnt hatten, zündete sich Hausmann eine Zigarette an und fuhr fort: »Wir haben eine kaum erkennbare Schleifspur auf den letzten Metern zum Wasser hin. Kaum noch erkennbar, weil der Vorgang mindestens zehn Stunden zurückliegt und es in der Nacht leicht geregnet hat. Des Weiteren haben wir Abdrücke von einem Schuh Größe 44.«

»Lässt der Profilabdruck sich den Schleifspuren zuordnen?«, wollte Lukas wissen.

»Kann ich nicht mit hundertprozentiger Sicherheit sagen.« Hausmann zog genüsslich an seinem Glimmstängel. »Intuitiv würde ich sagen: ja. Wie ihr allerdings unschwer erkennen könnt, steht eine Ruhebank in der Nähe der Stelle, an der die Spur im Wasser endet. Der Abdruck kann also von jedem stammen.«

»Mist.« Lukas kickte einen Kieselstein ins Wasser. Dann drehte er sich zu Kira, die seit einer Weile geduldig neben der kleinen Gruppe stand und wartete. »Hast du was für uns?«

Kira nickte. »Leider hat uns einer der Schaulustigen Geralds Vermutung bestätigt. Die Bank wird an schönen Tagen gerne von den Rentnern aus der Seniorenresidenz genutzt.«

»Mist«, wiederholte Lukas. »Hast du sonst noch was herausgefunden?«

»Wir haben Fotos von allen Zaungästen gemacht. Und ein Stück durch den Wald haben wir einen Parkplatz gefunden, auf dem ein Wagen steht. Ich habe Emma das Kennzeichen bereits durchgegeben, sie kümmert sich darum. Ich dachte mir, dass das Fahrzeug vielleicht dem Toten gehört.«

Das war immerhin schon etwas. »Gut gemacht«, lobte Lukas die Polizeimeisterin. »Nimm dir einen Kollegen und stattet dem Altenheim einen Besuch ab. Vielleicht hat einer der Bewohner ja etwas mitbekommen.«

»Wir sind fertig mit der Spurensicherung«, machte Gerald Hausmann sich bemerkbar. »Wenn Frau Doktor Teufel nichts dagegen hat, holen wir ihn jetzt aus dem Wasser.«

»Keine Einwände«, sagte die Rechtsmedizinerin. Sie wartete nur darauf, dass sie den Toten auf einer festen Unterlage hatte, um ihn besser untersuchen zu können.

Zehn Minuten später konnte Doktor Teufel eine vorläufige Angabe zum Todeszeitpunkt machen. »Die Totenflecken sprechen dafür, dass der Mann nach seinem Tod nicht mehr bewegt wurde«, stellte Hanna Teufel fest. »Die Leichenstarre hat bereits eingesetzt, ist aber noch nicht vollständig ausgebildet, und die Körpertemperatur liegt bei dreiunddreißig Grad. Grob geschätzt ist der Mann seit zehn bis zwölf Stunden tot.«

»Ist er in dem Tümpel ertrunken?«

»Kann ich noch nicht sagen«, wehrte Hanna Teufel Fiedlers Frage ab. »Ich kann noch nicht mal sagen, ob er überhaupt ertrunken ist, da der dafür typische Schaumpilz vor seinem Mund fehlt. Das heißt aber nicht, dass sich keiner gebildet hat, sondern nur, dass der Mann mit dem Mund unter Wasser lag und Kaulquappen und anderes Kleingetier in die Körperöffnungen eingedrungen sind und sich an der Leiche bedient haben. Er kann aber auch erstickt sein, da ihm ein Golfball als Knebel weit in den Rachen geschoben worden war.«

* * *

»Was brüten Sie schon wieder aus?«, fragte Fiedler misstrauisch, als er Zieringers Büro betrat und die lange Tafel an der Wand betrachtete, an der Fotos der beiden Toten mit Klebestreifen und einer Vielzahl von Vermerken angebracht waren. »Wie kommen Sie auf die Idee, dass die beiden Fälle zusammenhängen? Wegen der Kabelbinder? Das ist aber eine etwas dünne Indizienlage.«

»Immerhin ist es eine«, sagte Lukas unwirsch, da Fiedler ihn aus seinen Gedanken gerissen hatte. Bevor sein Chef erneut etwas sagen konnte, hob Lukas die Hand. »Moment noch.« Er notierte sich etwas auf einem Block, dann sah er endlich auf. »Es geht mir nicht um die Kabelbinder, sondern um den Modus Operandi.«

Fiedlers Reaktion erfolgte prompt. »Okay, Sie kriminalistischer Überflieger, dann lassen Sie mich Dorfsheriff mal an Ihren Überlegungen teilhaben.«

»Die würden mich auch interessieren«, sagte Emma. Sie war hinter Fiedler ins Zimmer gekommen, wurde von dem bärenhaften Leiter der Polizeiinspektion aber völlig verdeckt. Jetzt drückte sie ihn ein Stück zur Seite und schlüpfte an ihm vorbei. »Der Wagen, den ihr entdeckt habt, gehört einem gewissen Michael Maus, einem Versicherungsvertreter aus Warngau. Ich bin die Vermisstenmeldungen durchgegangen und habe einen Treffer gelandet. Seine Frau hat ihn heute früh bei den Kollegen in Holzkirchen als vermisst gemeldet.«

Lukas warf den Stift auf den Block und lehnte sich in seinem Stuhl zurück. Schon wieder eine Todesnachricht, die er überbringen musste. Er war gespannt, wie die Witwe reagieren würde. Bevor er sie aufsuchte, musste er aber seine Gedanken sortieren.

»Hat die Spusi auf dem Parkplatz sonst noch was gefunden?«, wollte er von Emma wissen. »Eine Visitenkarte des Mörders zum Beispiel oder wenigstens verwertbare Reifenspuren?«

Emma grinste. »Nein. Da der Parkplatz gekiest ist, konnten sie keine Abdrücke nehmen, und auch der Weg, der dorthin führt, hat nichts Erhellendes zutage gebracht.«

Das hatte Lukas befürchtet. »Hast du die Meldung über den Leichenfund schon im Computer erfasst?«

»Noch nicht.« Unwillkürlich zog sie den Kopf ein. Eigentlich hätte sie das machen sollen, bevor sie auf eigene Faust zu recherchieren anfing. Doch während Fiedler sie strafend ansah, sah Lukas plötzlich erleichtert aus.

»Das ist gut so«, nahm er Emma die Befürchtung, dass sie gleich eine Standpauke erhielt. »Dabei solltest du es auch noch für zwei Stunden belassen.«

»Äh …« Emmas Gesicht war ein einziges Fragezeichen.

»Ich möchte nicht, dass die Witwe die Nachricht von jemand anderem als mir erhält und sich darauf vorbereiten kann. Sobald der Todesfall in der Datenbank ist, besteht die Gefahr, dass Frau Maus von den Kollegen der Holzkirchner Dienststelle informiert wird«, erklärte Lukas ihr. Nachdenklich sah er seinen Chef an. »Müssen wir befürchten, dass uns die hineingrätschen, wenn wir den Fall übernehmen?«

Fiedler schüttelte den Kopf. »Mit dem Leiter bin ich befreundet. Außerdem haben die keinen ermittelnden Kommissar vor Ort. Ich gehe davon aus, dass das Ganze sowieso an uns hängen bleibt.«

»Gut«, stellte Lukas fest. »Können Sie bitte sofort eine kurzzeitige Schweigeverpflichtung an alle Kollegen unserer Dienststelle herausgeben?« Damit wäre gesichert, dass auch deren Freunde und Familien vorerst nichts von dem Mord erfahren und weitertratschen würden. Immerhin war ein gewaltsamer Todesfall im beschaulichen Oberland noch immer eine Sensation.

Fünf Minuten später kam Fiedler mit Emma und Kira im Schlepptau zurück.

»Ich habe Ihnen Frau Brecht mitgebracht, nachdem sich Ihre Zusammenarbeit in der Vergangenheit schon als sehr produktiv herausgestellt hat«, informierte Fiedler seinen Mitarbeiter. »Polizeimeisterin Brecht, Sie unterstehen ab sofort den Weisungen von Hauptkommissar Zieringer und sind von allen anderen Aufgaben entbunden, bis wir die Mörder geschnappt haben.« Dann wandte Fiedler sich erneut an Lukas. »Wie Sie unschwer erkennen können, gehe ich nach wie vor von mehreren Tätern aus. Vielleicht erklären Sie uns jetzt, weshalb Sie anders darüber denken.«

Lukas nickte. »Danke erst mal für die Unterstützung.« Die Worte waren an seinen Chef wie auch an Kira gerichtet, die vor Überraschung ganz rot im Gesicht war. Er stand auf und trat an die Tafel. »Ich habe gerade mit der Spusi telefoniert, und die hat mir bestätigt, dass die Kabelbinder, die bei beiden Morden benutzt wurden, identisch sind.« Er winkte ab, als Fiedler etwas dazu sagen wollte. »Ich weiß, dass das kein Beweis ist, da Kabelbinder Massenware sind. Hören Sie bitte einfach zu. Ich bin mittlerweile nicht mehr nur der *Meinung,* dass wir es mit ein und demselben Täter zu tun haben, ich bin sogar felsenfest davon *überzeugt.*« Er schnappte sich eine Flasche Wasser von seinem Tisch und schraubte den Verschluss auf. Nachdem er getrunken hatte, fuhr er fort: »Beide Männer wurden nicht direkt ermordet, sondern lediglich in eine prekäre Situation gebracht. Es ist möglich, dass der Täter längst verschwunden war, als bei beiden der Tod eintrat. Es kann aber auch sein, dass er mit einer perversen Befriedigung dabei zugesehen hat, wie seine Opfer gegen den Tod gekämpft haben.« Lukas gab seinen Kollegen Zeit, über das Gehörte nachzudenken. »Ich gehe davon aus, dass der Tod der Männer nicht nur bewusst in Kauf genommen wurde, sondern dass er auch das Ziel des Vorhabens war. Dennoch hatten sowohl Lüdeke als auch Maus eine reelle Überlebenschance, wenn sie nur lange genug ausgeharrt hätten, bis jemand vorbeikam und sie aus ihrer misslichen Lage befreite.«

»Das ist nicht Ihr Ernst«, protestierte Fiedler. »Demnach würde sich der Mörder ja darauf hinausreden können, dass das alles nur ein böser Streich war.«

»Das ist sogar mein voller Ernst«, bestätigte Lukas. »Ich vermute, der Täter wollte es so aussehen lassen, als sei es eine Strafe für ein Vergehen, das wir noch nicht kennen. Der Hintergrund dürfte Rache sein.«

»Trotzdem«, sagte Fiedler, nachdem er eine Weile über Lukas' Worte nachgedacht hatte, »bin ich nicht überzeugt, dass die Fälle zusammenhängen.«

Lukas hingegen war sich absolut sicher. »Natürlich ermitteln wir in alle Richtungen«, sagte er. »Ich möchte aber das Hauptaugenmerk darauf legen, dass ich recht habe. Falls es uns gelingt, eine Verbindung zwischen den beiden Opfern herzustellen, kommen wir der Sache schon ein ganzes Stück näher.«

Er wandte sich an Kira. »Hat die Befragung der Bewohner des Seniorenstifts etwas ergeben?«

Kira schüttelte den Kopf. »Nein. Und dabei hatten wir Glück. Die Leiterin der Einrichtung war sehr zuvorkommend und hat uns im ganzen Haus herumgeführt, bis wir jeden Residenten, wie sie das nannte, und auch das gesamte Personal befragt hatten. Nach dem Abendessen hat gestern anscheinend niemand mehr das Haus verlassen. Bis auf die Angestellten natürlich, die sind aber nach Hause gefahren. Am Weiher kam auch von denen keiner mehr vorbei.«

Das hatte Lukas bereits befürchtet. Der kleine Tümpel war viel zu abgelegen, deshalb war seine Hoffnung auf einen Augenzeugen von vornherein nicht allzu groß gewesen. Dazu kam, dass der Täter äußerst besonnen handelte und seine Tatorte sorgfältig auswählte.

Lukas sah Emma nachdenklich an. »Bitte recherchiere die Hintergründe der Familie. Vermögensverhältnisse, Testamente, letzte Anrufe und so weiter. Wissen wir, wo sich Maus' Witwe gerade aufhält?«

»Der Vermisstenmeldung zufolge ist sie den ganzen Tag zu Hause«, sagte Emma.

Lukas stand auf und schnappte sich seine Jacke vom Stuhl. Er warf Kira einen Blick zu. »Dann fahren wir jetzt dorthin.«

Zwanzig Minuten später parkte Kira vor der Adresse, die ihnen Emma mitgegeben hatte. Sie hatte die Hand bereits am Türgriff, doch Lukas fasste sie am Arm und hielt sie zurück. »Warte«, sagte er. »Verschaff dir immer erst einen Überblick, solange keine Eile geboten ist. Sobald du erst mal auf der Straße stehst und dich jeder sehen kann, musst du handeln.«

»Aber es fällt doch genauso auf, wenn wir im Auto sitzen und nicht aussteigen«, hielt sie dagegen.

Lukas grinste. Da hatte sie nicht ganz unrecht. »Aber nur, wenn jemandem aufgefallen ist, dass wir gerade angekommen sind.« Er deutete auf die leere Straße vor ihnen. »Falls nicht gerade jemand aus dem Fenster gesehen hat, als du eingeparkt hast, hat man uns noch nicht bemerkt.« Er warf ihr einen nachdenklichen Blick zu. »Nachdem Fiedler dich mir für die nächste Zeit zugeteilt hat, überlege ich, ob es nicht besser wäre, du würdest in Zivil herumlaufen, solange wir an diesem Fall arbeiten.« Er fuhr sich mit der Hand über seinen Dreitagebart. »Bring auf jeden Fall die nächsten Tage etwas Unauffälliges mit ins Büro.« Dann deutete er auf das Haus, in dem die Familie Maus wohnte. »Was fällt dir auf?«

»Nicht so prunkvoll wie bei den Lüdekes, dennoch scheint die Familie Geld zu besitzen. Jedenfalls sind es keine armen

Kirchenmäuse.« Sie drehte Lukas ihr Gesicht zu. »Worauf genau soll ich achten?«

Lukas musste über ihren Vergleich schmunzeln. Er deutete auf den gepflegten Garten, der hinter einem schmiedeeisernen Zaun zu sehen war. »Auf dem Rasen steht eine Rutsche vor einem Sandkasten. Das lässt darauf schließen, dass ein kleines Kind im Haus wohnt.«

»Ja, das ist mir aufgefallen«, sagte Kira hilflos. »Aber das ist doch nichts Ungewöhnliches.«

Lukas grinste. »Ungewöhnlich ist es nicht, das ist richtig. Aber erinnere dich, wie es war, als du in dem Alter warst, dass du im Sandkasten gespielt hast. Wie sah es hinterher aus?«

Allmählich verstand Kira, worauf Lukas hinauswollte. Sämtliche Spielsachen standen in Reih und Glied. Ein Kind, das sich frei entfalten durfte, räumte seine Sachen ganz sicher nicht so ordentlich auf. »Das kann doch auch die Mutter gewesen sein.«

Lukas sah seine Kollegin aufmunternd an. »Sieh noch mal hin. Es ist nur ein kleines Detail. Trotzdem spricht es Bände.«

»Mist«, murmelte Kira. Sie kam sich vor wie eine Schülerin, die von ihrem Lehrer ausgefragt wurde.

Lukas ahnte, was in ihr vorging. »Das ist keine Prüfung, Kira. Ich möchte nur, dass du ein Gespür dafür entwickelst, was anders ist. Wenn ich es dir immer vorher sage, kommst du von allein nicht drauf. Wenn du es nicht siehst, ist es nicht schlimm. Versuch es trotzdem noch einmal.«

Ein kleines Detail, grübelte Kira. Was konnte es nur sein? Als sie bereits aufgeben wollte, stach ihr etwas ins Auge. Sie starrte mit großen Augen auf die Stelle. »Meinst du, weil der Sand …«

»Ja?«, hakte Lukas aufmunternd nach. »Was ist damit?«

»Der Sand ist so glatt gezogen, dass es aussieht, als hätte noch nie ein Kind darin gespielt.«

Lukas nickte zufrieden. »Genau. Und das ist eigenartig. Es kann ein Zufall sein, weil vielleicht ausgerechnet heute jemand den Spielplatz in Ordnung gebracht hat, es kann aber auch darauf hindeuten, dass das Kind permanent gemaßregelt wird, aufzupassen, dass es sich nicht schmutzig macht und seine Sachen aufräumt. Ordnung ist eine Sache, eine derartige penible Pingeligkeit eine ganz andere. Dazu kommt, dass am Haus eine Alarmanlage angebracht ist.« Er deutete auf das rote Lampenglas, das an einer unscheinbaren Stelle der Hauswand montiert war. Ein Einbrecher würde es natürlich sofort entdecken, dazu kam, dass die Fenster nicht nur im Erdgeschoss, sondern auch im ersten Stock vergittert waren. Die Hausbewohner waren also nicht nur vorsichtig, sondern überängstlich, dass jemand Unbefugtes sich Zutritt zu dem Gebäude verschaffen wollte.

»Versuchen wir unser Glück.« Lukas öffnete die Tür und stieg aus.

Drei Minuten später öffnete ihnen eine verstört dreinblickende Frau Mitte dreißig die Haustür. Die Haare waren mit einem Gummiband streng zu einem Zopf gebunden, und ihr Gesicht war ungeschminkt. Die Jeans, die sie trug, wies mehrere Flecken auf, und das T-Shirt sah aus, als hätte sie ohne hinzusehen in den Schrank gegriffen. Alles an Isabelle Maus zeugte davon, dass sie sich zu große Sorgen machte, als dass sie einen Gedanken an ihr Äußeres verschwendet hätte. Zu dem fast schon steril anmutenden Gartenbereich stand ihre Kleidung in krassem Gegensatz, was vermutlich normalerweise nicht der Fall war. Und als ihr Blick auf Kiras Uniform fiel, weiteten sich ihre Augen in Panik.

»Haben Sie meinen Mann gefunden?« Ihre Hand fuhr zum Hals und krallte sich in die Haut. »Ist ihm etwas zugestoßen?«

Lukas zeigte ihr seinen Ausweis und stellte sich und Kira vor. »Dürfen wir hereinkommen?«

Isabelle Maus wurde noch eine Spur blasser, was Lukas' aufmerksamem Blick nicht entging. Die Gebärde war ihm einen Tick zu theatralisch erschienen, um echt zu sein. Blass zu werden konnte man hingegen nicht forcieren.

»Wann haben Sie Ihren Mann das letzte Mal gesehen?«, fragte Lukas, nachdem er Isabelle Maus die Nachricht vom gewaltsamen Tod ihres Mannes überbracht und ihr eine Weile Zeit gegeben hatte, das Gehörte in seiner gesamten Tragweite zu erfassen.

Mit fahrigen Händen ordnete Isabelle Maus das Blumengebinde neu, das in einer großen Vase auf dem Esstisch stand. »Gestern früh«, murmelte sie. »Wir haben zusammen gefrühstückt, dann ist er in die Agentur gefahren.«

»In die Agentur?«, hakte Lukas nach.

»Wir besitzen eine Versicherungsagentur.«

Lukas dachte blitzschnell nach. Ein Anwalt und der Inhaber einer Versicherungsagentur. Möglicherweise war hier die Schnittstelle. Falls sich ein Klient finden ließ, der einen gehörigen Hass auf die beiden Geschäftsführer gehabt hatte. »Führen Sie die Agentur gemeinsam? Gibt es noch weitere Teilhaber oder Mitarbeiter?«

»Wir haben die Agentur vor dreizehn Jahren von Michaels Vater übernommen«, erklärte Isabelle Maus. »Die Firma besteht schon seit über fünfzig Jahren und hat einen entsprechend großen Kundenstamm. Als ich schwanger wurde, habe ich mich aber aus dem Geschäft zurückgezogen, um mich ausschließlich um meinen Sohn zu kümmern.«

Lukas wartete einen Augenblick, ob noch mehr kam. Als sie den zweiten Teil seiner Frage nicht beantwortete, hakte er noch einmal nach.

Irritiert sah Isabelle Maus hoch. »Nein, es gibt keinen Teilhaber, aber wir haben drei fest angestellte Mitarbeiter.«

»Hat Ihnen Ihr Mann in letzter Zeit erzählt, ob ein Klient wütend auf ihn war? Jemand, der vielleicht eine Forderung an eine Versicherung hatte, die nicht ausbezahlt wurde?«

Isabelle Maus schüttelte den Kopf. »Nicht, dass ich wüsste. Aber Michael hat nie viel über seine Arbeit gesprochen. Das meiste, was zu tun ist, ist ganz normales Tagesgeschäft. Und dass jemand so wütend auf ihn war, dass er ihn …« Sie stockte. Als ob der Mord an ihrem Mann dadurch, dass sie es aussprach, erst zur Wirklichkeit werden würde. »Und selbst wenn sich ein Klient geärgert hätte, wäre er doch nicht auf meinen Mann sauer gewesen, sondern auf die Versicherung. Wir vermitteln schließlich nur.«

Das sah Lukas anders. Schließlich war die Arbeit eines Versicherungsagenten nicht damit erledigt, dass er Provisionen einkassierte; im Schadensfall war er derjenige, der das Verbindungsglied zwischen dem Geschädigten und dem Versicherer darstellte.

»Frau Maus, kennen Sie Rieke Lüdeke?« Die Frage kam völlig unerwartet von Kira Brecht. Wie schon bei Lüdekes Witwe hatte sie sich unauffällig im Raum platziert und stumm abgewartet. Lukas hatte sie zuvor instruiert, auf ihn zu achten und Isabelle Maus diese Frage zu stellen, sobald er ihr ein Zeichen gab.

Isabelle Maus' Hände verkrampften sich, und um ihren Mund zuckte es, doch sie hatte sich genauso schnell wieder im Griff. Dennoch war Lukas die Veränderung nicht entgangen.

»Lüdeke?« Isabelle Maus presste für einen winzigen Augenblick ihre Lippen fest zusammen. »Nein. Der Name sagt mir nichts.«

Die Antwort kam viel zu schnell und Lukas war sich ziemlich sicher, dass es eine Lüge war. Durch Kiras Frage war die Witwe für einen Augenblick von ihm abgelenkt gewesen, und er hatte die Gelegenheit genutzt, um ihre Reaktion genau zu beobachten. Er fragte sich nur, weshalb sie die Bekanntschaft zu dem ehemaligen Callgirl leugnete.

Er drehte seine Hände, die bislang ruhig auf dem Tisch gelegen hatten, so, dass seine Handflächen nach oben zeigten. »Frau Maus«, sagte er behutsam. »Es tut mir leid, aber ich muss Sie das jetzt fragen. Wo waren Sie gestern Abend zwischen achtzehn und null Uhr?«

Isabelle Maus schluckte. Offensichtlich erschütterte sie die Frage. »Aber – aber, Sie denken doch nicht, dass ich meinen Mann …?« Erneut schaffte sie es nicht, das Wort auszusprechen.

Lukas sah sie mit leicht schräg geneigtem Kopf an und nickte ihr mitfühlend zu. Im Augenwinkel bemerkte er, dass Kira ein Kichern unterdrückte. Er warf ihr einen Blick zu und zog warnend die Augenbrauen nach oben. Auch wenn er gerade Theater spielte, war ein Mensch ermordet worden, und das war kein Anlass zur Belustigung.

Lukas nahm einen weiteren Anlauf. »Frau Maus, ich verdächtige Sie nicht, Ihren Mann ermordet zu haben.« Noch nicht. Er sah die Witwe scharf an und bemerkte, wie sie unter seinem bohrenden Blick zusammenzuckte. »Dennoch müssen wir jedem Hinweis nachgehen und auch jeder Person aus seinem Umfeld diese Frage stellen. Also bitte beantworten Sie meine Frage. Wo waren Sie gestern Abend?«

»Ich habe meinen Sohn um fünf von der Schule abgeholt, dann sind wir einkaufen gegangen und anschließend nach Hause gefahren. Normalerweise holt mein Mann ihn ab, da er für gewöhnlich nachmittags mit Lennard auf den Golfplatz geht, aber gestern war nach dem Unterricht noch eine Probe für ein Theaterstück angesetzt, deswegen musste Lennard länger bleiben. Als wir zu Hause waren, ist er gleich auf sein Zimmer gegangen, ich habe gekocht, dann haben wir gegessen und anschließend zusammen eine Stunde ferngesehen. Ich habe ihn um acht Uhr ins Bett gebracht, danach sind zwei Freundinnen zu mir gekommen und wir haben eine Flasche Wein getrunken.«

»Wir brauchen die Namen Ihrer Freundinnen. Und wenn Sie schon dabei sind, auch die Ihrer sonstigen Freunde, mit denen Sie und Ihr Mann regelmäßig Kontakt hatten.« Als Lukas sich sicher war, dass sie wusste, worauf er hinauswollte, fragte er: »Wann ist Ihr Besuch wieder gegangen?«

Isabelle Maus stand auf, lief in die Küche und kam mit einem Schreibblock und einem Stift zurück. »Das weiß ich nicht genau«, sagte sie geistesabwesend, während sie zwölf Namen und Telefonnummern auf das oberste Blatt schrieb. Sie riss es ab und schob es Lukas hin. »Ich schätze, es war gegen elf oder halb zwölf.«

Erneut gab Lukas Kira ein Zeichen.

»Und Sie haben sich nicht gewundert, dass Ihr Mann um diese Zeit noch nicht zu Hause war?«

Erneut zuckte Isabelle Maus zusammen, als sie die Stimme der Polizistin hinter sich hörte. »Nein.« Sie zog den gläsernen Salzstreuer, der in einer Gruppe mit Pfeffer und Essig und Öl auf einem Porzellantablett stand, zu sich her und drehte ihn in den Händen. »Michael hatte oft abends Kundentermine. Die meisten Versicherten haben nun mal nur Zeit, wenn sie von der Arbeit zu Hause sind.«

Aber die wenigsten Kunden legen Wert darauf, dass ein nur flüchtig bekannter Mensch bis Mitternacht bei ihnen zu Hause auf dem Sofa sitzt, dachte Lukas bei sich. Irgendetwas verheimlichte sie ihm, das spürte er deutlich. Er zögerte, Kira das dritte Zeichen zu geben. Die Frage war heikel und angesichts der Nachricht, dass ihr Mann ermordet worden war, unangemessen. Trotzdem verwunderte ihn, genau wie bei Rieke Lüdeke, die Tatsache, dass Isabelle Maus ungewöhnlich gefasst war. Allerdings wusste er auch, dass der menschliche Geist im Falle einer schlimmen Nachricht für einen gewissen Zeitraum zur Höchstform auflief, bevor der Zusammenbruch folgte. Dementsprechend war es erheblich, die drängendsten Fragen so schnell wie möglich zu platzieren, bevor die Hinterbliebenen dichtmachten. Es war ein archaischer Überlebensinstinkt, der auch noch heute funktionierte. So wussten alle Mitglieder eines Kriseninterventionsteams, wie wichtig es war, aus den Angehörigen möglichst viele Informationen herauszubekommen, solange die zweite Phase noch nicht eingetreten war. Im Gegensatz zu Rieke Lüdeke, die durch den Tod ihres Mannes fast schon erleichtert gewirkt hatte, vermutete Lukas, dass bei Isabelle Maus der Zusammenbruch noch folgen würde. Doch noch war es nicht so weit, noch kam er an sie heran.

»Wie würden Sie Ihre Ehe beschreiben?«

»Meine Ehe?« Alarmiert sah Isabelle Maus den Hauptkommissar an. »Wieso wollen Sie das denn wissen?«

Um dich besser einschätzen zu können, dachte Lukas. Laut sagte er: »Auch das ist ein Teil der Routine, der wir folgen müssen. Wir müssen so viel wie möglich über den Hintergrund des Opfers erfahren.« Interessant, dass Isabelle Maus auch bei dem Wort *Opfer* zusammenzuckte.

»Ich würde sagen, sie war normal.« Isabelle Maus starrte ausdruckslos ins Nichts. »Wir hatten gute wie auch schlechte Zeiten, haben gelegentlich gestritten, es ging aber immer nur um Kleinigkeiten. Wir haben keine finanziellen Sorgen, sind alle gesund, haben ein gutes soziales Umfeld. Insgesamt sind wir beide mit der Situation zufrieden«, ratterte sie herunter, als hätte sie die Worte zuvor auswendig gelernt.

»Hat Ihr Mann einen Arbeitsraum im Haus?«

»Nein.« Erneut kam die Antwort eine Spur zu schnell.

Nun war sich Lukas ganz sicher, dass die Witwe log. Und nur deswegen entschied er, aller Pietät zum Trotz, Kira die letzte, durchaus heikle Frage stellen zu lassen. Fast unmerklich nickte er ihr zu.

»Ging Ihr Mann zu Prostituierten?«

Kiras Frage traf Isabelle Maus mitten ins Mark. Sie explodierte förmlich in einer Bewegung, in der sie gleichzeitig den Salzstreuer vom Tisch stieß und überstürzt aufsprang, sodass ihr Stuhl nach hinten kippte und zu Boden krachte, während sie sich zu Kira drehte und zu schreien anfing. »Was fällt Ihnen ein, Sie unverschämte kleine Polizeimaus! Verlassen Sie sofort mein Haus! Und wagen Sie es ja nicht, sich hier noch einmal blicken zu lassen!«

Als Lukas Kira nach draußen folgte, legte er ihr beruhigend die Hand auf die Schulter. Auch wenn Kira einen erschrockenen Satz nach hinten gemacht hatte, spürte er, dass Isabelle Maus' Reaktion sie nicht persönlich getroffen hatte. Dafür hatte er in weiser Voraussicht gesorgt und sie darauf vorbereitet, dass so etwas passieren könnte.

Trotzdem saß ihr der Schreck in den Gliedern, als sie den Wagen aufsperren wollte. Als sie merkte, dass ihre Hände zitterten, zog sie den Autoschlüssel aus ihrer Jackentasche und hielt ihn Lukas hin. »Bitte fahr du.«

Lukas entriegelte die Türen und ließ Kira einsteigen, bevor er den Wagen umrundete. Er startete, fuhr los, nur um das Fahrzeug sofort wieder zu parken, nachdem sie außer Sichtweite des Hauses waren. Er stellte den Motor ab und drehte sich zu seiner Kollegin. »Bist du okay?«

»Ja. Nur etwas erschüttert«, gab Kira zu. »Obwohl du mich vorgewarnt hast, habe ich nicht damit gerechnet, dass sie wie eine Furie auf mich losgeht.«

Auch Lukas hatte Isabelle Maus' Reaktion kalt erwischt, obwohl er damit gerechnet hatte, dass sie die beiden Polizisten umgehend vor die Tür setzen würde. Er hatte sie aber eher so eingeschätzt, dass sie trotz der indiskreten Frage ihre Contenance bewahren und sie höflich, aber bestimmt hinauskomplimentieren würde. Der Ausdruck *Furie*, den Kira benutzt hatte, beschrieb die Verwandlung dagegen exakt, die in Isabelle Maus vorgegangen war.

»Hat das jetzt irgendetwas gebracht?«, riss Kira ihn aus seinen Gedanken.

»Allerdings.« Lukas fuhr sich mit beiden Händen durch die Haare. »Zum einen bin ich mir sehr sicher, dass ihr Mann für Sex bezahlt hat, und zwar nicht nur einmal. Dass die Maus aber derart aus der Haut gefahren ist, bedeutet, dass sie sich die ganze Zeit über nur mühsam beherrscht hat. Ich frage mich nur: in welcher Hinsicht? Ob sie sich zusammengerissen hat, weil sie nicht vor uns zusammenbrechen wollte oder weil schon länger eine unterschwellige Wut in ihr brodelt und deine Frage den Deckel vom Topf gestoßen hat.«

»Ich denke, es ist Letzteres«, sagte Kira, nachdem sie eine Weile über seine Worte nachgedacht hatte. »Wenn sie einfach nur empört gewesen wäre, hätte sie vermutlich in dem Augenblick zu weinen angefangen. Zumindest mir würde es so gehen.« Sie versuchte, sich mit weiblicher Intuition in die Frau hineinzuversetzen. »Natürlich reagiert jeder Mensch anders. Aber die Frau hat sich verhalten wie ein Munitionsdepot, in dem man ein Feuerwerk gezündet hat.«

Kapitel 7

Zufrieden ließ Leo sich in den schweren Ledersessel sinken. Die Anspannung der letzten Tage fiel von ihm ab, als er die Augen schloss und den gestrigen Tag rekapitulierte. Er erinnerte sich, dass sein Opfer gezappelt hatte wie eine Fliege, die einer Spinne ins Netz gegangen war. Sein aufgestauter Hass fühlte sich an wie ein warmer Regen, der an seinem Körper hinabperlte und sich mit dem Wasser des Weihers vermischte, in dem die Fliege zappelte. Es verschaffte ihm eine seltsame Befriedigung zu sehen, wie die Fliege um ihr Überleben kämpfte. In weiser Voraussicht hatte er zuvor die alte Fischerhose seines Vaters aus dem Keller geholt, die seit zwei Jahrzehnten ungenutzt in einer großen Kiste verstaubte. Obwohl ihm der Tümpel kaum bis zu den Knien reichte, hatte er geahnt, dass sein Opfer wie wild um sich schlagen würde. Doch niemand sollte Leo jemals mit den Nährstoffen und Diatomeen in Verbindung bringen können, die sich in jedem Wasser befanden und es so unverwechselbar machten wie einen Fingerabdruck. Nachdem er das Zappeln eine Weile vom Ufer aus beobachtet hatte, watete er erneut ins Wasser, bis er neben dem Kopf seines Opfers stand. Er packte es an den Haaren und riss daran, bis einer der Nackenwirbel ein Knacken von sich gab. Obwohl das Arschloch dadurch sicher unsägliche Schmerzen erlitt, war es doch froh über die

Gnadenpause, die ihm dadurch vergönnt war, dass sein Peiniger ihm den Kopf über Wasser hielt.

»Wer wird denn gleich so strampeln?«, flüsterte Leo ihm süffisant ins Ohr. »Denk einfach an meinen Rat: Du musst den Kopf nur so lange über Wasser halten, bis dich jemand entdeckt und hier rausholt.« Er warf einen prüfenden Blick auf das verzerrte Gesicht, um zu kontrollieren, dass der Knebel, den er aus einem Golfball und einem breiten Gummiband gebastelt hatte, perfekt saß. Er beugte sich ein Stück tiefer und sah der strampelnden Fliege in die Augen. »Da du dich weigerst zu begreifen, dass nur du selbst dich in diese Situation gebracht hast, will ich dir auf die Sprünge helfen.«

Das Opfer gab einen gequälten Laut von sich. Krampfhaft versuchte es, einige Worte zu formulieren, was ihm wegen des Golfballs, der ihm tief im Rachen steckte, nicht gelang.

»Du musst nicht sprechen«, sagte der große Mann mit einem belehrenden Ton. »Ich weiß sowieso, was du denkst. Du bist das arme, unschuldige Opfer. Du hast nie auch nur einer Mücke etwas zuleide getan. Dass du das Leben eines Menschen zerstört hast, nimmst du in deiner Arroganz überhaupt nicht wahr«, höhnte er. »Dabei wird sich die arme Seele, die dir zum Opfer gefallen ist, vielleicht schon jetzt nicht mehr retten lassen.« Interessiert beobachtete er, wie der Fliege die Augen aus dem Kopf traten. Weitere gequälte Töne drangen hinter dem Knebel hervor.

»Spar dir deine Kräfte. Die Nacht wird lang genug. Streng dich einfach ein bisschen an, dann überlebst du das hier schon.« Unvermittelt ließ er die Haare los, und der Kopf seines Opfers schnellte wie von einer Bogensehne gespannt ins Wasser und schlug im Schlamm auf. Zufrieden beobachtete er, wie sich der gesamte Körper verkrampfte, da die Fliege nicht damit gerechnet und Wasser durch die Nase eingeatmet hatte. Doch er wollte nicht so sein. Erneut griff er nach den Haaren und zerrte den

Kopf wieder aus dem Wasser. Er wartete, bis das verkrampfte Husten verklang und die Fliege wieder Luft bekam. So sehr er das Spiel mit seinem Opfer genoss, vergaß er doch nie, dass jederzeit jemand den Weg entlangkommen konnte, auch wenn es inzwischen dunkel geworden war. Er näherte sich dem Ohr der Fliege und sagte leise: »Ich glaube nicht, dass du die Nacht überlebst. Aber man weiß ja nie. Du musst dich einfach nur anstrengen. Wenn du Glück hast, kommt jemand auf seinem Morgenspaziergang hier vorbei. Das bedeutet, dass du lediglich acht Stunden durchhalten musst. Was ist das schon! Du selbst bist doch der Meinung, dass nur der Kampf ein Weichei abhärtet. Damit dir in der Zeit nicht langweilig wird, gewähre ich dir die Gnade, dir zu erzählen, weshalb du hier bist.« Die Stimme wurde zu einem Flüstern. Als er nach ein paar Minuten sicher war, dass der Fettwanst verstanden hatte, fragte er: »Du siehst doch ein, dass du dafür bestraft werden musst, oder?«

Die gequetschten Laute, die die Fliege von sich gab, klangen wie eine Ablehnung. Und dann schüttelte der Drecksack auch noch den Kopf.

»Siehst du das etwa anders?«, fragte Leo aufgebracht. »Falsche Antwort, tut mir leid. Ich habe jetzt auch keine Zeit mehr für solche Spielchen. Wie gesagt, es handelt sich nur um ein paar Stunden. Damit du nicht schon vorher ersäufst, hältst du jetzt besser die Luft an, denn ich lasse deinen Kopf gleich wieder los.«

Als er aus dem Wasser watete, wurden seine Befürchtungen, dass die dumme Schmeißfliege mit ihrem Geschrei doch noch jemanden anlocken könnte, immer geringer. Bereits wenige Meter vom Tümpel entfernt hörte man allenfalls noch ein leises Brummen, konnte aber nicht bestimmen, woher es kam. Offensichtlich hatte die Fliege seinen Rat befolgt und aufgehört, um sich zu schlagen, nachdem er sie gewarnt hatte, dass sie keine weitere Stunde überleben würde, wenn sie ihre Energie weiter derart verschwenden würde.

Erneut überzog ein Lächeln Leos Gesicht. Nachdem er nach Hause gekommen war, hatte er die Fischerhose von innen und außen mit einer Seifenlauge abgewaschen, um jegliche Spuren zu vernichten. Anschließend rieb er das gute Stück so lange mit einem Lappen ab und föhnte es von beiden Seiten trocken, bis auch der letzte Rest Feuchtigkeit verschwunden war. Danach faltete er die Hose akribisch genau so, wie er sie aus der Kiste gezogen hatte, die seit sicher zwanzig Jahren nicht mehr geöffnet worden war. Behutsam schloss er den Deckel, damit der Staub, der sich in den Jahren darauf abgelegt hatte, nicht herunterrieselte. Dreißig Minuten später stand alles wieder an Ort und Stelle und nichts verriet, dass jemand sich an dem alten Krempel zu schaffen gemacht hatte.

Zufrieden spürte er die warme Lehne des weichen Leders hinter sich. Dann wurde ihm bewusst, dass er Falk vermisste. Falk, der mit dem unfehlbaren Blick des Falken gesegnet war, der, dem nichts entging. Auch wenn er strikt darauf bestand, dass niemand sie miteinander in Verbindung bringen konnte, fehlte ihm der Austausch. Doch er war Leo, der Kämpfer, der unbesiegbare Löwe. Seine Missionen waren Rache und Vergeltung. Nun waren die anderen die Schwächeren. Und Falk hatte das nächste Opfer bereits bestimmt.

* * *

»Hast du das Alibi von Rieke Lüdeke überprüft?«

Emma nickte auf Lukas' Frage. »Dazu komme ich gleich.« Sie stand auf und schloss das Fenster, durch das von unten Baulärm heraufdrang. »Wir wissen nun, dass das Handy von Michael Maus zuletzt in einer Funkzelle unweit des Tatorts eingeloggt war. Allerdings endet damit die Spur, die es im Netz hinterlassen hat. Genau wie bei Tobias Lüdeke.«

»Mist.« Lukas fuhr sich durch die Haare. »Hast du den Provider kontaktiert?«

»Natürlich.« Emma schnitt eine Grimasse. »Muss ich dir dazu was erklären?«

Lukas schüttelte den Kopf. Es würde dauern, bis sie an die Verbindungsdaten herankämen. »Und was ist mit Rieke Lüdeke?«

»Die Klassenleitung und auch die Sportlehrerin haben bestätigt, dass die Lüdeke an der Klassenfahrt teilgenommen hat. Das Ganze ging bereits morgens um halb acht los. Die Gruppe hat sich am Bahnhof in Schliersee getroffen und ist mit der Bayerischen Oberlandbahn nach München und von dort aus weiter mit dem Zug nach Günzburg gefahren. Dort war die Klasse mit den Lehrern und vier Müttern, von denen eine Rieke Lüdeke war, im Legoland.«

»Konnten die Lehrer bestätigen, dass Rieke Lüdeke den ganzen Tag anwesend war?«

Emma nickte erneut. »Es gibt ein Zeitfenster von etwas über einer Stunde, in der sie keinen Sichtkontakt hatten, denn Rieke Lüdeke hat behauptet, dass sie die ganzen Fahrgeschäfte nicht fahren wollte, weil ihr davon angeblich schlecht wird. Aber selbst falls das ein Vorwand war, hätte die Zeit niemals ausgereicht, um bei dem Mord an ihrem Mann physisch anwesend zu sein.«

Lukas rieb sich seinen Dreitagebart. Damit war Rieke Lüdeke als potenzielle Täterin aus dem Rennen. Als Emma noch etwas hinzufügen wollte, hob er die Hand. »Gib mir eine Minute.« Er zog sein Handy aus der Jeans und rief seine Tante an. »Wolltest du nicht heute noch zum Golfplatz?«

»Lukas!« Maria stöhnte. »Woher weißt du nur, dass ich in meinem ganzen Leben nie wieder etwas anderes tun möchte, als zusammen mit überheblichen Wichtigtuern, deren Horizont nur das eine Thema zulässt, diesen grässlichen Bällen hinterherzulaufen?«

Lukas lachte. Er konnte sich bildlich vorstellen, wie Maria die Augen verdrehte. »Überhebliche Wichtigtuer? Sprichst du etwa von deiner neuen Freundin Rieke?«

»Lukas!« Maria sog scharf die Luft ein. »Du bist ein richtig frecher Bengel, ist dir das eigentlich klar?«

»Ja, das weiß ich. Du sagst es mir schließlich oft genug. Würdest du vielleicht trotzdem …?«

Maria seufzte. »Als ob ich dir einen Wunsch abschlagen könnte. Also, was soll ich diesmal herausfinden?«

Lukas erzählte, was er auf dem Herzen hatte, und versprach, zum Abendessen bei ihr vorbeizukommen. Dann wandte er sich wieder an seine Kollegin.

»Entschuldige, Emma. Was wolltest du noch sagen?«

Emma grinste. »Wenn du deine Tante weiterhin zu Ermittlungszwecken einspannst, müssen wir ihr irgendwann noch ein Gehalt bezahlen.«

»Das ist meine Absicht.« Lukas erwiderte das Lächeln. »Schließlich muss man ihr etwas zu tun geben. Nicht, dass sie sonst noch mir auf der Tasche liegt.«

»Ach ja.« Emma klatschte theatralisch in die Hände. Sie wusste zwar nicht über die genauen finanziellen Verhältnisse von Lukas' Tante Bescheid, aber dass die ganz sicher nicht am Hungertuch nagte, war ihr durchaus bewusst. Sie wurde wieder ernst. »Ich habe hier die Vermögensaufstellung der Familie Maus.« Sie schob ihm ein DIN-A4-Blatt hin. »Arm sind die auf jeden Fall nicht. Wie dir die Witwe schon erzählt hat, besteht die Agentur seit über fünfzig Jahren, und sie läuft sehr gut. Es gibt drei Vollzeitangestellte, dazu kommt, dass Isabelle Maus ebenfalls auf der Gehaltsliste steht und nicht gerade wenig verdient.« Emma musterte Lukas nachdenklich. »Sagtest du nicht, dass die Frau nicht mehr mitarbeitet?«

»Das hat sie selbst zumindest behauptet. Vermutlich schöpfen sie auf diesem Weg Geld aus der Firma. Aber wenn es stimmt, dass ihr die Agentur zur Hälfte gehört, ist dies vermutlich ein ganz normaler Vorgang. Zumindest kann es nichts mit dem Mord zu tun haben. Hast du schon herausbekommen, wie es im Falle einer Scheidung aussehen würde?«

»Ich habe noch nicht alle Informationen zusammen. Im Moment ist nur klar, dass es Gütertrennung gibt. Isabelle Maus hat vor fünfzehn Jahren eine Friseurlehre gemacht und während der Ausbildung Sozialhilfe bezogen, um über die Runden zu kommen.«

Lukas zog die Augenbrauen nach oben. »Das lässt darauf schließen, dass sie im Falle einer Trennung einiges zu verlieren hätte. Aber das ist nur eine Mutmaßung. Bleib da bitte dran.«

»Mach ich. Wie willst du weiter vorgehen?«

Lukas, dem schon eine ganze Weile etwas durch den Kopf ging, deutete mit dem Finger in Richtung seines Büros. »Ich mache erst mal Innendienst. Ich habe da so eine Idee, die ich verfolgen möchte.«

Drei Stunden später traf Maria Rieke auf dem Golfplatz. Sie hatte gehofft, dass sie so kurzfristig keinen Termin erhalten würden, doch da es unter der Woche war, hatten sie problemlos einen Abschlagstermin bekommen. Allein der Gedanke, stundenlang über den gepflegten Rasen zu hatschen, reichte aus, dass Maria Kopfschmerzen bekam. Jetzt bereute sie es, den Platzreifekurs so schnell durchgezogen und die Prüfung mit Bravour bestanden zu haben. Dabei hatte sie das Elend doch nur hinter sich bringen wollen. Hätte sie sich dabei etwas mehr Zeit gelassen, hätte sie sich einfach mit Rieke auf einen Kaffee oder ein Glas Wein verabreden können. Mit einer dramatischen Geste fasste Maria sich an den Kopf.

Rieke, der man zugestehen musste, dass sie nicht nur feine Antennen hatte, sondern anderen Menschen gegenüber auch außergewöhnlich aufmerksam war, reagierte sofort. »Geht es dir nicht gut?«, fragte sie besorgt. »Vielleicht ist es bei der Hitze heute doch keine so gute Idee, über den Platz zu laufen.«

»Ich habe schon zwei Tabletten genommen«, log Maria. »Aber irgendwie hilft nichts.«

»Wenn es dir nicht gut geht, lassen wir es einfach bleiben«, sagte Rieke Lüdeke sofort. »Hast du genug getrunken?«

»Sicher schon zwei Liter Wasser.« Maria war es ausgesprochen unangenehm, Rieke anzulügen. Wie schon bei ihrem ersten Gespräch war ihr das ehemalige Callgirl ausgesprochen sympathisch.

»Also, wenn du nicht unbedingt darauf brennst zu spielen, lassen wir das heute bleiben«, sagte Rieke energisch. »Dann fährst du besser wieder nach Hause und legst dich ins Bett.«

Panik flackerte in Marias Augen auf. Das war so ziemlich das Letzte, was sie wollte. Doch sie hatte sich schnell wieder unter Kontrolle. »Nein, das möchte ich auf keinen Fall machen«, sagte sie. »Wenn ich mich am helllichten Tag hinlege, schlägt mir das auf die Psyche, und dann werde ich vielleicht wirklich noch krank.«

Rieke lachte. »Das kann ich verstehen. Pass auf, wir stornieren den Termin einfach, und wenn du willst, trinken wir stattdessen einen Kaffee und sündigen am Kuchenbuffet.«

Maria sah Rieke erstaunt an. »Das würde ich sehr gerne«, gab sie zu. Auch wenn ihr schlechtes Gewissen ein weiteres Stück wuchs. Nicht nur, dass sie das Blaue vom Himmel herunterschwindelte, zudem hatte sie sich mit Rieke getroffen, um sie schon wieder auszufragen. »Ich möchte dir aber nicht deinen

Tag verderben. Du kannst auch gerne allein spielen. Ich warte dann auf der Terrasse auf dich.«

Rieke Lüdeke winkte ab. »Vergiss es. Allein spielen macht keinen Spaß. Wir gehen etwas trinken. Golf spielen können wir noch oft genug.«

»Hast du schon gehört, dass es noch einen weiteren Mord ganz in der Nähe gegeben hat?«, fragte Maria aufgeregt, nachdem sie sich mit einer großen Flasche Wasser, zwei Cappuccini und einem Teller, auf dem mehrere kleine süße Teilchen lagen, in den Schatten gesetzt hatten.

Rieke, die gedankenverloren in ihrem Kaffee gerührt hatte, riss den Kopf hoch. »Wie bitte? Woher weißt du denn das?«

Genau diese Frage hatte Lukas am meisten Kopfzerbrechen verursacht. Woher sollte eine gänzlich unbeteiligte Person wie Maria polizeiinterne Informationen erhalten haben? Zuerst hatte er gedacht, er müsste sich gedulden, bis der Tod des Versicherungsagenten bekannt geworden war, bis er Maria erneut auf die Witwe des Anwalts ansetzen konnte, doch dann war ihm eine Idee gekommen.

»Habe ich dir schon erzählt, dass ich mir kürzlich ein Mountainbike gekauft habe?« Maria, die genau wusste, dass sie davon geschwärmt hatte, wartete ab, bis Rieke die Frage mit einem Kopfnicken bestätigte. »Na ja, um mich damit vertraut zu machen, übe ich vorerst nur im flachen Gelände, bevor ich damit die Berge hochfahre.« Verstohlen sah sich Maria um, als ob sie sich davon überzeugen wollte, dass ihnen niemand zuhörte. »Ich habe gestern einen kleinen Trail durch den Wald genommen, der an den Golfplatz grenzt. Und dabei habe ich mehrere Polizeiautos bemerkt, die mit eingeschaltetem Blaulicht am Waldrand standen. Weil ich wissen wollte, was los ist, habe ich mein Rad stehen gelassen und mich angeschlichen.«

Amüsiert zuckte Riekes Mund. »Ich hätte dir gar nicht zugetraut, dass du so neugierig bist.«

Verlegen senkte Maria den Blick. »Na ja, ein bisschen schon«, gestand sie und wurde tatsächlich rot. »Jedenfalls habe ich beobachtet, wie die Leiche eines Mannes aus einem Weiher geborgen wurde.«

»Aus einem Weiher? Vermutlich ist der Mann beim Schwimmen ertrunken«, sagte Rieke belustigt. »Ich glaube nicht, dass Tobias' Tod gleich der Beginn einer ganzen Mordserie war.«

Maria wartete einen Augenblick, bis sie sicher war, dass sie Riekes volle Aufmerksamkeit hatte. »Das Wasser dort ist gerade mal knietief«, sagte sie schließlich. »Das weiß ich, weil einige Personen darin herumgewatet sind. Und ich glaube auch nicht, dass wegen eines Ertrinkungsunfalls gleich so viel Polizei auftaucht. Da standen mindestens sieben Fahrzeuge.«

Rieke nickte nachdenklich. »Das klingt logisch. Trotzdem kann man nicht ausschließen, dass es sich um eine natürliche Todesursache handelt.«

»Nein, da hast du natürlich recht.« Maria bestellte sich einen weiteren Cappuccino. »Ich glaube, das mit dem Kaffee war eine gute Idee«, lenkte sie von dem Todesfall ab. »Meine Kopfschmerzen sind tatsächlich besser geworden.«

Eine Weile plauderten die beiden Frauen über belanglose Dinge. Dann fragte Maria unvermittelt: »Sagt dir der Name Michael Maus etwas?«

Irritiert vom plötzlichen Themenwechsel sah Rieke Maria verdutzt an. »Wie kommst du denn jetzt auf den?«

Maria schluckte. »Erzähle ich dir gleich«, umschiffte sie eine Antwort. »Sag du mir zuerst, ob du ihn kennst.«

»Kennen wäre zu viel gesagt«, sagte Rieke. »Sagen wir mal so, ich weiß, wer er ist.«

»Und wer ist er?«, blieb Maria hartnäckig.

»Er spielt auch hier im Club.«

»Ach, Rieke, du weißt doch sicher mehr.« Maria beugte sich aufgeregt nach vorn. Jetzt war sie wirklich neugierig geworden und musste sich nicht länger verstellen. »Komm schon, erzähl mir was von ihm.«

»Er ist ein Arschloch.« Riekes Augen blitzten wütend. »Nachdem er erfahren hat, womit ich früher mein Geld verdient habe, hat er gedacht, mich zwingen zu können, ihm meine ganz besonderen Dienste zugutekommen zu lassen, nur damit er den Mund hält. Als ich mich nicht auf seine schmierigen Erpressungsversuche eingelassen habe, fing er an, mich vor anderen bloßzustellen. Das habe ich mir natürlich nicht gefallen lassen«, ergänzte sie schnell, »ich habe ihn sofort in seine Schranken verwiesen und ihm damit gedroht, dass ich verbreiten würde, dass er den mickrigsten Penis hätte, der mir je zu Gesicht gekommen wäre. Nicht, dass ich den Wurm je wirklich gesehen habe, aber wenigstens hat er seine erbärmlichen Versuche schließlich eingestellt. Jedenfalls vermittelt es dir einen Eindruck, was für ein fieser Charakter Michael Maus ist. Und seine Frau ist keinen Deut besser. Sie gehört zu der Ziegengruppe, die du erlebt hast, als wir uns das erste Mal getroffen haben.«

»Also kennst du sie auch«, stellte Maria fest.

»Ja, klar kenne ich sie. So wie ich auch den Bäcker kenne, bei dem ich meine Semmeln kaufe. Und jetzt verrate mir endlich, weshalb du das wissen willst.«

Maria hoffte, dass sie bei der Lüge nicht rot wurde. »Als ich die Polizisten belauscht habe, ist sein Name gefallen. Michael Maus ist der Tote aus dem Teich.«

* * *

Obwohl ihm Lukas' Argumente einleuchteten, war Fiedler noch immer nicht restlos davon überzeugt, dass die beiden Morde zusammenhingen.

»Wäre es denkbar, dass die beiden Frauen einen Killer angeheuert haben? Damit hätten wir eine Gemeinsamkeit.«

Lukas hatte den Gedanken ebenfalls bereits in Erwägung gezogen. »Möglich ist es«, sagte er. Er schnappte sich einen Stuhl, drehte ihn um und setzte sich vor Fiedlers Schreibtisch. »Trotzdem glaube ich es nicht.«

Fiedler sah Lukas grübelnd an. »Weshalb nicht? Sie sind doch überaus hartnäckig der Meinung, dass die beiden Fälle miteinander zu tun haben. Rieke Lüdeke hat für den Mord an ihrem Mann ein Alibi. Und wie Emma mir gerade mitgeteilt hat, ist auch das von Isabelle Maus wasserdicht. Damit ist gesichert, dass die Frauen zumindest ihre eigenen Männer nicht ermordet haben. Da liegt es doch nahe, dass sie sich professionelle Hilfe geholt haben.«

»Das, oder sie haben sich gegenseitig unterstützt«, mutmaßte Lukas. Doch dann schüttelte er den Kopf. »Ich habe beide Gedanken wieder verworfen.«

»Wie bitte?« Fiedler musterte seinen Mitarbeiter scharf. »Warum denn das?«

»Generell planen Frauen nur in Ausnahmefällen ein Tötungsdelikt lange im Voraus. In der Regel handeln sie eher im Affekt. Wenn zum Beispiel ein direkter Angriff auf sie stattfindet, wehren sie sich, woraus letztlich eine Notwehrlage mit Todesfolge resultiert. Einen Mord von langer Hand vorzubereiten, ist für Frauen untypisch.«

Fiedler zuckte mit den Schultern. »Trotzdem gibt es diese Ausnahmen. Das sagen Sie doch selbst.«

»Natürlich gibt es die. Aber hier kommt auch noch hinzu, dass nicht nur eine gründliche Vorbereitung stattgefunden haben muss. In beiden Fällen war auch mehr Kraft vonnöten, als eine Frau im Normalfall besitzt.«

»Ist es nicht so, dass der Mensch in Ausnahmesituationen über sich hinauswächst?«

Lukas sah Fiedler finster an. »Das stimmt sogar ganz sicher.« Wie er aus eigener Erfahrung wusste. »Nur sind diese beiden Gegebenheiten keine Ausnahmesituationen. Damit ist nämlich gemeint, dass man nahezu unmenschliche Kräfte entwickelt, wenn man selbst oder eine nahestehende Person sich in Lebensgefahr befindet. Insbesondere für Frauen trifft das auch zu, wenn ihre Kinder bedroht werden. Das war hier aber nicht der Fall.«

»Das wissen wir nicht«, wandte Fiedler ein.

»Mit Bedrohung meine ich eine akute Gefährdung, keine latente. Falls die Männer ihre Söhne geschlagen haben, hätten die Frauen entweder im Moment des Übergriffs gehandelt oder zu einer Methode gegriffen, die wesentlich weniger Aufwand bedeutet.«

»Gift«, mutmaßte Fiedler.

»Zum Beispiel«, bestätigte Lukas. »Wir müssen uns nur vor Augen halten, dass die beiden Männer größer und schwerer waren als die Frauen, auch wenn Tobias Lüdeke für einen Mann ein Leichtgewicht war. Wie hätte aber eine Frau wie Rieke Lüdeke es schaffen sollen, den mehr als hundert Kilo schweren Michael Maus in den Weiher zu verfrachten?«

»Indem sie ihm vorher ein Sedativum verabreicht hat? Die Idee ist doch Ihr Steckenpferd«, warf Fiedler ein. »Das ihn jedoch nicht gänzlich ausgeknockt, sondern nur so weit betäubt hat, dass er nicht mehr realisieren konnte, was mit ihm passiert ist?«

»Das wäre eine Möglichkeit«, stimmte Lukas ihm zu. »Was mir aber nicht in den Kopf will, ist die absolut entschlossene Tötungsabsicht, die vorhanden sein musste, um die Männer an die Tatorte zu schaffen. Das ist eben nicht typisch für eine Frau.«

Eine Weile war es still in dem Raum, als die beiden Hauptkommissare ihren Gedanken nachhingen.

»Außerdem gehört eine ganze Menge Kaltblütigkeit dazu, einen Menschen zu töten, für den man selbst nichts empfindet«, sinnierte Lukas. »Nach allem, was wir bisher wissen, sind sich die beiden Frauen nicht freundschaftlich verbunden. Im Gegenteil.« Rasch berichtete Lukas seinem Chef, was Maria von Rieke Lüdeke erfahren hatte. »Isabelle Maus hingegen behauptet, Rieke Lüdeke überhaupt nicht zu kennen.«

»Allein das macht sie verdächtig.«

»Wie man es nimmt. Meine Tante hat im Golfclub schon mehrfach bemerkt, dass es eine ganze Gruppe von Frauen gibt, die Rieke Lüdeke wegen ihrer Vergangenheit schneiden. Und offensichtlich gehört Isabelle Maus dazu. Unter dem Aspekt ist es auch denkbar, dass sie so tut, als wäre die Lüdeke für sie Luft.«

»Und damit geben sie sich gegenseitig das beste Alibi. Schließlich würde niemand mit dem ärgsten Feind klüngeln.«

»Mir ist schon klar, worauf Sie hinauswollen.« Lukas grinste. »Da die Frauen freiwillig kein Wort miteinander wechseln, käme niemand auf die Idee, dass sie einander in Wirklichkeit genug vertrauen, um gemeinsam einen Doppelmord zu planen.«

»Genau.«

Lukas war dennoch nicht überzeugt. »Behalten wir das im Hinterkopf«, beschloss er. »Immerhin haben wir sonst nichts in der Hand. Ich habe nach meinem Besuch bei Isabelle Maus noch deren Kontakte durchtelefoniert, was aber nichts gebracht hat. Weder seine Angestellten noch der private Freundeskreis konnte von Spannungen, Drohungen oder wütenden Versicherten berichten, die Maus das Leben schwer gemacht haben. Ich bin zwar mit der Freundesliste noch nicht ganz durch, aber davon verspreche ich mir nichts mehr.« Bevor er weiterreden konnte, trat Emma ins Zimmer.

»Besuch für dich.« Sie warf Lukas einen bezeichnenden Blick zu. »Der Psychoheini, der den kleinen Jungen von Rieke Lüdeke behandelt.«

Lukas musterte sie erstaunt. »Doktor Mohrgut? Was will der denn hier?«

Emma zuckte mit den Schultern. »Das musst du ihn schon selbst fragen.«

»Herr Doktor Mohrgut.« Lukas ergriff die ausgestreckte Hand des Psychologen und schüttelte sie. »Was führt Sie zu uns?«

»Ich bin mir nicht sicher, ob es wichtig ist. Aber es gibt etwas, das ich Ihnen erzählen möchte.«

»Bitte kommen Sie mit.« Lukas führte Uriel Mohrgut in ein Besucherzimmer und bat ihn, Platz zu nehmen. Dann wiederholte er seine Frage.

»Ja, also, ich kann mir vorstellen, dass Sie genug zu tun haben«, setzte Mohrgut umständlich an. »Aber ich dachte, es könnte Sie interessieren.« Er warf Lukas einen verlegenen Blick zu. »Jedenfalls habe ich von dem Mord an Herrn Maus gehört. Ich wollte Ihnen nur mitteilen, dass dessen Sohn ebenfalls bei mir in Behandlung ist.«

Lukas atmete scharf ein. Das war in der Tat eine interessante Information. Allerdings fragte er sich, weshalb Mohrgut nicht einfach angerufen hatte. »Ich vermute, dass Sie mir auch in diesem Fall nichts dazu sagen können, was dem Jungen fehlt.«

»Das ist leider richtig«, bestätigte Mohrgut. »Aber ich dachte, ich kann Ihnen möglicherweise trotzdem helfen. Ich wollte Ihnen anbieten, die Fakten, die Sie bisher gesammelt haben, von der psychologischen Seite her zu beleuchten.«

Lukas staunte, dass Mohrgut wie schon in seiner Praxis in der Lage schien, seine Gedanken zu lesen. Er musterte den

Therapeuten nachdenklich. Es wäre in der Tat hilfreich, wenn ein Fachmann die Indizien analysieren würde. Allerdings bedurfte es dazu eines Profilers, keines Kinderpsychologen.

»Ich weiß Ihr Angebot zu schätzen.« Lukas nickte zur Bestätigung. »Allerdings kann ich Ihnen leider nichts über den Fall sagen, was nicht sowieso bereits an die Öffentlichkeit gedrungen ist.«

»Kann ich verstehen.« Mohrgut lächelte schief. »Vermutlich kann man es mit der Schweigepflicht vergleichen, der ich unterliege.«

Nachdenklich rieb Lukas sich über seinen Dreitagebart. »Geben Sie mir einen Augenblick«, bat er den Therapeuten. »Ich würde gerne meinen Chef fragen, was er davon hält.«

Zehn Minuten später kehrte Lukas in das kleine Zimmer zurück, in dem Mohrgut geduldig gewartet hatte.

»Ich hätte hier etwas, das Sie sich ansehen könnten.« Lukas legte ein mit engen Zeilen beschriebenes Blatt vor den Psychologen. Er war mit Fiedler übereingekommen, dass es nicht schaden konnte, wenn der Therapeut erfuhr, dass beide Opfer mit Kabelbindern gefesselt gewesen waren. Außerdem durfte er auch wissen, dass die Frauen der Opfer für die jeweilige Tat ein Alibi vorweisen konnten. Schließlich musste Mohrgut nur mit den Witwen reden, dann bekäme er dies mit Leichtigkeit selbst heraus. Die dritte Information, die Lukas ungerührt an ihn weitergab, war, dass es sich bei den Fundorten der Leichen auch um die jeweiligen Tatorte handelte.

Fiedler hatte zunächst skeptisch darauf reagiert, dass Mohrgut sich bei der Polizei anbiederte. Lukas, der im Grunde ähnlich dachte, hatte die Bedenken beiseitegewischt. »Mich interessiert es, zu welchem Schluss Mohrgut kommt. Was wir vor allem nicht außer Acht lassen dürfen, ist, dass er möglicherweise in seine Beurteilung auch die Erkenntnisse aus seinen Therapiestunden mit den beiden Jungen einfließen lassen wird. Ich hatte schon in meinem ersten Gespräch mit ihm das Gefühl, dass er mehr sagen möchte, als er darf. Und das wären Informationen, an die wir ansonsten nur wieder über den Umweg eines Gesprächs über fiktive Fälle kommen, falls er sich nochmals darauf einlässt. Vielleicht wirft das Ganze ein neues Licht auf eine mögliche Tatbeteiligung der beiden Mütter.«

Jetzt bat Lukas den Therapeuten, ihm ins Zimmer seines Chefs zu folgen, sobald er sich über die einzelnen Punkte, die auf dem Zettel standen, im Klaren war.

Wenig später klopfte Mohrgut an Fiedlers offen stehende Tür. Der winkte den Psychologen herein. »Nehmen Sie Platz«, sagte er und deutete auf den kleinen Besuchertisch, der in der Ecke stand.

Im Gegensatz zu Fiedler und Lukas, die es sich auf den Stühlen bequem gemacht hatten, rutschte Mohrgut auf der Stuhlkante hin und her. Interessant, dachte Lukas. Der Psychologe war also nervös. Noch bezeichnender fand er allerdings, dass ihm nicht bewusst zu sein schien, dass ein Außenstehender diese Zeichen deuten konnte. Er ließ sich nichts anmerken, sondern fragte freundlich: »Zu welchem Fazit sind Sie gekommen?«

Mohrgut senkte den Blick. »Ich muss zugeben, dass ich mir nicht sicher bin. Ich habe durchaus einen Schluss gezogen, aber mir ist auch bewusst geworden, dass ich damit meinen kleinen Patienten keinen guten Dienst erweise.«

Lukas musterte den Therapeuten aus zusammengekniffenen Augen. Offensichtlich hatte Mohrgut ein schlechtes Gewissen. Oder er befand sich in einer Zwickmühle. »Was auch immer es ist, Sie können sich nach wie vor auf Ihre Schweigepflicht berufen, Doktor, das ist uns durchaus bekannt.« Er zwinkerte Fiedler zu. Ihm war bewusst, dass sich die Schweigepflicht lediglich auf die beiden Kinder bezog. Was auch immer sonst Mohrgut herausgefunden hatte, blieb davon unberührt.

»Ich weiß«, murmelte Mohrgut. »Als ich mich auf den Weg hierher gemacht habe, dachte ich, es sei eine gute Idee, Ihnen meine Hilfe anzubieten. Das heißt, ich denke immer noch so. Andererseits habe ich meine Zweifel, was das Kindeswohl anbelangt.«

Da Mohrgut weiterhin in den Tisch hineinstarrte, zog Lukas die Augenbrauen nach oben. Komm endlich zum Punkt, dachte er. »Wir können Sie zu nichts zwingen«, sagte er freundlich. »Wobei uns sehr interessieren würde, ob Sie etwas entdeckt haben, was uns tatsächlich weiterhelfen könnte.«

Mohrgut kaute auf seinem Daumennagel herum. Hinter seiner Stirn arbeitete es. Schließlich fasste er einen Entschluss. »Ich kann natürlich völlig danebenliegen«, sagte er mit einer Stimme, die plötzlich eine Oktave höher klang. »Schweigepflicht hin oder her, aber es ist mir nicht zuzumuten, dass ich einen Mörder decke.«

Lukas und Fiedler sahen sich erstaunt an. Das klang ja gerade so, als hätte der Psychologe den Täter bereits überführt.

»Das ist eine lobenswerte Einstellung«, ermutigte Fiedler den Therapeuten. »Da ich davon ausgehe, dass die Kinder nicht an den Morden beteiligt waren, ist das mit der Schweigepflicht sowieso hinfällig. Oder sehen Sie das anders?«

»Nein.« Erneut kaute Mohrgut an seinem Fingernagel. Dann atmete er tief durch. »Ist Ihnen schon der Gedanke gekommen, dass die beiden Mütter ein doppeltes Spiel spielen könnten?«

Während Fiedler in sich hineingrinste, ließ Lukas sich seine Verwunderung nicht anmerken. »Was genau meinen Sie damit?«

Mohrgut zuckte mit den Schultern. »Da die beiden Frauen jeweils ein Alibi für die Zeiten haben, an denen ihre Männer umgebracht wurden, könnte es durchaus sein, dass sie sich zusammengetan haben. Quid pro quo, verstehen Sie? Eine Hand wäscht die andere.«

»Das ist eine höchst bemerkenswerte Theorie«, sagte Lukas, während er Mohrgut skeptisch musterte. »Allerdings fehlt uns für diese Annahme das Motiv.«

Mohrgut schnaubte. »Können wir unseren Gedankengang von vor ein paar Tagen noch mal aufgreifen?«, fragte er. »Unser Gespräch über die theoretischen Fälle?«

Lukas nickte. »Selbstverständlich. Schießen Sie los.«

»Gesetzt den Fall, dass die beiden Frauen das Wohl ihrer Kinder gefährdet sahen«, sagte Mohrgut langsam, »gab es vielleicht wiederholt Vorfälle, in denen die Väter die Söhne psychisch misshandelt oder in anderen Fällen sogar körperlich missbraucht haben. Sie müssen wissen, dass der Spruch, dass in jeder Mutter eine Löwin wohnt, nicht von ungefähr kommt. Die meisten Frauen würden tatsächlich ihre Kinder mit ihrem eigenen Leben verteidigen.«

Mohrgut ließ den Satz eine Weile im Raum stehen. Dann fuhr er fort: »Da solche Handlungen unter Umständen über einen sehr langen Zeitraum fortbestehen, kann man nicht zwingend von einer akuten Gefährdungslage ausgehen. Derartige Situationen geben den beteiligten Personen in aller Regel genügend Zeit, um sich die Situation wieder und wieder ins Gedächtnis zu rufen. Dazu werden mögliche Szenarien durchgespielt. Eine Weile mag das Ganze ein Gedankenspiel bleiben, doch irgendwann wird der Leidensdruck zu hoch. Dann eskaliert die Situation entweder während einer Notwehrlage, oder ein konkreter Plan nimmt Formen und Konturen an.«

Fiedler warf Lukas einen triumphierenden Blick zu. Habe ich doch gleich gesagt.

»Es ist schwer zu glauben, dass zwei Menschen, die sich in keiner Weise nahestehen, zu so einer Kooperation fähig wären«, warf Lukas ein. »Ich kann mir vorstellen, dass so was bei Leuten funktioniert, die sich auf irgendeine Art verbunden fühlen. Aber in unserem Fall scheint das genaue Gegenteil der Fall zu sein.«

»Ich habe die gleichen Bedenken wie Sie«, gab Mohrgut zu. »Wir müssen uns vor Augen halten, dass ein derartiges Vorhaben zwischen zwei augenscheinlich verfeindeten Personen von sehr langer Hand vorbereitet sein muss. Schließlich darf man nicht vergessen, dass alle Beteiligten ein bedingungsloses Vertrauen ineinander setzen müssen.«

»Genau deshalb glaube ich nicht daran«, sagte Lukas. »Immerhin hätten die Frauen zumindest so viel Kontakt zueinander haben müssen, dass ihnen bewusst wurde, dass sie sich in vergleichbaren Situationen befanden. Und sich gegenseitig dabei unter die Arme zu greifen, die eigenen Männer umzubringen, ist nicht gerade ein Thema für eine Gartenparty.«

Nachdenklich stützte Mohrgut das Kinn in seine Hände. »Letztendlich ist aber genau diese Überlegung ein Grund dafür, ein derartiges Vorhaben dennoch zu planen. Weil die Polizei vermutlich nie in Betracht ziehen würde, dass so etwas klappen könnte.«

Das Argument war nicht von der Hand zu weisen. »Dann hätten die Frauen den fast perfekten Mord ausgearbeitet«, sagte Fiedler und schob sofort hinterher, was er mit *fast* meinte: »Perfekt wäre er schließlich nur gewesen, wenn wir keinen Gedanken daran verschwenden würden. Das tun wir aber.«

Lukas schüttelte den Kopf. »Das klingt zwar alles schlüssig, aber ich habe die beiden Frauen persönlich erlebt. Weder die eine noch die andere wäre dazu in der Lage, einen Mann wie Tobias Lüdeke oder Michael Maus an die Tatorte zu verfrachten.«

»Nun ja.« Mohrgut ließ seine Hände sinken und setzte sich wieder aufrecht hin. »Zum einen mag es durchaus sein, dass den beiden jemand geholfen hat, zum anderen ...«

»Wir können nicht ausschließen, dass noch ein weiterer Mord oder sogar noch mehrere geplant sind«, fiel Fiedler Mohrgut nervös ins Wort. »Und zwar durch die Person, die an der Durchführung der ersten beiden beteiligt war. Vielleicht gibt es eine dritte Frau, deren Mann ebenfalls auf der Abschussliste steht.«

»Und irgendwann stellt sich heraus, dass das beschauliche bayerische Oberland in Wirklichkeit eine Schlangengrube voller skrupelloser Mörderinnen ist«, sagte Lukas amüsiert. »Nein, Chef, das ist an den Haaren herbeigezogen. Wie bitte sollen sich drei Frauen finden, von denen nicht nur jede einzelne gewillt ist, sich des eigenen Mannes zu entledigen, sondern auch noch kaltblütig dazu bereit, Hand an einen Fremden zu legen? Und bei Personen, die wie Rieke Lüdeke und Isabelle Maus in der gleichen Gegend wohnen, ist das noch unwahrscheinlicher. Da ist ja die Chance größer, fünf Wochen hintereinander sechs Richtige im Lotto zu tippen.«

»Stimmt auch wieder«, sah Fiedler ein. Dann wandte er sich erneut an Mohrgut. »Ich habe Sie unterbrochen, Doktor.«

Mohrgut, der das Gespräch der beiden Hauptkommissare wortlos verfolgt hatte, zuckte mit den Schultern. »Ich habe den Faden verloren«, sagte er schließlich. »Aber mir ist noch etwas anderes eingefallen. Sie haben sicher schon davon gehört, dass Menschen ungewöhnliche Kräfte entwickeln, wenn sie einer immensen Bedrohung ausgesetzt sind. Ich habe die Väter der beiden Jungen nie kennengelernt. Wäre es nicht möglich, dass die Frauen sich oder ihre Kinder derart gefährdet sahen, dass sie diese Leistungsfähigkeit entwickeln konnten?«

»Unmöglich.« Davon war Lukas felsenfest überzeugt. »Michael Maus wog gut und gerne hundertzehn Kilo. Rieke Lüdeke hingegen bringt höchstens sechzig auf die Waage. Ein Mensch, der so stark sediert ist, dass er sich nicht mehr wehren kann, hat eine Körperspannung wie ein nasser Sack. Nie im

Leben hätte die Lüdeke es geschafft, den Mann in den Weiher zu verfrachten.«

»Und wenn die Frauen ihn dazu überredet haben, freiwillig mitzukommen? Vielleicht unter dem Vorwand auf ein Stelldichein?«

»Nein, das kann ich mir nicht vorstellen.« Fiedler schüttelte energisch den Kopf. »Wenn ich mir überlege, dass ich mit der Frau dort stehen würde und sie mich auffordert, in den Weiher zu waten, würde ich sie allerhöchstens fragen, ob sie den Verstand verloren hat. Ich würde mir doch ihretwegen nicht meine sauteuren Golfschuhe ruinieren. Dazu kommt, dass der Tümpel in keiner Weise die Romantik eines Bades im Mondschein birgt.«

»Ich schließe das ebenso aus«, sagte Lukas. »Abgesehen davon, dass Maus' Schuhe hinüber sind, wäre die einzig andere Variante, dass er schon betäubt war, als er ins Wasser verbracht wurde. Und damit schließt sich der Kreis. Rieke Lüdeke hat definitiv nicht die Kraft dazu.«

Mohrgut nickte nachdenklich. Trotzdem wollte er den Gedanken noch nicht begraben. »Kennen Sie die Geschichte von Aron Ralston?«, fragte er schließlich.

Während Fiedler verneinte, kniff Lukas die Augen zusammen. »Ist das nicht der Bergsteiger, der sich selbst den Arm abgetrennt hat?«

»Genau den meine ich«, bestätigte Mohrgut. Er wandte sich an Fiedler. »Aron Ralston ist vor einigen Jahren beim Bergsteigen in Utah abgestürzt und hat sich mit dem Arm so unglücklich in einer Felsspalte verklemmt, dass er sich nicht mehr befreien konnte. Nageln Sie mich nicht fest, ob sein Handyakku leer war oder er keine Verbindung herstellen konnte. Jedenfalls hing der Mann mehrere Tage dort fest und wurde immer schwächer. Als ihm schließlich klar wurde, dass keine Hilfe kommen würde, fasste er einen folgenschweren Entschluss. Er hat den eingeklemmten Arm bewusst so lange in eine Richtung gezogen, bis Elle und Speiche brachen. Anschließend hat er mit einem Messer seinen eigenen Arm abgetrennt. Letztlich war es seine einzige Möglichkeit, den Unfall zu überleben. Sie können das googeln, falls es Sie interessiert«, sagte er, da Fiedler ihn ungläubig anstarrte. »Es gibt sogar einen Film darüber. Die Geschichte ist jedenfalls in jedem Punkt wahr. Was ich damit sagen möchte, ist, dass ein Mensch, der völlig verzweifelt ist, zu Taten fähig sein kann, die man mit klarem Kopf nie ausführen würde.«

»Vermutlich hat jeder von uns auch schon von Geschehnissen gehört, in denen eine Person in Ausnahmefällen zu Höchstleistungen fähig war«, dachte Lukas laut nach. »Wie zum Beispiel die Frau, die es geschafft haben soll, ein Auto ein Stück weit anzuheben, um ihr Kind zu befreien, das darunter eingeklemmt war. Wenn ich mich richtig erinnere, ist eine solche Leistung aber auf einen immens erhöhten Adrenalinschub zurückzuführen. Außerdem sind die Körperkräfte, die wir im Normalfall abrufen können, nicht die absoluten Kräfte, die nur freigesetzt werden, wenn wir uns in einer tatsächlichen Gefahrensituation befinden.« Lukas warf Mohrgut einen fragenden Blick zu. »Stimmt das so in etwa?«

»Ja, das beschreibt es recht gut. Wobei ich mich über die genauen Hintergründe noch schlaumachen müsste.«

»Das dürfte nicht notwendig sein«, sagte Lukas. »Schließlich befanden sich die Frauen in keiner derartigen Lage. Selbst wenn es um das Kindeswohl ging, mussten die Taten lange im Voraus geplant werden und stellen in diesem Sinne keine Notsituation dar.«

»Einen erhöhten Adrenalinausstoß dürfte es trotzdem gegeben haben«, warf Fiedler ein.

Nachdem Mohrgut wieder gegangen war, sah Fiedler Lukas nachdenklich an. »Was wollte der Psychoheini jetzt eigentlich von uns?«

Lukas zuckte mit den Schultern. »Das frage ich mich schon die ganze Zeit. Es ist zwar bemerkenswert, dass er seine Hilfe angeboten hat, aber letztlich kommt es mir so vor, als ob er einzig darauf gesetzt hätte, Rieke Lüdeke und Isabelle Maus in unseren Fokus zu rücken.«

Fiedler zog die Augenbrauen nach oben. »Sie vermuten, dass er das von vornherein geplant hat?«

»Ich versuche, in der Hinsicht keine Vermutungen zuzulassen«, murmelte Lukas. »Dennoch ist es auffällig, wie sehr der Doktor mit dem Zaunpfahl in Richtung der beiden Frauen gewedelt hat.«

»Vielleicht wollte er dadurch von einem anderen Verdacht ablenken«, mutmaßte Fiedler, obwohl er sich durchaus für Mohrguts Theorie erwärmen konnte. Doch auch für sein Dafürhalten hatte der Psychologe etwas dick aufgetragen. »Er kann schließlich nicht wissen, dass wir derzeit keinen anderen Verdächtigen haben«, fiel er seinem Mitarbeiter ins Wort, der genau diesen Einwand anbringen wollte. »Was halten Sie davon, die Frauen gleichzeitig einzubestellen und zu vernehmen?«

»Sie wollen, dass die beiden sich hier in der Dienststelle über den Weg laufen?«

»Vielleicht schreckt das die Damen auf. Immerhin könnten wir ihnen vermitteln, dass die Erste, die ein Geständnis ablegt, mit Hafterleichterungen zu rechnen hat.«

Lukas zögerte mit seiner Antwort. »Ein Ansatz wäre es. Aber …«

»Raus mit der Sprache.« Fiedler war sich durchaus im Klaren darüber, dass sein Mitarbeiter durch seine jahrelange Tätigkeit bei der Mordkommission München über wesentlich mehr Erfahrung verfügte als er. Im beschaulichen Oberland kam es nur selten zu Schwerverbrechen, zudem musste sich die Kripo hierzulande mit Delikten aller Art herumschlagen, ob das nun Einbruchdiebstahl, Rauschgift oder eben Mord war. Das war zwar wesentlich abwechslungsreicher, als tagaus, tagein immer nur mit derselben Art von Straftaten konfrontiert zu werden, die fachspezifischen Routineabläufe hinkten denen der Kollegen aus den großen Polizeipräsidien jedoch naturgemäß hinterher.

»Erstens glaube ich nach wie vor nicht daran, dass die beiden Frauen die Taten geplant haben«, zählte Lukas auf. »Zweitens: Sollten sie es doch gewesen sein, würde ich im Moment lieber keine schlafenden Hunde wecken. Immerhin besteht aufgrund der kleinen Kinder keine Fluchtgefahr.«

»Sind Sie sich da hundertprozentig sicher?«

»Eine Garantie gibt es nie.« Lukas verzog den Mund. »Trotzdem können wir davon ausgehen, dass die Frauen keinen blassen Schimmer haben, dass wir sie im Fokus haben. Hätten die beiden einfach nur ihre Männer umbringen wollen, hätten sie sich nicht notgedrungen einen Komplizen mit an Bord holen müssen. Sie hätten die Tat ebenfalls im Voraus planen und sich unmittelbar danach ins Ausland absetzen können. Wenn sie sich jetzt vom Acker machen, käme das einem Schuldeingeständnis gleich. Zudem ist eine Flucht über mehrere Kontinente mit einem kleinen Kind in ein Land, das kein Auslieferungsabkommen mit Deutschland hat, eine ungeheure Anstrengung.« Lukas stand auf und streckte sich. »Wenn die Frauen hätten fliehen wollen, wären sie schon längst über alle Berge.«

Kapitel 8

Als Maria ihr kleines Cabrio auf dem Parkplatz des Golfclubs abstellte, wurde ihr einmal mehr bewusst, in welcher Zwickmühle sie steckte. Nachdem Gunter gestorben war, hatte sich ihr ganzes Leben verändert, da ihr mit einem Schlag klar geworden war, dass er sie jahrzehntelang belogen hatte. Seit ihrer Hochzeit hatten sie in einem winzigen, nordbayerischen Kaff in einem riesigen Haus ohne jeglichen Komfort gelebt, da sie es sich, wie Gunter es ihr immerzu vorgebetet hatte, nicht leisten konnten, etwas Modernes anzuschaffen. Dabei lagen mehrere Hunderttausend Euro auf seinem Konto und warteten nur darauf, ausgegeben zu werden. Allein aus Trotz über die vielen Lügen, die sie sich von Gunter hatte anhören müssen, hatte sie fast die komplette Einrichtung des Hauses der Caritas geschenkt und die Räume modern umgestalten lassen. Zudem hatte sie ihren Führerschein gemacht, sich das kleine Auto gekauft und war dem Krimiklub beigetreten. Sie musste zugeben, dass die Ermittlungen das Einzige aus ihrem alten Leben waren, das ihr definitiv fehlte, ganz einfach deshalb, weil kein Ableger des Klubs in der Nähe war. Als sie sich entschlossen hatte, zum Schliersee umzusiedeln, hatte sie schon überlegt, ob sie mit dem Chef des deutschen Krimiklubs, Jörg Brumba, reden sollte, ob es sich nicht lohnen würde, auch südlich der bayerischen Landeshauptstadt einen Ableger zu gründen. Doch als Lukas sie gefragt hatte, ob sie gelegentlich kleine Recherchen für ihn übernehmen könnte, war sie sofort Feuer und Flamme gewesen. Das war schließlich noch viel besser, als irgendwelche pseudomäßigen Kriminalfälle zu lösen. Und so war es auch diesmal. Wenn nur nicht Rieke Lüdeke gewesen wäre. Je öfter Maria das ehemalige Callgirl traf, umso mehr gefiel ihr deren unkonventionelle Art. Vielleicht lag es daran, dass Marias Leben lange genug spießig gewesen war. Heute betrachtete sie die gelangweilten, Tratsch und Klatsch verbreitenden Ehefrauen der gut betuchten männlichen Golfclubmitglieder mit Abscheu. Und doch musste sie sich an genau die heranwanzen, wenn sie mehr über eine mögliche Verbindung zwischen Rieke und Isabelle Maus erfahren wollte. Besser gesagt, wollte sie beweisen, dass es da eben keine unheilige Allianz zwischen den beiden Frauen gab. Diese Idee war ihr durch den Kopf geschossen, als Lukas kurz nach dem ersten Hahnenschrei mit einer Tüte frischer Brezen in der Hand morgens an ihrer Tür geklingelt und ihr von Fiedlers Überlegungen erzählt hatte, dass die Frauen sich gegenseitig geholfen haben könnten, ihre Männer um die Ecke zu bringen.

»Weißt du eigentlich, was du mir antust?«, fragte sie verzweifelt, als ihr Neffe ihr die verlockend duftenden Brezen unter die Nase hielt. »Immerhin kenne ich hier noch kaum eine Menschenseele. Und dann treffe ich tatsächlich eine Frau, die genau nach meinem Geschmack ist, und du kürst sie prompt zu deiner Hauptverdächtigen.«

»Sie ist nicht meine Hauptverdächtige«, wehrte Lukas ab. »Dennoch muss ich jedem Hinweis nachgehen. Falls sie ihre Finger drin hat, kann ich sie schlecht laufen lassen, nur weil du sie nett findest.« Seinen Worten zum Trotz hatte Lukas absolutes Verständnis für die Nöte seiner Tante. Wie sie schon gesagt hatte, war sie noch nicht lange in der Gegend und hatte in der kurzen Zeit nur wenige Bekanntschaften geschlossen. Ausgerechnet die Person auszuspionieren, die einem sympathisch war, war gelinde gesagt richtiger Mist. Das hatte er selbst oft genug in seinem Job erlebt. In den seltensten Fällen waren die Mörder nämlich so, wie sie oft in einem Krimi dargestellt wurden. Nur manchmal waren es tatsächlich die unsympathischen Zeitgenossen, die hinter einem Verbrechen steckten. Doch zu oft waren es die netten Leute von nebenan, wenn nicht sogar der eigene Ehepartner. Hinterher fielen erst immer alle aus allen Wolken, dann tauchten die ersten Überlegungen auf, und in vielen Fällen erinnerte man sich, dass es den ein oder anderen Vorfall gegeben hatte, der darauf schließen ließ, dass mit der Person etwas nicht in Ordnung war. »Irgendwie habe ich immer gewusst, dass mit dem etwas nicht stimmt.« Wie oft hatte er diesen Satz schon gehört. Und dennoch sah jeder weg. Man musste sich nur selbst an die Nase fassen und darüber nachdenken, welcher Person aus seinem eigenen Umfeld man ein Schwerverbrechen zutraute.

* * *

Da Maria von Rieke wusste, dass die einen Anwaltstermin in München hatte, der voraussichtlich den ganzen Tag in Anspruch nehmen würde, hatte sie die Gelegenheit genutzt, um zum Golfclub zu fahren, kaum dass Lukas wieder verschwunden war. Ihr war es ganz recht, dass ihre neue Freundin heute nicht dort auftauchen würde, da sie es nur in deren Abwesenheit schaffen würde, mit den anderen Frauen in Kontakt zu kommen. Kurz hatte sie überlegt, ob sie sich einen Abschlagtermin geben lassen sollte, doch diesen Gedanken hatte sie schnell wieder verworfen. Immerhin wusste man nie, mit wem man in einem Flight spielen würde, und falls sie an die falsche Person geriet, war das Vorhaben eine reine Zeitverschwendung.

Nachdem sie eine Weile um die Terrasse des Clubs geschlichen war, aber niemanden entdeckt hatte, dem sie sich hätte aufdrängen können, kam endlich ein kleines Grüppchen von einer Golfrunde zurück. Während die Männer gestresst auf ihre Uhren blickten und sich eilig verabschiedeten, blieb eine Frau, die etwa zehn Jahre jünger war als Maria und ihr vage bekannt vorkam, wie verloren stehen. Offensichtlich hatte sie gehofft, dass die anderen noch zumindest für eine Tasse Kaffee Zeit hätten. Obwohl es überhaupt nicht Marias Art war, wildfremde Menschen anzusprechen, fasste sie sich ein Herz.

»Hallihallöchen«, sprach sie die fremde Frau an. »Ich bin noch ziemlich neu hier im Club und kenne fast noch niemanden. Vielleicht haben Sie Lust, einen Kaffee mit mir zu trinken?« Maria kam sich unsäglich albern vor. Nie im Leben hätte sie freiwillig jemanden mit Hallöchen begrüßt, geschweige denn die Person anschließend gefragt, ob sie mit ihr was trinken gehen wolle. Doch nun lag das Kind schon im Brunnen, und sie musste da jetzt durch.

Überrascht sah die Frau sie an. »Ja, natürlich, gern.«

Maria setzte eine theatralische Miene auf. »Ach, das ist ja unglaublich nett von Ihnen!«, sagte sie überschwänglich. »Wissen Sie, ich bin erst vor Kurzem hierhergezogen, nachdem mein Mann gestorben ist.«

Überrumpelt machte die Frau ein betroffenes Gesicht. »Oh, das tut mir leid.«

Maria winkte ab. »So schlimm ist das nicht. Gunter war ein Tyrann, das habe ich aber lange nicht erkannt. Immerhin bin ich als Pfarrerstochter aufgewachsen und kannte noch nichts von der Welt, als ich ihn kennengelernt habe.« In Gedanken bat Maria ihren verstorbenen Gatten und alle Heiligen dieser Welt um Verzeihung für die Indiskretion. »Ich weiß ja nicht, ob das hier so üblich ist, aber ich bin Maria«, sagte sie und streckte der völlig verdutzten Frau die Hand hin.

»Ähm, ja, hallo. Ich bin Christina.«

Maria lachte in sich hinein. Offensichtlich war es hier alles andere als gang und gäbe, sich sofort zu duzen. Aber da ihr Gegenüber einen ziemlich überforderten Eindruck machte, fasste sie die Gelegenheit beim Schopf. Sie bugsierte Christina zu einem Tisch, der etwas abseits stand, fragte, was sie trinken wolle, und gab umgehend der Bedienung Bescheid.

Um Christina nicht noch weiter mit ihrer übertrieben forschen Art vor den Kopf zu stoßen, nahm Maria das Tempo etwas zurück. Eine Weile unterhielten sie sich angeregt über alle möglichen Dinge. Maria hatte bereits festgestellt, dass die meisten Golfer am liebsten nur über eines redeten, und das war das Golfspielen. So auch Christina, die ganz glücklich wirkte, dass sie ihrer neuen Bekannten einiges an Wissen voraushatte.

Maria, der das Gerede über Tees, Eisen, Handicaps, Chippen und Course Rating ziemlich schnell auf den Geist ging, lächelte Christina freundlich an. Dann beugte sie sich vor und flüsterte verschwörerisch: »Sag mal, hast du mitbekommen, dass es in den letzten zwei Wochen ganz in der Nähe zwei Morde gegeben hat?«

Alle Fröhlichkeit wich aus Christinas Gesicht. Sie schlug die Hände vor den Mund. »Ja, das habe ich gehört. Ist das nicht schrecklich?«

»Allerdings«, murmelte Maria. »Allmählich beginne ich mich zu fragen, ob der Umzug aus Nordbayern hierher wirklich eine so gute Idee war. Hier muss man ja um sein Leben fürchten.«

»Was habt ihr denn für abscheuliche Themen?«, ertönte eine missbilligende Stimme hinter Maria.

Schnell drehte die sich um und erkannte zwei weitere Mitglieder aus der Ziegengruppe. Augenblicklich setzte sie ein begeistertes Gesicht auf. »Ach, das ist ja schön, dass wir uns endlich kennenlernen. Ich habe eure nette Gruppe schon ein paarmal gesehen. Es ergab sich aber noch keine Gelegenheit für ein Gespräch.«

Bevor die Neuankömmlinge auch nur einen Ton sagen konnten, war Maria aufgesprungen, zog vom Nachbartisch einen weiteren Stuhl heran und forderte sie auf, Platz zu nehmen. Derart überrumpelt hatten die beiden keine Chance, Marias Einladung abzulehnen.

»Also, ich bin die Maria. Ich würde euch gerne auf ein Glas Prosecco einladen. Darf ich? Bitte!«

Rasch wechselten die Neuankömmlinge einen Blick. Dann nickte die eine leicht. »Ja, gerne. Wir freuen uns auch.«

Maria, der der affektierte Unterton nicht entgangen war, winkte der Bedienung. »Wir hätten gerne eine Flasche Spumante. Und dazu bitte etwas zum Knabbern.« Mit einem Blick auf die Uhren der drei Damen war Maria schnell klar geworden, dass man hier normalerweise nichts so Profanes wie Prosecco trank.

Zwanzig Minuten später, nachdem der Alkohol für etwas Entspannung gesorgt hatte, sagte die ältere der beiden Frauen, die sich als Melissa vorgestellt hatte, zu Maria: »Ich muss gestehen, ich bin überrascht. Ich dachte nämlich, dass du hier bereits eine Freundin gefunden hast.«

Maria sah Melissa nachdenklich an. »Eine Freundin?«, wiederholte sie deren Worte. »Ach, du meinst Frau Lüdeke.« Sie zuckte beiläufig mit den Schultern. »Also, Freundin würde ich die nicht gerade nennen.« Erneut bat sie heimlich um Abbitte. »Wir haben uns kennengelernt, da wir beide Einzelstunden bei Robert nehmen. Und da ich sonst hier noch niemanden kannte, hat es sich ergeben, dass wir einen Kaffee miteinander getrunken haben.«

Melissa musterte Maria mit einem strengen Blick. »Ist dir klar, als was die früher gearbeitet hat?«

»Gearbeitet?« Erneut wiederholte Maria Melissas Worte. Sie zog eine Schnute. »Nein, keine Ahnung. Ich fand es aber auch nicht wichtig.«

»Vermutlich würdest du das, wenn du es wüsstest«, sagte Melissa spitz. »Manchmal ist es nämlich gar nicht so schlecht, wenn man sich vorher darüber informiert, auf was oder wen man sich einlässt.«

Maria hätte der blasierten Ziege am liebsten gegen das Schienbein getreten. Doch sie riss sich zusammen, auch wenn es ihr schwerfiel. Sie beugte sich vor und sagte leise: »Ja, dann erzähl doch mal. Was hat sie denn gemacht?«

»Die Lüdeke ist eine Hure«, zischte Melissa aufgebracht. »Sie ist für Geld mit Männern ins Bett gestiegen«, setzte sie nach, als Maria offensichtlich nicht empört genug reagierte.

Endlich erwies Maria ihr den Gefallen. »Waaas? Das ist ein Scherz, oder?« Sie bemühte sich, ein angemessen angewidertes Gesicht zu machen.

Melissa streckte die Nase in die Luft. »Nein, ist es nicht.«

»Ach du meine Güte. Das ist ja ekelhaft.«

Besänftigt, dass Maria ebenso dachte, nickte Melissa hoheitsvoll. »Genau das meinte ich. Man sollte sich besser schon vorher informieren, bevor man sich mit irgendjemand Fremdem einlässt.«

Maria entlockte der schlecht getarnte Seitenhieb ein Lächeln. Schnell kaschierte sie es, indem sie den Mund verzog. »Lieber Himmel«, sagte sie erschüttert. »Und ausgerechnet an so etwas muss ich geraten! Das ist mal wieder typisch!«

»Wie meinst du das?«

Maria stieß einen gequälten Laut aus. »Ich bin eine Pfarrerstochter. Und war bis vor zwei Jahren mit meinem ersten Mann verheiratet.«

»Wieso bis vor zwei Jahren? Hat er dich sitzen gelassen?«

Maria schüttelte den Kopf. Insgeheim empfand sie die Frage als ziemlich unverschämt. »Nein. Mein Mann ist gestorben.« Maria warf Christina einen Blick zu. Sie und auch Gerda hatten das Gespräch zwischen ihr und Melissa wortlos verfolgt. »Apropos gestorben: Ihr habt ja mitbekommen, dass Christina und ich uns gerade über die beiden Männer unterhalten haben, die vor Kurzem in der Gegend hier ermordet worden sind«, führte Maria das Gespräch endlich dahin, wo sie es haben wollte. »Ist das nicht schrecklich?«

Folgsam nickten die drei Frauen.

»Wisst ihr etwas über die Männer?«, fragte Maria. Sie konnte sich des Gefühls nicht erwehren, dass sie mit ihrer Frage in ein Wespennest stach. »Immerhin gingen die Söhne der Ermordeten zu einem Psychologen. Das ist doch ungewöhnlich, oder?« Sie warf einen ratlosen Blick in die Runde. »Ich hatte ja leider nicht das Glück, Kinder zu bekommen. Deswegen weiß ich nicht, ob das heute eine ganz normale Sache ist, dass die schon in jungen Jahren psychologisch betreut werden.«

»Normal ist das sicherlich nicht«, sagte Gerda mit einem patzigen Unterton. »Meine Kinder jedenfalls haben eine Therapie nicht nötig.« Dabei warf sie einen gezielten Seitenblick zu Melissa.

»Du brauchst mich gar nicht so dumm anzuschauen«, brauste die auf. »Meine Tochter war nur deshalb in Behandlung, weil sie von ihren Mitschülern gemobbt wurde.«

»Ach ja? Meine Jungs wurden auch gemobbt. Aber da wir sie schon seit frühester Kindheit charakterfest erzogen haben, haben wir das auch ohne Seelenklempner hingebracht.«

»Vermutlich kann man die beiden Situationen nicht miteinander vergleichen«, versuchte Maria die Wogen zu glätten. Fehlte gerade noch, dass die beiden Ziegen sich in die Haare gerieten. Dann wäre es vorbei mit aller Harmonie, und

Informationen würden dann auch keine mehr sprudeln. »War deine Tochter bei Doktor Mohrgut in Behandlung?«, wollte sie von Melissa wissen.

»Leider nicht. Der gute Doktor praktiziert ja noch nicht so lange in unserer Gegend.«

Maria war der bedauernde Unterton nicht entgangen. »Wie lange ist er denn schon hier?«

Etwas ratlos sahen die Frauen Maria an. Schließlich sagte Gerda: »Das dürfte nicht länger als ein Jahr sein.«

»Und dennoch halten alle so große Stücke auf ihn?«, wunderte sich Maria. »Konnte er denn in so kurzer Zeit schon so große Erfolge verbuchen?«

Erneut ein ratloses Blicketauschen. Diesmal war es Melissa, die eine Antwort gab. »Ob das normal ist, ist schwer zu sagen. Aber Doktor Mohrgut soll ein fantastischer Kinderpsychologe sein, das sagen alle, die ihre Kinder zu ihm in Behandlung gegeben haben. Obwohl einige davon früher bereits bei anderen Therapeuten waren, hat niemand so schnelle und durchschlagende Erfolge erzielt wie er.«

»Obwohl ich mich manchmal schon frage, ob er wirklich Arzt ist«, kicherte Gerda. »Oder warum macht er sonst so ein Geheimnis daraus, wo er vorher gearbeitet hat?«

»Vielleicht hat er dort noch eine Frau und selber Kinder«, spekulierte Melissa. »Ich meine, es geht uns ja auch überhaupt nichts an, was er früher gemacht hat.«

»Na hör mal! Wenn wir ihm unseren Nachwuchs anvertrauen, finde ich, dass wir durchaus ein Recht haben zu wissen, ob er wirklich die ganzen Ausbildungen absolviert hat, für die, wie man hört, mehrere gerahmte Urkunden an seinen Wänden hängen. Vielleicht ist er ja auch nur ein Scharlatan, der die alle selbst gedruckt hat. Ich sage nur Fake News, wenn ihr wisst, was ich meine.«

»Du wieder mit deinem Misstrauen«, sagte Melissa eingeschnappt. »Dass du auch überall irgendwelche Verschwörungen witterst.«

Maria verfolgte den Zickenkrieg, ohne sich einzumischen. Dennoch interessierte es sie brennend, ob es den Tatsachen entsprach, dass Mohrgut aus seiner Herkunft ein Geheimnis machte.

»Habt ihr ihn denn mal gefragt?«, unterbrach sie die Streithennen, als es ihr zu bunt wurde. »Nur weil er es nicht in den oberbayerischen Tageszeitungen annonciert hat, heißt es ja noch nicht, dass er keine Antwort geben würde, wenn man ihn direkt darauf anspricht.«

Wie auf ein Kommando drehten sich ihr drei Köpfe zu. Plötzlich befand sich Maria im Zentrum der missbilligenden Blicke.

»Natürlich haben wir das gemacht«, empörte sich Gerda. »Was denkst du denn! Allerdings ist er uns bisher immer ausgewichen.«

Vielleicht hat er einfach keine Lust, sich mit euch augenaushackenden Krähen auseinanderzusetzen, dachte Maria. Laut sagte sie: »Wirklich?« Sie bemühte sich, einen angemessen erschütterten Ton in das Wort zu mischen. »Das ist ja ein Ding! Wie hat er sich denn herausgeredet?«

»Er sagt jedes Mal, dass er gerade in Eile ist. Dass seine Vorgeschichte aber mehr Zeit braucht, als sie zwischen Tür und Angel zu erzählen. Er vertröstet uns jedes Mal auf ein anderes Mal.«

»Kommt er denn hierher in den Golfclub?«

»Wo denkst du hin!« Erneut setzte Melissa ihren gezierten Blick auf. »Falls er überhaupt golft, dann sicher nicht mit uns.«

Wie auf ein Stichwort fingen die drei Frauen an, über ihren Lieblingssport zu reden, und schlagartig herrschte wieder eitel Sonnenschein.

Maria hörte den anscheinend überaus wichtigen Gesprächen noch eine Weile zu, dann verabschiedete sie sich mit einem Blick auf die Uhr. »Es hat mich wahnsinnig gefreut, euch kennenzulernen. Wie ihr ja schon mitbekommen habt, bin ich noch das totale Greenhorn auf dem Platz. Ich hoffe aber, dass sich das schnell ändert und wir vielleicht sogar einmal gemeinsam eine Runde drehen können.«

Nachdem sie den Spumante bezahlt hatte, schlug sie gedanklich drei Kreuzzeichen, als sie die heiligen Hallen des Golfclubs verließ. Dabei war ihr durchaus bewusst, dass ihr der Sport unter Umständen sogar gefallen hätte, wenn sie von selbst auf die Idee gekommen wäre, damit anzufangen. Woran sie sich allerdings nie gewöhnen würde, war dieser niederträchtige Klatsch und Tratsch, der in der Zickengruppe herrschte. Dann doch lieber wieder Fahrrad fahren.

Sie stieg in ihr Auto, öffnete das Dach und fuhr vom Parkplatz des Clubs. Dann wählte sie Lukas' Nummer. »Wo steckst du?«

»Hallo, Tante Maria.« Es machte ihm riesigen Spaß, sie gelegentlich so zu nennen. Obwohl sie sich erst vor ein paar Monaten kennengelernt hatten, als er die dreißig schon längst überschritten hatte, fand er es ausgesprochen lustig, damit ihre Familienbande herauszustellen. »Ich bin am Campingplatz.«

Maria verdrehte die Augen. Das konnte einfach kein Zustand sein! Er als Staatsdiener konnte doch nicht auf Dauer in einem Wohnmobil hausen. Noch dazu, wo sie ihm schon etliche Male angeboten hatte, dass er die leer stehende Haushälfte neben ihr beziehen könnte. Er müsste nicht mal Miete zahlen. »Ich war gerade im Golfclub«, informierte sie ihn. »Ich muss umgehend mit einem vernünftigen Menschen reden, sonst bekomme ich einen Schreikrampf.«

Lukas schmunzelte. »Zu mir oder zu dir?«

»Zu dir geht ja wohl schlecht. Du möchtest dich ja nicht gemeinsam mit mir in der Öffentlichkeit zeigen.«

»Das sicher nicht.« Lukas konnte nur schwer ein Lachen unterdrücken. »Ich gehe allerdings nicht davon aus, dass die Schickeria auf dem Campingplatz auftaucht. Wenn du also Lust hast, fahr kurz bei dir zu Hause vorbei, hol dir einen Bikini und ein Handtuch und komm her. Das Wasser ist ein Traum. Außerdem habe ich was zum Grillen eingekauft.«

Zwei Stunden später musste Maria dann doch zugeben, dass das Leben auf dem Campingplatz seine Vorteile hatte. Da Lukas einen Stellplatz direkt am Wasser ergattert hatte, bekam man von dem Treiben, das sonst auf dem Platz herrschte, wenig mit. Und die Temperaturen im See waren in der Tat herrlich. Sie schwammen ein Stück weit hinaus, bis sie die sandigen Untiefen vor der kleinen, bewaldeten Insel Wörth erreichten. Dort war das glasklare Wasser badewannenwarm und mutete in seinem leuchtenden Türkis fast schon karibisch an. Während sie sich mit Blick auf den malerisch am Nordostufer gelegenen Ort Schliersee im Wasser treiben ließen, erzählte Maria von dem Gespräch im Golfclub.

»Das ist allerdings merkwürdig«, fand Lukas. »Wieso sollte ein renommierter Arzt ein Geheimnis daraus machen, wo er vorher praktiziert hat?«, überlegte er laut. »Und ein gewisses Renommee scheint er in der Tat zu besitzen, zumindest, wenn man sich ansieht, was an seinen Wänden hängt.« Damit meinte er die vielen Urkunden, die in schlichten, aber edlen Silberrahmen zwischen den Gemälden an den Wänden im Flur seiner Praxis hingen.

»Ganz ehrlich, ich weiß nicht, was ich davon halten soll.« Maria richtete sich im Wasser auf und grub ihre Zehen in den weichen Sand. »Diese Weiber sind so was von furchtbar, vielleicht machen die aus einer Mücke einfach nur einen Elefanten.«

»Kann schon sein«, sagte Lukas unschlüssig. »Ich habe allerdings die Erfahrung gemacht, dass in der Regel zumindest ein Körnchen Wahrheit in egal welchem Gedanken steckt.«

Maria kam sich inzwischen ein bisschen albern vor. »Ich glaube, ich habe einfach nur überreagiert, weil die Frauen so schrecklich sind.« Spielerisch drohte sie ihm mit dem Zeigefinger. »Du wirst dir noch etwas überlegen müssen, wie du es wiedergutmachen kannst, dass du mich in diese Schlangengrube geschickt hast.«

Lukas lachte. »Das werde ich«, versprach er. Er warf einen Blick in den Himmel. »Was hältst du davon, wenn wir zurückschwimmen und uns ein dickes Steak auf den Grill werfen?«

»Ihr seid mir ja zwei schöne Wassernixen.«

Als Maria die Stimme vernahm, die ihr in der letzten Zeit so vertraut geworden war, stieß sie einen kleinen Schrei aus. »Franz! Was machst du denn hier?«

Franz Schmiedl lachte übers ganze Gesicht, als Maria ihre Hände nach ihm ausstreckte. »Ich finde es ja klasse, dass sich mir altem Zausel noch immer die hübschen jungen Dinger an den Hals werfen wollen. Ich könnte auch nicht sagen, dass ich etwas dagegen hätte. Nur solltest du aufpassen, dass ich nicht auf falsche Gedanken komme.«

Maria stoppte bei Franz' Worten, sah an sich herunter und wurde prompt rot. Sie war tropfnass und der sonnengelb gemusterte Bikini war vermutlich kein geeignetes Kleidungsstück, um den älteren Herrn zu umarmen.

Franz Schmiedl schmunzelte, als er sah, dass er Maria in Verlegenheit gebracht hatte. »Nun komm schon her«, sagte er, drückte sie herzlich und gab ihr einen Kuss auf die Wange. »Ich freue mich, euch alle zu sehen.« Seit er Lukas vor ein paar Monaten kennengelernt und ihm dabei zur Seite gestanden hatte, den Drogenring auszuheben und dingfest zu machen, war zwischen ihnen allen eine Freundschaft entstanden. Eine Freundschaft, die, ungeachtet ihres nicht unerheblichen Altersunterschiedes, mit jedem Treffen noch tiefer wurde.

Während Lukas und Maria sich in den Waschräumen des Campingplatzes duschten, warf Franz Schmiedl den Grill an. Als die ersten Steaks und Würstchen darauf brutzelten, stieß auch Kira mit einer großen Schüssel griechischem Bauernsalat und einer Flasche Wein zu ihnen.

»Wieso trinkst du nichts?«, wunderte sich Schmiedl, nachdem Lukas zu seinem Steak weder Wein noch Bier trinken wollte.

»Weil ich später noch ins Büro fahre«, antwortete Lukas. »Irgendwie geht mir das Gespräch nicht aus dem Kopf, das Maria mit den Damen im Golfclub geführt hat.« Er musste grinsen, als Maria eine Grimasse zog, als er von *Damen* sprach. »Ich kann nicht sagen, was es ist, aber ich möchte zu gerne wissen, wieso der Psychologe mit seiner Vergangenheit so hinterm Berg hält.«

Bedauernd schob Kira ihr Glas von sich weg. Der Gedanke, Alkohol zu trinken, wenn Lukas noch arbeiten wollte, kam ihr irgendwie falsch vor.

Lukas sah sie amüsiert an. »Du kannst ruhig dein Bier trinken. Erstens bist du mit dem Radl da, zweitens hast du Feierabend.«

»Das ist mir egal«, sagte Kira. »Den hast du schließlich auch. Ich komme mit und helfe dir.«

* * *

Falks nächster Vorschlag war eine noch größere Herausforderung, als es die letzten beiden gewesen waren. Leo kaute fieberhaft auf dem Nagel seines kleinen Fingers herum. Er war sich klar, dass er sich seinen Unmut selbst zuzuschreiben hatte. Manchmal wäre es ihm am liebsten gewesen, er hätte seinen Opfern einfach eine Kugel in den Kopf jagen können. Rums, aus und vorbei. Eine solche Exekution erforderte wenig Vorbereitung und war in Sekundenschnelle vollzogen. Doch Falk wollte nicht, dass er es dem Geschmeiß so einfach machte, sondern hatte darauf beharrt, dass die armseligen Schweine im Angesicht des Todes ihre Vergehen vor Augen haben sollten. Sie sollten wissen, warum sie ausgewählt worden waren und warum ihre letzte Stunde geschlagen hatte. Und, wenn möglich, sollten sie verzweifelt und mit aller Macht um ihr Leben kämpfen.

Endlich hatte er es geschafft, das eingerissene Ende des Nagels abzubeißen, und spuckte es nun wütend auf den Boden. Seit Tagen hatte er kaum geschlafen, so sehr wühlte ihn Falks Idee auf. Verdammter Idiot! So langsam fragte er sich, wieso der sich nicht selbst darum kümmerte, dass die von ihm ausgewählten Opfer keinen Schaden mehr anrichten konnten. Und noch mehr fragte er sich, wieso es ihm immer schwieriger erschien, an die Personen heranzukommen, die Falk ausgesucht hatte. Er holte eine Schachtel Buscopan aus seiner Hemdtasche, drückte zwei Tabletten aus dem Blister und schluckte sie trocken hinunter. Seit Falk ihm kaum noch Zeit ließ, sich von seinen Taten zu erholen, waren seine Magenbeschwerden schlimmer geworden. Man musste kein Hellseher sein, um festzustellen, dass er die Morde nicht so einfach wegstecken oder mit einem Glas Wein hinunterspülen konnte. Und dennoch, jetzt aufzugeben kam nicht infrage, da hatte Falk völlig recht. Leo rieb sich seinen Bauch, da ihm der leichte Druck und die Wärme zu helfen schienen. Und dann öffnete sich dreißig Meter vor ihm eine Haustür, und die Person, auf die er gewartet hatte, kam heraus. Er ließ den Motor an, fuhr vom Gehweg herunter, bevor sie ihn bemerken konnte, gab kurz Gas, bremste auf ihrer Höhe wieder ab und ließ das Fenster herunter.

»Hallo, Frau Drosten«, grüßte er freundlich und offensichtlich erfreut, sie zu sehen. »So ein Zufall, dass ich Sie hier treffe. Andererseits gibt es Zufälle ja nicht, und mir passt das gerade auch ausgezeichnet. Ich würde mich nämlich gern mit Ihnen unterhalten. Haben Sie einen Augenblick Zeit für mich?«

Überrascht sah Lisa Drosten von ihrem Telefon hoch. Sie hatte sich den ganzen Tag über abgehetzt und war in Gedanken bereits bei der Geburtstagsfeier, die sie am Wochenende für ihren Mann geben wollte. »Was? Oh, Sie sind es«, entfuhr es ihr. Sie warf einen kurzen Blick auf die Uhr. »Das kommt etwas plötzlich, ich müsste eigentlich – ach was«, korrigierte sie sich. »Für Sie nehme ich mir natürlich die Zeit. Wollen wir uns da vorn ins Café setzen?« Lisa Drosten deutete mit dem Zeigefinger zu einer Bäckerei auf der gegenüberliegenden Straßenseite.

»Wenn es Ihnen recht ist, würde ich lieber zum Marktplatz fahren. Es ist ja nicht weit, und der Kaffee ist sicher besser als hier und das Ambiente ist es auch. Wenn Sie möchten, können Sie bei mir mitfahren, ich bringe Sie anschließend wieder her.«

Nicht ahnend, in welche Gefahr sie sich begab, nickte Lisa Drosten nach kurzem Überlegen und lief um den Wagen herum. Sie zog die Beifahrertür auf und ließ sich, erschöpft von ihrem täglichen Erledigungsmarathon, auf das weiche Lederpolster sinken. Doch als sie ihm ihren Kopf zudrehte, merkte sie, dass er sie mit einem verschlagenen Ausdruck ansah. Und in diesem Augenblick wurde ihr bewusst, dass etwas nicht stimmte. Ihr Herz setzte einen Schlag aus, nur um anschließend umso heftiger gegen ihre Brust zu hämmern. Sie musste sofort raus aus dem Wagen! Bevor sie jedoch den Türgriff fassen konnten, packte eine Hand brutal ihren Nacken, und dann bemerkte sie einen stechenden Geruch. Sie spürte einen stinkenden Lappen auf ihrem Mund; dann dauerte es nur ein paar Sekunden, bis ihre Glieder erschlafften.

Leo warf einen Blick aus dem Fenster, danach wanderten seine Augen zum Rückspiegel. Keine Menschenseele in Sicht. Gut. Er stieß Lisa Drosten in den Fußraum, sodass sie von außen nicht zu sehen war, legte den Gang ein und fuhr aus dem Ort heraus, bis er ein paar Hundert Meter weiter in einen kleinen Feldweg einbiegen konnte. Als er sicher war, dass der Wagen von der Straße aus nicht mehr gesehen werden konnte, hielt er an, stieg aus und zerrte die bewusstlose Frau aus dem Auto. Unsanft ließ er sie auf den Boden fallen, holte einen Knebel und ein paar Stricke aus dem Kofferraum und wickelte sie anschließend in eine große Plastikplane, darauf bedacht, dass sie noch genügend Luft bekam. Mit einem Ruck hob er sie hoch und wuchtete sie in den Kofferraum. Zu guter Letzt spritzte er ihr ein Betäubungsmittel in den Oberarm, das dafür sorgen würde, dass sie noch mindestens zwei Stunden schlief. Mit einem Knall warf er die Heckklappe zu, ging um das Fahrzeug herum, öffnete das Handschuhfach und holte ein Paar Latexhandschuhe heraus. Er kippte den Inhalt von Lisa Drostens Handtasche auf den Waldboden, nahm ihr Smartphone, entfernte die SIM-Karte, zertrümmerte das Gerät mit einem großen Stein, verscharrte es zusammen mit dem gesamten Rest und zog einen dicken morschen Ast so über die Stelle, dass nichts darauf hinwies, was hier geschehen war. Obwohl er keine weitere Zeit verlieren wollte, nahm er eine Flasche mit einem starken Desinfektionsmittel, verteilte es großzügig auf dem Beifahrersitz und wischte ihn mit einer Rolle Küchentücher wieder trocken. Der Fußmatte ließ er die gleiche Behandlung zukommen, dann rieb er noch alle Flächen ab, die Lisa Drosten berührt haben konnte. Als er zufrieden war, knüllte er die Papiertücher zu einem Ball zusammen, hielt ein Streichholz daran und wartete, bis alle Beweise sich in Rauch aufgelöst hatten. Er trat den glimmenden Rest mit dem Schuh aus, stieg ins Auto, wendete und wartete, bis die kleine Kolonne, die sich hinter einem Traktor gebildet hatte, vorbeigefahren war, dann fuhr er zurück auf die Landstraße.

* * *

»Dürfen wir das eigentlich? Einfach einen unbescholtenen Bürger überprüfen?«, wollte Kira ein paar Stunden später von Lukas wissen, während die Rechner hochfuhren. »Immerhin steht er nicht unter Verdacht, oder?«

Nachdenklich sah Lukas sie an. »Du hast einerseits recht, andererseits aber auch nicht.« Er musste über sich selbst lachen, als er merkte, dass sie mit seiner Aussage wenig anfangen konnte. »Normalerweise machen wir so etwas nicht. Aber wir haben zwei Todesfälle, in denen wir noch keinen Schritt weitergekommen sind. Und es steht zu befürchten, dass noch weitere Morde geschehen, wenn wir dem Täter nicht bald näher kommen. Im Moment müssen wir uns darauf konzentrieren, Gemeinsamkeiten zwischen den beiden Opfern zu finden. Und eine ist nun mal der Therapeut.«

»Und was hoffst du, herauszufinden?«

Lukas zuckte mit den Schultern. »Keine Ahnung. Das ist aber auch besser so. Meistens tut man sich keinen Gefallen, wenn man Scheuklappen aufhat und sich zu sehr auf etwas konzentriert, was man gerne entdecken würde. Ich gehe dem Hinweis nach, dass Mohrgut seine Vergangenheit unter Verschluss hält, und sehe mir dabei auch gleich das Umfeld an.«

»Wäre es nicht besser, wir würden ihn einfach fragen?«

»Natürlich wäre das besser«, bestätigte Lukas Kiras Frage. »Aber wenn er wirklich etwas verheimlicht, wird er es nicht ausgerechnet uns auf die Nase binden. Außerdem müssten wir damit bis morgen warten.« Er warf einen Blick auf die Uhr. »Um diese Zeit sollten wir ihn nur stören, wenn sich jemand in Lebensgefahr befinden würde oder wir einen konkreten Verdacht hätten, dass er mit den Morden in Verbindung steht.«

»Ich habe ihn gefunden«, sagte Lukas bereits nach zwei Minuten. »Der gute Doktor kommt ursprünglich aus Straubing. Offensichtlich hatte er bereits dort eine eigene Praxis.«

»Das ist merkwürdig, oder?«, machte Kira sich Gedanken. »Ich kann mir vorstellen, dass es nicht so einfach ist, mit einer selbstständigen Tätigkeit an einem anderen Ort wieder ganz von vorn anzufangen. Das ist immerhin mit erheblichen Kosten verbunden, außerdem muss man sich sein Sozialleben komplett neu aufbauen. Für mich wäre das nichts, glaube ich.« Sie stützte ihr Kinn auf die Hände. »Das heißt, ich könnte mir vorstellen, eine Zeit lang in einem anderen Land zu leben. Aber mal eben knapp zweihundert Kilometer von einem Ort in den anderen zu ziehen …« Nachdenklich schüttelte sie den Kopf. »Alle Freunde und Verwandten zurückzulassen? Also nee, für mich käme das nicht infrage. Auch wenn man sicherlich zumindest anfangs in die alte Heimat fährt und Besuche macht. Aber das hört bestimmt schnell wieder auf, wenn du für jeden Besuch mindestens vier Stunden im Auto sitzt.«

»Das kann ja viele Gründe haben«, konterte Lukas. »Vielleicht eine unschöne Trennung oder eine neue Liebe in einer anderen Stadt.«

»Dann tippe ich eher auf einen Rosenkrieg«, sagte Kira. »Schließlich gibt es keine Anzeichen dafür, dass Mohrgut derzeit in einer Beziehung lebt.«

»Wie hast du denn das herausgefunden?«

Kira grinste. Während Lukas sich darauf konzentriert hatte, von woher der Arzt ins Oberland gezogen war, hatte sie dessen aktuelle Lebensverhältnisse überprüft. »Zumindest ist an seiner Adresse außer ihm niemand gemeldet«, informierte sie ihren Kollegen. »Er trägt keinen Ehering, und dass er zu seiner blauen

Hose dunkelgrüne Socken getragen hat, lässt darauf schließen, dass er entweder farbenblind, Single oder beides ist.«

Lukas lachte lauthals los. »Das ist dir aufgefallen?«, neckte er sie. »Und ich dachte schon, ich muss dich immer wieder hartnäckig darauf hinweisen, auch auf Kleinigkeiten zu achten. Das ist damit ja wohl überflüssig geworden.«

»Vielleicht bin ich auch nur eine gute Schülerin«, entgegnete Kira trocken.

»Das bist du wirklich«, bestätigte Lukas. Dann kam er auf das eigentliche Thema zurück. »Konzentrieren wir uns darauf herauszufinden, ob in Straubing etwas vorgefallen ist, das den Psychologen betrifft und was ihn zu seinem Umzug ins bayerische Oberland bewogen haben könnte.«

Eine Weile hörte man nur das Klappern der beiden Tastaturen und gelegentlich das Kratzen eines Bleistifts, wenn einer der beiden Polizisten sich Notizen machte.

»Ich glaube, das war's«, sagte Kira frustriert. Sie hatte sich auf Mohrguts familiäres Umfeld beschränkt, dabei aber nicht viel Spannendes entdeckt. »Mohrgut hat einen Zwillingsbruder, ich habe aber nicht herausfinden können, wo der im Moment lebt. Jedenfalls hat er in Deutschland keine Meldeadresse. Die Mutter ist vor zwanzig Jahren gestorben, dafür lebt der Vater noch. Allerdings in einem Altenheim.«

Lukas rechnete schnell nach. Mohrgut war zweiundvierzig Jahre alt. Falls er nicht einen sehr alten Vater hatte, war es ungewöhnlich, dass der bereits jetzt in einer Seniorenresidenz wohnte.

»Hast du einen Hinweis gefunden, wie alt der Vater ist?«

»Siebenundsechzig«, antwortete Kira wie aus der Pistole geschossen.

»Wie lange lebt er schon in dieser Einrichtung?«

»Ups.« Kira riss erschrocken die Augen auf. »Seit knapp zwanzig Jahren. Praktisch genau so lange, wie seine Frau nicht mehr lebt.«

»Dann kann es kein Altenstift sein«, sinnierte Lukas. »Kannst du herausfinden, was für ein Institut das ist?«

»Das Bezirkskrankenhaus Wasserburg«, antwortete Kira, nachdem sie das Gesuchte gefunden hatte. »Aber – das bedeutet ja, dass er in einer geschlossenen psychiatrischen Anstalt ist!«

»Das *kann* es bedeuten«, korrigierte Lukas sie. »Es kann aber auch eine offene Einrichtung sein. Das wird sich herausfinden lassen, indem wir dort anrufen.«

Kira, die schon seit einer geraumen Weile spürte, dass Lukas etwas schwer beschäftigte, stupste ihn an. »Spuck es aus.«

Lukas zuckte zusammen, was ihr bestätigte, dass er mit seinen Gedanken ganz woanders war.

»Ich habe etwas gefunden«, murmelte er. »Ich muss nur noch verifizieren, dass es das ist, was ich glaube.«

Kira, die mit seinen rätselhaften Worten nichts anfangen konnte, wartete ungeduldig und versuchte immer wieder, einen Blick auf seinen Bildschirm zu werfen. Obwohl Lukas bereitwillig ein Stück zur Seite rückte, konnte sie mit den Fragmenten, die sie sah, nichts anfangen.

»Erde an Lukas. Könntest du mich bitte daran teilhaben lassen, was dich so durcheinanderbringt?«

Lukas atmete tief durch. »Es könnte sein, dass wir etwas übersehen haben.« Müde fuhr er sich mit den Händen übers Gesicht. »Ich habe in einem Zeitungsartikel entdeckt, dass in Münster vor zwei Jahren ein Mann ermordet wurde, indem er mit Stricken an einem Sattel festgebunden wurde. Unter dem Sattel hat man mehrere Disteln gefunden. Das Pferd muss durch die Schmerzen, die die Stacheln verursacht haben, halb verrückt geworden sein. Jedenfalls ist es durchgegangen und hat den Mann zu Tode geschleift.« Lukas schüttelte sich. Was für ein grauenvoller Tod. Er sah Kira nachdenklich an. »Das ist zwar heutzutage keine Seltenheit mehr, aber auch dem Mann waren die Hände mit Kabelbindern gefesselt.«

»Eine Seltenheit vielleicht nicht.« Kira zögerte. »Aber auch wieder nicht alltäglich. Und dazu eine außergewöhnlich kreative Tötungsart?« Sie nickte bestätigend. »Doch. Da hätten wir eine Parallele zu unseren beiden Fällen.«

»Zumindest hat es den Anschein«, gab Lukas ihr recht.

Nachdenklich sah die Polizeimeisterin ihren Kollegen an. »Ich verstehe nur nicht, wie du ausgerechnet darauf gestoßen bist.«

Lukas musterte sie irritiert. »Wieso denn nicht? Das stand damals immerhin groß in den Tageszeitungen.«

»Das mag ja sein«, gestand Kira ihm zu. »Aber was hat dich dazu bewogen, in Nordrhein-Westfalen zu suchen?«

Nun war es an Lukas, verständnislos zu schauen. Dann ging ihm auf, wo der Fehler lag. »Nicht Münster in Westfalen, sondern bei Straubing.«

Kira riss die Augen auf. »Oha. Dann kann es wirklich kein Zufall sein. Vermutest du etwa, dass Mohrgut der Mörder ist?«

Lukas schüttelte den Kopf. »Ich vermute gar nichts.« Das hatte er sich schon längst abgewöhnt. Bei einem Verbrechen spielte der Glaube an irgendetwas nur eine untergeordnete Rolle. Zudem hatte er es anfangs zu oft erlebt, dass er sich darin gewaltig irren konnte. Etwas anderes war die Sache mit dem Bauchgefühl. Und das sagte ihm, dass irgendwas mit dem Psychologen nicht stimmte. Kurz entschlossen griff er nach dem Telefonhörer und rief im Bezirkskrankenhaus Wasserburg an. Als sich dort eine verschlafene Stimme meldete, bat er, den diensthabenden Arzt sprechen zu dürfen. Doch dabei biss er auf Granit.

»Was bilden Sie sich eigentlich ein?«, schnarrte es aus dem Hörer. »Das ist eine Leitung für Notfälle. Administrative Fragen beantworten wir nur während der normalen Sprechstunden.«

Fassungslos starrte Lukas den Telefonhörer in seiner Hand an. Wer auch immer am anderen Ende gewesen war, hatte sich nicht davon beeindrucken lassen, dass die Polizei um Mithilfe bat, sondern einfach aufgelegt.

Müde sah er Kira an. »Gibt es aktuelle Vermisstenmeldungen?«

Kira schüttelte den Kopf. »Im Moment keine.«

Das war zwar beruhigend, aber keine Garantie dafür, dass die Welt da draußen wirklich in Ordnung war. Rieke Lüdeke hatte ihren Mann überhaupt nicht als vermisst gemeldet, und als Isabelle Maus bei den Kollegen in Holzkirchen Anzeige erstattet hatte, war ihr Mann bereits seit mehreren Stunden tot.

Lukas warf den Bleistift auf die Schreibtischplatte. »Wir machen Schluss für heute. Und in der Früh möchte ich als Erstes ein paar Telefonate führen.«

»Können wir das nicht gleich erledigen?«, fragte Kira aufgeregt. »Ich kann heute Nacht sowieso kein Auge zutun, weil mir der Kopf vor lauter Fragen brummt.«

Lukas schmunzelte über ihren Eifer. In den ersten beiden Jahren in der Münchner Mordkommission war es ihm ähnlich ergangen. Doch dann hatte er gelernt, dass man mit Geduld oft weiterkam als mit Ungestüm. Zumal es bereits nach Mitternacht war. Um diese Uhrzeit freute sich kaum jemand über einen Anruf. Obwohl es manchmal durchaus hilfreich war, eine Person, die man befragen wollte, aus dem Schlaf zu reißen, weil sie dann in aller Regel zu desorientiert war, um groß darüber nachzudenken, welche Antwort sie geben sollte. Allerdings traf das in aller Regel nur auf Personen zu, die etwas zu verbergen hatten. Das war bei denen, die auf seiner Liste standen, jedoch höchstwahrscheinlich nicht der Fall. Die waren mit Sicherheit hilfsbereiter, wenn man ihnen ihre Nachtruhe ließ. Außerdem befand sich aller Voraussicht nach im Augenblick niemand in Lebensgefahr.

Kapitel 9

Als Lukas morgens um sieben Uhr in der Wasserburger Klinik anrief, bekam er erneut eine Abfuhr. Erst als er damit drohte, einen Streifenwagen zur Klinik zu schicken, wurde die Stimme am Telefon etwas freundlicher.

»Dann rufen Sie halt noch mal um kurz nach acht an. Da sind die Ärzte mit ihrer Morgenbesprechung fertig.«

Lukas legte auf und rief die elektronische Akte des Falls auf, bei dem das Opfer von einem Pferd zu Tode geschleift worden war. Nachdem er seine Lektüre beendet hatte, griff er erneut zum Telefonhörer. Diesmal hatte er mehr Glück, da die Person, mit der er sprechen wollte, schon nach dem zweiten Klingeln ans Telefon ging.

»Guten Morgen, Frau Römer, hier spricht Kriminalhauptkommissar Lukas Zieringer von der Polizeiinspektion Miesbach«, stellte er sich mit vollem Dienstgrad vor. »Hätten Sie einen Augenblick Zeit, um mir ein paar Fragen zu beantworten?«

»*Wer* sind Sie?« Das Misstrauen in Henriette Römers Stimme war nicht zu überhören.

»Hauptkommissar Zieringer. Polizeiinspektion Miesbach«, sagte Lukas deutlich und langsam. »Ich hätte einige Fragen an Sie.«

»Vergessen Sie's«, verweigerte Henriette Römer jegliche Auskunft. »Ich habe mir Ihren Namen notiert und rufe Sie gleich zurück. Es kann ein paar Minuten dauern, da ich mir die Telefonnummer erst heraussuchen muss.«

Lukas hatte volles Verständnis für das Verhalten der Frau. Oft genug erlebte er es, dass die Menschen derart eingeschüchtert waren, wenn sie seinen Dienstgrad hörten, dass sie alle Vorsicht außer Acht ließen. Dabei tat die Polizei alles Menschenmögliche, um die Bevölkerung dahingehend zu sensibilisieren, dass es in jedem Fall besser war, sich zu vergewissern, dass das Gegenüber kein Betrüger war. Deswegen verzichtete er auch darauf, Henriette Römer seine Telefonnummer anzubieten. Die Frau klang selbstbewusst genug, dass sie sich im Internet schlaumachen würde, wie sie ihn erreichen konnte. Tatsächlich dauerte es keine halbe Minute, bis sein Telefon klingelte.

»Frau Römer? Hier ist Hauptkommissar Zieringer.«

»Entschuldigen Sie bitte«, sagte Henriette Römer hörbar verlegen. »Ich wollte nur nicht wieder an einen dieser verlogenen Zeitungsschmierer geraten. Auch wenn sich diese Anrufe in letzter Zeit in Grenzen halten.«

»Geht es bei den Anrufen um den Tod Ihres Mannes?«

Henriette Römer seufzte. »Ja, genau. Deswegen rufen Sie doch sicher ebenfalls an, oder?«

»Ja, das stimmt. Wenn ich richtig informiert bin, wurde der Täter nie gefasst. Ist das korrekt?« Natürlich wusste Lukas, dass die Kollegen in Straubing dem Täter nicht einmal annähernd nahegekommen waren. Am Tatort, so man denn von einem Tatort sprechen konnte, wenn ein Pferd einen Menschen über mehrere Kilometer kreuz und quer durch den Wald über Steine und Äste und umgestürzte Bäume schleifte, hatten die Kollegen keinen Hinweis darauf gefunden, wer für den Mord verantwortlich war, obwohl sie jeden Stein umgedreht hatten.

»Das ist richtig«, bestätigte Henriette Römer. »Ich muss aber auch sagen, dass ich von Ihren Kollegen nicht viel Auskunft bekommen habe. Aber es wurde nie ein Tatverdächtiger festgenommen.«

»Das heißt, dass Ihr Mann keine Feinde hatte? Niemanden, an den Sie sich erinnern können, den er in der Vergangenheit auf die Palme gebracht hatte?«

»Was heißt schon auf die Palme gebracht?« Henriette Römer schnaubte ins Telefon. »Natürlich hatte er Meinungsverschiedenheiten mit seinen Angestellten. Die hatten wir untereinander auch. Aber es gab keinen Grund, weshalb jemand ihn hätte umbringen wollen.«

»Sie sprechen von Angestellten«, hakte Lukas nach. »Ihr Mann besaß eine eigene Firma?«

»Wir besitzen …« Henriette Römer unterbrach sich. »Wir, also mein Mann und ich, besaßen eine Firma für Im- und Export. Nach dem Tod meines Mannes ist das Unternehmen auf mich allein übergegangen.«

»Welche Größenordnung darf ich mir darunter vorstellen?«

»Zwanzig Angestellte und einen Jahresumsatz von etwa drei Millionen Euro, der um rund fünfhunderttausend nach oben oder unten schwanken kann.«

Nicht schlecht. Lukas pfiff leise durch die Zähne. Drei Millionen waren nicht gerade ein Pappenstiel. »Bei einer so großen Zahl an Angestellten kann es aber auch durchaus zu einer heftigeren Meinungsverschiedenheit gekommen sein, oder etwa nicht? Vielleicht hat Ihr Mann einen Mitarbeiter entlassen und der hat sich ungerecht behandelt gefühlt.«

Henriette Römer lachte auf. »Genau das Gleiche haben Ihre Kollegen damals auch schon gefragt. Aber da gab es rein gar nichts. Wir hatten weder mit Kunden Differenzen noch mit unseren Angestellten. Die sind auch alle schon ewig bei uns. Ich weiß nicht, ob es daran liegt, dass wir schon immer ein gutes

Händchen bei der Auswahl unserer Arbeitnehmer hatten, oder daran, dass die sich alle bei uns wohlfühlen oder wir einfach nur gut genug bezahlen. Jedenfalls hatten wir in den letzten fünfzehn Jahren keine einzige Kündigung. Und von unserer Seite haben wir nie jemanden entlassen.«

»Gab es vielleicht den ein oder anderen Bewerber, den Sie abgelehnt haben?«

Ein paar Sekunden lang war es still. Offensichtlich dachte Henriette Römer über Lukas' Worte nach. »Ja, ganz sicher gab es die. Aber das ist doch kein Mordmotiv. Außerdem …« Erneut unterbrach sie sich. »Also, da müsste ich nachsehen, aber aus dem Stegreif würde ich behaupten, dass wir in den fünf Jahren vor dem Tod meines Mannes keine Mitarbeiter eingestellt haben. Und wenn wir neue Kräfte gebraucht haben, lief das meistens über Empfehlungen.«

Lukas biss sich auf die Unterlippe. Das war also eine Sackgasse. »Frau Römer, haben Sie Kinder?«

»Ich weiß zwar nicht, was das mit dem Tod meines Mannes zu tun haben soll, aber ja, ich habe eine Tochter.«

»Wie alt ist das Mädchen?«

»Sie wird in zwei Wochen sechzehn.«

»Betreibt Ihre Tochter Leistungssport?«

»Sie ist früher viel geritten, aber seitdem sie in der Pubertät ist, hat das deutlich nachgelassen.«

Lukas dachte scharf nach. Vielleicht hatte das Nachlassen nichts mit der Pubertät zu tun, sondern mit dem Tod Gernot Römers. Beide Ereignisse dürften etwa in dieselbe Zeit gefallen sein. »Können Sie bitte näher definieren, was Sie damit meinen, dass sie früher viel geritten ist?«

»Gerlinde hat mit neun Jahren angefangen zu reiten. Schon bald hat sich herausgestellt, dass sie ein ungewöhnlich gutes Gespür für Pferde hat, was uns drei verschiedene Reitlehrer bestätigt haben. Sie waren es auch, die uns dazu ermutigt haben, Gerlinde zu gestatten, mit dem Springreiten anzufangen, obwohl sie dafür eigentlich noch zu jung war.«

Das beantwortete Lukas' Frage nicht. »Was genau heißt das?«, bohrte er nach. »Ist sie Turniere geritten?«

»Ja, einige. Und die hat sie fast alle gewonnen.«

Als Lukas merkte, dass sich seine Hand vor Anspannung um den Stift gekrallt hatte, ließ er ihn los und bewegte die Finger, um den Krampf darin zu lösen. Er wusste, dass er an einem Punkt angelangt war, der von Bedeutung war.

»Was hielt Ihr Mann davon, dass Ihre Tochter so viel geritten ist? Stand er dahinter oder war er dagegen?«

Henriette Römer lachte leise auf. »Dagegen? Oh nein, ganz im Gegenteil. Gernot war in dieser Hinsicht der Ehrgeizigste von uns allen. Als sich herausgestellt hat, wie überragend Gerlindes Talent ist, hat er sich in den Kopf gesetzt, dass sie spätestens 2024 bei den Olympischen Sommerspielen in Paris teilnehmen soll.«

»Dann muss Gerlinde wirklich richtig gut sein.«

»Oh ja, das ist sie.« In Henriette Römers Stimme mischte sich ein bedauernder Unterton. »Doch leider hat sie nicht halb so viel Ehrgeiz wie ihr verstorbener Vater.«

Erneut umklammerte Lukas' Hand den Bleistift. Als der mit einem Klack zerbrach, warf er die Überreste auf den Tisch. »Gab es darüber Streit?«

»Das können Sie sich vorstellen! Und zwar nicht nur einmal. Als Gerlinde in eine Phase kam, in der sie sich lieber mit Jungs treffen wollte, als in den Reitstall zu gehen, hat Gernot alles darangesetzt, diese Verabredungen zu verhindern. Es kam überhaupt nicht infrage, dass sie abends auf irgendwelche Partys ging oder am Sonntag lange ausschlief. Mehr als einmal ist Gerlinde nachts ausgebüxt, und fast immer hat Gernot es herausgefunden. Dann flogen jedes Mal die Fetzen, und ich muss gestehen, dass ich oft entsetzt war, mit welchen Mitteln mein Mann meine Tochter unter Druck gesetzt hat.«

»Können Sie mir ein Beispiel nennen?«, bat Lukas. »Ich kann nachvollziehen, wenn Sie das nicht möchten«, setzte er schnell hinterher, schließlich sprachen sie von Henriette Römers verstorbenem Mann. Und bis auf Rieke Lüdeke hatte er noch keine Witwe kennengelernt, die ihren verstorbenen Mann unverblümt als Schwein beschrieben hatte. »Aber ich möchte gern verstehen, was genau passiert ist. Vielleicht hilft mir das bei der Suche nach dem Mörder weiter.«

»Mein Mann hat Gerlinde Worte an den Kopf geworfen, die ich nicht alle wiederholen möchte«, antwortete Henriette Römer verbittert. »Aber meistens drehten sich seine Tiraden darum, dass er sie als Versagerin bezeichnet hat, die es in ihrem Leben zu nichts bringen würde. Einmal hat er sie als geistige Null bezeichnet, ein anderes Mal als verfressenes Schwein, dessen Pferd bald kollabieren würde, wenn sie weiter so sinnlos Zeug in sich hineinstopfen würde.« Der Schmerz in der Stimme der Witwe war unüberhörbar. »Ich habe immer versucht, die Wogen zu glätten und Gernot zu vermitteln, dass es falsch war, wie er Gerlinde behandelt hat. Aber er hat alles dafür getan, damit sich ihr Traum erfüllt, und manchmal hat er sich in seinem Eifer einfach vergessen. Er war in der Hinsicht überaus konsequent. Sonntags zum Beispiel hat er sie um sechs Uhr geweckt, ist mit ihr zwei Stunden Laufen gegangen und anschließend hat er sie im Kraftraum trainiert, den er eigens dafür in unserem Haus eingerichtet hat.«

Lukas begann sich zu fragen, wessen Traum die Olympischen Spiele eigentlich gewesen waren. Wie er Henriette Römers Worte auffasste, war nicht die Tochter, sondern der Vater die treibende Kraft hinter der Idee gewesen.

»Wie verkraftet Gerlinde den Tod ihres Vaters?«

Falls Henriette Römer sich darüber wunderte, was die Fragen des Hauptkommissars mit dem Tod ihres Mannes zu tun hatten, ließ sie es sich nicht anmerken. »Allmählich kommt sie darüber hinweg, aber am Anfang war es fürchterlich für sie«, sagte sie aus voller Überzeugung. »Auch wenn er ausgesprochen streng mit ihr war, hat sie ihn doch über alles geliebt.«

»Das kann ich mir sehr gut vorstellen«, sagte Lukas, obwohl eher das Gegenteil der Fall war, wenn die Schilderungen Henriette Römers tatsächlich der Wahrheit entsprachen. »Ich hoffe, Sie konnten Gerlinde dazu überreden, dass sie zur Trauerbewältigung in eine Therapie geht.«

»Ach, das war gar nicht nötig«, sagte Henriette Römer erleichtert darüber, dass der Hauptkommissar nicht noch mehr über Gernots Tod wissen wollte. Offensichtlich waren ihm diesbezüglich die Fragen ausgegangen. »Gerlinde war schon seit ein paar Jahren in Behandlung, damit sie den schulischen Stress besser bewältigen konnte. Als sich nämlich herausstellte, wie groß ihr Reittalent war und die Arbeit mit ihrem Pferd immer mehr ihrer Zeit in Anspruch nahm, ließen ihre schulischen Leistungen stark nach. Aber auch da war Gernot hinterher. Er hat rigoros entschieden, dass sie nur zu den Pferden darf, wenn ihr Notenschnitt nicht schlechter ist als eine eins Komma fünf.«

»Das ist eine ziemlich ehrgeizige Einstellung«, stellte Lukas fest. »Wenn sie da gerade elf war, war sie doch erst in der sechsten Klasse. Was wäre so schlimm daran gewesen, wenn die Leistung etwas schlechter gewesen wäre?«

»Mein Mann wollte verhindern, dass der Schlendrian Einkehr hält. Natürlich war es keine Tragödie, wenn sie mal eine Zwei nach Hause brachte. Doch Gernot war sich dann immer sicher, dass die in seinen Augen sinkende schulische Leistung der Anfang vom Ende gewesen wäre. Und das kam für ihn überhaupt nicht infrage, er hat dann auch tagelang nicht mehr mit ihr gesprochen. Er sagte immer, dass es mit dem Lernen genau wie im Sport wäre. Fängt man erst einmal an zu schludern, ist es fast ein Ding der Unmöglichkeit, diese Disziplin wiederzuerlangen.«

An dem Gedanken war etwas dran, dem musste Lukas schon recht geben. Aber das galt doch nicht für ein Kind! Und es dann auch noch mit Liebesentzug zu bestrafen, war wirklich das Allerletzte. Nicht, dass er bei diesem Thema hätte mitreden können, doch er hatte sich seit jeher geschworen, dass er seinen Kindern, falls er irgendwann welche haben würde, genügend Raum zur Selbstverwirklichung geben würde. Dass man schon im Alter von zehn oder elf Jahren festlegte, mit welchem Abiturdurchschnitt das Kind das Gymnasium verlassen und was und wo es studieren sollte, war für ihn einfach undenkbar.

»Konnte der Therapeut Gerlinde über die schwere Zeit hinweghelfen?«

»Oh ja. Wir hatten aber auch riesiges Glück, einen hervorragenden Psychologen für Gerlinde zu bekommen«, schwärmte Henriette Römer enthusiastisch. »Doktor Mohrgut hat meinem Mädchen wunderbar über die schwere Zeit hinweggeholfen.«

Nachdem Lukas aufgelegt hatte, saß er eine Weile wie betäubt da. Erneut hatte ihn sein Bauchgefühl an die richtige Stelle geführt. Schon wieder Mohrgut. Irgendwie steckte der Mann da mit drin. Aber was könnte er für ein Motiv haben? Konnte es Eifersucht auf die Väter gewesen sein? Lukas zog seine Tastatur zu sich heran und fing an, wie besessen darauf herumzutippen. Doch auch eine Dreiviertelstunde später hatte er keinen Erfolg. Mohrguts Zwillingsbruder blieb wie vom Erdboden verschluckt. Mit einem Blick auf die Uhr entschied Lukas, nochmals im Bezirkskrankenhaus Wasserburg anzurufen. Sollte man ihn dort erneut abwimmeln, würde er alle Hebel in Bewegung setzen, dass ihm endlich jemand Rede und Antwort stand. Und wenn es nötig war, die Verantwortlichen mit einem

Streifenwagen abholen und zur Befragung in die nächstgelegene Polizeidienststelle verfrachten lassen.

Fünf Minuten später stellte sich heraus, dass das nicht nötig war. Die Ärztin, die Lukas ans Telefon bekam, war freundlich und hilfsbereit zugleich.

»Ja, Friedrich Mohrgut lebt schon seit zwanzig Jahren bei uns«, bestätigte Sigrun Kramm Lukas' Frage. »Einen Besuch können Sie sich allerdings sparen. Seit er hier ist, hat er noch kein einziges Wort gesprochen.«

»Kein einziges Wort?«, wiederholte Lukas erschüttert. »Noch nicht einmal mit seinen Kindern?«

Sigrun Kramm lachte traurig. »Ach, wissen Sie, die lassen sich hier kaum noch blicken. Vielleicht dachten sie, nachdem der Vater nicht mehr spricht, wären ihre Besuche unerwünscht.«

»Mir ist klar, dass Sie der Schweigepflicht unterliegen«, sagte Lukas bittend. »Können Sie mir trotzdem einen Hinweis darauf geben, was dem alten Herrn fehlt?«

»Über die Diagnose darf ich nicht sprechen, das ist richtig. Aber ich sage Ihnen einfach so viel, wie Sie selbst herausfinden könnten, wenn Sie ihn besuchen würden. Das zu tun, steht Ihnen schließlich frei. Aber wie schon gesagt, den weiten Weg können Sie sich sparen. Wenn Ihnen das genügt?«

»Das wäre großartig, Doktor.«

»Sie würden einen Mann erleben, der zwanzig Jahre älter wirkt, als er in Wirklichkeit ist. Einen Mann, der Ihnen nicht in die Augen sehen kann, der sich völlig in sich selbst verschlossen hat und mit der Außenwelt nicht kommuniziert.«

»Könnte ein traumatisches Ereignis so ein Verhalten auslösen?«

»Das könnte es sicherlich. Das müsste aber schon sehr traumatisch sein.«

»Wie der Tod der Ehefrau vielleicht?«

»Ja, das wäre ganz sicher ein solcher Auslöser. Insbesondere dann, wenn sich die beiden Partner sehr zugewandt waren.«

»Wäre es Ihnen in so einer Lage möglich, etwas über die Intensität der Beziehung herauszufinden? Ich meine, wenn wie im Fall von Herrn Mohrgut der Patient nicht mehr spricht?«

»Dazu kann ich Ihnen nicht viel sagen. Nicht einmal hypothetisch, tut mir leid.«

* * *

»Sie denken, dass der Psychologe die Männer umgebracht hat?«, fragte Fiedler irritiert. Lukas war in seinem Büro aufgetaucht, kaum dass er durch die Tür getreten war. Nachdem Fiedler am Vorabend auf der Wendeltreppe in seiner Wohnung, die in den Keller führte, ausgerutscht war und sich dabei den Knöchel überdehnt hatte, war er für die nächsten Wochen dazu verdonnert, eine Schiene zu tragen und auf Krücken herumzuhumpeln. Bei seiner Größe von knapp zwei Metern und der entsprechenden Statur klang das, als würde ein Elefant über die Flure trampeln. Es war daher kein Wunder, dass Lukas seine Ankunft in der Dienststelle sofort registriert hatte.

»Ob er sie umgebracht hat, weiß ich nicht«, antwortete Lukas. »Aber ich vermute, dass er in irgendeiner Weise zumindest darin verwickelt ist. Vielleicht ist auch sein Bruder die treibende Kraft, und Mohrgut versucht, ihn zu schützen. Ich habe sämtliche Datenbanken durchforstet, aber keinen einzigen Hinweis auf Samael Mohrguts Aufenthaltsort gefunden. Es gibt weder eine aktuelle Meldeadresse noch einen Arbeitgeber, der Sozialversicherungsbeiträge abführt. Reisepass und Personalausweis sind noch gültig und wurden vor acht Jahren in Straubing ausgestellt.«

»Das ist allerdings merkwürdig.« Fiedler zog sich einen Rollcontainer heran und legte sein lädiertes Bein darauf ab.

»Dann ist vermutlich der Bruder verantwortlich für die Taten. Falls Mohrgut sich ihm gegenüber nicht an seine Schweigepflicht gebunden fühlt. Oder beide stecken unter einer Decke. Was bei Zwillingen ja nicht besonders ungewöhnlich wäre.«

Lukas schüttelte den Kopf. »Dass zwischen Zwillingen ein besonderes Band besteht, ist in der Tat nichts Außergewöhnliches. Aber es ist eine ganz andere Hausnummer, ob man sich zusammentut, um eine Band zu gründen oder um gemeinsam Leute umzubringen.«

»Ich verstehe bloß nicht, welch ein Motiv die Geschwister haben könnten.«

»Ich bin auch noch nicht dahintergekommen«, gestand Lukas. »Allerdings habe ich einen Verdacht.«

»Einen Verdacht?«, hakte Fiedler nach. »Dann immer raus damit.«

»Das würde mich auch interessieren«, sagte Kira, die mit zwei Bechern Kaffee hereinspaziert kam, die sie vor den Kommissaren abstellte.

»Egal, wie ich es drehe oder wende, ich komme immer wieder auf die Kinder der Opfer«, sagte Lukas, nachdem er sich bei Kira für die Aufmerksamkeit bedankt hatte. »Wir haben zwar eine weitere Parallele, da die Männer alle selbstständig waren, dem messe ich aber keine Bedeutung bei, da die Branchen sich nicht berühren. Es sind definitiv die Kinder. Sie sind der größte gemeinsame Nenner, den ich gefunden habe.«

»Die Kinder? Was haben die damit zu tun?« Fiedler stöhnte vor Schmerz, als er sich nach vorn beugte, um an seine Tasse zu gelangen.

»Falls ich recht habe und für alle Taten, inklusive des Straubinger Mordfalls, dieselbe Person verantwortlich ist, wurden die Kinder von zumindest einem Elternteil zu Höchstleistungen welcher Art auch immer angetrieben. Gerlinde Römer sollte bei der Olympiade im Springreiten teilnehmen, laut Isabelle Maus musste ihr Sohn Lennard, ob er wollte oder nicht, jeden Tag nach der Schule mit seinem Vater auf den Golfplatz, und Rieke Lüdeke hat meiner Tante erzählt, dass ihr Mann ein fanatischer Bergsteiger war, der seinen Sohn bei jedem Wind und Wetter auf einen Berg gehetzt hat.« Marias Schilderung hatte Lukas zunächst keine Beachtung geschenkt, weil er darin keinen Zusammenhang hatte erkennen können. Doch schon nach Michael Maus' Tod war ihm die Kausalität bemerkenswert erschienen. Und nach dem Telefonat mit Henriette Römer war er sich sicher, dass das kein Zufall mehr sein konnte. »Dazu kommt, dass es bei allen Ermordeten eine Verbindung zwischen den jeweiligen Todesumständen und den Leistungsanforderungen gibt, die die Männer an ihre Kinder hatten: Der Golffanatiker starb mit einem Golfball im Mund, der Bergsteiger wurde von einem Felsen gestoßen und der Reiter wurde von einem Pferd zu Tode geschleift.«

»Also, ich weiß nicht.« Nachdem Fiedler es geschafft hatte, sich seinen Kaffee zu angeln, hing er wie ein großer Maikäfer in seinem Stuhl. »Auch wenn mir die Verbindung einleuchtet, die Sie hergestellt haben, kann das doch auch ein Zufall sein. Für mich ergibt das Ganze noch immer herzlich wenig Sinn. Zum einen ist es kein Grund, einen Menschen umzubringen, nur weil er möchte, dass aus seinem Kind später mal was wird, zum anderen frage ich mich, wie der Psychoheini in Ihr Gesamtbild passt.«

Lukas strich sich nachdenklich über seinen Dreitagebart. »Henriette Römer hat mir am Telefon ganz offen erzählt, dass ihr Mann ihre Tochter aufs Übelste beschimpft hat, wenn sie seinen Erwartungen nicht gerecht wurde. Oder er hat sie tagelang ignoriert, wenn sie mit einer miesen Note nach Hause kam.« Er warf einen bedeutungsvollen Blick in die Runde. »Darunter verstand Gernot Römer alles, was schlechter war als eine Zwei. Für mein Dafürhalten ist psychologischer Druck ein ziemlich nachvollziehbarer Grund, dass das Mädchen therapeutische Hilfe benötigt hat.«

Lukas trank einen Schluck Kaffee und verzog den Mund, als er sich die Zunge verbrannte. »Von meiner Tante weiß ich, dass Tobias Lüdeke seinen Sohn ebenfalls mit Verachtung gestraft hat, wenn der nicht parierte. Einmal hat er ihm sogar eiskalt ins Gesicht gesagt, dass seine Mutter eine Hure wäre und kein Mensch wissen würde, wer sein richtiger Vater sei. Allerdings hat er sich solche Entgleisungen Rieke Lüdeke zufolge nur hinter ihrem Rücken erlaubt, weil die ihm gehörig den Marsch geblasen hat, wenn sie davon Wind bekam.« Lukas grinste. Auch wenn Tobias Lüdeke allem Vernehmen nach ein echtes Arschloch gewesen war, zweifelte er keine Sekunde lang daran, dass er sich selbst keinen großen Gefallen mit derart asozialen Aktionen getan hatte. Rieke Lüdeke hatte nicht nur Mut, sie hatte auch das Herz am rechten Fleck. Er hoffte nur, dass sie nicht doch an den Morden beteiligt war.

»Eigentlich hat uns Doktor Mohrgut auf den Gedanken mit den Kindern gebracht hat«, fuhr Lukas fort. »Durch ihn haben wir erfahren, dass auch der Sohn von Michael Maus sein Patient ist. Auch wenn mir bis heute nicht wirklich klar ist, was er mit seinem Auftritt bei uns bezwecken wollte. Natürlich war es ein gutes Argument, dass er uns helfen wollte, dem Mörder auf die Spur zu kommen, aber je mehr ich darüber nachdenke, desto mehr habe ich meine Zweifel, ob seine Intention nicht nur vorgeschoben war.«

»Welche sollte er denn sonst haben?«, warf Kira ein. »Alle Kinder sind bei ihm in Behandlung. Da ist es doch nur natürlich, dass er helfen will. Ob er mit seiner Annahme richtigliegt, steht natürlich auf einem anderen Blatt, er ist ja schließlich kein ausgebildeter Profiler. Es wäre aber durchaus möglich, dass der Grund für die Probleme bei allen Kindern ähnlich ist«, führte sie Lukas' ursprünglichen Gedanken fort. »Das würde bedeuten, dass Mohrgut natürlich weiß, dass jeweils mindestens ein Elternteil seinen Nachwuchs mit psychologischen Mitteln wie bösen Worten oder Liebesentzug unter Druck gesetzt hat.«

»Nicht nur vermutlich, sondern mit an Sicherheit grenzender Wahrscheinlichkeit«, korrigierte Lukas seine Kollegin.

»Das reicht mir noch nicht«, sagte Fiedler erschöpft. »Wenn er jeden Menschen der Welt um die Ecke bringen will, der Erwartungen in seine eigenen Kinder setzt, kann er sich das Schlafen abgewöhnen.«

»Das ist vermutlich auch nicht sein Ziel. Mohrgut ist schließlich nicht dumm. Aber es ist möglich, dass in der Kindheit der Zwillinge etwas vorgefallen ist, das einen der beiden so aus der Bahn geworfen hat, dass bei ihm eine Sicherung durchbrennt, wenn er mitbekommt, dass andere Eltern an ihre Kinder völlig überzogene Erwartungen richten, sie mit Worten niedermachen oder vielleicht auf eine wesentlich subtilere Art bestrafen.«

Lukas stand schnell auf und nahm Fiedler die Kaffeetasse aus der Hand, der erneut Mühe hatte, sich zum Schreibtisch vorzubeugen. »Immerhin sind die Kinder so krank, dass sie professionelle Betreuung erhalten. Zumindest haben alle ein gravierendes psychisches Problem. Aus Langeweile geht schließlich niemand zum Seelenklempner.«

»Aber wieso sollte Mohrgut sich als der Rächer der Kinder aufspielen?«, sprang Kira ihrem Chef zur Seite. »Schließlich hat er einen hippokratischen Eid geschworen. Und wenn man den Worten der Mütter Glauben schenken kann, konnte er bei allen Kindern gute Fortschritte erzielen, selbst wenn es natürlich seine Zeit dauert, bis sie so stabil sind, dass sie die Therapie beenden können. Aber es wäre doch völlig kontraproduktiv, ihnen den Vater zu nehmen, weil das den Heilungsprozess vermutlich zurück auf null setzt.«

»Es sei denn, der Psychoheini hatte Angst, dass er seine Patienten verliert, wenn er sie als geheilt entlassen muss«, sagte Fiedler. »Mord als Kundenbindung sozusagen. Allerdings ist das nicht besonders wahrscheinlich.«

»Ganz sicher nicht«, stimmte Lukas zu. »Außerdem würde es erst recht keinen Sinn ergeben, dass er nach dem Mord an Gernot Römer seine Praxis in Straubing verkauft hat und ins Oberland gezogen ist.«

»Ja, aber das heißt doch auch, dass er kein Motiv hat.« Es war Fiedler anzusehen, dass die Geduld, die er mit seinem verletzten Fuß aufbringen musste, bereits jetzt ihre Grenze erreicht hatte.

»Ich vermute, das Motiv liegt in Mohrguts Kindheit.« Da war sich Lukas sogar ziemlich sicher. »Wenn wir herausfinden, ob die Zwillinge früher ein traumatisches Erlebnis hatten, haben wir das Motiv.«

»Außerdem ist es zumindest verwunderlich, dass der Vater der Zwillinge seit einer halben Ewigkeit in einer psychiatrischen Einrichtung betreut wird.« Kira sammelte die leeren Becher wieder ein. »Das hätte ja auch der Sohn übernehmen können.«

»Keine gute Idee«, murmelte Lukas. Nach dem Unglück in München vor einem guten Jahr war er selbst in Behandlung gewesen und wusste daher genau, dass sich kaum ein Psychologe darauf eingelassen hätte, eine ihm nahestehende Person zu betreuen.

»Wie wollen Sie jetzt vorgehen?«, fragte Fiedler. »Schließlich können wir Mohrgut nichts vorwerfen.«

»Aber wir können ihn fragen, wo sich sein Bruder aufhält«, sagte Lukas und stand auf. Dann sah er zu Kira. »Wir statten dem Doktor einen Besuch ab. Außerdem sollen zwei Kollegen zu seiner Wohnung fahren und ihn dort aufhalten, falls wir ihn in seiner Praxis nicht antreffen.«

Lukas und Kira waren noch etwa fünf Kilometer von Mohrguts Praxis entfernt, als Kiras Handy klingelte. Sie nahm das Gespräch an, hörte zu und gab die Information an Lukas weiter: »Das sind die Kollegen. Sie sind schon bei Mohrguts Wohnung. Dort ist er nicht.«

»Sie sollen vor dem Haus warten«, entschied Lukas. »Falls wir ihn antreffen, geben wir Bescheid. Dann können sie wieder abrücken.«

Als sie wenig später in die Straße einbogen, in der Mohrguts Praxis lag, bemerkte Lukas etwas aus dem Augenwinkel, das einen stillen Alarm in ihm auslöste. Bevor er jedoch seinen Kopf drehen und überprüfen konnte, was es war, das ihn so irritierte, machte Kira ihn darauf aufmerksam, dass ein paar Meter weiter vor ihnen gerade eine Frau in ihren Skoda gestiegen war. Lukas sah in den Rückspiegel, setzte den Blinker und wartete, bis die Frau ausgeparkt hatte. Als er den Wagen abstellte, hatte er die kleine Irritation bereits wieder vergessen.

»Was machen wir jetzt?«, wollte Kira wissen, nachdem sie geklingelt und eine Weile vor dem Haus ausgeharrt hatten. »Sollen wir später wiederkommen?«

Unschlüssig starrte Lukas auf das Klingelschild. Falls Mohrgut gerade einen Patienten hatte, war es gut möglich, dass er das Klingeln nicht hörte oder es schlichtweg ignorierte.

»Nein«, antwortete er schließlich und lief zurück zum Wagen. »Falls er gerade in einer Therapiestunde ist, wird er uns nicht öffnen. Wir warten im Auto und beobachten, ob jemand das Haus verlässt.«

»Wenn jemand zur Tür herauskommt, muss das aber nicht unbedingt heißen, dass es Mohrguts Patient war«, wandte Kira ein.

Ein Lächeln umspielte Lukas' Lippen, als er sie von der Seite her musterte. »Denkst du nicht? Wer sollte das mitten am Tag denn sonst sein?«

»Mohrgut ist doch nicht der einzige Mieter im Haus. Wir können ja schlecht jeden von denen fragen, ob er noch ganz richtig im Kopf ist oder ob er sich vom Psychodoktor behandeln lässt.«

»Ich finde, einen Versuch wäre es wert.« Lukas sah durch die Windschutzscheibe und deutete nach vorn. »Wir wechseln uns ab. Den da nimmst du.«

Kira stöhnte. »Der Schlipsträger ist garantiert ein Anwalt. Der wird mich sofort verklagen, wenn ich ihm unterstellte, dass er einen an der Waffel hat.«

Lukas Lächeln wurde breiter. »Falls das so ist, komme ich dir zu Hilfe.«

»Nein, das ist nicht dein Ernst.« Kira starrte Lukas fassungslos an. Als sein Grinsen breiter wurde, kapierte sie endlich, dass er sie nur aufzog. Und noch etwas fiel ihr auf. Prompt schlug sie sich gegen die Stirn. »Ach, Mensch! Ich bin ja auch doof.« Sie knuffte ihn gegen den Oberarm. »Und du bist ein gemeiner Blödmann.«

»Also bitte!« Lukas bemühte sich, empört zu schauen. »Ich dachte nur, du kommst sicher von allein darauf, dass Mohrguts Patienten wohl kaum im Anzug auftauchen. Es sei denn, es gibt in Miesbach eine Schule mit Uniformpflicht.«

»Hör auf, mich zu verarschen.« Kira war der kleine Fauxpas schon peinlich genug. Bevor sie weiterreden konnte, hatte Lukas die Tür geöffnet und war ausgestiegen. Mit großen Augen beobachtete sie, dass er tatsächlich zu dem Anwalt hinüberlief.

Es dauerte keine Minute, bis er umdrehte und zurück zum Auto kam.

»Was ist los?«

»Der freundliche Herr im Anzug, der übrigens kein Anwalt, sondern ein Arzt ist«, Lukas musste sich ein weiteres Grinsen verkneifen, »konnte mir sagen, dass Mohrgut das Haus vor einer guten Stunde verlassen hat.« Lukas funkte die Dienststelle an und forderte einen Streifenwagen mit zwei Mann Besatzung an, die vor dem Haus warten sollten, bis der Psychologe wieder auftauchte. »Gib den Kollegen Bescheid, die vor der Wohnung warten. Sie sollen dortbleiben. Wir warten nur noch hier, bis die Ablösung eintrifft, dann fahren wir zurück ins Büro.«

Eine Viertelstunde später machte Lukas den Parkplatz frei und instruierte die Beamten, worauf sie zu achten hatten. Dann wendete er seinen BMW und fuhr den Weg zurück, den sie gekommen waren. Keine zehn Meter weiter trat er voll auf die Bremse. Wie in Zeitlupe drehte sich sein Kopf nach links, und er starrte den roten Fiat 500, der in der Seitenstraße geparkt war, mit offenem Mund an.

»Lukas? Was ist los?«

Langsam ließ Lukas den Wagen ein Stück zurückrollen, bis er das ganze Nummernschild erkennen konnte. Eine Weile starrte er fassungslos darauf und konnte nur beten, dass ihm seine Erinnerung einen Streich spielte. Doch dann zog er wie mechanisch sein Handy aus der Jackentasche und wählte eine eingespeicherte Nummer. Als nur die Mailbox antwortete, legte er auf, ohne eine Nachricht zu hinterlassen, und rief im Büro an.

»Lukas?«, rief Emma gestresst ins Telefon. »Sind die Kollegen schon eingetroffen?«

»Emma, du musst ein Kennzeichen für mich überprüfen. Jetzt sofort.«

Falls Emma sich darüber wunderte, dass Lukas nicht auf ihre Frage einging, ließ sie es sich nicht anmerken. Wenn er einen derart ernsten Ton anschlug, hatte er einen triftigen Grund dafür, dass es sofort sein musste. »Schieß los.« Fünfzehn Sekunden später hatte sie die Antwort. »Das Kennzeichen läuft auf eine Maria Wagner. Aber – aber das ist doch deine Tante!«

Als Lukas seine Hand mit dem Telefon sinken ließ, war er schneeweiß im Gesicht. Kira bekam es mit der Angst zu tun. Sie packte ihn am Arm und schüttelte ihn.

»Lukas! Was ist los? Wem gehört der Wagen?«

Seine Augen brannten, als er sie endlich ansah. »Es ist das Auto meiner Tante.«

»Deine Tante?«, hakte Kira verständnislos nach. »Wohnt die denn hier in der Gegend?«

»Nein.« Er schloss die Augen und ballte seine Hände zu Fäusten. Erneut versuchte er, Maria zu erreichen, doch auch diesmal landete er auf dem Anrufbeantworter. Das durfte einfach nicht wahr sein! Er wusste genau, wie viel Spaß Maria daran hatte, fiktive Kriminalfälle zu lösen. Dadurch hatte sie sich bereits vor einigen Monaten in eine prekäre Situation gebracht, doch das war ihr offensichtlich keine Lehre gewesen. Er konnte es nicht fassen, dass sie schon wieder auf eigene Faust ermittelte. Reichte es ihr denn nicht, für ihn kleine und harmlose Nachforschungen anzustellen? Andererseits hatte er auch keine Idee, weshalb ihr Fiat sonst in der Nähe von Mohrguts Praxis stand. Er sah in den Rückspiegel, legte den Rückwärtsgang ein und fuhr mit durchdrehenden Reifen bis zu der Stelle, an der das Polizeiauto stand.

Der uniformierte Polizist drehte seinen Kopf ruckartig zum Fenster, als er das Quietschen der Pneus hörte und eine Sekunde später Lukas' Wagen neben ihm hielt. Er ließ das Fenster herunter, rümpfte die Nase, als ihm der Geruch von verbranntem Gummi in die Nase stieg, und fragte: »Gibt es noch etwas?«

»Wir müssen sofort in die Praxis des Arztes.«

»Wir dachten, der Doktor ist nicht da?«

»Kommt einfach mit«, wies Lukas die beiden Kollegen an, ohne seine Anweisung zu erklären. Er hielt sich nicht damit auf, einen Parkplatz zu suchen, sondern fuhr den BMW kurzerhand auf den Gehweg.

Als sie am Haus angelangt waren, klingelten sie bei der Anwaltskanzlei, wo ihnen auch sofort jemand die Haustür öffnete. Immer zwei Stufen auf einmal nehmend, rannte Lukas in den ersten Stock. Er riss die Eingangstür auf, stürmte hinein und herrschte die völlig verdutzte Anwaltsgehilfin, die hinter einem modernen Tresen saß, an: »Gibt es hier eine Hausverwaltung? Oder haben Sie einen Schlüssel zur Praxis von Doktor Mohrgut?«

»Eine Hausverwaltung, wieso? Einen Schlüssel, aber – wer sind Sie überhaupt?«, stammelte die junge Frau überfordert.

Lukas zog seinen Ausweis hervor und hielt ihn ihr vor die Nase. »Hauptkommissar Lukas Zieringer, Mordkommission Miesbach. Ich muss unverzüglich in die Praxis von Doktor Mohrgut. Haben Sie nun einen Schlüssel oder nicht?«

»Ja, einen Schlüssel haben wir. Aber den kann ich Ihnen nicht so einfach geben. Dafür brauchen Sie einen Durchsuchungsbeschluss.«

Lukas wollte die Anwaltsgehilfin nicht unter Druck setzen. Sie konnte vermutlich sowieso nichts entscheiden. »Bitte rufen Sie Ihren Chef.«

Fünf Minuten später hatte er dem Anwalt die Situation erklärt.

»Es tut mir leid, aber ich kann Sie auf keinen Fall in die Praxis lassen«, sagte Doktor Muller bedauernd. »Wir haben den Schlüssel, aber nur, damit wir Doktor Mohrguts Blumen versorgen und nach dem Rechten sehen können, wenn er nicht da ist. Ich verstehe zwar, dass Ihr Anliegen dringend ist, aber ohne einen richterlichen Beschluss darf ich Ihnen die Räume nicht öffnen.« Bevor Lukas auf ihn einreden konnte, kam er ihm zuvor. »Nicht, weil ich das nicht will, bitte verstehen Sie mich nicht falsch. Wir kommen in Teufels Küche, wenn das rauskäme.«

Das war Lukas natürlich klar. Er wollte den Anwalt auch nicht in Bedrängnis bringen. Dennoch durfte er keine Zeit mehr verlieren. »Bitte, Doktor, lassen Sie uns eine Lösung finden. Wenn Sie mir nicht aufsperren, bleibt mir nichts anderes übrig, als die Tür einzutreten.«

Der Anwalt starrte Lukas mit großen Augen an. »Mit welcher Handhabe denn? Sie wissen sicher, dass das ein Nachspiel haben würde.«

Lukas starrte Muller finster an. »Gefahr im Verzug.«

»Wenn Sie das verantworten wollen, bitte, aber ich kann Sie nicht hineinlassen.« Es war dem Anwalt anzusehen, dass er sich in einer Zwickmühle befand. »Würde es Ihnen helfen, wenn ich nachsehen gehe und Sie draußen warten?«

Natürlich würde es das. Aber Lukas würde einen Teufel tun und zulassen, dass Muller sich in Gefahr begab. Sollte einer der Mohrguts wirklich der gesuchte Mörder sein und Maria in seiner Gewalt haben, würde er unter Garantie nicht zögern, denjenigen schwer zu verletzen oder gar zu töten, der es wagte, ihm ins Handwerk zu pfuschen.

»Das wäre eine Möglichkeit«, sagte Lukas deshalb gepresst. »Allerdings nur unter der Voraussetzung, dass Sie die Tür hinter sich offen lassen. Wir wissen nicht, wer sich in der Praxis befindet. Falls Sie in Gefahr geraten, können wir Ihnen ansonsten nicht helfen.«

In Mullers Augen blitzte es. Er hatte verstanden, dass das nur die halbe Wahrheit war. Unter Garantie würde der Hauptkommissar ihm nachfolgen. Doch das war ein Kompromiss, mit dem er leben konnte. Vorausgesetzt, er wusste offiziell nichts davon. Deshalb sagte er: »Und Sie garantieren mir, dass Sie draußen bleiben?«

»Auf alle Fälle.« Lukas erwiderte das kaum wahrnehmbare Zwinkern des Anwalts. »Natürlich nur, solange ich nicht befürchten muss, dass Ihnen etwas zustoßen könnte.«

Ungeduldig wartete Lukas, bis Muller die Tür aufgeschlossen hatte. Er ließ dem Anwalt genau eine Sekunde Vorsprung, dann folgte er ihm mit gezogener Pistole. Kira und einer der beiden Kollegen aus dem Streifenwagen nahmen sich die anderen Zimmer vor, während Lukas den Anwalt am Sakko packte und sich an ihm vorbeizwängte, ohne auf dessen Proteste zu achten. Es kam überhaupt nicht infrage, dass Muller ungeschützt vorausging.

»Bleiben Sie hinter mir«, schnitt er dem Anwalt das Wort ab, als der gegen die Anwesenheit und Vorgehensweise der anderen Polizisten intervenieren wollte. Am liebsten wäre es ihm gewesen, Muller hätte draußen gewartet, doch er konnte dessen Bedenken verstehen. Nach zwei Minuten hatten die Polizisten sämtliche Räume bis auf das Behandlungszimmer durchsucht, das erstaunlicherweise abgesperrt war. Lukas besah sich das Schloss und stellte auf den ersten Blick fest, dass es viel zu lange dauern würde, es mit einem Dietrich zu öffnen.

»Gehen Sie zur Seite«, sagte er in einem derart energischen Tonfall, dass dem Anwalt das Wort im Hals stecken blieb. Bevor Lukas jedoch Anlauf nehmen konnte, um die Tür zu rammen, stieß Kira einen erstickten Schrei aus.

»Was ist denn?«, fragte Lukas ungeduldig.

»Wenn du dir nicht die Schulter auskugeln willst, lässt du das besser mich machen.«

Es dauerte eine Sekunde, dann erinnerte sich Lukas, wie Kira ihm und Fiedler vor einiger Zeit eine beeindruckende Darstellung ihrer Kampfkünste gegeben hatte. Er verzog den Mund und stimmte ihr zu. Das Türblatt war massiv und die Gefahr, dass er sich ernsthaft verletzte, war in der Tat nicht unerheblich. Also nickte er ihr zu und gab ihr grünes Licht.

Kira fackelte nicht lange. Sie trat einen Schritt zurück, konzentrierte sich und explodierte in einem Sidekick, der so viel Kraft entfesselte, dass das Holz um das Türschloss herum splitterte, als sei es aus Pappe. Bevor sich die Umstehenden von ihrem Schreck erholt hatten, hatte Kira ihre Waffe gezogen, stürmte in den Raum und ließ sich unmittelbar zur Seite fallen. Lukas, dessen Reaktionen auch nicht schlecht und doch nur halb so schnell wie Kiras waren, folgte ihr. Falls sich jemand im Zimmer befand, hatte der sowieso alle Hände voll damit zu tun, der wieselflinken Polizistin auszuweichen.

»Mist.« Enttäuscht ließ Kira die Waffe sinken. »Hier ist niemand.«

Lukas, der ahnte, dass der Zugriff auf die Praxis noch ein Nachspiel haben würde, schnappte sich einen Stift und einen Block, kritzelte eine Nachricht darauf und hinterließ sie zusammen mit seiner Visitenkarte auf dem Tresen.

Nachdem Doktor Muller die Eingangstür wieder verschlossen hatte, bedankte sich Lukas und schickte ihn zurück ins Büro.

»Was machen wir jetzt?«, wollte Kira wissen. Ihr war nicht entgangen, dass Lukas immer einsilbiger geworden war, als sie weder seine Tante noch den Arzt angetroffen hatten.

Statt einer Antwort wählte Lukas erneut Marias Nummer. Wieder schaltete sich nur die Mailbox ein. Er verzichtete darauf, eine weitere Nachricht zu hinterlassen, und bat Kira, die Kollegen anzurufen, die sich vor Mohrguts Wohnung postiert hatten. Am liebsten hätte er ihnen die Anweisung gegeben, dass auch sie sich Zutritt verschaffen sollten, doch eine innere Stimme sagte ihm, dass er für heute bereits genug Schaden angerichtet hatte. Während Kira mit den Kollegen telefonierte, rief er in der Dienststelle an.

»Emma, ich brauche eine Handyortung.«

»Eine Handyortung?«, wiederholte Emma seine Worte. »Auf welcher Grundlage?«

Lukas knirschte mit den Zähnen. »Gefahr im Verzug.«

»Und wer ist in Gefahr?«

»Frag nicht so viel, mach einfach.«

Bevor Emma antworten konnte, kam Fiedler, der offensichtlich neben ihr stand, an den Apparat.

»Was ist los, Zieringer? Vor nicht mal fünf Minuten hat eine Anwaltskanzlei hier angerufen und sich pro forma über Sie beschwert. Ich hoffe, Sie haben eine gute Begründung für Ihr Verhalten.«

Da Lukas sich nicht mit langen Erklärungen aufhalten wollte, fasste er nur das Wichtigste für Fiedler zusammen. »Falls Mohrgut wirklich seine Finger im Spiel hat, ist Maria Wagner in Lebensgefahr. Deswegen brauche ich eine Ortung. Und zwar jetzt gleich.«

»In Ordnung«, sagte Fiedler, ohne auch nur eine Sekunde zu überlegen. Auch wenn er durchaus der Meinung war, dass Zieringer zuweilen eingebremst werden musste, stand er doch voll und ganz hinter ihm. »Besprechen Sie alles Weitere mit Emma.«

Lukas gab Emma die Telefonnummer seiner Tante durch und wartete wie auf heißen Kohlen, dass sie die Ortung in die Wege leitete. Er mochte sich nicht ausmalen, was wäre, wenn Mohrgut sich Marias Handy geschnappt und daraus die SIM-Karte entfernt hatte.

»Übrigens gibt es eine neue Vermisstenmeldung«, sagte Emma verstört. »Hoffentlich finden wir nicht noch eine Leiche.«

Für einen Augenblick von der Sorge um seine Tante abgelenkt, rasten Lukas Gedanken. Vielleicht war es ja möglich, diesen Mann zu retten. »Wer hat ihn als vermisst gemeldet?«, wollte er wissen. »Wissen wir schon, ob er Kinder …«

»Lukas, warte«, unterbrach ihn Emma. »Es handelt sich um eine Frau, Lisa Drosten. Denkst du, dass das zusammenhängen kann?«

Unschlüssig zuckte Lukas mit den Schultern, bis ihm bewusst wurde, dass Emma die Geste nicht sehen konnte. »Keine Ahnung. Was weißt du über die Hintergründe der Vermisstenmeldung?«

»Noch nichts. Wir haben die Anzeige gerade erst aufgenommen.«

»Seit wann ist die Frau verschwunden?«

»Sie hat sich gestern Nachmittag mit der Lehrerin ihrer Tochter getroffen. Von diesem Treffen ist sie nicht nach Hause gekommen.«

»Das heißt, Ihr habt die Meldung aufgenommen, obwohl die Frau noch nicht einmal vierundzwanzig Stunden überfällig ist?«

»Der Chef hat zufällig mitbekommen, wie der Ehemann die Kollegen bekniet hat. Da er befürchtet, dass es einen Zusammenhang zu den Kabelbindermorden geben könnte, hat er die Kollegen angewiesen, entgegen den Vorschriften zu handeln.«

Lukas atmete tief durch. Gut, dass Fiedler so reagiert hatte. Er hätte das Gleiche getan. Bevor er weiterfragen konnte, teilte Emma ihm mit, dass die Handyortung jetzt stand.

»Das Signal bewegt sich. Es fährt auf der B307 in Richtung Bayrischzell.«

Lukas gab Kira ein Zeichen, in den Wagen zu steigen. Den uniformierten Kollegen, die geduldig darauf warteten, neue Anweisungen zu erhalten, sagte er, dass sie Emma verständigen und von ihr eine Ablösung schicken lassen sollten, da er für die beiden eine andere Aufgabe hatte, als Mohrguts Praxis zu beobachten. Doch dafür benötigten sie die Adresse der vermissten Frau.

»Lasst sie euch von Emma geben. Sie soll auch gleich das Telefon der Frau orten lassen. Dann fahrt ihr zu der Adresse und findet heraus, ob es einen Grund dafür geben könnte, dass die Frau freiwillig untergetaucht ist. Vielleicht gab es einen Ehestreit oder der Mann hat einfach nur vergessen, dass sie bei einer Freundin übernachten wollte. Haltet euch damit aber nicht zu lange auf.« Am liebsten hätte er den Gatten selbst befragt. Die Reaktion des Partners einer verschwundenen Person hatte im Normalfall weit mehr Aussagekraft als Worte allein. Lukas hatte einen Riecher dafür, wenn jemand log. Deswegen schärfte er den Kollegen ein, dass einer von beiden Fragen stellen und der andere sich auf die Mimik und die Gesten des Ehemannes konzentrieren sollte.

»Wenn ihr zu dem Schluss kommt, dass es keine Auffälligkeiten gegeben hat, lenkt ihr das Gespräch auf die Kinder. Im Moment wissen wir nur, dass die Drostens eine Tochter haben, da die Mutter gestern Abend mit deren Lehrerin verabredet war. Findet heraus, ob das Mädchen oder ein anderes Kind von der Mutter zu sportlichen Höchstleistungen gedrängt wurde.«

Verwirrt starrte ihn der ältere der beiden an. Schließlich sagte er: »Ist das denn wichtig? Falls die Frau entführt wurde, sollten wir uns doch wohl besser auf etwas anderes konzentrieren als auf irgendwelche sportlichen Ambitionen.« Obwohl sein Kollege ihn bereits zweimal angerempelt hatte, redete er einfach weiter. »Ich möchte ja Ihre Kompetenz nicht infrage stellen, aber ergibt es nicht mehr Sinn, dass wir uns auf das Umfeld der Frau konzentrieren? Ihre Freunde zum Beispiel oder …«

»Sei jetzt einfach mal still«, fuhr ihm Josef über den Mund. Zu Lukas sagte er entschuldigend: »Fritz ist heute erst aus dem Urlaub zurückgekommen. Er weiß noch nichts von dem, was in den letzten Tagen vorgefallen ist.«

Lukas, der seinerseits versucht hatte, den Redefluss des Kollegen zu unterbrechen, nickte ungeduldig. Es brannte ihm unter den Nägeln, endlich loszufahren und nach Maria zu suchen. »Bring ihn während der Fahrt auf den neuesten

Stand. Wie gesagt, konzentriert euch darauf, ob es einen Zusammenhang mit unseren Morden geben könnte. Weißt du, wonach du sonst noch fragen musst?«, wollte er von Josef wissen.

Der nickte. »Ob die Tochter oder ein anderes Kind bei einem Psychologen in Behandlung ist und ob das damit zu tun haben könnte, dass das Kind von einem Elternteil, in diesem Fall der Mutter, überfordert wurde.«

»Sehr gut.« Lukas wandte sich zum Auto und bemerkte, dass Kira noch immer nicht eingestiegen war. »Was ist los?«

»Ich glaube, es wäre besser, wenn ich fahre«, sagte die zierliche Polizistin ruhig. »Dann kannst du dich darauf konzentrieren, mit Emma oder mit Fiedler zu telefonieren.« Das allein war aber nicht der Grund, weshalb sie heute lieber nicht neben Lukas auf dem Beifahrersitz sitzen wollte. Seit er Marias Auto vor der Praxis entdeckt hatte, machte er den Eindruck, als ob er auf einem Drogenentzug wäre. Seine Gesichtsfarbe war vor Sorge unnatürlich blass, und Kira hatte zudem bemerkt, dass seine Hände vor Anspannung zitterten.

Obwohl Lukas normalerweise ein geduldiger Beifahrer war, ahnte er, dass es ihn wahnsinnig machen würde, wenn Kira irgendwelche Verkehrsregeln beachtete, statt mit Höchstgeschwindigkeit dem Signal hinterherzufahren, das Marias Handy sendete. Und genau da lag der Hund begraben. Da ihm klar war, dass sie recht hatte, zog er den Autoschlüssel aus seiner Hosentasche und warf ihn ihr zu.

Kapitel 10

»Wohin bewegt sich das Signal?«, wollte Lukas von Emma wissen, die geduldig am Telefon ausgeharrt hatte, bis ihre Kollegen endlich losfuhren.

»Es fährt gerade durch Neuhaus.«

»Dann hat sie höchstens dreißig Minuten Vorsprung«, sagte Kira, die Emmas Worte mitbekommen hatte, da Lukas sein Handy auf laut gestellt hatte. »Verdammter Mist. Wir müssen sie knapp verpasst haben.« Sie schaltete Blaulicht und Martinshorn ein und fuhr los.

Lukas betete darum, dass Maria noch im Besitz ihres Handys war. Er hatte während seiner Tätigkeit in der Mordkommission München oft genug erlebt, dass ein Verbrecher ein Telefon ohne die gesuchte Person auf Reisen geschickt hatte. Einmal hatten sie das Signal eines Telefons verfolgt, das ein Bankräuber, nachdem er zwei Geiseln erschossen hatte, in den offen stehenden Laderaum eines Paketboten geworfen hatte, als der Kurier gerade ein Paket an der Haustür ablieferte und nicht mitbekam, wie ihm ein Kuckucksei ins Nest gelegt wurde.

»Das Signal wird langsamer«, sagte Emma aufgeregt. »Jetzt biegt es nach rechts ab.«

»Das muss die neue Spitzingstraße sein«, sagte Kira wie aus der Pistole geschossen. Sie kannte sich in der Gegend gut genug aus, um sich vorstellen zu können, welchen Weg Maria nahm. »Sie fährt rauf zum Spitzingsee.«

»Wie schnell bewegt sich das Signal im Moment?«, wollte Lukas wissen.

»Mit etwa achtzig.«

Lukas schloss die Augen. Dann hatte Kira recht. Kurz nach Neuhaus war es die einzige Straße, die rechts abzweigte, auf der man mit einer so hohen Geschwindigkeit fahren konnte. Sie hatten gute Chancen, die Person einzuholen, die mit Marias Handy unterwegs war. Er konnte nur hoffen, dass nicht jemand anderer mit dem Telefon unterwegs war, um eine falsche Spur zu legen oder es in dem kleinen Bergsee zu entsorgen.

»Wie schnell kannst du herausfinden, ob jemand aus der Familie Mohrgut irgendwo dort oben eine Hütte besitzt?«

»Das wird sicher eine Weile dauern«, sagte Emma irritiert. »Glaubst du denn, dass er …«

»Ich glaube gar nichts«, unterbrach Lukas sie. »Ich möchte nur alle Möglichkeiten in Betracht ziehen. Also, wie lange würde es dauern?«

»Ziemlich lange. Ich muss dazu eine Anfrage ans Gemeindeamt stellen. Und du weißt ja selbst, dass ich dort erst mal jemanden ans Telefon bekommen muss, der die entsprechende Kompetenz besitzt, entscheiden zu können, mir die Informationen zu geben.«

Lukas fasste sich an die Stirn. So kam er nicht weiter. »Ist der Chef noch da?«

»Ja, klar«, sagte Emma mit einem amüsierten Unterton. »Wo soll er mit seinem Klumpfuß denn auch hin?«

»Gib ihn mir.«

Falls Emma sich über Lukas' knappen Ton ärgerte, blieb sie trotzdem gelassen. Sie murmelte »Moment«, dann hörte er die automatische Ansage der Warteschleife.

»Zieringer«, dröhnte es ein paar Sekunden später aus dem Hörer. »Was haben Sie noch auf dem Herzen?«

Lukas kam ohne Umschweife zur Sache. »Ich brauche die Information, ob die Familie Mohrgut Immobilien im Spitzingseegebiet besitzt.«

»Da müssen Sie sich an Emma …«

»Habe ich schon«, fiel Lukas seinem Chef ungeduldig ins Wort. »Das bringt uns nicht weiter, weil es viel zu lange dauert. Erinnern Sie sich noch an Leon? Den Jungen, der zusammen mit meiner Tante an der Krimirallye teilgenommen hat?«

»Klar erinnere ich mich an das ausgefuchste Früchtchen«, schnaubte Fiedler, »das schon zu hacken angefangen hat, als es gerade aus den Windeln raus war.«

»Genau das ist der springende Punkt«, sagte Lukas. »Wir brauchen seine Hilfe.«

»Sind Sie noch ganz bei Trost? Sie denken doch nicht allen Ernstes, dass ich einem Hacker den Auftrag gebe, ins Gemeindeamt einzubrechen«, kombinierte Fiedler Lukas' Wunsch haarscharf. »Da können wir gleich alle gemeinsam eine Sammelkündigung einreichen.«

»Doch, das denke ich«, sagte Lukas verzweifelt. »Es ist die einzige Chance, dass wir an die Information herankommen, ehe es zu spät ist.«

Bevor Fiedler etwas dazu sagen konnte, kam Emma in dessen Büro gerannt und rief so laut, dass Lukas es hören konnte: »Wir haben das Signal verloren.«

Aufgebracht drosch Lukas mit der Faust gegen die Beifahrertür. »Verdammte Scheiße«, fluchte er. »Chef, wenn wir eine offizielle Anfrage stellen, dauert es Stunden, bis wir ein Ergebnis haben. Die Zeit haben wir nicht.«

Fiedler machte innerlich drei Kreuzzeichen, dann stimmte er Lukas' Bitte zu. »Wie kann ich dabei helfen?« Hoffentlich flog ihnen der Mist nicht irgendwann um die Ohren. »Es muss allerdings klar sein, dass das nie nach außen dringen darf.«

»Das ist selbstverständlich«, knirschte Lukas und warf Kira einen Blick zu. Er hatte keine Bedenken, dass sie mit im Boot war, so viel Menschenkenntnis hatte er allemal. Er wollte sich gerade von Fiedler verabschieden, als der ihn unterbrach.

»Geben Sie mir Leons Nummer. Ich erledige das. Dann können Sie sich auf die Jagd nach Mohrgut konzentrieren.«

Lukas nahm das Telefon vom Ohr, öffnete das Adressbuch und gab Fiedler Leons Nummer und auch gleich seine E-Mail-Adresse durch.

Bevor er noch etwas sagen konnte, sagte Fiedler harsch: »Schleichen Sie sich aus der Leitung, Zieringer. Ich muss dringend telefonieren.«

Zehn Minuten später setzte Kira den Blinker und bog in die Spitzingstraße ein, in der Marias Handy zuletzt geortet worden war. Lukas trommelte nervös mit den Fingern auf der Armablage der Mittelkonsole herum. Er sah auf die Uhr, dann wählte er die Nummer des Kollegen, der zum Mann der vermissten Frau gefahren war.

»Wir sind gerade erst angekommen, weil wir wegen einer Baustelle einen Umweg fahren mussten«, sagte Josef leise. »Deswegen haben wir noch nicht allzu viel herausgefunden. Aber Emma hat gerade Bescheid gegeben, dass das Handy nicht geortet werden kann.«

Verdammter Mist. Wütend ballte Lukas seine Hand zur Faust. Am liebsten wäre er auf der Stelle ausgestiegen und die Bergstraße nach oben gesprintet, um sich abzureagieren. »Ist es möglich, dass die Frau bei einer Freundin übernachtet hat?«

»Laut Ludger Drosten nicht. Er hat die Lehrerin angerufen, doch zu der hat seine Frau gesagt, dass sie direkt nach Hause fährt. Trotzdem hat er alle Bekannten durchtelefoniert, da ist sie aber auch nicht.«

»Wie schätzt du die Situation ein?«

»Der Mann ist völlig aufgelöst. Seinen Worten zufolge gab es keinen Streit. Die Ehe scheint generell gut zu sein. Ich kann die Mimik und Gesten des Mannes zwar nicht so gut deuten wie du, aber für mich sieht es so aus, als ob er die Wahrheit sagt.«

»Habt ihr nach den Kindern gefragt?«

»Es gibt nur die eine Tochter. Zu der wollte ich gerade kommen.«

Lukas dachte einen Augenblick nach, dann bat er den Kollegen, mit dem eingeschalteten Handy zurück zum Ehemann der Vermissten zu gehen.

Nachdem Josef den Gatten darüber informiert hatte, dass Kriminalhauptkommissar Zieringer am Telefon war und ihn sprechen wollte, begrüßte Lukas Ludger Drosten.

»Grüß Gott, Herr Drosten. Sehen Sie sich in der Lage, mir am Telefon ein paar Fragen zu beantworten? Vermutlich werden die für Sie klingen, als hätte es nichts mit dem Verschwinden Ihrer Frau zu tun«, warnte Lukas ihn gleich vor. »Hat Ihre Tochter ein außergewöhnliches sportliches Talent?« Lukas schloss die Augen und blendete alles um sich herum aus. Er konzentrierte sich ganz darauf, wie Drosten die Frage beantwortete.

»Sportliche Talente?« Ein großes Fragezeichen schwang in Drostens Stimme mit. »Michaela geht zum Schulsport. Aber da ist sie nur besserer Durchschnitt. Als besonders talentiert würde ich sie nicht bezeichnen. Worauf genau wollen Sie denn hinaus?«

Plötzlich wurde sich Lukas bewusst, dass er sich so auf Drostens Antwort konzentriert hatte, dass er unwillkürlich die Luft angehalten hatte. Jetzt atmete er langsam wieder aus. Wenn Michaela Drosten keine übermäßigen sportlichen Fähigkeiten besaß, war entweder seine gesamte Theorie für die Katz oder das Verschwinden der Mutter hatte nichts mit den beiden anderen Fällen zu tun.

»Ich verfolge eine Theorie«, hielt Lukas sich vage. »Betreibt Michaela über den Schulsport hinaus noch etwas anderes? Geht sie Reiten, Fechten, Bergsteigen oder Golfspielen?« Die Liste ließ sich ewig lang fortsetzen, aber er war sich sicher, dass Drosten schon verstanden hatte, wonach er suchte.

»Nichts dergleichen. Sie hat auch keinen Wunsch in derartiger Hinsicht geäußert. Meine Frau hat sich schon darüber gewundert, dass Michaela noch nicht einmal ansatzweise Interesse an Pferden zeigt. Das wäre unter Mädchen ihres Alters doch normal.«

Drostens Stimme klang zunehmend hilflos. Obwohl Lukas sein Gesicht nicht sehen konnte, war er sicher, dass der Ehemann die Wahrheit sagte. Trotzdem wollte er nicht so schnell aufgeben. »Haben Sie oder Ihre Frau den Wunsch, dass Michaela sich in einer Sportart besonders anstrengt?«

»Nein und noch mal nein.« Nun wurde Drosten ungehalten. »Ich verstehe nicht, wieso das wichtig ist. Wollen Sie nicht endlich anfangen, nach meiner Frau zu suchen?«

Das tue ich längst, dachte Lukas. »Eine andere Frage: Geht Ihre Tochter zur Psychotherapie?«

Empört sog Drosten die Luft ein. »Ich weiß wirklich nicht, was Sie das angeht.«

»Sie haben recht, das geht mich nichts an. Trotzdem wäre es hilfreich, wenn Sie mir die Frage beantworten würden. Falls Michaela therapeutische Hilfe in Anspruch nimmt, könnte es sein, dass das Verschwinden Ihrer Frau damit zusammenhängt.«

»Michaela ist ein charakterlich gefestigtes Kind.« Drostens Stimme schnappte fast über. »Ich wüsste nicht, was sie bei einem Seelenklempner sollte.«

Lukas ballte eine Hand zur Faust. Also war seine Theorie eine Sackgasse. Er bat Drosten, das Telefon zurück an den Kollegen zu geben. Dann wies er Josef an, das Thema behutsam weiterzuverfolgen.

»Von mir aus lügst du das Blaue vom Himmel herunter. Ich bin mir nicht sicher, ob Drosten die Wahrheit gesagt hat. Auf jeden Fall wundert es mich, dass er so in die Luft gegangen ist, nur weil ich gefragt habe, ob das Mädchen zu einem Psychologen geht. Entweder liegt ihm der Gedanke wirklich fern, oder er bindet uns einen Bären auf.«

»Vielleicht weiß er aber auch nur nichts davon, dass das Mädchen seelische Probleme hat«, sagte Josef so leise, dass Drosten es nicht hören konnte.

»Möglich«, sagte Lukas. »Aber dann hätte er sich über die Frage nicht derart aufgeregt.«

»Auch wieder wahr«, brummte der Polizist. »Du sagtest, ich solle das Blaue vom Himmel herunterlügen. Was meinst du damit?«

»Erzähl ihm, dass du dich auch über meine Frage gewundert hast und dir nicht erklären kannst, was das mit seiner Frau zu tun haben soll. Versuche, eine Überleitung dazu zu finden, dass dein Sohn eine Therapie macht. Und dass du deiner Frau dankbar bist, dass sie sich dafür eingesetzt hat, weil es dem Jungen sehr hilft. Denkst du, du bekommst das hin?«

»Ich kann es zumindest versuchen«, antwortete Josef nachdenklich. »Doch, ich denke, das klappt. Soll ich sonst noch etwas dazu sagen?«

»Meinetwegen kannst du alles auf eine Karte setzen. Falls Drosten sich auch nur ansatzweise auf das Gespräch einlässt, erwähnst du Mohrgut. Erzähl ihm, dass dein Sohn bei ihm in Behandlung ist und welch großartige Fortschritte der Junge schon gemacht hat.«

»Und was soll ich sagen, weswegen mein nicht vorhandener Sohn zum Psychodoktor geht?«

»Weil er ein Bettnässer ist«, kam Kira Lukas zu Hilfe, da sie spürte, dass ihm keine rechte Antwort einfallen wollte. »Das ist bei kleinen Kindern ein relativ häufiges Symptom bei psychischen Problemen.«

»Ah ja. Na gut, dann erzähle ich das.«

»Falls Drosten fragt, weshalb dein Sohn sich einnässt, kannst du ihm verraten, dass du den Jungen vermutlich zu sehr zum Sport anspornst. Weil du möchtest, dass er später auch zur Polizei geht und die Aufnahmeanforderungen immer härter werden.« Die Geschichte war durchaus glaubhaft. Der Polizist hatte eine athletische Statur, und Drosten würde ihm ohne Weiteres abnehmen, dass er täglich Sport trieb.

»Josef, ich muss aufhören«, sagte Lukas, da er hörte, dass ein weiterer Anruf hereinkam. Er verabschiedete sich von seinem Kollegen und nahm das eingehende Gespräch an.

»Leon! Danke, dass du dich so schnell meldest.« In Gedanken machte Lukas ein Kreuzzeichen. Insgeheim hatte er befürchtet, dass der hochbegabte junge Mann in einer Vorlesung an der Uni steckte und nicht ans Telefon gehen konnte. »Ich würde dich ja gerne fragen, ob dir die ersten Tage im Studium Spaß gemacht haben, dazu habe ich im Moment aber leider keine Zeit. Allerdings habe ich ein Riesenproblem.«

»Macht nix. Ich meine, dass du gerade im Stress bist. Herr Fiedler hat mir schon erzählt, dass ihr meine Hilfe braucht.« Leon klang unüberhörbar stolz. Erst vor ein paar Monaten hatte ihm Fiedler, kaum dass er davon Wind bekommen hatte, dass Leon vor einigen Jahren in illegale Hacks verstrickt gewesen war, ordentlich den Kopf gewaschen. Lukas war es dann gewesen, der Leon den Floh ins Ohr gesetzt hatte, Informatik zu studieren und sich anschließend bei der Polizei zu bewerben, da ihm das die Möglichkeit geben würde, seinem größten Vergnügen auf höchst legale Weise nachzugehen. Die andere Möglichkeit, das Studium direkt bei der Polizei zu absolvieren, hatte Leon sofort wieder verwerfen müssen, da das Auswahlverfahren für dieses Jahr bereits abgeschlossen gewesen war. An der Uni München hingegen hatte er aufgrund seines Einser-Abis noch für das laufende Jahr einen Studienplatz bekommen.

»Schieß los, was kann ich für dich tun?«

»Als Erstes möchte ich, dass du weißt, dass meine Bitte nicht nur uns, sondern auch dich in Teufels Küche bringen kann.«

Leon lachte leise. »Denkst du, das ist mir nicht klar? Wenn es legal wäre, hättet ihr mich ja wohl nicht angerufen.«

»Die Anfrage, die ich habe, ist durchaus gesetzmäßig«, klärte Lukas den Jungen auf. »Das Problem ist nur, dass es auf offiziellem Wege viel zu lange dauern würde.« Mit ein paar Worten erzählte er dem jungen Hacker, dass er befürchtete, dass Maria entführt worden war.

»Um Gottes willen«, murmelte Leon. Ihm steckte noch immer der Schreck in den Knochen, als er und Maria von dem Drogenbaron, der das bayerische Oberland mit synthetischen Betäubungsmitteln überschwemmt hatte, gefangen gehalten und bedroht worden waren. Damals war es nur Lukas' Hartnäckigkeit zu verdanken gewesen, dass sie rechtzeitig befreit worden waren.

»Sag mir, was ich tun soll. Für dich mache ich alles. Und es ist mir scheißegal, welche Konsequenzen mir daraus drohen.«

Lukas atmete erleichtert auf. Insgeheim hatte er das gehofft. Schnell fasste er zusammen, worum es ging.

»Ins Gemeindeamt soll ich mich hacken?« Leons Stimme klang enttäuscht. »Das sind ja Peanuts.«

Peanuts hin oder her, für Maria bedeutete die Aktion unter Umständen die Entscheidung über Leben oder Tod. Während

Lukas Leon genau erklärte, was er wissen wollte, hörte er im Hintergrund bereits das leise Klappern der Tastatur.

»Das haben wir gleich«, sagte Leon. »Ich lasse verschiedene Tools gleichzeitig drüberlaufen, dann geht es schneller.« Bevor er sich in Erklärungen ergehen konnte, gab eines seiner Geräte ein Ping von sich.

»Das ging ja noch leichter, als ich dachte«, sagte er mehr zu sich selbst. »Ich glaube, ich muss denen mal eine Beratungsstunde geben, wie die sich besser sichern können. Das ist ja ein Witz.« Während er redete, klapperte es im Hintergrund weiter.

»Kein Eintrag auf Uriel Mohrgut«, informierte er Lukas, nachdem der ihm den Nachnamen buchstabiert und die Vornamen der Zwillinge genannt hatte. »Versuchen wir es mit Samael Mohrgut. Was sind das überhaupt für komische Namen?«, murmelte er mehr zu sich selbst, während das Klacken der Tastatur nach wie vor zu hören war. »Auch nichts, Mist! Bleibt nur noch der Vater. Wie sagtest du, heißt der mit Vornamen?«

»Friedrich.«

»Auch nichts.«

»Scheiße.« Lukas raufte sich die Haare. »Versuch es nur mit dem Nachnamen.«

»Das dauert etwas länger, weil die Suche damit umfangreicher wird«, klärte Leon Lukas auf. »Nur einen Augenblick Geduld, auch das haben wir gleich.«

Kira, die den Wagen auf dem Parkplatz am Spitzingsattel angehalten hatte, weil an etwa der Stelle das Signal von Marias Handy abgebrochen war, griff mit der rechten Hand nach Lukas' Faust, die nervös auf seinen linken Oberschenkel schlug.

»Da schau einer an! Da haben wir was.« Vor Aufregung schrie Leon in den Hörer. »Auf dem Jägerkamp gibt es eine Hütte, die einer Lieselotte Mohrgut gehört.«

»Interessant«, murmelte Lukas. »Kannst du herausfinden, wie oft der Name Mohrgut in der Gegend vorkommt?«

»Warte.« Erneut ertönte das vertraute Geräusch, das von Leons flinken Fingern verursacht wurde. »Ich habe erst mal nur eine Suche unter den Telefonbucheinträgen angestoßen«, erklärte er kurz darauf. »Das geht deutlich schneller, als wenn ich erst die Datenbanken anzapfen muss. Du wirst es nicht glauben, aber es gibt in ganz Deutschland sonst keinen einzigen Teilnehmer mit diesem Namen. Ich kann natürlich auch noch bundesweit bei den Einwohnermeldeämtern eine intensivere Recherche in Angriff nehmen. Das dauert dann aber.«

»Das bringt im Moment nichts«, lehnte Lukas Leons Angebot ab. »Vorerst reicht es mir zu wissen, dass der Name echten Seltenheitswert besitzt. Deswegen können wir getrost davon ausgehen, dass diese Lieselotte mit den Zwillingen verwandt ist und das Haus von der ganzen Familie genutzt wird.«

»Dem altmodischen Vornamen nach dürfte es sich um keine junge Frau handeln. Wobei, das würde man auch bei den Zwillingen denken«, korrigierte Leon sich. »Trotzdem tippe ich auf die Mutter. Soll ich da weiter nachforschen?«

»Mach das«, bat Lukas ihn. Dann sah er Kira fragend an. »Wo ist der Jägerkamp?«

Kira deutete nach vorn. »Vom Parkplatz der Taubensteinbahn geht ein Weg hoch. Es müsste auch noch einer vom Spitzingsattel hinaufführen. Ich kann aber nicht sagen, welcher davon mit dem Auto befahrbar ist.«

»Da oben gibt es jede Menge Hütten«, murmelte Leon, der sich das Gebiet auf Google Maps ansah. »Vermutlich kann man jede der Almen mehr oder weniger gut mit einem Fahrzeug erreichen. Irgendwie müssen die ja versorgt werden.« Nachdem er sich das Gelände näher besehen hatte, sagte er etwas ratlos: »Ich kann euch nicht sagen, welcher Weg der bessere wäre.«

Es gab immerhin drei zur Auswahl. »Ich kann euch nur die Daumen drücken, dass ihr den richtigen erwischt.«

»Verdammter Mist«, fluchte Lukas. Er hatte die Karte auf seinem Handy geöffnet, allerdings lieferte der Maßstab, auf den sich die Karte aufzoomen ließ, ein nicht annähernd befriedigendes Ergebnis. Zwar konnte man erkennen, von welchen Wegen Leon gesprochen hatte, jedoch war es unmöglich zu identifizieren, welcher davon mit einem normalen Pkw befahrbar war und für welchen man ein geländegängiges Fahrzeug brauchte. Dazu musste er feststellen, dass die Entscheidung ihn geradezu lähmte. Und das bedeutete Zeit. Wertvolle Zeit, die sie nicht hatten.

»So ein Dreck«, brachte Kira die Situation mit ungeschönten Worten auf den Punkt. »Bis wir jemanden ausfindig machen, der sich hier auskennt, ist es dunkel.«

»Das werden wir nicht zulassen«, sagte Lukas gepresst. »Wir nehmen jetzt einfach einen Weg und sehen, wohin er uns führt. Schlimmstenfalls müssen wir umdrehen und es mit dem Nächsten versuchen.«

»Okay.« Kira legte den ersten Gang ein und der Motor des BMW erwachte aus seinem Start-Stopp-Modus. »Dann nehmen wir den Erstbesten.«

Kaum, dass sich der Wagen in Bewegung gesetzt hatte, zeigte ein Doppelton den Eingang einer Nachricht an. Rasch entsperrte Lukas das Display seines Telefons. »Verdammt. Ich wusste es!«

Kira warf ihm einen kurzen Blick von der Seite zu. »Was ist los?«

»Wir sind auf der richtigen Spur«, klärte Lukas sie auf und las ihr den Text der SMS vor:

Michaela Drosten ist tatsächlich in Therapie. Der Vater konnte sich nicht an den Namen des Therapeuten erinnern, aber als ich Mohrgut erwähnt habe, war er sich plötzlich sicher, dass er den schon mal in Zusammenhang mit der Behandlung seiner Tochter gehört hat.

Knapp einen Kilometer weiter bergauf mussten sie feststellen, dass der Wagen den Anforderungen der immer schlechter werdenden Straße kaum noch gewachsen war. Lukas, der vor Anspannung seine Hände zu Fäusten geballt hatte, wies Kira an, den BMW anzuhalten. »Das kann nicht der richtige Weg sein«, sagte er mit einem mulmigen Gefühl im Bauch. Obwohl Kira das Fahrzeug ausgesprochen geschickt durch die Haarnadelkurven lenkte, wurde ihm beim Anblick der tiefen Schlucht, die auf der rechten Seite der unbefestigten, sich den Berg hinaufschlängelnden Fahrspur zu sehen war, flau.

»Wir sollten besser umkehren«, sagte Kira, als hätte sie seine Gedanken gelesen.

»Umkehren ist gut«, fand Lukas. »Es gibt hier nur nichts, wo man wenden kann.«

»Oh Gott.« Kira schluckte. »Ich traue mir nicht zu, das riesige Ding hier rückwärts hinunterzufahren.«

»Das musst du auch nicht«, stellte Lukas fest. »Du steigst aus und läufst zu Fuß.«

»Wie bitte? Was soll ich?« Entgeistert musterte Kira ihren Kollegen.

»Ich fahre, du gehst«, sagte Lukas in einem Ton, der keinen Widerspruch zuließ. »Falls etwas passieren sollte, kann wenigstens einer Hilfe holen. Außerdem kann es sein, dass du mich dirigieren musst, weil ich nach hinten kaum etwas sehen kann.«

Fünfzehn Minuten später kamen sie an eine Stelle, die man mit etwas gutem Willen als Ausweichbucht bezeichnen konnte. Lukas zog die Handbremse, stieg aus und besah sich den Weg. »Das wird knapp«, murmelte er. »Aber es müsste gehen.«

»Wäre es nicht besser, du fährst noch weiter rückwärts bis dahin, wo die kleine Brücke ist?«, fragte Kira ängstlich. Allein bei der Vorstellung, einer der Reifen würde an der abschüssigen Stelle die Haftung verlieren, wurde ihr so schlecht, dass sie am liebsten vorgeschlagen hätte, den BMW einfach stehen zu lassen. »Dort ist mehr Platz als hier.«

»Das schon«, gab Lukas zu. »Aber vor der Stelle kommen noch zwei oder drei Kehren und die machen noch weniger Spaß als das hier.«

Kira verdrehte die Augen, als Lukas von Spaß sprach, ersparte sich aber einen Kommentar, da er ihr erklärte, wie er sich die Aktion vorstellte.

»Du musst auf der Beifahrerseite aufpassen, dass die Räder dem Abgrund nicht zu nahe kommen«, erklärte er ihr allen Ernstes. Offensichtlich hatte er vor, den wenigen Platz bis auf den letzten Zentimeter auszureizen. »Auf meiner Seite sehe ich selbst, wie weit ich fahren kann, aber wegen der langen Motorhaube musst du achtgeben, dass das Ganze nicht schiefgeht.« Prüfend stampfte Lukas nur wenige Zentimeter vor dem Abgrund auf den Boden. »Das müsste halten«, murmelte er. Dann sah er Kira fragend an. »Können wir loslegen?«

»Wenn es unbedingt sein muss«, antwortete Kira gequält.

»Muss es«, sagte Lukas mit mehr Zuversicht, als er empfand. Obwohl er schwindelfrei war, erschreckte ihn das Wendemanöver genauso wie seine junge Kollegin. Aber sie durften keine weitere Zeit verschwenden. Er setzte sich in den Wagen, startete den Motor und ließ die Fahrertür offen. Zum einen konnte er so den Abgrund besser im Auge behalten, zum anderen war es die einzige Möglichkeit, noch aus dem Wagen zu springen, falls das Manöver in die Hose ging. Aus dem Grund verzichtete er auch darauf, den Sicherheitsgurt anzulegen.

»Wäre es nicht besser, du würdest rückwärts umdrehen?«, wagte Kira einen Vorstoß. Immerhin würde er damit nicht so nah an der Abbruchkante sitzen.

»Nein.« Lukas schüttelte den Kopf. »Sollte der Wagen ins Rutschen geraten, müsste ich in Richtung Abgrund herausspringen, außerdem hat der BMW Heckantrieb. Falls der Weg unter dem Vorderrad absackt, stehen die angetriebenen Räder noch auf festem Untergrund und ich habe eine reelle Aussicht, heil davonzukommen. Wenn eins der Hinterräder einbricht, ist die Chance fast gleich null.«

Zentimeter um Zentimeter schob sich der Wagen vorwärts, und Lukas' Überlebensinstinkte schlugen Alarm, als er dem Abgrund unaufhörlich näher kam. Er biss die Zähne zusammen, konzentrierte sich auf Kiras Stimme und ließ den linken Vorderreifen nicht aus den Augen. Nach mehrmaligem mühsamen Hin- und Herrangieren stand das Fahrzeug schließlich quer auf dem Weg.

Lukas wischte sich mit dem Ärmel seines T-Shirts den Schweiß von der Stirn. Dann warf er Kira einen Blick zu, die mit schneeweißem Gesicht den rechten Vorderreifen hypnotisierte.

»Wenn wir die Karre jetzt so stehen lassen, entkommt uns kein Bösewicht mehr«, witzelte Lukas. »Das ist die perfekte Straßensperre.«

»Wenn du denkst, dass ich deine dummen Scherze lustig finde, hast du dich geschnitten.« Böse starrte Kira ihn durch das Beifahrerfenster an. Doch als sie seinen Gesichtsausdruck sah, verstand sie. Es war nicht nur die Gefahr, die vor ihm lag, er tat auch alles, damit er von seinen Sorgen um Maria abgelenkt war. Prompt tat ihr leid, was sie gesagt hatte. »Entschuldige«, sagte sie betreten. »Es ist nur …«

»Keine Entschuldigungen, bitte«, wehrte Lukas ab. »Machen wir einfach weiter, okay?«

Kurz darauf stieß Kira einen lauten, panischen Schrei aus. »Zurück, zurück, ZURÜCK!«

In dem Augenblick spürte Lukas, wie der Wagen nach unten sackte. Sofort drosch er den Rückwärtsgang hinein und gab Vollgas. Einen Moment lang drehten die Reifen durch, dann schaltete das Sperrdifferenzial zu, die Räder bekamen nach einer endlos erscheinenden Sekunde wieder Haftung, und dann machte der BMW einen Satz nach hinten und krachte gegen die Felswand.

Schwer atmend lehnte Lukas sich in seinem Sitz zurück. Das war knapp gewesen. Als sein Herzschlag sich wieder normalisierte, sah er, dass Kira wie gelähmt auf dem Weg stand und zu der Stelle starrte, die unter dem schweren Wagen weggebrochen war. Lukas zog die Handbremse und stieg aus. Er verzichtete darauf, sich den Schaden anzusehen, und drückte sich um die Motorhaube herum, bis er neben seiner Kollegin stand. Vorsichtig packte er sie an den Schultern und schüttelte sie.

»Hier wird nicht geschlafen, du Faulpelz«, neckte er sie.

Als sie endlich aus ihrer Starre erwachte, konnte sie sich gerade noch rechtzeitig zur Seite drehen, um sich nicht auf seine Schuhe zu übergeben.

»Oh, Scheiße.« Kira spuckte aus und nahm die Wasserflasche, die Lukas aus der Seitentasche zog, mit einem Nicken entgegen. »Danke.« Sie spülte den Mund gründlich aus, dann trank sie den Rest der Flasche leer. Erst dann wurde ihr bewusst, dass Lukas sie bei den Schultern gepackt und ihr die Haare aus dem Gesicht gehalten hatte, während sie ihr Frühstück wieder von sich gab. Und dann wurde sie prompt rot. Meine Güte, war das peinlich.

Lukas, der spürte, was in ihr vorging, stupste sie an. »Das sollte genug Mundhygiene gewesen sein. Zurück an Ihren Beobachtungsposten, Polizeimeisterin Brecht.« Fasziniert beobachtete er, wie ihr Gesichtsausdruck von beschämt zu fassungslos wechselte.

»Du willst doch nicht weitermachen?«

»Natürlich machen wir weiter. Erstens können wir die Kiste nicht mitten im Weg stehen lassen, zweitens müssen wir weiter nach meiner Tante suchen. Und dazu brauchen wir das Auto.«

Nachdem Lukas Kira dreimal hatte sagen müssen, dass sie nicht schon einen halben Meter vor dem Abbruch in panisches Rufen ausbrechen sollte, ging es mit jedem Rangieren leichter und dann stand der BMW endlich in der richtigen Richtung. Da nicht genügend Platz war, um die Beifahrertür zu öffnen, kletterte die kleine gelenkige Polizistin kurzerhand durch das Fenster hinein.

Kapitel 11

»Welchen Weg nehmen wir als Nächstes?«, fragte Lukas, als sie wieder auf dem Spitzingsattel angekommen waren.

»Vom Parkplatz der Taubensteinbahn führt eine Straße hoch«, murmelte Kira. »Lass uns die probieren.«

»Wenn ich mir das alte Ding ansehe, denke ich, dass unser Ausflug auch nicht gefährlicher war, als damit zu fahren«, sagte Lukas zwei Minuten später mit einem Blick auf die augenscheinlich schon recht alten Viererkabinen der Taubensteinbahn.

»Sehr witzig«, mokierte sich Kira. »Die Bahn hat fast schon Kultcharakter, das schaffen die modernen Gondeln heutzutage doch gar nicht mehr.«

»Das mag sein.« Kurz nachdem er links auf den Forstweg eingebogen war, steuerte Lukas eine kleine Ausweichbucht an, da ihnen von oben ein Taxi entgegenkam. »Aber die heutigen Dinger schaffen es dafür, Vertrauen zu erwecken. Zumindest meines. Was ich von dem hundert Jahre alten Relikt hier nicht sagen kann.« Er ließ sein Fenster herunter und deutete dem Taxifahrer anzuhalten.

»Ich glaube kaum, dass Sie das etwas angeht«, antwortete der Taxler auf Lukas' Frage, wen oder was er auf den Berg befördert hatte.

»Irrtum«, sagte Lukas knapp, zog seinen Dienstausweis aus der Tasche und hielt ihn dem Fahrer so dicht vor die Nase, dass der nichts lesen konnte.

»Polizei?«, fragte der junge Mann schließlich, als er erkannt hatte, wen er vor sich hatte. Er kratzte sich am Kopf, dann entschied er, dass die Information zu harmlos war, als dass er sich durch eine Weigerung, sie preiszugeben, Ärger einhandeln wollte. »Das war eine Frau in mittleren Jahren. Die hatte kein konkretes Ziel, sie wollte nur, dass ich sie ein bisschen spazieren fahre, weil sie die Landschaft genießen wollte.«

»Ein bisschen spazieren fahren?«, wiederholte Lukas die Worte des Taxifahrers. Wie in Zeitlupe zog er seinen Arm zurück, nur um ihn wenig später wieder auszustrecken. Diesmal hielt er sein Smartphone in der Hand. »War das die Frau?«

»Kann sein«, war die lapidare Antwort.

»Sehen Sie genau hin«, forderte Lukas ihn auf. Ihm war nicht entgangen, dass sein Gegenüber einen Eindruck machte, als ob er alles bestätigen würde, nur um so schnell wie möglich aus der Situation herauszukommen.

»Ja, ich bin mir sicher, das war die Frau. War's das? Ich habe noch anderes zu tun, als hier zu stehen und Fragen zu beantworten.«

»Einen kleinen Moment noch.« Auch wenn Lukas kaum noch ruhig sitzen konnte, atmete er tief durch, um wieder einen klaren Gedanken fassen zu können. Falls der Taxler nicht log und es wirklich Maria gewesen war, konnte das nur bedeuten, dass sie vor Mohrguts Praxis etwas beobachtet hatte und dem nun auf eigene Faust nachging. Fragte sich nur, was sie dort überhaupt zu suchen gehabt hatte. Lukas speicherte in seinem Kopf ab, ihr dafür später ordentlich die Leviten zu lesen. Er forderte den Taxifahrer auf, seine Papiere vorzuzeigen und auch noch genau zu schildern, wo er seinen Fahrgast abgeliefert hatte.

»Dürfen Sie das überhaupt?«, fragte der Mann mürrisch. »Das ist doch reine Schikane.«

Kira legte eine Hand auf Lukas' Arm. Sie spürte, dass er kurz davor war zu explodieren. »Sie können sich gerne beschweren. Davor zeigen Sie uns aber Ihre Papiere.«

»Und wenn ich mich weigere? Sie können doch nicht einfach unbescholtene Bürger terrorisieren.«

Jetzt reichte es Lukas. Er öffnete die Tür, sprang aus dem Auto und packte den Taxifahrer am Kragen. »Jetzt hör mir mal gut zu, Freundchen. Entweder du rückst sofort mit der Wahrheit raus oder du steigst in unseren Wagen um. Dann nehmen wir dich später mit auf die Dienststelle und stellen dort deine Personalien fest. Und dann gibt es auch gleich noch eine Anzeige wegen Behinderung und Strafvereitelung.« Lukas atmete tief durch. Die kurze Ansprache hatte ihn wieder zur Besinnung gebracht, und er kehrte kurzerhand zum Sie zurück. »Ihren Wagen müssen wir leider beschlagnahmen und sicherstellen. Sobald er vom kriminaltechnischen Labor zurück ist, können Sie ihn wieder abholen.« Er drehte sich zu Kira, die inzwischen neben ihm stand. »Wie lange hat die Untersuchung das letzte Mal gedauert?«

Kira schluckte. Sie hatte den warnenden Blick durchaus richtig verstanden. »Zwei Wochen.«

»Nein, bitte.« Der Taxifahrer hob beschwichtigend die Hände. »Mein Chef bringt mich um. Ich gebe Ihnen die Papiere. Aber dazu müssen Sie mich erst loslassen.« Als Lukas nicht reagierte, deutete er auf seinen Kragen.

»Ach so, ja.« Endlich ließ Lukas das Hemd los und strich den Stoff glatt.

Der Taxler beugte sich zum Handschuhfach und holte eine Mappe hervor, klappte sie auf und drückte Lukas kurz darauf Fahrzeugpapiere und seinen Führerschein in die Hand.

Der reichte sie an Kira weiter. »Überprüfen«, sagte er knapp und wandte sich wieder Thomas Herrnbach zu, wie der Taxifahrer seinen Unterlagen zufolge hieß. »Und wie war das nun mit Ihrem Fahrgast?«

Herrnbach verzog den Mund. »Äh, ja, also, es war nicht ganz richtig, was ich Ihnen vorhin gesagt habe«, gab er zu. »Die Dame ist wie aus dem Nichts ohne Vorwarnung vom Gehsteig auf die Straße gesprungen und hat wild mit den Armen gewedelt, damit ich anhalte. Als sie zu mir in den Wagen gestiegen ist, hat sie mir keine Adresse genannt, sondern nur in die Richtung gedeutet, in die ich fahren sollte. Sie hat darum gebeten, dass ich die Verkehrsregeln missachte, weil sie es eilig hätte. Die Kosten für eventuelle Strafzettel würde sie übernehmen. Ein paar Minuten später war sie plötzlich unschlüssig und hat laut darüber nachgedacht, dass ich wieder umdrehen und sie zurückbringen soll. Doch dann hat sie sich gleich darauf wieder umentschieden und ich sollte doch weiterfahren. Dann allerdings mit regulärer Geschwindigkeit.« Herrnbach grinste breit. »Mir wurde ziemlich schnell klar, was das ganze Hin und Her sollte. Die Dame wollte ihrem Liebhaber nachspionieren. Deswegen hatte sie es anfangs auch so eilig, dachte aber wohl, er wäre ihr entwischt. Aber als sie einen dunkelblauen Kombi vor uns entdeckt hat, wollte sie, dass ich genügend Abstand halte, damit uns der Fahrer nicht bemerkt.« Nachdem Herrnbach eine hundertprozentige Kehrtwendung gemacht und sich dazu entschlossen hatte, der Polizei zu helfen, sprudelte es nur so aus ihm heraus. Und dann sah er Lukas auch noch neugierig an. »Warum suchen Sie die Tussi eigentlich? Ist das eine Stalkerin, der es gerichtlich untersagt wurde, sich dem Mann zu nähern? Und jetzt wollen Sie sie einbuchten, weil sie sich nicht an die Auflagen hält?«

»Dazu kann ich Ihnen keine Auskunft geben.« Lukas nahm Kira, die Herrnbachs Identität inzwischen überprüft und bestätigt hatte, dass gegen ihn nichts vorlag, die Papiere aus der Hand und reichte sie an den Taxifahrer weiter. »Ich warne Sie davor, irgendwelche Gerüchte in die Welt zu setzen. Verleumdung ist genau wie Strafvereitelung kein Kavaliersdelikt. Und jetzt erzählen Sie mir genau, wo Sie die Frau abgesetzt haben.«

»Woher wusstest du, dass er gelogen hat?«, wollte Kira wissen, als Lukas den BMW in halsbrecherischem Tempo den Berg hinaufsteuerte.

»Das war reiner Instinkt«, sagte Lukas. »Wenn du erst mal ein paar Hundert Zeugenbefragungen durchgeführt hast, entwickelst du ein Gespür dafür, wer die Wahrheit sagt und wer nicht. Das klappt natürlich nicht immer«, setzte er schnell hinterher, »aber in dem Fall war es ziemlich einfach zu erkennen.«

Kira klammerte sich an den Haltegriff, als Lukas in den gekiesten Weg bergauf raste. Sie betete heimlich, dass die Forststraße nicht wie schon die vorherige in einer lebensgefährlichen Sackgasse enden würde.

Lukas erriet ihre Gedanken. »Das schließe ich aus«, sagte er, während er konzentriert nach vorn schaute. »Dann wäre Herrnbach nicht so schnell wieder nach unten gekommen.«

Zehn Minuten später passierten sie den Weiderost, den der Taxifahrer Lukas beschrieben hatte, und auch den kleinen, grasbewachsenen Weg, der etwa hundert Meter danach rechts abbog und an dem Herrnbach Maria hatte aussteigen lassen. Lukas stoppte den BMW und überlegte fieberhaft. Niemand konnte sagen, wie weit es von hier noch zu der Hütte war, da der Blick bergauf durch einen dichten Baumbestand behindert wurde. Zudem wies ein Schild unmissverständlich darauf hin, dass der Weg privat und eine Durchfahrt unbefugten Personen nicht gestattet war.

»Was überlegst du so lange?«, fragte Kira. »Du lässt dich doch von dem Schild nicht abhalten, oder? Fahr einfach rauf!«

»Überstürztes Handeln ist nicht unbedingt der beste Weg.« Lukas sah auf sein Handy. Kein Empfang. Mist. Damit war die Idee hinfällig, Leon anzurufen und ihn zu bitten, sein Smartphone zu lokalisieren und ihnen zu sagen, wie weit das nächste Haus entfernt war. Und nun rächte es sich auch noch, dass er den Termin, an dem einige Veränderungen, wie auch der Einbau eines Funkgeräts, an dem nagelneuen BMW vorgenommen werden sollten, auf seinen Urlaub im nächsten Monat geschoben hatte. Im Zeitalter der allgegenwärtigen Smartphones war der gute alte Polizeifunk sowieso zunehmend ins Hintertreffen geraten, und nachdem er sich wochenlang mit dem alten, nach Rauch stinkenden Passat seines Vorgängers herumgeärgert hatte, war er von dem nagelneuen Wagen mit all seinem Schnickschnack so angetan gewesen, dass er nicht gleich wieder vierzehn Tage darauf hatte verzichten wollen. Wütend über seinen eigenen Egoismus biss er sich auf die Unterlippe. »Hast du Netz?«, fragte er Kira.

»Nein«, antwortete die Polizeimeisterin nach einem Blick auf ihr Smartphone. Das hatte sie sich aber schon gedacht. Die ganze Gegend hier war, entgegen allen Versprechungen der Bundesregierung, noch immer unterversorgt, was den Mobilfunkempfang anbelangte. Doch nicht nur die Regierung musste sich hier an die Nase fassen; den Mobilfunkbetreibern waren ländliche Gegenden offensichtlich nicht lukrativ genug, um in Sendemasten zu investieren. Was bereits dem ein oder anderen Wanderer oder Mountainbiker zum Verhängnis geworden war, da man selbst in einem Notfall oftmals schlechte Karten hatte, die Bergrettung zu verständigen.

Lukas fasste einen Entschluss. »Es ist zu riskant, mit dem Wagen hinaufzufahren«, erklärte er Kira. »Nachdem wir nicht wissen, was Mohrgut da oben treibt, möchte ich ihn nicht vorwarnen.«

»Und was ist mit Maria?«

»Um die mache ich mir nicht mehr ganz so viele Sorgen«, gab Lukas zu. Insgeheim war er sogar ausgesprochen erleichtert, da Maria offensichtlich auf eigene Faust losgezogen und somit nicht Mohrgut in die Hände gefallen war. Trotzdem war ihm die Neugier seiner Tante ein Dorn im Auge. Es konnte schließlich immer noch sein, dass die Zwillinge ihre Schnüffelei bemerkt hatten, und Lukas konnte sich nicht vorstellen, dass die Brüder das einfach so hinnahmen.

Er ließ den BMW ein Stück weiterrollen, bis nach etwa fünfzig Metern eine kleine, von Kühen niedergetrampelte Grasnarbe die Möglichkeit bot, den Wagen abzustellen, ohne dass er die wenigen anderen Fahrzeuge behindern würde, die den Weg entlangkamen.

Damit sie nicht von einem eventuell entgegenkommenden Fahrzeug bemerkt werden konnten, lief Lukas ein kleines Stück weit in den dichten Wald hinein und kämpfte sich durch das trockene Unterholz den Hang hinauf, bis er einen Wildwechsel entdeckte, dem er folgen konnte. Da er wusste, dass Kira Kampfsport betrieb, legte er ein ziemliches Tempo vor. Als er sie ein paar Minuten später musterte, bestätigte sich sein Verdacht: Sie war trotz der erheblichen Steigung, mit der sich der Weg durch den Wald schlängelte, noch nicht einmal außer Atem.

Als es zwischen den Bäumen heller wurde, machte Lukas unwillkürlich einen Schritt zur Seite, packte Kira, die hinter ihm stand und nicht sehen konnte, was er entdeckt hatte, am Arm und zog sie mit sich.

»Was ist de…?«

»Leise«, unterbrach Lukas sie und deutete nach vorn.

Sie lugte an ihm vorbei und dann sah sie das alte Jagdhaus, das sich unter drei riesige Tannen duckte. Das Holz war dunkel gestrichen, und der Schatten, den die Bäume auf das Gebäude warfen, gab ihm noch zusätzlich eine bedrohliche Aura. Ein dreiläufiger Stacheldrahtzaun grenzte das Grundstück nach allen Seiten ab und war sicher nicht nur dafür gedacht, weidende Kühe daran zu hindern, auf das Gelände zu gelangen; hier sollten noch ganz andere Lebewesen davon abgehalten werden, einen Fuß über die Grenze zu setzen.

»Verdammt, Maria«, murmelte Lukas, als er keine Spur seiner Tante entdecken konnte. Erneut ballte sich sein Magen zu einem Klumpen zusammen. Aufmerksam wanderte sein Blick am Waldrand entlang, auf der Suche nach einer Möglichkeit, unbemerkt näher an das Gebäude heranzukommen.

Gerade als er Kira darauf aufmerksam machen wollte, dass er von links her durch den Wald zur Hinterseite des Gebäudes schleichen würde, sah er im Augenwinkel eine Bewegung. Ruckartig fuhr sein Kopf herum, dann starrte er auf den grellen Fleck, der seine Aufmerksamkeit erregt hatte. Maria! Sie hatte offensichtlich den gleichen Gedanken gehabt wie er und sich an das Haus herangepirscht. Allerdings war ihr knallrotes T-Shirt so auffällig, dass sie ebenso gut eine bunte Fahne hätte schwenken können.

Nur mit Mühe konnte Kira ihn davon abhalten, alle Vorsicht außer Acht zu lassen und über die freie Wiese auf das Haus zuzustürmen. Und Rufen kam aus naheliegenden Gründen ebenso wenig infrage.

Während sich Lukas, ohne darauf zu achten, leise zu sein, durch das Gebüsch schlug, ließ er Maria nicht aus den Augen, die um das Haus herumschlich und versuchte, durch die geschlossenen Fensterläden einen Blick ins Innere zu erhaschen.

Kurz darauf hatte Lukas das Gestrüpp erreicht, das bis auf wenige Meter ans Haus heranragte. Er duckte sich in der Sicherheit, dass Kira dicht hinter ihm war, und rannte mit langen Schritten, bis er die schützende Hauswand erreicht hatte. Dummerweise war Maria inzwischen außer Sichtweite auf der anderen Seite des Gebäudes angelangt. Lukas gab Kira ein Zeichen, dass sie seiner Tante folgen sollte, während er in die entgegengesetzte Richtung lief.

Er zog seine Waffe und versicherte sich, dass auch Kira ihre SFP9 schussbereit in der Hand hielt. Leise, um nur ja kein Geräusch zu machen, bewegte er sich an der Wand entlang. Die augenblicklich größte Gefahr war, dass Maria nichts ahnend um die Ecke bog und aufschrie, wenn er plötzlich vor ihr stand. Mittlerweile war Lukas der Überzeugung, dass seine Tante keine Möglichkeit finden würde, in das Gebäude zu gelangen, und auch niemand darauf reagieren würde, dass sie hier draußen herumschlich. Entweder war niemand zu Hause oder sie war nur noch nicht bemerkt worden. Oder Mohrgut, welcher von beiden auch immer, war abgebrüht genug, dass er sich nicht darum scherte, dass eine unerwünschte Person ums Haus herumschlich. Allerdings sprach der massive Stacheldraht, mit dem das Gelände umzäunt war, eine andere Sprache. Und dass mindestens einer der Zwillinge in der Nähe war, wurde Lukas klar, als er um die Ecke schaute und den dunkelblauen Kombi bemerkte, der im Schatten der ausladenden Äste einer großen Fichte geparkt war. Dazu sah er Maria, die noch immer versuchte, ins Haus zu gelangen. Immerhin musste er ihr Respekt zollen, da sie äußerst schlau vorging. Sie pirschte nah genug an der Hauswand entlang, sodass jemand, der sich nicht gerade weit aus einem Fenster lehnte, sie nicht sehen konnte.

Lukas lief auf leisen Sohlen ein paar Schritte zurück und nutzte die Tarnung der Fichte, die auch schon dem Kombi Schutz gab. Er hatte nicht vor, Maria zu erschrecken, aber das ließ sich nicht vermeiden, wenn er nicht riskieren wollte, dass sie anfing zu rufen, sobald sie ihn bemerkte. Er wartete im Schatten des Baums, bis sie nah genug herangekommen war, dann schlich er sich hinter sie, packte sie, drückte sie mit seinem rechten Arm an sich und legte ihr die andere Hand auf den Mund. Gleichzeitig flüsterte er in ihr Ohr: »Maria, ich bin es, Lukas.« Er musste den Satz drei Mal wiederholen, bis sie verstanden hatte und aufhörte, sich gegen den Klammergriff zu wehren.

Vorsichtshalber flüsterte Lukas erneut in ihr Ohr. »Hast du verstanden, Tante Maria? Ich bin es, Lukas.«

Maria nickte und machte ein leises Geräusch, das wie »mhm« klang.

»Gut.« Vorsichtig ließ Lukas sie los und drehte sie zu sich um. »Was machst du hier?«, fragte er so leise, dass sie ihn kaum verstand.

Bevor sie jedoch antworten konnte, zog er sie hinter den Kombi und gab Kira ein Zeichen, die ebenfalls gerade um die Ecke kam.

Hinter das Auto geduckt, gab Maria einen kurzen Bericht. »Ich habe den Doktor gesehen. Diesen Psychologen«, wisperte sie aufgeregt. »Rieke hat mir letztens ein Foto von ihrem Sohn gezeigt, auf dem er mit drauf war, deswegen habe ich ihn erkannt, als ich im Supermarkt war und er an mir vorbeigerauscht ist. Aber irgendwas an ihm war komisch, ich konnte mir nur keinen Reim darauf machen.«

»Und deswegen bist du ihm gefolgt?«

»Genau«, sagte Maria eifrig, die in ihrer Aufregung den vorwurfsvollen Unterton in Lukas' Stimme nicht wahrnahm. »Ich bin ihm bis in die Praxis gefolgt und wollte dich gerade anrufen, da kam er aber schon wieder heraus, stieg in seinen Wagen und fuhr davon.«

»Und da hast du ein Taxi angehalten und bist ihm hinterher.«

»Ja. Woher weißt du das?« Maria war bass erstaunt. »Na, egal«, winkte sie ab. »Ich wollte ihm erst einfach nachfahren, aber dann wurde mir klar, dass meine rote Knutschkugel zu auffällig für eine Beschattung ist. Ich wollte ja nicht, dass er merkt, dass ich ihn verfolge. Bevor ich lange darüber nachdenken konnte, habe ich das Taxi entdeckt und mir das einfach geschnappt ...«

Lukas schloss für einen kurzen Moment die Augen. So einfach war das also. Als er sie wieder öffnete, sagte er: »Ich möchte, dass du wieder zurückgehst, bis du auf den großen Forstweg kommst. Dort gehst du nach rechts und stößt nach ein paar Minuten auf mein Auto. Fahr so weit runter ins Tal, bis du Handyempfang hast, dann rufst du Emma an und sagst ihr, sie soll uns Verstärkung schicken.« Er holte seinen Schlüssel aus der Hosentasche und drückte ihn seiner Tante in die Hand. »Keine Widerrede«, setzte er hinterher, als sie anfangen wollte zu diskutieren. »Wir haben keine Ahnung, mit wem wir es hier zu tun haben. Falls Mohrgut wirklich für die Taten verantwortlich ist, wird er vor einem weiteren Mord nicht zurückschrecken, wenn er dadurch seine Haut retten kann.«

»Soll ich nicht besser in der Nähe bleiben, bis ihr wisst, wie viele Kollegen ihr zur Unterstützung braucht?«

»Da es hier oben keinen Empfang gibt, ist das aussichtslos«, sagte Lukas. »Und deswegen, nein. Bitte tu, was ich dir sage. Je nachdem, was hier passiert, kann ich nicht auch noch auf dich aufpassen.«

Während Lukas Maria zurück durch den Wald zu der Stelle brachte, an der der schmale Weg nach unten führte, gab Kira ihnen Rückendeckung. Als Lukas wieder zu ihr aufschloss, fragte sie: »Denkst du wirklich, dass da drin niemand gemerkt hat, dass wir hier herumspionieren?«

»Keine Ahnung«, antwortete Lukas ehrlich. »Ich kann nur hoffen, dass es nicht der Fall ist. Falls Mohrgut die Frau gefangen hält, zählt jede Minute. Deswegen wollte ich nicht selbst zurück ins Tal fahren, um die Kollegen zu verständigen.«

Mit gemischten Gefühlen besah Lukas sich das Türschloss der alten Jagdhütte. Während das Äußere des Hauses einen ziemlich heruntergekommenen Eindruck machte, war das Schloss neu und massiv. Es mit einem Dietrich zu knacken, würde keine einfache Aufgabe sein. Er überlegte, ob er das Schloss mit einem gezielten Schuss zerstören sollte. Nur wäre der Lärm weithin hörbar, und selbst wenn sich die Mohrgut-Zwillinge nicht im Haus aufhielten, war die Gefahr enorm, dass sie den Knall hören konnten und daraus schlossen, dass jemand in ihr Reich eingedrungen war.

Bevor Lukas einen Entschluss fassen konnte, stieß Kira einen Pfiff aus. Leise und doch laut genug, dass Lukas auf sie aufmerksam wurde. Und dann sah er, dass sie ihn zu sich herwinkte.

»Was ist los?«, fragte er, als er neben ihr stand. Während er sich das Schloss näher angesehen hatte, war sie an der Hauswand entlanggeschlichen und hatte nach einer Alternative gesucht, wie sie ins Innere gelangen konnten.

»Da«, wisperte sie und deutete mit dem Finger auf den schmalen Schlitz zwischen dem Fenster und dem einflügligen Fensterladen, der unverkennbar windschief in den Angeln hing. »Vielleicht ist das die Lösung.«

Lukas kam näher heran, und dann sah er, was Kira entdeckt hatte: Die Schrauben der beiden Beschläge hatten sich offensichtlich gelockert, waren jedoch nie gegen stärkere ausgetauscht, sondern nur notdürftig mit mehreren kleinen Holzstäbchen fixiert worden. Fast hätte Lukas laut gelacht. Einerseits war die Haustür gesichert wie Fort Knox, andererseits waren die Bewohner nachlässig genug zu denken, dass ein Einbrecher zwangsläufig die Vordertür nehmen würde.

Er packte den Fensterladen mit beiden Händen und ruckelte vorsichtig daran, während Kira versuchte, die Holzspieße, die sich langsam, aber unaufhaltsam herausschoben, mit den

Fingernägeln zu fassen. Nachdem Lukas etwa zwei Minuten unermüdlich gewackelt hatte, war auch Kira endlich erfolgreich. Und dann war es nur eine Frage von Sekunden, bis sie den letzten Splint herausgezogen hatte.

Vorsichtig darauf bedacht, nur ja keinen Lärm zu machen, lehnte Lukas den Fensterladen an die Hauswand. Das Fenster selbst war nur angelehnt. Langsam drückte er es auf, doch das Scharnier gab kein Geräusch von sich.

Lukas lauschte ins Innere des Hauses, doch drinnen herrschte Grabesstille. Entweder hielten die Bewohner ein Mittagsschläfchen oder es war niemand zu Hause. Er flüsterte Kira zu, dass sie draußen bleiben und ihn warnen sollte, falls sich jemand näherte, dann stemmte er sich am Fensterrahmen hoch und schwang seine Beine ins Innere. Leise kam er auf dem Boden auf und ging sogleich in die Hocke, um sich unter einem eventuellen Angreifer wegducken zu können, doch der bis zur Decke mit Holz verkleidete Raum war bis auf ein vergilbtes Sofa und ein heilloses Durcheinander an alten Möbeln leer. Angestrengt blinzelte er ins Zwielicht, das das Zimmer erfüllte. Er machte einen vorsichtigen Schritt nach vorn und übersah dabei den Stolperdraht, der in etwa fünfzehn Zentimeter Höhe gespannt war.

Erst als er den kaum wahrnehmbaren Zug bemerkte, mit dem der Draht sich an seinem Knöchel spannte, beschlich Lukas das untrügliche Gefühl, dass etwas nicht stimmte. Er senkte seinen Blick, doch da war es schon zu spät. Ein leises Surren ertönte, aber auch Lukas' sekundenschneller Reflex, mit dem er sich zur Seite warf, konnte nicht verhindern, dass etwas ihn an der Brust traf und nach hinten warf. Der Schmerz, der ihn durchfuhr, war so gleißend, dass er einen lauten Schrei ausstieß.

»Lukas?«, schrie Kira, die vor Schreck zusammenzuckte und alle Vorsicht außer Acht ließ. »Was ist passiert? Bist du verletzt?«

Sie stemmte sich ein Stück weit über die Fensterbrüstung und versuchte, in dem Dunkel, das im Haus herrschte, etwas zu erkennen. Doch von Lukas fehlte jede Spur. Ihr Herz klopfte bis zum Hals, und ihre Gedanken rasten. Das war doch nicht möglich! Wohin sollte er so plötzlich verschwunden sein? Dann hörte sie ein seltsames, mühsam unterdrücktes Geräusch.

»Lukas?«, rief sie erneut, diesmal etwas leiser. »Kannst du mich hören?«

»Kira, verschwinde«, keuchte es neben ihr. »Das ist ein Hinterhalt. Lauf runter zum Weg und warte, bis die Kollegen kommen. Nicht, dass die auch noch in die Falle tappen.«

Kira kam nicht umhin festzustellen, dass Lukas' Worte schmerzverzerrt klangen. Offensichtlich hatte er sich verletzt. Aber verschwinden und ihn im Stich lassen? Das kam überhaupt nicht infrage. Schließlich gab es keinen Angreifer, der ihn außer Gefecht gesetzt hatte. Irgendwie hatte er das allein fertiggebracht. Behände wie eine Bergziege schwang sie sich über den Fenstersims. Ihre Augen brauchten einen Moment, um sich an das diffuse Licht zu gewöhnen, dann endlich sah sie ihren Kollegen und der Anblick ließ ihren Atem stocken.

* * *

Vorsichtig trat Leo auf die letzte Treppenstufe. Nachdem er mitbekommen hatte, wie sich jemand an dem Fensterladen zu schaffen gemacht hatte, den er in weiser Voraussicht so manipuliert hatte, dass ein eventueller Einbrecher ihn als neuralgischen Punkt erkennen würde, hatte er sich auf den Weg nach unten gemacht und abgewartet. All seine Sinne waren aufs Äußerste gespannt. Leise schlich er eine Stufe nach der anderen nach unten, während er sich darauf konzentrierte, flach zu atmen und zu lauschen. Und dann vernahm er, wie das so oft gehörte Klacken ertönte, das der Schlagbolzen machte. Ein sirrendes

Geräusch, ein kaum unterdrückter Schrei, und das Opfer saß in der Falle. Zufrieden lächelte er. Bevor er die Klinke herunterdrückte, kontrollierte er, dass das Jagdgewehr in seiner rechten Hand entsichert war. Als er eine helle Stimme hörte, stutzte er. Was zur Hölle hatte eine Frau hier verloren?

»Oh mein Gott«, flüsterte Kira, als sie sah, was mit Lukas geschehen war. Ein langer schlanker Pfeil aus Karbon steckte in gefährlicher Brustnähe in seiner Schulter und musste hinten wieder herausgetreten sein, da er Lukas förmlich an die Holzwand genagelt hatte.

»Kira«, flüsterte Lukas und sah sie mit einem schmerzverzerrten Ausdruck an. »Du sollst doch verschwinden.«

»Einen Teufel werde ich«, wisperte sie so leise, dass er sie kaum verstand. »Wer war das?«

»Nicht wer, sondern was.« Zu schwach, um seinen Kopf zu heben, deutete Lukas mit seinen Augen auf einen etwa ein Meter achtzig hohen Holzschrank.

Kira folgte seinem Blick. Und dann sah sie den Hochleistungsbogen, dessen Abzug mit einem Drahtseil verbunden war, das nun lose herunterhing. »Scheiße«, flüsterte sie. »Eine Stolperfalle.« Damit war klar, dass die Mohrgut-Zwillinge den Hinterhalt absichtlich gelegt hatten. Fieberhaft sah sie sich um. Sie musste den Pfeil irgendwie aus der Wand ziehen.

»Vergiss es«, sagte Lukas leise, der sofort ihre Gedanken erriet. Zum Glück klang seine Stimme wieder etwas fester. »Das schaffst du nicht allein. Hol Hilfe, bevor Mohrgut zurückkommt.«

»Nicht nötig«, sagte eine laute Stimme. »Alle Hilfe, die Sie benötigen, bekommen Sie von mir.«

Mit einem Schrei fuhr Kira herum. Direkt hinter ihr stand Uriel Mohrgut. Und doch war er es nicht. Seine Haltung war anders als sonst, bedrohlicher, dazu zog sich quer über sein

Gesicht ein riesiges, leuchtend rotes Feuermal, das einem willkürlichen Betrachter einen Schauer über den Rücken laufen ließ. Dennoch war die Ähnlichkeit unübersehbar.

»Welch ein hübscher Besuch«, sagte Mohrgut anerkennend, nachdem er Kira von oben bis unten gemustert hatte. »Und zum Glück hast du ein Bauernopfer mitgebracht, das vor dir in die Falle getappt ist wie ein blutiger Anfänger.« Als Kira ihn mit offenem Mund anstarrte, schob er hinterher: »Schau doch nicht so entgeistert. Denkst du etwa, ich weiß nicht, wer ihr seid?« Er hatte das Jagdgewehr auf Kira gerichtet und deutete mit einer Kopfbewegung auf die Tür, die in einen dunklen Flur führte. »Los, da rüber. Aber erst schiebst du deine Pistole her.« Während er weiter auf sie zielte, trat er neben Lukas und zog dessen SFP9 aus dem Holster und steckte sich die Waffe in den Hosenbund.

Kira warf Mohrgut einen verzweifelten Blick zu. Als ihm das Warten zu lange dauerte, schwenkte er das Gewehr auf Lukas' rechte Schulter. »Wird's bald?«, fragte er. »Ich kann dem feinen Herrn Kommissar auch noch ein Loch in seine andere Schulter blasen, wenn du das gerne möchtest.«

»Ich mache alles, was Sie wollen«, versprach Kira mit zitternder Stimme. Sie zog ihre Pistole, legte sie auf den Boden und stieß sie mit dem Fuß in Mohrguts Richtung. »Aber lassen Sie mich bitte vorher um meinen Kollegen kümmern.«

»Daraus wird nichts«, zischte Mohrgut. »Es kann mir nur recht sein, wenn der den Löffel abgibt. Sein Herumgeschnüffle geht mir schon seit einiger Zeit auf den Geist.« Er griff in seine Jackentasche, zog ein paar lange Kabelbinder hervor und warf sie ihr vor die Füße. »Damit du nicht auf Dummheiten kommst, darfst du dich selbst damit fesseln.«

»Wo …« Lukas schluckte gegen den Würgereiz an, der ihn erfasst hatte. »Wo ist Ihr Bruder?«

Mohrgut lachte auf. Er ließ Kira nicht aus dem Blick, bis sie den Plastikstreifen um ihre Handgelenke mit den Zähnen so festgezogen hatte, dass sie sich selbst nicht mehr befreien konnte. »Der gute Uriel. Ja, wo ist der eigentlich?« Er tat so, als ob er sich suchend umblickte. »Hier ist er jedenfalls nicht. Oder siehst du ihn?«

»Nachdem ich sowieso sterben werde, verraten Sie mir, ob er mit Ihnen unter einer Decke steckt?«, flüsterte Lukas heiser.

Mohrgut musterte den Hauptkommissar grimmig. »Das geht dich überhaupt nichts an.«

»Nur diese eine Bitte«, blieb Lukas hartnäckig.

»Sei still!«, fauchte Mohrgut und machte einen Schritt auf Lukas zu. Als der hartnäckige Polizist erneut den Mund aufmachte, um noch weiter nachzubohren, hob Mohrgut die Jagdwaffe und hieb Lukas den Kolben auf die verletzte Schulter, ohne die kleine Polizistin dabei aus den Augen zu lassen.

»Du sollst still sein, sage ich.« Verbittert sah er auf den Kommissar herab, der mühsam versuchte, sich auf den Beinen zu halten. Der Schmerz musste unerträglich sein, da sein ganzes Gewicht auf dem Pfeil lastete, sobald ihm die Beine wegknickten. Interessiert musterte Mohrgut die Wunde, aus der noch immer Blut sickerte.

»Ihr Bruder ist tot.«

Es war ein Schuss ins Blaue gewesen. Doch Lukas' kaum wahrnehmbare Worte ließen Mohrgut vor Schreck erstarren. Sein Blick begann zu flackern, und einen Moment lang wirkte es so, als ob er die Fassung verlieren würde. Dann verzog sich sein Mund zu einem dämonischen Grinsen. »Netter Versuch, Herr Kommissar.« Sein süffisanter Tonfall ließ keinen Zweifel daran, dass er Lukas absichtlich um zwei Dienstgrade degradierte. »Willst du mir etwa gerade mitteilen, dass du meinen Zwilling ermordet hast?«

Lukas hätte nicht sagen können, was ihn zu der Annahme verleitet hatte, dass Uriel Mohrgut nicht mehr am Leben war. Dennoch ließ ihn das Gefühl nicht los. »Das haben Sie schon selbst erledigt.«

»Du mieser Arsch«, spie Mohrgut, außer sich vor Wut, die Worte Lukas ins Gesicht. »Du hast doch keine Ahnung, wovon du sprichst. Und jetzt halt endlich deinen Mund, wenn du nicht willst, dass ich deinem Liebling das Licht ausblase.«

Er holte tief Luft. »Und jetzt zu dir«, sagte er mit einem schiefen Grinsen zu Kira. »Es dürfte klar sein, dass ich dich nicht einfach laufen lassen kann. Aber um ehrlich zu sein, will ich dich nicht töten, also gib mir besser keinen Anlass dazu.« Das war die Wahrheit. Und ihm war auch nicht ernsthaft daran gelegen, den Kommissar umzubringen. Schließlich machten die beiden nur ihren Job. Fieberhaft nagte Mohrgut an seiner Unterlippe, während seine Gedanken rasten. Dann kam ihm ein halbwegs brauchbarer Einfall: Er musste die beiden voneinander trennen, das würde ihm Zeit verschaffen, sein ursprüngliches Vorhaben zu Ende zu bringen. Außerdem konnte er nicht nachdenken, wenn ihn ständig jemand anquatschte. Wenn er hier erst einmal fertig war, würde er sich ins Ausland absetzen und von dort jemanden anrufen, der die beiden befreien konnte. Ja, so würde es gehen.

Entschlossen richtete er die Waffe auf Kira. »Los, geh nach oben in den ersten Stock. Dort oben werde ich dich einsperren, damit du mir nicht länger im Weg stehst. Aber keine Angst, du wirst deinen Schatz wiedersehen, falls du nicht vorher auf dumme Ideen kommst.«

Kira hatte keine Ahnung, wie Mohrgut darauf kam, sie und Lukas hätten etwas miteinander. Schließlich waren sie ihm vorher nie begegnet. Sie hatte ihre ganze Hoffnung darauf gesetzt, dass Uriel Mohrgut ebenfalls im Haus war und ihnen zu Hilfe kommen würde. Doch entweder hatte Lukas recht und

Samael hatte seinen Bruder ermordet, oder er war gar nicht hier. Jedenfalls war es sonst im Haus still, was darauf schließen ließ, dass sie auf sich allein gestellt waren.

»Darf ich vorher aufs Klo gehen?«, fragte Kira und bemühte sich, einen gestressten Tonfall in ihre Worte zu legen. »Ich muss wirklich dringend.«

Misstrauisch sah Mohrgut sie an. Dann schüttelte er den Kopf. »Vergiss es. Das ist doch nur eine Finte. Denkst du, ich falle auf so was herein?«

»Nein, das ist nicht gelogen, wirklich. Wenn Sie mich nicht bald gehen lassen, kann es sein, dass ich … Ich meine, wenn Sie mich …« Kira sah Mohrgut gequält an. Natürlich hatte sie vermutet, dass er ihr nicht glauben würde, trotzdem war es einen Versuch wert. Wenn er sie erst einmal losbinden würde und auch nur für einen Moment unachtsam wäre, würde sie die Chance nutzen. Jetzt sah sie, wie seine Miene für den Bruchteil einer Sekunde entgleiste. Die Vorstellung, sie könnte sich einnässen, widerte ihn offensichtlich an. Gut. Trotzdem ging ihr Plan nicht auf.

»Abgelehnt«, war alles, was er dazu zu sagen hatte. Dann wandte er sich erneut Lukas zu.

Doch bevor er ihren Kollegen weiter quälen konnte, verlegte Kira sich aufs Betteln. »Mir ist schlecht!«, klagte sie. »Ich fürchte wirklich, dass gleich ein Unglück passiert.« Die letzte Möglichkeit, um Mohrgut davon zu überzeugen, dass sie wirklich nicht mehr länger einhalten konnte, war, sich tatsächlich in die Hose zu machen. Doch das war nicht so leicht. So sehr sie sich auch anstrengte, ihre Blase wollte ihr den Gefallen nicht tun. Dabei hätte sie tatsächlich gemusst, aber das Schamgefühl, das ihr, wie so ziemlich jedem anderen Menschen auch, schon in frühester Kindheit anerzogen worden war, ließ sich nicht ausschalten. So sehr sie sich auch bemühte, wenigstens ein bisschen Urin abzulassen, es führte lediglich dazu, dass sie sich immer mehr verkrampfte.

Mohrgut interpretierte ihren angestrengten Gesichtsausdruck völlig falsch. »Wehe, du hältst dich nicht zurück«, drohte er ihr und griff nach dem Pfeil, der in Lukas' Schulter steckte. »Das wird dein Lover gewaltig büßen.«

Lukas stöhnte auf, als Mohrgut an dem Karbonspieß ruckte.

»Dann lassen Sie mich doch zur Toilette«, flehte Kira. »Das dauert doch nur ein paar Minuten. Ich versuche ja alles«, jammerte sie weiter. »Aber ich habe solche Angst, wie soll ich das denn verhindern können?«

Mohrgut musterte sie mit einem verkniffenen Gesichtsausdruck. Das, was sie gesagt hatte, schien ihm einzuleuchten. Zumindest ließ er den Pfeil endlich los.

»Also gut«, sagte er schließlich und deutete mit dem Kopf zur Tür. »Das Bad ist links. Aber du lässt die Tür offen. Und ich warne dich: Eine falsche Bewegung und ich blase dir das Gehirn raus.«

Kira spürte, wie Lukas sie aus halb geschlossenen Augen beobachtete. Sie vermied es, ihm ins Gesicht zu sehen, weil sie befürchtete, sich zu verraten. Dann streckte sie ihre Arme vor. »Sie müssen mich losmachen«, bat sie. »Ich bin leider nicht so gelenkig, dass ich mir mit gefesselten Händen die Hose ausziehen kann.«

Mohrgut zögerte, ihrer Bitte nachzukommen, da er befürchtete, dass sie ihn hereinlegen wollte. Doch schließlich kam er zu dem Schluss, dass ihre Begründung plausibel war. Ohne sie aus den Augen zu lassen, öffnete er den Schrank und holte ein Jagdmesser heraus. Als er sich zu Kira hinunterbeugte, um den Kabelbinder durchzuschneiden, hielt er ihr dabei ihre eigene Waffe an den Kopf.

Kira war sich darüber im Klaren, dass ihre Reflexe, die sie seit Jahren trainierte, weitaus besser waren als seine. Und doch spürte sie, wie das Adrenalin ihr Herz bis zum Hals schlagen ließ. Aufregung war kein guter Berater, das wusste sie. Trotzdem musste sie einen Versuch wagen.

Kaum dass ihre Arme frei waren, schossen ihre Hände nach oben, in einem Versuch, Mohrgut die Waffe zu entreißen.

Mohrgut, der damit gerechnet hatte, griff ihr an den Hals und drückte so fest zu, dass sie kaum noch Luft bekam. Er hatte sie gewarnt, doch sie hatte versucht, ihn zu überrumpeln. Dafür würde sie jetzt büßen.

Was er nicht bedacht hatte, war, dass Kira auf seine Reaktion vorbereitet war. Kaum, dass sie den eisernen Druck seiner Hand an ihrer Kehle spürte, explodierte sie in einer halben Drehung nach links, riss das Knie in die Höhe und traf ihn mit voller Wucht an seiner empfindlichsten Stelle.

Der urplötzlich einsetzende Schmerz ließ Mohrguts Augen aus den Höhlen treten. Er schrie wie am Spieß, krümmte sich, ließ die Waffe fallen und seine Hände fuhren zu seinen Weichteilen, um sie vor einem weiteren Angriff zu schützen.

Doch das war nicht nötig. Kira, die seit vielen Jahren Kampfsport betrieb, wusste genau, dass der perfekt gezielte Tritt genügt hatte, um selbst den stärksten Gegner außer Gefecht zu setzen. Ohne Rücksicht darauf zu nehmen, dass jede auch noch so kleine Bewegung den Schmerz verstärken würde, trat sie Mohrgut in die Kniekehlen, stieß ihn mit dem Gesicht voraus auf den Boden, zerrte die Handschellen aus ihrer Hosentasche und fesselte ihm die Hände auf den Rücken.

»Wer ist hier nun das Arschloch?«, fauchte sie. Die ganze Aktion hatte keine fünfzehn Sekunden gedauert, und sie hatte dabei zu keiner Zeit die Tür aus den Augen gelassen. Sollte Uriel Mohrgut durch den Lärm aufmerksam geworden sein und seinem Bruder zu Hilfe eilen, wollte sie auf alles vorbereitet sein.

Als sie auch noch seine Füße mit den restlichen Kabelbindern verschnürt hatte, die Mohrgut zuvor auf den Boden geworfen hatte, atmete sie erleichtert aus. Zumindest von diesem Zwilling drohte ihnen keine Gefahr mehr.

Kapitel 12

»Hältst du noch durch?«, fragte sie Lukas, der kreidebleich an der Wand lehnte, an die ihn der Pfeil genagelt hatte.

»Kümmer dich nicht um mich.« Lukas' Stimme war schmerzverzerrt und unter seinen Füßen hatte sich eine große rote Lache angesammelt. Die einzig gute Nachricht war, dass der Pfeil das Herz und die Lunge verfehlt hatte. »Sieh zu, dass du aus dem Haus kommst, solange die Kollegen noch nicht eingetroffen sind.«

»Dämlicher Spruch«, giftete Kira. Nun machte sich die Anspannung, unter der sie stand, Luft. »Natürlich kümmere ich mich um dich. Denkst du etwa, ich lasse dich hier allein? Und was ist, wenn der Psychoheini mit seinem durchgeknallten Bruder unter einer Decke steckt und der dich auch noch hier überrascht?«

Lukas' Kopf war während ihrer Tirade auf seine Brust gesunken. Nur mit Mühe schaffte er es, ihn wieder anzuheben und ihr in die Augen zu sehen. »Es bleibt … aber nichts anderes übrig«, stammelte er. »Wenn er dich überrumpelt, kann ich dir nicht helfen.«

Kira biss sich auf die Unterlippe. Das stimmte natürlich. »Ich bleibe trotzdem hier. Außerdem müsste Maria schon längst im Tal sein. Und dann ist auch die Verstärkung nicht mehr weit.« Sie ballte ihre vor Aufregung zitternde rechte Hand zu einer Faust. Dann kontrollierte sie das Magazin von Lukas' Pistole, die sie aus Mohrguts Hosenbund gezogen hatte, ließ die beiden Patronen aus der doppelläufigen Jagdflinte schnappen und fragte Lukas, ob er in der Lage war, mit seiner unverletzten Hand eine Waffe zu halten und gegebenenfalls damit auf jemanden zu zielen, ohne sich selbst ins Bein zu schießen.

»Das bekomme ich hin.« Lukas grinste schief. Auch wenn ihn der Schmerz und der Blutverlust geschwächt hatten, hatte er wenigstens nicht das Gefühl, dass es schlimmer wurde. Er nahm Kira die Pistole aus der Hand und versuchte, sie zu spannen. Es funktionierte. Dann richtete er den Lauf auf das Hirschgeweih, das an der gegenüberliegenden Wand hing. Zufrieden stellte er fest, dass seine Hand dabei nicht zitterte.

»Ich kann dir keine Rückendeckung geben«, sagte er angespannt. »Sei bitte vorsichtig!«

Auf leisen Sohlen schlich Kira die Treppe hinauf. Dabei trat sie behutsam auf jede Stufe und lauschte, ob sie bei der Belastung knarrte. Langsam arbeitete sie sich Schritt für Schritt nach oben, bis sie in einem Flur stand, von dem vier Türen abgingen, die alle geschlossen waren. Sie näherte sich der Ersten und legte ihr Ohr an das Türblatt. Kein Laut drang nach draußen. Sie holte tief Luft und drückte die Klinke nach unten. Dann stieß sie die Tür mit einem Ruck auf und zielte mit der Pistole nach drinnen.

Kurz darauf ließ sie die Waffe sinken. In dem Raum war niemand. Und auch das zweite Zimmer war bis auf ein großes, gedrechseltes Bett und einen alten Kleiderschrank, der neben einer Kommode aus dem neunzehnten Jahrhundert stand, leer.

Doch als sie sich an die dritte Tür heranpirschte, vernahm sie seltsame Laute. Sie blieb einen Augenblick lang regungslos stehen und konzentrierte sich darauf herauszufinden, was sie da hörte. Es war ein Stöhnen, gefolgt von einem Schluchzen. Und dazwischen grauenvolle, dissonante Töne. Irritiert runzelte Kira die Stirn. Sie trat näher und legte ihr Ohr an das Türblatt, hinter dem der Ursprung der Geräusche war. Tatsächlich, da weinte jemand. Sie drückte die Klinke hinunter und wollte die Tür aufstoßen, als sie einen schrillen Schrei vernahm.

Mit einem Ruck fuhr sie herum. Ihr Herz raste zum Zerspringen, und in ihrem Schreck hätte sie fast den Abzug durchgezogen. Doch dann wurde ihr bewusst, dass der Schrei aus dem Erdgeschoss gekommen war. Lukas!

Jetzt nahm sie keine Rücksicht mehr darauf, wer außer ihnen noch alles im Haus sein konnte. Immer zwei Stufen auf einmal nehmend, polterte sie die Treppe hinab und rannte zu dem Zimmer, in dem sie ihren Kollegen zurückgelassen hatte. Sie stürmte hinein und sah sich augenblicklich von den drei Zinken einer Mistgabel bedroht, die nur fünf Zentimeter vor ihrer Nase Halt machten.

»Waffe runter!«, schrie Kira, doch nach der ersten Schrecksekunde ließ sie ihre eigene sinken. »Herr Schmiedl?«, fragte sie verblüfft. »Was machen Sie denn hier?«

Franz Schmiedl, der über seine eigene Courage vermutlich noch mehr erschrocken war als die Polizistin, brauchte ein paar Sekunden, um zu realisieren, wer vor ihm stand. Als er Kira erkannte, ließ er die Mistgabel fallen. »Frau Brecht«, stammelte er. »Entschuldigung, ich wollte Sie nicht …«

»Sie müssen sich nicht entschuldigen.« Kira drehte sich zur Seite, sodass sie die Treppe im Auge behalten konnte. Sie war so erleichtert, dass ihr fast schwindlig wurde. »Was machen Sie hier?«, wiederholte sie ihre Frage.

»Maria hat mich um Hilfe gebeten«, sagte Schmiedl und deutete mit dem Daumen hinter sich. »Sie hat erst Ihre Kollegen verständigt und dann mich. Weil sie weiß, dass ich am Spitzingsee eine kleine Hütte habe, in der ich im Sommer oft bin.«

Nun sah Kira auch Lukas' Tante, die fast zur Gänze von dem alten Bergmann verdeckt wurde. Sie war es gewesen, die geschrien hatte, als sie Lukas, der inzwischen in gnädige Bewusstlosigkeit versunken war, aufgespießt an der Wand lehnend entdeckt hatte.

»Bitte versucht nicht, ihn loszumachen«, sagte Kira schnell, als sie sah, dass Maria wiederholt auf Lukas Wange klopfte. »Es ist besser, wenn ein Arzt das macht.« Dann sah sie Schmiedl nachdenklich an. »Trauen Sie sich zu, mir mit dem Ding Rückendeckung zu geben?« Sie deutete auf die Mistgabel. Bis die Kollegen aus Miesbach anrückten, würde es mindestens noch zwanzig Minuten dauern. So lange waren sie auf sich allein gestellt.

»Stechen Sie mir das Ding nur nicht in den Allerwertesten«, bat Kira mit Galgenhumor, als sie Franz Schmiedl voran erneut die Treppe hinauflief. Diesmal bemühte sie sich nicht mehr darum, leise zu sein. Wenn dort oben jemand war, der ihnen gefährlich werden konnte, hätte er schon taub sein müssen, um den Schrei nicht gehört zu haben, den Maria bei Lukas' Anblick ausgestoßen hatte.

Kira nickte Schmiedl zu, dann drückte sie die Klinke hinunter und stieß die Tür auf. Sie machte einen Schritt nach vorn, während sie die Pistole von links nach rechts schwenkte.

Vor ihr saß, auf einen massiven Eichenstuhl gefesselt, eine Frau mit grotesk verrenkten Gliedern. Das Gesicht war von unglaublichen Qualen gezeichnet, und eine nach Urin stinkende

Lache am Boden zeugte davon, dass sie längst die Kontrolle über ihre Blase verloren hatte. Die entsetzlichen Geräusche, die Kira vernommen hatte, als sie an der Tür gelauscht hatte, drangen aus einem wuchtigen Kopfhörer, der über die Ohren der Frau gestülpt und mit Panzertape so befestigt war, dass er bombenfest an der Stelle saß. Zudem waren ihr die Augen verklebt und ein Knebel steckte in ihrem Mund, der ihr fast die Luft abschnürte. Dazu stieß die Frau Töne aus wie ein geschundenes Tier.

Mit schnellen Schritten lief Kira zu dem Stuhl und versuchte, der Frau den Kopfhörer abzunehmen, was kein einfaches Unterfangen war, da das Klebeband mehrfach um den Kopf geschlungen war und sie es nicht einfach abreißen konnte, weil sie die Frau sonst fast skalpiert hätte. Vorsichtig zupfte sie an einem losen Ende und löste das Tape von den darunterliegenden Schichten. Doch als sie zur letzten Lage gekommen war, musste sie einsehen, dass sie nicht weitermachen konnte, um der Frau nicht noch mehr Schmerzen zuzufügen. Während Franz Schmiedl mit seiner Mistgabel wie der Fürst der Hölle aufpasste, dass niemand ins Zimmer kam, lief Kira zielstrebig ins Badezimmer und durchwühlte die Schubladen eines Schränkchens nach einer Schere.

Als sie es fünf Minuten später endlich geschafft hatte, das Gesicht und einen Teil der Haare von dem Klebeband zu befreien, nahm sie der Frau den Kopfhörer ab. Prompt wurde ihr bei dem Höllenlärm, der plötzlich zu hören war, schlecht. Ohne lange nachzudenken, zog sie das Kabel mit einem Ruck aus dem Verstärker. Entgegen ihrer Hoffnung hörte damit der Lärm nicht auf, sondern drang um ein Vielfaches lauter aus den beiden großen Lautsprechern, die an die Anlage angeschlossen waren.

Vor Schreck ließ Franz Schmiedl seine behelfsmäßige Waffe fallen und hielt sich die Ohren zu, während Kira nach dem

Regler suchte, der der Qual ein Ende setzte. Als sie ihn nicht auf Anhieb fand und auch die Steckdose nicht entdecken konnte, trat sie so lange gegen das monströse Gerät, bis sie es weit genug von der Wand gerückt hatte, dass sie dahinterkriechen und den Stecker aus der Wand ziehen konnte.

Die Ruhe, die unmittelbar darauf einsetzte, war so überwältigend, dass sie ihr in den Ohren wehtat. »Um Himmels willen«, keuchte sie. »Was war das denn?«

Schmiedl nahm Kira beiseite. »Die Frau wurde mit dem Krach gefoltert.« Seine Stimme zitterte leicht, als würde er seinen eigenen Worten nicht trauen. Dann räusperte er sich. »Sie sollten vorsichtig sein, wenn Sie sie losbinden wollen«, sagte er so leise, dass Kira ihn kaum verstehen konnte. Er packte die Polizeimeisterin am Arm und zog sie in den Flur. »Ich habe so etwas schon mal erlebt. Im Krieg. Solche Methoden haben das Ziel, das Opfer um den Verstand zu bringen oder an Informationen zu gelangen. Je nachdem, wie lange die Frau dieser Tortur ausgesetzt war, kann es sein, dass sie auf uns losgeht, weil sie nicht mehr unterscheiden kann, wer ihr Freund ist und wer ihr Feind.«

Kira nickte dem alten Herrn dankbar zu, dann näherte sie sich der Frau. »Frau Drosten? Können Sie mich verstehen?«, fragte sie in einer betont freundlichen Stimmlage. Doch es kam keine Antwort. Es machte auch nicht den Anschein, als ob Lisa Drosten sie überhaupt gehört hatte. Kira wiederholte ihre Worte und rüttelte dazu vorsichtig an der rechten Schulter, aber erneut zeigte die Frau keine Reaktion. Die Augen waren ins Leere gerichtet und ein feiner Speichelfaden lief über ihr Kinn.

Kira betrachtete die noch immer an den Stuhl gebundene Frau in einer Mischung aus Mitleid und Hilflosigkeit. Wenn Schmiedls Vermutung zutraf, war es durchaus möglich, dass Lisa Drostens Gehirn schweren Schaden genommen hatte. Kira schluckte. Sie hatte keine Ahnung, was sie machen sollte. Dann spürte sie, dass Franz Schmiedl sie am Arm zog.

»Da kommt ein Fahrzeug«, machte er sie auf das Brummen aufmerksam, das unaufhaltsam näher kam. Sein Gehör war trotz seines Alters noch immer hervorragend. »Hoffentlich sind das Ihre Kollegen.«

Kira lief zum Fenster und sah hinaus. Tatsächlich kamen zwei Streifenwagen die Böschung herauf und dahinter konnte sie das Dach eines Krankenwagens sehen. Sie atmete erleichtert auf. Offensichtlich hatte Emma nach Marias Anruf vorsorglich auch gleich einen Arzt zur Jagdhütte geschickt.

Fünf Minuten nach dem Eintreffen der Kollegen machte sich Entsetzen breit. Der Jagdbogen, der den Pfeil abgeschossen hatte, war ein Compoundgerät, das mit einer Geschwindigkeit von über dreihundert Stundenkilometern Lukas' Schulter wie weiche Butter durchdrungen hatte und jetzt so fest in dem Balken hinter ihm steckte, dass die Männer keine Chance hatten, ihn zu lösen. Der Arzt hatte Lukas unmittelbar nach einer flüchtigen Untersuchung ein starkes Sedativum gespritzt, damit er während des Versuchs, ihn aus seiner misslichen Lage zu befreien, nicht durch die unmenschlichen Schmerzen, die er zwangsläufig erleiden würde, durchdrehen würde. Bevor die Flüssigkeit in seine Vene gelaufen war, hatte Lukas Kira aus blutunterlaufenen Augen angesehen. »Ihr müsst Mohrguts Wohnung und seine Praxisräume durchsuchen.«

Lukas hatte kaum ausgesprochen, als der Arzt den Kolben in die Spritze drückte. Und dann dauerte es nur noch ein paar Minuten, bis der verletzte Polizist in einen gnädigen, schmerzfreien Schlaf versank.

Während der Arzt bei Lukas blieb und seine Vitalfunktionen im Auge behielt, spritzte ein Sanitäter nach Rücksprache mit dem Mediziner auch der Frau im ersten Stock ein

Beruhigungsmittel, nachdem Franz Schmiedl die beiden über seine Erfahrungen im Krieg aufgeklärt hatte. Dann wurde sie auf eine Bahre geschnallt und in den Krankenwagen geschoben, der umgehend mit seiner Patientin in Richtung Krankenhaus Agatharied abfuhr. Kiras Einwand, dass Lukas weit dringender in die Klinik musste, hatte auch allen anderen Anwesenden Bauchschmerzen bereitet. Doch da es sicher noch eine Stunde dauern würde, bis die angeforderte Feuerwehr Lukas befreit hatte, ergab es keinen Sinn, dass der Sanka derweil ungenutzt herumstand. Außerdem hatte der Arzt entschieden, dass der schwer verletzte Hauptkommissar anschließend mit dem Rettungshubschrauber ins Krankenhaus geflogen werden sollte.

Nachdem die Polizisten Samael Mohrgut in ihren Streifenwagen verfrachtet und zwei Kollegen zu Lukas' Schutz zurückgelassen hatten, durchkämmten sie auf Kiras Anweisungen das gesamte Grundstück, doch von Uriel Mohrgut fehlte nach wie vor jede Spur.

Entmutigt ließ Kira sich auf einen abgesägten Baumstamm sinken, der vor einer kleinen Hütte stand, die als Geräteschuppen verwendet wurde. »Ich verstehe das nicht«, murmelte sie. »Falls die Zwillinge unter einer Decke stecken, frage ich mich, wo der Psychologe ist. Der kann doch nicht einfach vom Erdboden verschwunden sein.«

»Sollen zwei von uns hierbleiben und warten, ob der Zwilling sich blicken lässt?«, schlug einer der Kollegen vor.

»Das ist eine gute Idee«, sagte Kira dankbar. »Falls er hier auftaucht, nehmt ihn sofort mit aufs Revier.«

»Und wenn er sich weigert?«

»Dann nehmt ihr ihn fest.«

»Mit welcher Begründung?«

»Verdunkelungsgefahr. Er darf auf keinen Fall die Möglichkeit bekommen, sich aus dem Staub zu machen. Das bedeutet, dass ihr ihn auch daran hindern müsst, mit dem eigenen Auto zu fahren.«

»Können wir dir noch irgendwie helfen?«, fragte Maria, die geduldig neben ihrem bewusstlosen Neffen ausharrte, bis die Feuerwehr die Hauswand von außen mit einer Kreissäge durchtrennt hatte, sodass sie besser an den Balken herankam, in dem der Pfeil steckte.

Spontan umarmte Kira Lukas' Tante. »Vielen Dank, dass du uns gerettet hast.« Betreten sah sie zu Boden, als ihr klar wurde, dass niemand wusste, wie es um Lukas stand. »Ich hoffe nur, dass …«

»Sag einfach nichts«, sagte Maria und drückte Kira fest an sich. »Er kommt da bestimmt durch, das spüre ich.«

»Ja, bestimmt.« Kira nickte tapfer. »Er ist zäh.«

Fünfzehn Minuten später hob der Rettungshubschrauber endlich mit seiner schwer verletzten Fracht ab, und das kleine Grüppchen am Boden sah dem Helikopter mit gemischten Gefühlen nach, bis er hinter dem Gipfel der Brecherspitz verschwand.

* * *

»Ich weiß nicht, wieso Lukas wollte, dass wir die Räume des Psychologen durchsuchen«, sagte Kira hilflos zu ihrem Chef. Nachdem sie Maria vor Mohrguts Praxis abgesetzt hatte, damit die ihr Auto abholen konnte, war sie in die Dienststelle gefahren, wo Fiedler ungeduldig und mit schlechter Laune darauf wartete, umfassend über die Vorfälle der letzten Stunden in Kenntnis gesetzt zu werden.

»Ich überlege, ob ich die Netzbetreiber allesamt verklagen soll«, brummte er säuerlich. »Es kann doch nicht sein, dass da oben kein einziger Provider eine Verbindung herstellen kann.«

Insgeheim konnte Kira seinen Unmut verstehen. Sie war vor nicht allzu langer Zeit an eine Stelle gekommen, an der ein Mountainbiker gestürzt und es keinem der zahlreichen Helfer gelungen war, die Bergrettung zu verständigen. Letztlich waren mehrere Personen in verschiedene Richtungen aufgebrochen, um schnellstmöglich an eine Stelle zu gelangen, an der man telefonieren und Hilfe herbeirufen konnte.

»Außerdem werde ich veranlassen, dass der BMW noch heute in die Werkstatt geht und das Funkgerät und sämtlicher anderer Kram nachgerüstet werden«, unterbrach Fiedler Kiras Gedanken. »Wäre unser Jungspund nicht so versessen darauf gewesen, ein schickes Auto zu fahren, hättet ihr schon viel früher Unterstützung anfordern können.«

Unwillkürlich zog Kira den Kopf ein. Fiedler hatte mit seiner Tirade zwar nur teilweise recht, da sie das letzte Stück zu Mohrguts Hütte zu Fuß gegangen waren, aber noch wusste er nichts davon, dass sie den neuen Wagen gegen eine Felswand gesetzt hatten. Doch das gehörte nicht hierher. »Lukas möchte, dass wir alles durchsuchen«, erinnerte sie ihren Chef.

»Ja, dann wird er sich schon was dabei gedacht haben«, sagte Fiedler. Die Sorge um Zieringer machte ihn fast wahnsinnig. Dass sein verletzter Knöchel unter der Schiene juckte, als hätte sich dort eine ganze Ameisenkolonie eingenistet, geriet darüber fast zur Nebensache. »Worauf warten Sie noch? Schnappen Sie sich ein paar Kollegen und stellen Sie die Bude von dem Psychoheini auf den Kopf.«

»Ich habe keine Ahnung, worauf wir achten sollen«, gestand Kira ihren Kollegen. Sie hatte Fiedler dazu überreden können, auch die Kollegen von der Spusi hinzuziehen zu dürfen. Die wussten schließlich besser als jeder andere, worauf es bei einer Hausdurchsuchung ankam. »Wir suchen einfach nach einem Anhaltspunkt, wo Uriel Mohrgut sich versteckt haben könnte.«

Drei Stunden später mussten sich alle Beteiligten eingestehen, dass die Durchsuchung nichts gebracht hatte. Weder in der Wohnung noch in der Praxis war auch nur der kleinste Hinweis auf den möglichen Aufenthaltsort des vermissten Zwillings gefunden worden. Frustriert trat Kira gegen den Reifen des Einsatzwagens. Da sie nichts mehr tun konnten, beschloss sie, ins Krankenhaus zu fahren und darauf zu warten, dass Lukas aus der Narkose erwachte.

Als die Wirkung des Narkosemittels nachließ, tauchte Lukas wie aus einem weichen Wattebausch in eine kratzig-scharfe Umgebung auf. Widerwillig versuchte er, die Stimmen auszublenden, die wie durch einen Nebel zu ihm drangen, doch dann begann eine auch noch, seinen Namen zu rufen. Zumindest kam es ihm so vor.

»Ich hoffe, dass er nicht auf die dämliche Idee kommt, sofort wieder arbeiten zu wollen«, sagte eine Stimme, die ihm vage bekannt vorkam.

»Es wäre wirklich besser, wenn er sich eine Zeit lang schont«, erwiderte eine andere, die er auch irgendwoher kannte. »Aber ganz ehrlich, ich hoffe, dass er schon bald zumindest fit genug ist, dass er uns einen Tipp geben kann, was wir machen sollen.«

»Solange er dabei im Bett bleibt, kann er das ruhig tun«, sagte die erste Stimme spitz. »Aber …«

»Im Bett bleiben?« Lukas' Stimme klang so rau, als hätte er ein Reibeisen im Mund. »Wer will denn so was?«

Empört schnappte Maria nach Luft, als sie bemerkte, dass ihr Neffe sie unter fast geschlossenen Lidern ansah. »Du bist ein Mistkerl«, attestierte sie ihm, als er sie dazu auch noch schief angrinste. »Du hast uns also die ganze Zeit belauscht?«

»Ist mir zum Glück erspart geblieben. Kann ich was zu trinken haben?«

Obwohl er gedacht hatte, dass er ein halbes Schwimmbad hätte leeren können, hielt er nach dem dritten Schluck inne. »Scheiße, das tut weh wie die Hölle. Was haben die mit mir angestellt?«

»Sie haben dir den Pfeil entfernt und die Wunde gesäubert«, erklärte Maria ihm. Da sie seine nächste Verwandte war, hatte er sie schon vor einigen Wochen gefragt, ob er sie als Bevollmächtigte in einer Patientenverfügung eintragen durfte. Maria war vor Freude über das Vertrauen, das er ihr damit zeigte, ganz rot geworden. Und deshalb hatten die Ärzte ihr ein paar Stunden zuvor bereitwillig erklärt, wie schwer die Verletzungen ihres Neffen waren. Schnell warf Maria einen Blick auf Kira. »Ich weiß nicht …«

»Erzähl schon«, sagte Lukas matt. »Solange du Kira gegenüber den Hüftgurt nicht erwähnst, den ich wegen meiner Bindegewebsschwäche trage, ist alles gut.«

Maria schnappte nach Luft, und auch Kira blickte verdutzt drein. Dann ging ihnen auf, dass er sie nur aufgezogen hatte.

»Du bist echt ein Knallkopf«, sagte Maria empört. Doch dann sagte sie sich, dass sie froh sein konnten, dass er schon wieder zu solch albernen Scherzen aufgelegt war. Sie mochte sich nicht ausmalen, wie das Ganze noch hätte ausgehen können. »Jedenfalls fehlt dir nichts, was nicht in ein paar Wochen wieder in Ordnung wäre. Der Pfeil ist haarscharf an der Lunge vorbeigegangen, hat ein paar Muskeln durchbohrt, aber nichts wirklich Schlimmes angerichtet. In der Wunde steckt eine Drainage, damit das Wundsekret abfließen kann, und dieses Röhrchen werden dir die Ärzte Stück für Stück herausziehen, damit die Verletzung von innen nach außen zuheilen kann. Und dann bist du wieder so gut wie neu.«

Als die Krankenschwester, die ständig ihren Kopf zur Tür hereinsteckte, die Besucher zum dritten Mal ermahnte, den Patienten in Ruhe zu lassen, platzte Lukas der Kragen. »Ich bin nicht todkrank, also lassen Sie das, Schwester, okay?«, stieß er undeutlich hervor. »Ich bin kein kleines Kind und weiß selbst, wann es mir zu viel wird.«

Nachdem die Schwester eingeschnappt das Weite gesucht hatte, war es an Lukas, Fragen zu stellen.

»Habt ihr Uriel Mohrgut gefunden?«

Kira schüttelte den Kopf. »Er ist bisher weder in der Praxis noch in der Wohnung aufgetaucht.« Entschuldigend hob sie die Schultern. »Wir haben keine Ahnung, wo wir noch nach ihm suchen sollen.«

»Was hat die Durchsuchung der Räume ergeben?«

»Nichts. Dabei haben wir wirklich jeden Winkel durchwühlt.«

Etwas in der Art hatte sich Lukas schon gedacht. »Und Samael Mohrgut?«

»Sitzt hinter Schloss und Riegel.«

»Besteht Gefahr, dass ihn der Richter laufen lässt?« Nach einer Festnahme mussten die Ermittler dem zuständigen Untersuchungsrichter nach spätestens vierundzwanzig Stunden einen handfesten Anlass liefern, damit der den Festgenommenen in der Haft beließ. Fehlten ausreichende Gründe, kam der Verdächtige wieder auf freien Fuß. Und da noch nicht eindeutig bewiesen war, welcher der beiden Brüder die Morde begangen hatte und ob überhaupt, bestand die Möglichkeit, dass ein milde gestimmter Richter keinen ausreichenden Haftgrund sah.

»Zum Glück nicht.« Kira war erkennbar erleichtert. »Der Chef hat einen ausführlichen Bericht vorgelegt, und der Richter hat darauf erkannt, dass sich Samael Mohrgut zumindest der Entführung und Folter schuldig gemacht hat.«

Auch das wunderte Lukas nicht. »Ist die Liste fertig, die die Spusi anhand der Durchsuchung erstellt hat?«

»Keine Ahnung, ich glaube schon. Wozu brauchst du die?«

»Ist nur so ein Gefühl.« Lukas fielen die Augen zu. »Komm am Nachmittag wieder her. Und bring die verdammte Liste mit.«

Stunden später warf Lukas den Schnellhefter, den Kira ihm gebracht hatte, frustriert auf den Beistelltisch. Kurz bevor Kira Samael Mohrgut überwältigt hatte, war ihm etwas aufgefallen, er konnte aber nicht sagen, was es war. Doch das Gefühl, dass er etwas übersehen hatte, ließ sich nicht verdrängen. Deswegen hatte er gehofft, die Durchsuchung würde etwas Licht ins Dunkel bringen, doch Fehlanzeige.

»Lässt du mich an deinen Gedanken teilhaben?«, bat Kira, die ihn kein einziges Mal bei seiner Lektüre unterbrochen hatte.

Lukas kniff die Lippen zusammen, was nur zum Teil seiner Frustration geschuldet war. Die Wirkung des Schmerzmittels hatte in der letzten halben Stunde deutlich nachgelassen, und seine Schulter fühlte sich an, als würde sie in Flammen stehen.

Kira folgte seinem Blick. Dann bemerkte sie aus dem Augenwinkel eine kleine Lache auf dem Boden. »Ach du Scheiße«, stieß sie aus. Sie sprang von ihrem Stuhl, griff nach der Klingel und hätte dabei fast eine Wasserkaraffe umgeworfen, die auf dem Betttisch stand.

»Was wollen Sie?«, fragte die Schwester beleidigt, als sie den Kopf zur Tür hereinsteckte. »Ich dachte, ich störe nur.«

»Vielleicht wäre es nicht schlecht, wenn Sie den Tropf wechseln«, sagte Kira bemüht freundlich.

»Das ist erst in zwei Stunden fällig.«

Kira konnte über so viel Borniertheit nur den Kopf schütteln. Die Pflegekraft hatte den Patienten mit keinem Blick bedacht, sonst wäre ihr wohl aufgefallen, dass die wächserne Gesichtsfarbe sicher nicht daher kam, dass er sich so wohlfühlte. Sie sprang vom Stuhl, rannte der Schwester, die das Zimmer bereits wieder verlassen hatte, hinterher und zog sie am Arm zurück zu Lukas' Bett.

»Dann machen Sie Ihre Arbeit gefälligst ordentlich«, sagte die Polizistin böse. »Wenn Sie dafür sorgen würden, dass die Medikamente in die Vene tropfen statt auf den Boden, müssten Sie auch nicht alles zweimal machen.«

Kapitel 13

»Wir sollten in Betracht ziehen, dass Uriel Mohrgut seinem Bruder im Weg stand.« Fiedler starrte sein hochgelegtes Bein böse an. Seit er zur Untätigkeit verdammt war, war seine Laune auf einen historischen Tiefpunkt gesunken. Dass sie seit Mohrguts Verhaftung vor drei Tagen keinen Stein auf dem anderen gelassen hatten und trotzdem keinen Schritt weitergekommen waren, trug nicht gerade dazu bei, dass er sich besser fühlte.

»Denken Sie wirklich, dass er ihn umgebracht hat?« Kira Brecht sah ihren Chef hilflos an. »Aber das ist doch sein Zwillingsbruder!«

»Na und?«, giftete Fiedler. »Haben Sie noch nie von Kain und Abel gehört? Der Psychoheini kann sich ja schließlich nicht in Luft aufgelöst haben.«

»Das glaube ich auch nicht.« Ohne dass Fiedler und Kira sein Kommen bemerkt hatten, stand Lukas plötzlich im Zimmer.

»Zieringer, was machen Sie denn hier?«, dröhnte Fiedlers Bass durch den Raum. »Sie sollen sich auskurieren, was ist daran so schwer zu verstehen?«

»Es hat sich was mit auskurieren«, hielt Lukas dagegen. Ihm war selten so langweilig gewesen wie in den letzten Tagen.

Die Wunde heilte in Rekordgeschwindigkeit und am Morgen hatten die Ärzte das Drainageröhrchen endgültig entfernt. Er jedenfalls sah keinen Grund, noch länger untätig in der Klinik herumzuliegen, und hatte seinem Arzt nach der Visite mitgeteilt, dass er nach dem Frühstück gegebenenfalls auch auf eigene Verantwortung verschwinden würde.

»Und was willst du hier?«, fragte nun auch noch Kira. »Du sollst doch zumindest noch im Bett bleiben.«

»Was ist eigentlich los mit euch?«, fragte Lukas grinsend. »Ich dachte, wir können *hier* eine Krankenstation aufmachen. Außerdem müssen gerade Sie sich nicht aus dem Fenster lehnen«, sagte er zu Fiedler. »Sie leben uns doch schließlich vor, dass man auch mit einem geschienten Bein im Büro herumsitzen kann.«

Darauf wusste Fiedler nun wirklich nichts mehr zu entgegnen. Immerhin hatte Zieringer recht. »Von mir aus«, sagte er schließlich unwirsch. »Lassen Sie es sich aber bloß nicht einfallen, hier schlechte Laune zu verbreiten. Es genügt schon, wenn ich das mache.«

»Überhaupt kein Problem«, bestätigte Lukas. »Also, gibt es etwas, das ich noch nicht weiß?«

Fiedler schüttelte den Kopf. Die Kollegen hatten Lukas in den drei Tagen seines Klinikaufenthalts täglich besucht und ihn dabei regelmäßig auf den neuesten Stand gebracht. Der Richter hatte für Mohrgut zwar Untersuchungshaft angeordnet, war aber damit einverstanden, dass er noch ein paar Tage in der Arrestzelle der Miesbacher Dienststelle blieb, bevor er nach München in die JVA Stadelheim überstellt wurde.

Außerdem hatte Lukas mit Leon telefoniert. Der junge Hacker war so Feuer und Flamme, dass er mit dem Segen des Hauptkommissars in verbotene Systeme eindringen durfte, dass der schon den Verdacht hatte, Leon würde sein Studium schmeißen.

»Keine Sorge, das passiert nicht«, wiegelte Leon ab. »Auch wenn ich die Uni, zumindest jetzt noch, todlangweilig finde. Ich meine, was soll ich denn da lernen? Der Stoff, der in den Vorlesungen drangenommen wird, ist echtes Anfängerzeug.«

»Und du bist alles andere als ein Anfänger, ich weiß.« Lukas musste lachen. »Bleib trotzdem dran, versprichst du mir das?«

Leon seufzte. »Damit ich später mal die Chance habe, das alles hochoffiziell zu machen und damit auch noch legal Geld zu verdienen, schon klar. Wenn du mir im Gegenzug versprichst, dass du, wann immer ihr in eurem beschaulichen bayerischen Kaff Hilfe braucht, mich dazuholst.«

Nachdem sie noch eine Weile hin- und hergeplänkelt hatten, verriet Lukas Leon den wahren Grund seines Anrufs.

»Ja klar kann ich mich noch mal in den Datenbanken der Gemeinden umsehen«, erwiderte Leon. »Du musst mir nur sagen, worauf genau ich achten soll.«

Jetzt saß Lukas auf der Stuhlkante und wollte nicht mit der Sprache herausrücken, was Leon herausgefunden hatte. »Ich möchte, dass ihr objektiv an das Thema herangeht«, sagte er mit einem jungenhaften Grinsen. »Ich werde Mohrgut gleich in den Vernehmungsraum bringen lassen und ihn dort befragen.« Geflissentlich ignorierte Lukas die Proteste seiner Kollegen. »Ich wüsste nicht, wieso meine verletzte Schulter gegen ein Verhör spricht. Immerhin funktioniert mein Kopf noch bestens.« Dem hatte die Pause sogar ausgesprochen gutgetan, denn Lukas war inzwischen darauf gekommen, was ihn die ganze Zeit irritiert hatte. Doch das wollte er den anderen vorerst nicht auf die Nase binden. Falls sich sein Verdacht bestätigte, sollten sie das besser mit eigenen Augen sehen. Vorausgesetzt natürlich, die starken Medikamente hatten ihn nicht völlig um den Verstand gebracht und er hatte sich nur etwas zusammengereimt. »Lassen Sie mich einfach machen«, bat er Fiedler. »Es kann durchaus sein, dass ich auf dem Holzweg bin. Wenn ich euch jetzt alles vorkaue, seid ihr doch nur voreingenommen.« Er wandte sich an Kira. »Hast du besorgt, worum ich dich gebeten habe?«

Kira nickte verwirrt. Das war auch so ein Ding gewesen. Lukas hatte sie mitten in der Nacht angerufen und ihr einen Auftrag erteilt, ohne sie auch nur im Mindesten aufzuklären, wofür er das brauchte, was er so dringend haben wollte.

»Herr Mohrgut.« Umständlich nahm Lukas dem Zwillingsbruder gegenüber Platz. Es war seltsam, wie sehr sich zwei Menschen ähneln und doch so unterschiedlich sein konnten. Während Uriel Mohrgut ein freundlicher und hilfsbereiter Mann war, machte sein Bruder Samael einen hinterlistigen, verschlagenen Eindruck, wozu auch noch das leuchtend rote Feuermal beitrug, das die Hälfte seines Gesichts überzog. Offensichtlich hatten sich die beiden Brüder charakterlich in eine völlig entgegengesetzte Richtung entwickelt. Das war etwas, was Lukas später gerne mit der Therapeutin besprechen wollte, die ihn behandelt hatte, nachdem seine Welt in München aus den Fugen geraten war. Schließlich sagte man Zwillingen landläufig nach, dass es in deren Leben zu außergewöhnlichen Parallelen kam, selbst wenn sie bereits bei der Geburt voneinander getrennt wurden.

»Erzählen Sie mir von Ihrem Bruder«, bat Lukas.

Mohrgut starrte verstockt auf die Tischplatte vor sich. Dass ein Tonband das Gespräch aufzeichnete, hatte er mit stoischer Ruhe zur Kenntnis genommen.

Eine halbe Stunde später machte sich in dem Nebenraum, der durch einen Einwegspiegel vom Verhörzimmer getrennt wurde, Langeweile breit. Mohrgut war weder Lukas' Aufforderung nachgekommen, noch hatte er eine einzige von dessen Fragen beantwortet. Er starrte stumm wie ein Fisch abwechselnd auf den Tisch und in die Luft.

»Himmel, Zieringer«, maulte Fiedler. »Was soll das denn noch werden?«

Als hätte Lukas die Unruhe seiner Kollegen bemerkt, stand er unvermittelt auf und sah auf Mohrgut hinunter. »Ich muss Sie für ein paar Minuten allein lassen«, sagte er in einem unverfänglichen Ton. »Soll ich Ihnen etwas mitbringen? Kaffee oder ein Wasser?«

Erneut sah Mohrgut einfach durch ihn hindurch.

Lukas zuckte mit den Schultern. »In Ordnung. Falls Sie doch noch etwas möchten, kann ich Ihnen das auch noch später holen.« Er stand auf, schnappte sich die Tüte, die er mitgebracht und achtlos auf den Boden gestellt hatte, wandte sich zum Gehen, machte aber kurz vor der Tür noch einmal kehrt. »Das kann ich auch hierlassen«, sagte er mehr zu sich selbst. Dann sah er zu Mohrgut. »Darüber unterhalten wir uns, wenn ich wieder zurück bin.«

»Können Sie mir verraten, was Sie da treiben?«, sagte Fiedler entnervt, als Lukas in den Nebenraum spaziert kam. »Sie denken doch nicht, dass Mohrgut vor Langeweile Panik bekommt?«

»Abwarten«, entgegnete Lukas nur kryptisch und zog sich einen Stuhl heran.

Eine Weile tat sich nichts. Mohrgut saß nach wie vor regungslos auf seinem Stuhl und machte ganz den Eindruck, als ob ihn das alles nichts anging.

Doch dann, fast unmerklich, änderte sich etwas. Keiner der Zaungäste hätte sagen können, wodurch es ausgelöst wurde, aber wie auf ein geheimes Kommando richteten sich die Zuschauer in ihren Stühlen auf und starrten wie gebannt durch den Einwegspiegel auf Samael Mohrgut.

Immer wieder glitt Mohrguts Blick zu der Plastiktüte, die Lukas halb geöffnet auf dem Tisch hatte stehen lassen. Irgendetwas war darin, das ihn brennend zu interessieren schien. Und auch Fiedler und Emma hielt es kaum noch auf den Stühlen. Doch noch immer wollte Lukas nichts verraten, und auch Kira, die als Einzige wusste, was sich in der Tasche befand, sagte nichts. Sie hätte auch nicht gewusst, wie sie es hätte erklären sollen.

Plötzlich streckte Mohrgut seine Hand nach der Tüte aus, zog sie aber so schnell wieder zurück, als hätte er sich die Finger verbrannt. Wieder saß er minutenlang einfach da. Nur das fast unmerkliche Zucken in seinem Gesicht verriet, dass es hinter der stoischen Fassade förmlich brodelte.

Schließlich gab er sich einen Ruck. Wie Klauen schossen seine Hände nach vorn, krallten sich in das Plastik und rissen die Tüte mit dem für die Zuschauer unsichtbaren Gegenstand zu sich hin.

»Was zum Henker ist das denn?«, fragte Emma, die sich vor Nervosität an den Nägeln zupfte, als sie das kleine Töpfchen sah, das Mohrgut in seinen zitternden Händen hielt.

»Ein Concealer«, ließ sich Lukas endlich zu einer Erklärung herab.

»Ein was?« Fiedler sah Lukas an, als hätte der den Verstand verloren. »Was wollen Sie denn damit bezwecken?«

Lukas wurde einer Antwort enthoben, da Mohrgut von seinem Stuhl hochschoss. Nachdem er so lange seine Contenance hatte bewahren können, hatte der kleine Tiegel mit der Abdeckcreme offensichtlich etwas in ihm ausgelöst, das er nicht länger unterdrücken konnte.

Mohrguts Körperspannung verriet die Qualen, die er litt, als er sich mit unsicheren Schritten dem Spiegel näherte. Als er mit seinem Gesicht so nahe kam, dass seine Nase fast das Glas berührte, zuckten die Zuschauer unwillkürlich zurück. Natürlich wussten sie, dass Mohrgut nicht sehen konnte, wer sich dahinter befand. Trotzdem war es befremdlich, sein Gesicht so nahe vor sich zu sehen.

Doch dann bemerkten sie, dass Mohrgut nicht versuchte, hinter die Kulissen zu blicken. Sein Interesse galt ausschließlich sich selbst. Wie in Zeitlupe senkte er den Kopf und starrte auf den Cremetiegel in seiner rechten Hand. Schließlich griff die Linke nach dem Deckel und schraubte ihn mit einem Dreh ab.

»Was macht er denn jetzt?«, fragte Kira, als Mohrgut einen Finger in die beigefarbene Paste tauchte und anfing, das Feuermal in seinem Gesicht zu überstreichen.

* * *

»Herr Doktor Mohrgut.« Lukas ging mit ausgestreckter Hand auf den Mann zu, der sich innerhalb von wenigen Minuten von einem abweisenden, unfreundlichen Mann in den zuvorkommenden Psychologen verwandelt hatte, den er bereits in dessen Praxis kennengelernt hatte.

Beflissen stand Mohrgut auf und erwiderte Lukas' Händedruck. »Herr Hauptkommissar, ich freue mich, Sie zu sehen. Was ist denn mit Ihrer Schulter passiert?« Besorgt musterte der Arzt den dicken Verband.

»Ich befürchte, das habe ich Ihrem Bruder zu verdanken.«

»Ach, leck mich doch am Arsch«, fluchte Fiedler unbeherrscht, als ihm aufging, was sich im Nebenzimmer abspielte.

»Herr Doktor Mohrgut«, sagte Lukas freundlich, darauf bedacht, den Titel des Arztes zu betonen, »würden Sie mir erzählen, was mit Ihrem Bruder passiert ist?«

Verstört wich Mohrgut Lukas' Blick aus. »Ich weiß es nicht«, sagte er mit zitternder Stimme.

»Sie wissen es nicht mehr, oder Sie wollen sich nicht erinnern?«, bohrte Lukas vorsichtig nach. »Wie alt war Uriel, als er ums Leben gekommen ist?«

Schlagartig wurde Mohrgut trotz der dicken Schicht Creme weiß im Gesicht. Einen Moment lang dachte Lukas, der

Therapeut würde sich gleich übergeben. Doch dann begann sein Kopf, hin und her zu rucken, während er unverständliche Wörter flüsterte.

»Herr Doktor Mohrgut!«, sagte Lukas laut. »Können Sie mich verstehen?« Er erkannte, dass Mohrgut dabei war, abzudriften. Was dann geschah, konnte niemand vorhersehen. Dass es sich bei den Geschwistern um ein und dieselbe Person handeln könnte, war ein Verdacht gewesen, der sich mit beständiger Hartnäckigkeit in Lukas' Kopf gebohrt hatte, als er die beiden Töpfe mit dem Concealer auf den Fotos entdeckt hatte, die die Spusi in den Badezimmern von Mohrguts Wohnung und Praxis geschossen hatten. Zuerst war er nicht draufgekommen, was ihn an den Aufnahmen so irritiert hatte, doch dann hatte er sich die Liste geschnappt, auf der jeder einzelne Gegenstand aufgeführt war, hatte sie mit den Fotos verglichen und sich über den jeweiligen Verwendungszweck Gedanken gemacht. Die Creme in den Privaträumen hatte sich noch damit erklären lassen, dass eine Frau sie dort vergessen haben könnte, doch dass sich genau das gleiche Produkt auch in den Praxisräumen fand, ergab keinen Sinn. Und dann war ihm eingefallen, was die Leiterin des Pflegeheims, in dem Mohrguts Vater untergebracht war, zu ihm gesagt hatte: Sie war sich deshalb so sicher, dass sie die Zwillinge hatte unterscheiden können, weil der eine ein unübersehbares Feuermal im Gesicht hatte. Vielleicht war schon damals der Auftritt des Bruders ohne das unveränderliche Kennzeichen im Gesicht nur eine Farce gewesen. Deswegen hatte Lukas Kira gebeten, in die Praxis zu fahren und den Cremetiegel zu holen.

»Mein Bruder …« Mohrgut hustete. Dann schien er nach Worten zu ringen. »Samael ist verantwortlich für die Morde, die in der letzten Zeit passiert sind, aber das haben Sie sich sicher schon gedacht.«

»Ich glaube das jetzt nicht«, sagte Emma fassungslos. »Mohrgut hat das alles nur erfunden? Es gibt gar keinen Zwillingsbruder?«

»Es muss einen geben«, widersprach Kira. Ihr war auch nicht entgangen, dass Lukas von Uriel, Mohrgut hingegen von Samael gesprochen hatte. »Schließlich existiert eine Geburtsurkunde, und bis vor einigen Jahren gab es auch eine Meldebescheinigung von ihm.«

Kurz darauf gesellte Lukas sich zu ihnen. Er hatte weiter versucht, zu Mohrgut durchzudringen, aber der hatte sich völlig in sich zurückgezogen.

Fiedler starrte seinen Mitarbeiter fassungslos an. »Woher haben Sie das gewusst?«

»Dass es nur noch einen Bruder gibt?«, fragte Lukas müde. »Habe ich nicht. Aber als ich die Abdeckcreme auf den Fotos entdeckt habe, habe ich mich gefragt, welchem Zweck die dient. Dass es ein Überbleibsel eines Frauenbesuchs ist, habe ich ausgeschlossen, weil es äußerst unwahrscheinlich ist, dass eine Frau ausgerechnet in beiden Räumlichkeiten den jeweils gleichen Gegenstand vergessen würde. Dann habe ich mich erinnert, dass die Leiterin der Pflegeeinrichtung, in der Mohrguts Vater lebt, erzählt hat, dass die Brüder nie gemeinsam zu Besuch kamen, sich einmal jedoch ganz knapp verpasst haben. Und dann habe ich eins und eins zusammengezählt. Falls Samael die Illusion aufrechterhalten will, dass Uriel noch lebt, muss er ab und zu dafür sorgen, dass beide Brüder gesehen werden. Und da kommt ihm zugute, dass er dieses markante Mal im Gesicht hat. Immer wenn er in die Rolle des Psychologen schlüpfen wollte, musste er den Fleck nur überschminken. Außerdem hat Mohrgut in der Jagdhütte etwas gesagt, das ich aber in dem Augenblick nicht richtig zuordnen konnte. Nachdem ich aus der Narkose erwacht bin, habe ich zwei Tage lang gegrübelt, was es gewesen sein könnte, dann bin ich endlich draufgekommen.«

Erschöpft hielt Lukas einen Moment lang inne. »Mohrgut hat erwähnt, dass er genau wüsste, wer wir sind, dazu hat er mich mehrmals als Kommissar bezeichnet.«

Fiedler hatte keine Ahnung, was Zieringer damit sagen wollte. »Und es hat Sie gestört, dass er Sie mit falschem Dienstrang angesprochen hat?«

»Was? Nein. Ich habe mich gefragt, woher Samael wusste, wer ich bin. Schließlich bin ich ihm nie begegnet. Er konnte es also nur von Uriel erfahren haben. Und das ließ nur zwei Schlüsse zu: dass die Brüder sich über mich unterhalten haben, dann hätte Samael aber noch nicht gewusst, wie ich aussehe. Also habe ich den Gedanken wieder verworfen. Und letztlich blieb nur noch der Schluss übrig, dass es nur noch einen Bruder gibt, der abwechselnd in beide Rollen schlüpft.«

»Irre«, befand Kira. »Aber dass der gleich so eine Verwandlung durchmacht …«

»Ich denke, dass Uriel schon länger nicht mehr lebt«, sagte Lukas gedankenverloren. »Wenn wir Pech haben, finden wir nie heraus, was mit ihm geschehen ist.«

»Denken Sie, der da drin«, Fiedler deutete mit dem Daumen auf die große Glasscheibe, die die beiden Räume voneinander trennte, »hat seinen eigenen Bruder ermordet?«

»Möglich wäre es. Dann würde sich sein Verhalten als Schuldgefühl interpretieren lassen. Schätzungsweise wird sich eine ganze Horde an Psychologen damit noch näher beschäftigen müssen. Aus dem Bauch heraus denke ich aber, dass es eher ein Unfall war. Ich glaube, dass Samael Mohrgut den Tod seines Zwillings nie verkraftet hat, deswegen schlüpft er in dessen Rolle. Vermutlich hat sich im Lauf mehrerer Jahre eine Art Identitätsstörung entwickelt. Wir haben ja alle gesehen, welche Veränderung mit ihm passiert, sobald er das Feuermal überschminkt.«

»Solange es sichtbar ist, ist er ein Dämon, der Menschen umbringt?«, fragte Kira. »Und sobald sein Gesicht makellos ist, spielt er den guten Onkel, der kleine Kinder therapiert?«

»So ungefähr«, bestätigte Lukas. »Außer dass ich nicht glaube, dass es ein Spiel ist. Dazu ist die Verwandlung zu perfekt. Mohrgut müsste schon ein verdammt guter Schauspieler sein, um das so überzeugend hinzubekommen.«

»Lukas?« Widerwillig war Emma ans Telefon gegangen, das schon seit einer Weile hartnäckig klingelte. »Die Telefonzentrale ist dran. Dieser Junge, Leon, hat schon ein paar Mal angerufen. Er sagt, dass er dich nicht erreichen kann, dass es aber wichtig wäre.«

Lukas verzog das Gesicht. Er hatte sein Smartphone auf lautlos gestellt, als er in den Vernehmungsraum gegangen war. Und dann war die Verwandlung des Mr. Hyde in Dr. Jekyll so faszinierend gewesen, dass er den Gefallen ganz vergessen hatte, um den er Leon auf der Taxifahrt von der Klinik ins Büro gebeten hatte.

»Machen wir zehn Minuten Pause«, sagte er zu Fiedler und Kira. »Vielleicht hat Leon es geschafft herauszufinden, was mit dem Zwillingsbruder passiert ist.«

Fiedlers Gesicht verschloss sich in Sekundenschnelle. Dass er selbst dem Jungen vor ein paar Stunden einen ungesetzlichen Auftrag erteilt hatte, hätte er am liebsten sofort wieder vergessen. Doch immerhin war es da um Leben oder Tod gegangen. Zumindest hatten sie das gedacht. Aber wenn Zieringer das als Freifahrtschein nahm, den Jungen zu weiteren illegalen Taten zu ermutigen, musste er dem sofort einen Riegel vorschieben.

Lukas ahnte, was hinter der Stirn seines Chefs vor sich ging. »Sind Sie denn überhaupt nicht neugierig?«, fragte er schnell. »Wenn wir das Geheimnis nicht bald lüften, bleibt uns nichts anderes übrig, als Mohrgut in die JVA Stadelheim überstellen zu lassen. Dass er seit inzwischen drei Tagen hier bei uns in einer

Arrestzelle sitzt, ist schon grenzwertig genug. Wenn wir nicht bald etwas Handfestes liefern, steigt uns die Staatsanwaltschaft aufs Dach. Und dann ist es völlig egal, dass Mohrgut auf einen Anwalt verzichtet hat.«

Fiedler starrte Lukas verkniffen an. Schließlich gab er sich einen Ruck. Sein junger Kollege hatte ihn an einer empfindlichen Stelle getroffen. Natürlich hatte er kein Interesse daran, ständig nach München zu fahren, um den Verdächtigen zu befragen oder den Fall an die Kollegen dort abzugeben. »Machen Sie, was Sie wollen«, brummte er. »Aber eins sage ich Ihnen: Falls Ihre Sperenzchen nicht umgehend belastbare Ergebnisse liefern, lasse ich den Psychopathen verlegen.«

»Leon?«, fragte Lukas, als er langsam neben Kira und Fiedler den Flur entlang nach draußen lief, um etwas frische Luft zu schnappen. »Hast du was herausgefunden?«

»Das kann man so sagen.« Dass der junge Hacker bis über beide Ohren grinste, konnte Lukas förmlich fühlen. »Möchtest du raten?«

»Ganz bestimmt nicht«, gab Lukas zurück. »Und wage es ja nicht, dir alles aus der Nase ziehen zu lassen. Sonst verpfeife ich dich bei deinem Professor.«

»Autsch.« Leon kicherte. Er wusste genau, wie er den Scherz nehmen musste. »Also dann, pass auf. Ach, sag mal, sitzt du gerade?«

»Du Mistkerl«, knirschte Lukas. »Raus mit der Sprache.«

»Also gut. Vorab aber noch eine Info: Diese Lieselotte, auf die die Hütte am Jägerkamp eingetragen ist, war tatsächlich die Mutter der Zwillinge. Wie es aussieht, ist die eines natürlichen Todes gestorben.«

Lukas ließ Leons letzten Satz unkommentiert. Er wollte lieber gar nicht so genau wissen, in welche Datenbanken sich der Student gehackt hatte. Und er wollte sich auch keine Gedanken darüber machen, ob Samael vielleicht sogar seine eigene Mutter umgebracht hatte. »Was hast du sonst noch herausbekommen?«

»Ich habe mich im Datenarchiv der Stadt Straubing umgesehen, weil Mohrgut dort gelebt hat, bevor er in eure Gegend gezogen ist. Dort konnte ich nichts Erhellendes in Erfahrung bringen.«

Lukas war sich durchaus im Klaren darüber, dass Leon ihn bewusst auf die Folter spannte. Auch wenn es ihm in den Fingern kribbelte, den Hacker eigenhändig zu erwürgen. Dumm nur, dass der gerade in München saß und Lukas seine Mordfantasien nur in Gedanken ausleben konnte. »Also gut, wenn du nichts Wichtiges entdeckt hast, ist das eben so. Ich melde mich wieder, wenn ich dir neue Hinweise geben kann, wo du sonst noch suchen könntest.«

»Lukas, warte. Ich habe wirklich was für dich«, sagte Leon schnell. Plötzlich hatte er Bammel, dass der Kriminalhauptkommissar das Gespräch beenden würde, bevor er ihm mitteilen konnte, dass er tatsächlich eine überaus wichtige Entdeckung gemacht hatte, zumindest seiner eigenen Einschätzung nach. Er holte tief Luft, dann fing er an zu erzählen.

Lukas hatte seinem Freund aufmerksam zugehört und nur ab und zu eine kurze Frage gestellt. Als er das Gespräch schließlich beendete, lag ein ungläubiges Lächeln auf seinem Gesicht.

»Lassen Sie uns daran teilhaben, was Ihre Laune so plötzlich steigen lässt?«, fragte Fiedler. Er hätte auch gut etwas brauchen können, das seine Stimmung verbesserte. Das beständige Jucken war mittlerweile in einen veritablen Dauerschmerz übergegangen, der daher kam, dass sich die Haut an seinem Knöchel durch die dämliche Schiene bereits an beiden Seiten aufgescheuert hatte.

»Geben Sie mir eine Minute.« In Lukas' Kopf schwirrten so viele Informationen umher, die sich dringend zu einem Ganzen zusammenfügen wollten, dass er kaum einen klaren Gedanken fassen konnte. Doch anstatt seinem Chef, der, wie auch Kira, vor Spannung unruhig auf der Stelle trat, die gewünschte Auskunft zu geben, wirkte Lukas plötzlich wie elektrisiert. »Ich muss noch mal telefonieren.« Ohne näher darauf einzugehen, wen er anrufen wollte, machte er auf der Stelle kehrt und eilte so rasch, wie es der pochende Schmerz in seiner verletzten Schulter zuließ, die Treppen nach oben, die in die Büroräume im ersten Stock der Dienststelle führten.

»Das werdet ihr noch bereuen«, prophezeite Fiedler, der mit seinem Klumpfuß, wie er seine momentane Behinderung wenig freundlich nannte, das Nachsehen hatte, da auch Polizeimeisterin Kira Brecht einfach umgekehrt war und Lukas hinterherlief.

* * *

»Herr Doktor Mohrgut.« Fast eine Stunde später begrüßte Lukas den Arzt erneut freundlich und respektvoll. »Ich denke, ich kann etwas Licht ins Dunkel bringen, was Ihren Bruder anbelangt.« Er stellte eine dampfende Tasse Kaffee vor Mohrgut ab und setzte sich ihm gegenüber an den Tisch. Währenddessen hatte er den Psychologen keine Sekunde aus den Augen gelassen, und so war ihm auch nicht entgangen, dass der keine Miene verzog. Es war zum Verrücktwerden! Entweder ging Mohrgut wirklich zu hundert Prozent in der Identität seines Bruders auf, sobald er das Feuermal überschminkt hatte, oder er war einfach nur abgebrüht.

»Wir konnten herausfinden, dass verschiedene Dateien des Kreisverwaltungsreferats München sowie der Gemeinden

Straubing und Miesbach vor fast zwanzig Jahren manipuliert wurden.«

»Wirklich?«, fragte Mohrgut neugierig. »Und was bedeutet das?«

»Dass jemand einen Vorfall vertuschen wollte, der sich in Ihrer Kindheit zugetragen hat.« Gespannt beobachtete Lukas die Miene des Arztes. War das eben ein nervöses Zucken gewesen? Da es sich nicht wiederholte, setzte Lukas seine Ausführung unbeirrt fort: »Irgendjemand muss sehr viel Geld in die Hand genommen haben, um diese Manipulationen durchführen zu lassen. Um in eine Behörde einzudringen, braucht man einen Hacker, der sehr gut ist. Und der dürfte nicht für ein Butterbrot zu bekommen gewesen sein.« Lukas ließ den Psychologen nicht aus den Augen, doch der verzog weiterhin keine Miene. Schließlich fuhr er fort: »Die ursprünglichen Dokumente wurden unwiderruflich zerstört, und da leider auch keine Sicherheitsbackups mehr existieren, lässt sich heute nicht mehr feststellen, was der Grund für die Änderung der Daten war.« Täuschte er sich oder glitt ein zufriedenes Lächeln über Mohrguts Gesicht? Doch es verschwand so schnell, wie es gekommen war.

»Ich kann Ihnen nicht ganz folgen«, sagte Mohrgut bedauernd. »Weshalb erzählen Sie mir das?«

»Weil diese Manipulationen Ihre Familie betreffen und ich mich gefragt habe, wer ein so großes Interesse daran gehabt haben kann, etwas zu verschleiern.« Abschätzend musterte Lukas den Arzt. »Da Ihre Mutter vor zwanzig Jahren verstorben ist und Ihr Vater seit fast ebenso langer Zeit im Pflegeheim lebt, waren nur noch Sie beide übrig. Sie und Samael. Allerdings gibt es keinen Zeugen, der Sie beide jemals zusammen gesehen hat.«

»Das ist Unsinn«, brauste Mohrgut auf. Er schien völlig vergessen zu haben, dass er sich vor weniger als einer Stunde von Mr. Hyde in Dr. Jekyll verwandelt hatte. Doch das aufbrausende

Temperament passte eher zu Samael als zu dem liebenswürdigen Psychologen. Schließlich musste ihm klar sein, dass er durch den Spiegel beobachtet worden war, als er das Feuermal überschminkt hatte. Und selbst falls es keinen Zuschauer gegeben hätte, würde es dem Polizisten niemals entgangen sein, dass das riesige, flammend rote Mal in seinem Gesicht plötzlich verschwunden war. »Es gibt jede Menge Menschen, die uns beide kennen, Sie müssen einfach nur besser recherchieren. Fragen Sie nur mal die Leiterin der Klinik, in der mein Vater lebt. Die kann Ihnen bestätigen, dass wir gemeinsam dort waren.«

Über Lukas' Züge glitt ein Lächeln. Dass Mohrgut ausgerechnet dieses Beispiel anbrachte, zeigte ihm, dass der den Auftritt damals genau geplant hatte. Zudem war ihm nicht entgangen, dass Mohrgut *mein* statt *unser* Vater gesagt hatte. »Die haben wir bereits gefragt. Sie kann sich aber nur erinnern, dass Sie sich ganz knapp verpasst haben.«

»Na also, das dürfte Ihnen doch als Beweis reichen!«

»Das tut es leider nicht. Auch ganz knapp verpasst ist trotzdem verpasst«, stellte Lukas klar. »Aber ich habe noch mit einer weiteren Person gesprochen. Erinnern Sie sich an Pfarrer Hauser?«

Mohrgut schluckte. Und dann wurde er erneut unter der Schminke blass. »Pfarrer Huber?«, versuchte er, Lukas zu irritieren. »Nein, tut mir leid, das sagt mir nichts.«

»Schade«, entgegnete Lukas und ignorierte, dass Mohrgut einen falschen Namen wiedergegeben hatte. »Er kann sich noch sehr gut an Sie erinnern. Besser gesagt an Sie und Ihren Bruder. Zwillinge waren zur damaligen Zeit nämlich eine ziemliche Seltenheit. Und so weiß er auch noch, dass er Sie beide getauft und Ihnen die Erstkommunion erteilt hat. Bei Ihrer Firmung waren Sie allerdings allein. Wollen Sie mir verraten, wo Ihr Bruder an dem Tag war?«

»Uri…, mein Bruder«, korrigierte Mohrgut sich schnell. »Ich glaube, der war an dem Tag krank.«

»Er wurde aber auch zu keinem späteren Zeitpunkt gefirmt.«

»Das weiß ich nicht, da waren wir ja noch Kinder. Vielleicht hatten sich unsere Eltern dagegen entschieden.«

»Ihre Eltern, Herr Mohrgut, waren sehr fromme Menschen, das hat mir Pfarrer Hauser eindrücklich bestätigt. Wieso sollten derart gottesfürchtige Leute einem ihrer Kinder eine so wichtige katholische Weihe versagen?«

Mohrgut zuckte mit den Schultern. »Das weiß ich nicht«, beharrte er störrisch. »Fragen Sie doch diesen Pfaffen, der angeblich alles so genau weiß.«

»Das habe ich bereits. Er hat mir erzählt, dass Uriel bei einem Absturz in den Bergen ums Leben gekommen ist. Da waren Sie beide gerade mal neun Jahre alt.«

Es dauerte eine Weile, bis die Worte zu dem Psychologen durchdrangen. Seine Augen irrten unstet hin und her, dann begannen seine Hände zu zittern. Schließlich hielt es ihn nicht länger auf seinem Stuhl. Er sprang auf und fing an, wie ein eingesperrtes Raubtier durch den kleinen Raum zu tigern.

»Ich habe auch noch mit einer anderen Person telefoniert«, sagte Lukas leise. »Mit Hermine Baierl. Tante Hermi, erinnern Sie sich?«

Mohrgut versteifte sich. Dann drehte er sich mit einem Ruck um und starrte Lukas hasserfüllt an. »Nennen Sie sie nicht Tante Hermi! Dazu haben Sie kein Recht!«

»Das stimmt, das habe ich nicht«, sagte Lukas sanft. »Ich soll Ihnen aber ganz liebe Grüße von ihr bestellen. Sie hat sich in all den Jahren gefragt, was aus Ihnen geworden ist. Sie kann sich noch so gut an den kleinen Jungen mit dem riesigen Feuermal im Gesicht erinnern, der so oft weinend bei ihr in der Küche saß, weil sein Vater ihm immer wieder einzutrichtern versucht hatte, dass er kein Mensch, sondern eine Ausgeburt der Hölle sei. Der traurige Bub, der sich den mächtigen Namen Leo gegeben hatte, weil er so stark und tapfer sein wollte wie ein großer Löwe, und der seinen Bruder liebevoll Falk nannte, weil der ein so guter Beobachter war wie ein Greifvogel.«

Mohrgut war über Lukas' Worten immer unruhiger geworden. Jetzt gab er einen erstickten Laut von sich. Alle Kraft schien aus seinem Körper gewichen zu sein und er konnte sich nur noch mühsam auf den Beinen halten.

Lukas sprang auf und fasste Mohrgut am Arm. Behutsam dirigierte er ihn zurück zum Tisch, wo er sich dankbar auf den Stuhl fallen ließ. Als Lukas mit Pfarrer Hauser und dessen ehemaliger Haushälterin telefoniert hatte, war ihm bewusst geworden, dass er bedacht mit den Informationen umgehen musste. Jetzt beobachtete er, wie die Fassade des Arztes bröckelte. Er ahnte, dass es nur noch eine Frage der Zeit war, bis der schöne Schein, den Mohrgut über die Jahre aufgebaut hatte, in sich zusammenfiel.

Epilog

»Hast du Frau Lüdeke erreicht?«, fragte Lukas. Nachdem der Fall als abgeschlossen galt, hatte er Maria am Vormittag grünes Licht gegeben, dass sie Rieke Lüdeke über ihre Beteiligung an der Aufklärung der Mordfälle ins Bild setzen durfte.

»Ach, Rieke.« Maria wirkte plötzlich traurig, und Lukas hätte sich in den Hintern beißen können. Maria hatte ihn, Fiedler, Kira, Emma und Franz Schmiedl zu sich eingeladen, um den großen Grill einzuweihen, der am Vortag geliefert worden war. Ganz sicher hatte er ihr mit seiner Frage nicht den Abend verderben wollen.

»Das macht nichts«, sagte Maria schnell, da sie ihm sein schlechtes Gewissen ansah. »Um es kurz zu machen: Ich habe lange mit ihr telefoniert, und sie war verständlicherweise geschockt. Sie hatte nämlich wirklich geglaubt, dass die Zuneigung, die sie für mich empfindet, auf Gegenseitigkeit beruht.«

»Aber das ist doch auch so!«

»Schon.« Maria seufzte. »Aber erklär das mal jemandem, dem du gerade gestanden hast, dass du ihn benutzt, tagelang hinters Licht geführt und des Mordes verdächtigt hast.«

»So zusammengefasst klingt es wirklich scheußlich«, gab Lukas zu. »Hast du ihr wirklich jedes Detail gebeichtet?«

»Ich habe ihr alles haarklein erzählt, weil ich nicht wollte, dass später noch mal eine Ungereimtheit ums Eck kommt. Rieke hat schon verstanden, dass es nichts Persönliches war, aber genau das ist das Problem. Sie findet es einfach hinterhältig und schäbig, was wir abgezogen haben.«

Lukas trank einen Schluck Bier und dachte nach. »Ich kann sie verstehen.«

»Ich kann das auch. Und es macht mich traurig. Weil ich sie nämlich wirklich mag. Das habe ich ihr auch gesagt. Ich kann nur hoffen, dass sie mir eines Tages verzeiht. Sie hat mir jedenfalls versprochen, darüber nachzudenken.«

»Das ist schon eine ganze Menge«, sagte Lukas. »Damit hat sie dir zumindest zu verstehen gegeben, dass das Thema für sie noch nicht endgültig durch ist. Solange sie sich darüber Gedanken macht, gibt es noch Hoffnung, dass sie es dir nicht allzu lange nachträgt. Und so schätze ich sie auch ein. Ganz egal, womit sie früher ihr Geld verdient hat, sie ist eine tolle Frau.« Lukas nahm sich vor, Rieke Lüdeke gleich morgen einen Besuch abzustatten und sich ebenfalls in aller Form bei ihr zu entschuldigen. Das war das Mindeste, was er für Maria tun konnte.

»Wie geht es der Frau, die wi…, die ihr aus der Jagdhütte befreit habt?«, wechselte Maria das Thema. Über Rieke konnte sie später noch lange genug nachdenken.

»Du kannst dich und Franz ruhig miteinbeziehen«, sagte Lukas gelassen. »Ihr habt schließlich einen nicht unerheblichen Anteil daran, dass die Ereignisse auf dem Jägerkamp zu einem guten Ende gekommen sind. Aber um deine Frage zu beantworten: Lisa Drosten wurde in eine Spezialklinik für Gehörerkrankungen verlegt, und es geht ihr nicht besonders gut. Verständlicherweise haben uns die Ärzte keine nähere Auskunft gegeben.«

»Gehörerkrankungen?«, wiederholte Maria. »Müsste die arme Frau nicht eher psychologisch betreut werden? Ich meine, das, was ihr zugestoßen ist, war doch die reinste Folter!«

»Das eine schließt das andere nicht aus. Hören ist schließlich einer unserer wichtigsten Sinne. Deshalb arbeiten in der Klinik auch mehrere Therapeuten. Frau Drosten wird dort umfassend betreut.«

»Habt ihr denn noch herausgefunden, was genau Mohrgut mit ihr gemacht hat?«

»Das ist nicht so einfach nachzuvollziehen«, antwortete Lukas. »Mohrgut spricht nicht darüber, deswegen können wir uns nur auf das beziehen, was wir in der Hütte entdeckt haben. Wir vermuten, dass er es darauf angelegt hat, dass Lisa Drosten durch die fürchterlichen Töne, die er ihr über Kopfhörer mit einer Lautstärke von etwa 150 Dezibel vorgespielt hat, den Verstand verlieren würde. Das passt auch als Bestrafungsart ins Bild, da Lisa Drosten offensichtlich den verbissenen Wunsch hatte, ihre Tochter Michaela als Konzertpianistin auf den Bühnen der Welt zu sehen.«

»Ich würde es nicht glauben, wenn ich das alles nicht hautnah mitbekommen hätte«, sagte Maria. »Ist der Arzt überhaupt ein richtiger Arzt, ist er ein Lügner oder ist er einfach nur krank?«

»Irgendwie trifft von allem etwas zu«, meinte Lukas. »Leon hat sich mit der Uni München in Verbindung gesetzt und zusammen mit deren IT-Leiter überprüft, ob deren Datenbank ebenfalls manipuliert wurde. Die beiden kamen zu dem Ergebnis, dass dort alles seine Richtigkeit hat. Samael Mohrgut hat als sein Alter Ego Uriel tatsächlich studiert und auch promoviert. Dazu haben wir herausgefunden, dass für beide Personen gültige Personalausweise und Reisepässe existieren. Das bedeutet, dass Samael regelmäßig Dokumente für beide Identitäten angefordert hat.«

»Was früher ja nicht besonders schwer war«, ergänzte Emma. »Schließlich musste man bis vor ein paar Jahren nur ein beliebiges Foto abgeben. Heutzutage ist es mit dem ganzen biometrischen Gedöns schon schwieriger.«

»Insbesondere, dass mittlerweile zumindest für die Reisepasserstellung ein Fingerabdruck genommen wird, hätte es Mohrgut in Zukunft so gut wie unmöglich gemacht, weiterhin für beide Brüder amtliche Dokumente ausstellen zu lassen«, pflichtete Lukas seiner Kollegin bei. »Wobei ich ihm zutraue, dass er auch da einen Weg gefunden hätte. Die Frage, ob Mohrgut ein Lügner oder krank ist, kann man am ehesten so beantworten, dass im weitesten Sinn beides zutrifft. Die ersten Gespräche, die Mohrgut mit einer Kollegin, Doktor Elisabeth Draxler, geführt hat, deuten darauf hin, dass er an einer schweren dissoziativen Identitätsstörung leidet. Dazu kommt, was ich von dem Pfarrer und seiner Haushälterin erfahren habe.« Lukas schluckte. Wenn sich die beiden da nicht nur was zusammenfantasiert hatten, musste die Kindheit zumindest für den einen Bruder eine wahre Hölle gewesen sein. »Der Vater hat Samael geradezu gehasst. Er hat ihm von klein auf jegliche Zuwendung verweigert, ihm dafür aber eingeredet, dass er nicht sein Sohn, sondern der des Teufels sei.«

»Wie bitte?« Maria sah ihren Neffen schockiert an. »Das ist nicht wahr!«

»Leider doch.« Zumindest hatte Lukas keinen Anlass anzunehmen, dass die beiden frommen Menschen ihn angelogen hatten. »Für den alten Mohrgut war das Feuermal der Beweis dafür, dass Samael von Grund auf schlecht und verdorben war. Im Gegenzug hat er den anderen Sohn in den Himmel gehoben, der war nämlich für ihn ein Engel schlechthin. Deswegen hat er ihm auch den Namen Uriel gegeben, was so viel bedeutet wie das *Licht Gottes*. Dem anderen, verhassten Sohn wollte er zuerst den Namen Luzifer geben, der ist in Deutschland aber nicht zugelassen.«

»Um Himmels willen.« Maria schlug die Hände vor den Mund. »Allein schon, wie man auf so einen kranken Gedanken kommen kann. Das arme Kind!«

»Leider hat Mohrgut trotzdem seinen Willen bekommen. Samael bedeutet nämlich das *Gift Gottes*, obwohl die Bedeutung nicht so offensichtlich ist.«

»Und das hat der Pfarrer nicht unterbunden?« Maria wurde fast schlecht. »Der musste das doch wissen!«

»Das wusste er auch. Aber da der Name nicht verboten ist und auch der Beamte auf dem Standesamt keine Bedenken hatte, ließ es sich nicht verhindern.«

»Wir haben es auch nicht fassen können, als Lukas uns die ganze Geschichte erzählt hat«, sagte Kira, als Maria und Franz Schmiedl Lukas ungläubig anstarrten. »Und irgendwie bin ich noch immer schockiert. Wie kann man ein unschuldiges Baby hassen, nur weil es einen vermeintlichen Makel hat?«

»Da der alte Mohrgut nicht mehr spricht, werden wir nie erfahren, was ihn dazu bewogen hat, sein eigenes Kind psychisch derart zu misshandeln und zu manipulieren«, sagte Lukas. »Die Mutter der Zwillinge hatte dem Ganzen offensichtlich nichts entgegenzusetzen, da ihr Mann sie wie den letzten Dreck behandelt hat. Laut dem Pfarrer kam sie eines Tages mit Samael zu ihm und bat ihn, den Jungen zu beschützen, da sie dazu nicht in der Lage war. Damals gab es aber kaum Möglichkeiten, Samael vor den Übergriffen zu bewahren. Das Einzige, was Pfarrer Hauser ihm bieten konnte, war eine Zuflucht und ein offenes Ohr. Deswegen war Samael auch oft bei ihm und der Haushälterin und hat sich dort ausgeweint. Hermine Baierl hat erzählt, dass der Vater den Jungen regelmäßig grün und blau schlug, nachdem er ihm einen seiner Vorträge gehalten hatte, wie unerwünscht, schlecht, sündig und sonst noch was er sei. Obwohl Samael sich jede erdenkliche Mühe gegeben hat, den Ansprüchen seines Vaters gerecht zu werden, war er ihm nie gut genug. Frau Baierl zufolge hat Friedrich Mohrgut bei Samael immer das Haar in der Suppe gesucht. Selbst wenn er eine Eins aus der Schule nach Hause gebracht hat, fand der Vater einen Grund, ihn als Versager oder faules Schwein zu bezeichnen. Und nicht selten endete die Verachtung des Vaters in Handgreiflichkeiten. Außerdem dürfte er auch noch von den anderen Kindern wegen seines Makels gehänselt worden sein.«

Lukas räusperte sich. »Zu all dem kommt, dass der Vater sich in seiner Meinung bestätigt sah, dass Samael die Ausgeburt des Teufels war, als Uriel ums Leben kam. Er hat Samael sogar unterstellt, dass er seinen Bruder gestoßen hätte, und ihm jahrelang eingeimpft, wie tragisch es sei, dass nicht er, der schlechte Sohn, ums Leben gekommen sei.«

»Vielleicht war das keine Unterstellung«, sagte Fiedler beklommen. »Wenn man sich vorstellt, dass einem Jahr und Tag vor Augen gehalten wird, wie schlecht man selbst sei und wie gut der andere, entwickelt man vermutlich im Lauf der Zeit so einen Hass, dass man sich nur noch wünscht, dass der andere aus seinem Leben verschwindet.«

»Du denkst, dass er seinen eigenen Bruder umgebracht hat, als die beiden noch Kinder waren?«, fragte Emma. »Aber egal, wie alt die beiden waren, das wäre ja ungeheuerlich!«

»Da wäre er nicht der Erste«, sagte Maria. »Schon in der Bibel hat Kain seinen Bruder Abel erschlagen, weil Gott ihn vorzog. Gott hat daraufhin Kain mit einem Zeichen versehen, dem Kainsmal.«

»Oh mein Gott«, flüsterte Kira. »Wenn der Vater wirklich geglaubt hat, dass Samael seinen Bruder gestoßen hat, muss das Feuermal für ihn der endgültige Beweis gewesen sein, dass Gott Samael schon vor seiner Geburt als abgrundtief böse gekennzeichnet hatte.«

»Egal was der Vater dachte, ich glaube nicht, dass Samael für den Tod seines Bruders verantwortlich ist«, sinnierte Lukas. »Laut Hermine Baierl litt er fürchterlich unter seinem Verlust. Uriel hatte sich nämlich, obwohl er noch ein kleines Kind war, nicht manipulieren lassen, sondern hat immer versucht, Samael gegen den Vater in Schutz zu nehmen, hatte dabei aber genauso wenig Erfolg wie die Mutter, der Pfarrer oder die Haushälterin. Das Gift, das der Vater ausgestreut hat, zeigte letztlich seine Wirkung darin, dass Samael sich heute selbst tatsächlich als schlecht und verdorben ansieht, während er Uriel als rein und unschuldig in Erinnerung hat.«

»Aber deswegen bringt man doch keine Menschen um«, sagte Maria fast verzweifelt. »Und arbeitet dazu auch noch als Psychiater. Das ergibt doch keinen Sinn!«

»Psychologe«, korrigierte Lukas seine Tante. »Für Mohrgut ergibt es vermutlich doch einen Sinn. Indem er in die Rolle des Psychologen schlüpft, ist er der gute, reine Bruder. Der, der er immer sein wollte und bis zu einem gewissen Punkt wohl auch war. Eventuell hätten all die Jahre der Manipulation durch den Vater nicht dafür gereicht, dass sich seine Persönlichkeit in zwei Identitäten aufgespalten hätte, wenn Uriel am Leben geblieben wäre. Außerdem kommt der Vater ein weiteres Mal ins Spiel: Friedrich Mohrgut wollte seine Söhne zu richtigen Männern erziehen, deshalb hat er sie bei jedem Wind und Wetter nach draußen gejagt. Pfarrer Hauser konnte sich noch daran erinnern, dass der Alte sich damit gebrüstet hat, er würde seine Kinder zu Weltklassebergsteigern erziehen. Möglicherweise hat seine Frau die Hütte am Jägerkamp nur deshalb erworben, damit die Familie an den Wochenenden eine Basis für Klettertouren hat. In Straubing gibt es schließlich kaum nennenswerte Erhebungen.«

»Und bei einer dieser Touren ist Uriel verunglückt? Aber dann müssten sich die Einheimischen hier doch daran erinnern«, sagte Maria empört. »Ich meine, so ein kleines Kind vergisst man doch nicht.«

»Normalerweise würde ich Ihnen recht geben«, bestätigte Fiedler Marias Annahme. »Aber da die Hütte von den Mohrguts nur als Wochenenddomizil genutzt wurde, hatte die Familie keinen Kontakt zur hiesigen Gemeinde. Und da oben ist es so einsam, dass es wahrscheinlich auch nie zum Kontakt zu irgendwelchen Nachbarn gekommen ist, einfach weil es keine gibt.«

»Der Pfarrer konnte sich auch noch daran erinnern, dass der Unfall irgendwo in Österreich passiert ist, deswegen hat hier niemand etwas mitbekommen«, ergänzte Lukas. »Wir wissen also nicht, ob sie von hier oder von Straubing aus zu der Tour aufgebrochen sind. Dazu hat uns der Pfarrer erzählt, dass der kleine Uriel in den Wochen vor dem Unglück mit Grippe im Bett gelegen hatte. Doch sobald er wieder einigermaßen laufen konnte, hat sein Vater die Jungen wieder auf den Berg getrieben. Nach einer schweren Erkältung war der Knirps bestimmt noch viel zu schwach für eine anstrengende Bergtour, was vielleicht sogar dazu beigetragen hat, dass der Unfall überhaupt erst geschehen konnte.«

»Mein Gott.« Maria war sichtlich erschüttert. »So ein kleiner Bub! Wie kann ein Vater derart grausam sein?«

Das wollte auch Kira nicht in den Kopf. »Und wenn wir das als Erwachsene schon nicht verstehen, muss man sich nur mal vorstellen, was das mit Samael gemacht hat. Wenn es stimmt, dass Zwillinge eine noch engere Beziehung haben als normale Geschwister, ist es kein Wunder, dass er durchgedreht ist.«

»Zumal man früher auch nicht erkannt hat, wie wichtig eine psychologische Betreuung nach einem derartigen Trauma ist«, fügte Fiedler hinzu. »Und wenn der Vater wirklich so verblendet war, wird er dem kleinen Samael das Leben erst recht zur Hölle gemacht haben.«

»Wenn er nicht ein paar Menschen umgebracht hätte, könnte der Mann einem richtig leidtun.« Franz Schmiedl hatte der Unterhaltung der jungen Leute mit zunehmendem Entsetzen zugehört und dabei schweigend sein Bier getrunken. »Ich frage mich nur, ob er seine Identität je nach Gusto wechselt. Quasi, wenn er morgens aufsteht und gute Laune hat, verwandelt er sich in Uriel, wenn er mies drauf ist, bleibt er Samael.«

»Ich glaube nicht, dass er sich das bewusst aussucht«, sagte Lukas. »Nach außen hin tritt Mohrgut ausschließlich als Uriel auf, was auch seine Nachbarn bestätigen, die nie jemanden mit einem Feuermal bemerkt haben. Vermutlich hat er schon früh angefangen, sich selbst zu hassen, und ist, wann immer es ging, in die Rolle des guten Uriel geflüchtet, weil er tief in seinem Herzen nicht böse sein will. Dafür spricht, dass er zu uns in die Dienststelle gekommen ist, kaum dass wir den zweiten Mord auf dem Tisch liegen hatten. Auch wenn er uns da beharrlich darauf hingewiesen hat, dass die Witwen sich zusammengetan haben könnten, frage ich mich inzwischen, ob er uns nicht etwas ganz anderes mitteilen wollte. Sein Wink mit dem Zaunpfahl in Richtung der Frauen war einfach zu deutlich, wir sind aber nicht dahintergekommen, dass sein Fokus auf etwas ganz anderem lag. Er hat uns einfach auf dem falschen Fuß erwischt, weil wir uns gerade inmitten der Thematik *Frauen als Mörderinnen* befanden.«

Lukas holte tief Luft, bevor er weiterredete. »Aber er hat uns auch vor Augen geführt, dass die Ermordeten von ihren Töchtern und Söhnen extreme Leistungen erwartet haben könnten, mit denen die Kinder nicht klarkamen, weswegen sie von einem Therapeuten behandelt werden mussten. Ich vermute, er wollte uns einen Hinweis auf Samael geben, damit das Morden unter allen Umständen ein sofortiges Ende findet. Er kann seine eigentliche Persönlichkeit schließlich nicht dauerhaft unterdrücken, er muss ja nur in den Spiegel sehen, wenn das Feuermal nicht überschminkt ist. Auch so ein Vermächtnis seines Vaters, dem man durchaus die Schuld daran geben kann, dass Samael heute eine zutiefst gestörte Persönlichkeit aufweist«, überlegte Lukas laut.

»Überhaupt, der Vater!« Emma beugte sich nach vorn. »Ich frage mich schon die ganze Zeit, warum der seit einer halben Ewigkeit in der Klapsmühle sitzt.«

»Das werden wir wohl nie erfahren«, sagte Lukas, während er die Koteletts auf dem Grill wendete. »Samael ist höchstwahrscheinlich der Einzige, der uns etwas darüber sagen könnte, den Gefallen wird er uns aber nicht tun. Obwohl die Staatsanwaltschaft im Rahmen der Ermittlungen gegen ihn voraussichtlich eine Aufhebung der Schweigepflicht beantragen wird, hat mir die Ärztin der Klinik, in der Friedrich Mohrgut behandelt wird, im Vertrauen verraten, dass das zu keinem Ergebnis führen wird, da auch dort niemand weiß, was dem alten Mann zugestoßen ist. Es deutet aber einiges darauf hin, dass Samael sich irgendwann an ihm dafür gerächt hat, dass er ihn und Uriel an jenem unglückseligen Tag auf den Berg gejagt hat, an dem er dann tödlich verunglückt ist. Schließlich war der kleine Junge durch eine Grippe geschwächt, aber der Vater kannte in seinem Ehrgeiz keine Gnade. Aber das ist nur eine Vermutung.«

»Allerdings eine sehr naheliegende«, fand Kira.

»Das sehe ich auch so«, stimmte Lukas ihr zu. »Wie es scheint, hat Samael das Erlebnis ohne Hilfe von außen bewältigen müssen. Was selbst mit den besten Therapeuten schon schwer genug gewesen wäre. Doch als kleiner Junge, ganz auf sich gestellt, musste er sich in ein Spiel flüchten, in dem er abwechselnd Uriel und Samael war, um nicht den Verstand zu verlieren. Als er älter wurde, hat ihm das Überdecken des Feuermals dabei geholfen, in der Rolle des Uriel zu bleiben.

Irgendwann hat er dann den beiden unterschiedlichen Rollen feste Charaktere zugeordnet: Er selbst war der Böse, was man an dem Feuermal erkennen konnte. Seinen Bruder Uriel hat er im Laufe der Jahre auf einen Sockel gehoben; er war der Gute, der Psychologie studiert und alles dafür getan hat, Kindern zu helfen. Eine Hilfe, die er selbst nie erhalten hat.«

»Aber wieso hat er dann deren Eltern umgebracht?«, fragte Maria hilflos. »Das ist für ein Kind doch das Schlimmste, was es gibt! Damit hat er den Kleinen nicht geholfen, sondern sie in eine ähnliche Situation gebracht wie die, in der er selbst war.«

»Das war nicht Uriel, sondern Samael«, erklärte Lukas geduldig. »Du darfst nicht vergessen, dass die Kinder bei Uriel in Behandlung waren und dadurch auch die andere Persönlichkeit, also Samael, erfahren hat, wie zumindest ein Elternteil die Kinder so unter Druck gesetzt hat, dass sie psychologische Hilfe benötigten. Einen Druck, den er aus eigener Erfahrung zur Genüge kennengelernt und der ihm seinen Bruder genommen hat. Doch während Uriel versucht hat, die Kinder zu therapieren, ist der böse Teil erwacht und hat dafür gesorgt, dass der Tortur ein Ende gesetzt wird.«

Maria rieb sich die Arme. »Allein die Vorstellung, dass er dafür Menschen umgebracht hat … hat der Mann denn kein Unrechtsempfinden?«

»Das wird ein Gutachter klären müssen«, mischte Fiedler sich kauend ein. Er hatte sich das erste Kotelett vom Grill geschnappt und die anderen reden lassen. »Oder vielleicht sogar mehrere. Das wird dann letztlich zeigen, ob Mohrgut überhaupt als schuldfähig eingestuft und verurteilt werden kann.«

»Wie bitte?« Maria sah den Leiter der Miesbacher Polizeiinspektion entsetzt an. »Es geht doch um mindestens vier Morde!«

»Das ist schon richtig«, bestätigte Lukas, da sein Chef sich wieder mit dem Fleisch auf seinem Teller beschäftigte. »Aber unsere Rechtsprechung lässt nun mal die Möglichkeit zu, dass ein Verdächtiger auf unzurechnungsfähig plädiert. Und falls Mohrgut sich dazu entschließen sollte, sich endlich einen Anwalt zuzulegen, wird der genau das auch tun.«

»Wie stehen die Chancen, dass das Gericht das anerkennt?«, wollte Kira wissen.

Lukas zuckte mit den Schultern. »Das kommt darauf an, was die Psychologen und Gutachter letztendlich feststellen. Falls sie Mohrgut einhellig eine dissoziative Identitätsstörung bescheinigen, kommt er nicht ins Gefängnis, sondern in Sicherheitsverwahrung in einer geschlossenen psychiatrischen Anstalt.«

»Auch nicht gerade viel besser«, fand Maria bedrückt. »Daraus kommt er hoffentlich nie mehr frei, oder?«

»Schwer zu sagen«, gab Lukas zu. »Auch das hängt davon ab, wie er sich dort verhält.«

»Mohrgut ist schlau«, warf Kira ein. »Außerdem ist er, wenn man den Müttern der Kinder, die er behandelt hat, Glauben schenken darf, ein außergewöhnlich guter Therapeut.«

»Was darauf zurückzuführen sein dürfte, dass er über eine ebenso außergewöhnliche Menschenkenntnis verfügt.« Mit Unbehagen dachte Lukas daran zurück, wie er dem Arzt das erste Mal begegnet war. Bereits damals hatte er das Gefühl gehabt, dass Mohrgut in ihm lesen konnte wie in einem offenen Buch.

»Das heißt, er wird voraussichtlich alles daransetzen, zunächst die Gutachter und später seine behandelnden Ärzte hinters Licht zu führen«, prophezeite Maria. »Und falls er in ein paar Jahren als geheilt entlassen wird, fängt er wieder von vorn an und bringt ein paar Väter um, die ihre Kinder überfordern.«

»So weit wird es nicht kommen«, schloss Lukas das Thema ab. »Die Ärztekammer wird ihm die Approbation allein schon deswegen aberkennen, weil sie unter dem Namen einer nicht mehr lebenden Person erworben wurde. Ganz abgesehen davon, dass Mohrgut ein Serienmörder ist. Und wie wir festgestellt haben, ist er dazu auch noch ausgesprochen gerissen. Er wird wissen, dass er sofort unter Verdacht gerät, sobald vergleichbare Fälle auftreten, wenn er wieder auf freiem Fuß ist.« Lukas nahm das letzte Stück Fleisch vom Grill und setzte sich zu den anderen an den Tisch. »Aber du darfst nicht vergessen, dass auch wir nicht dumm sind. Sollte Mohrgut eines Tages wieder frei sein, wird immer jemand da sein, der ein Auge darauf hat, was er treibt.«

Danksagung

Liebe Leserinnen und Leser,

ein Buch zu schreiben ist eine recht seltsame Art und Weise, einen ziemlich großen Teil seines Lebens zu verbringen. Die meisten Personen, die darin vorkommen, sind fiktiv und es ist schon ein wenig schräg, sich wochen- oder gar monatelang auf eine große Nähe mit ihnen einzulassen. Mit ihnen mitzufiebern und zu lachen, sie aus brenzligen Situationen zu retten, oder auch mal den ein oder anderen in den Hintern treten zu wollen – und all diese Gefühle auch wirklich zu spüren, bevor sie zu Papier gebracht werden.

So einsam die Schreiberei auch erscheinen mag, man ist bei der Arbeit an einem Manuskript nicht gänzlich auf sich allein gestellt – es gibt es eine ganze Menge helfender Hände, die meist im Hintergrund bleiben, ohne die ein Manuskript aber wäre wie ein Vogel ohne Federn.

Ein ganz besonderer Dank gilt deswegen meiner großartigen Editorin bei Edition M, Andrea Weilguni, für ihre Unterstützung, ihr Engagement und den inspirativen Austausch, den ich auch für weitere Folgen mit Lukas und seiner Tante Maria nicht mehr missen möchte. Ein großes Dankeschön geht an meine Lektor*innen Hilke Bemm und Rainer Schöttle, deren gute Ideen und aufmerksame Hinweise mich an manchen Stellen zum Umdenken angeregt und mir dabei geholfen haben, die Stärken mancher Szenen noch besser ins Bild zu setzen. Manuela Tiller danke ich für ihren kritischen Blick und das sorgfältige Korrektorat.

Auch allen weiteren Mitarbeitern bei Amazon Publishing, die immer wieder dafür sorgen, dass ein Buch einen passenden Rahmen in Form eines schönen Covers bekommt, die sich um die Herstellung und den Vertrieb kümmern und die kurz vor der Veröffentlichung mit Argusaugen Zeile für Zeile, Wort für Wort versuchen, alle Ausreißer in Form eines Schreibfehlers oder falschen Satzzeichens zu finden.

Herzlichen Dank auch meiner Agentin Lianne Kolf, die mit ihrem großartigen Team, allen voran Simone Hasselmann und Tatjana Seel, dafür sorgt, dass ich mich nicht mit administrativen Angelegenheiten herumplagen muss.

Meine größte Inspiration sind allerdings Sie, liebe Leserinnen und Leser. Ihre herzlichen Nachrichten auf Facebook und Lovelybooks, Ihre begeisterten Rezensionen und Kommentare schenken mir so viel Freude und Energie, dass ich, kaum dass ich ein Projekt abgeschlossen habe, darauf brenne, eine neue Geschichte zu entwerfen. Herzlichen Dank dafür und bitte, machen auch Sie weiter damit!

Ihre Susanne Rößner

Druck:
Customized Business Services GmbH
im Auftrag der KNV-Gruppe
Ferdinand-Jühlke-Str. 7
99095 Erfurt